謀略のカンバス

ダニエル・シルヴァ
山本やよい 訳

PORTRAIT OF AN UNKNOWN WOMAN
BY DANIEL SILVA
TRANSLATION BY YAYOI YAMAMOTO

PORTRAIT OF AN UNKNOWN WOMAN

BY DANIEL SILVA

Published by K.K. HarperCollins Japan, 2023

バート・バカラックへ
そして、いつもどおり、妻のジェイミーへ
わが子、ニコラスとリリーへ

輝くもの必ずしも金にあらざるなり

――ウィリアム・シェイクスピア

『ヴェニスの商人』（白水社、小田島雄志訳）

謀略のカンバス

おもな登場人物

ガブリエル・アロン――――イスラエル諜報機関〈オフィス〉の元長官。美術修復師
キアラ――――ガブリエルの妻。〈ティエポロ美術修復〉の総支配人
ラファエル、アイリーン――――ガブリエルとキアラの子どもたち
ジュリアン・イシャーウッド――――ロンドンの画廊〈イシャーウッド・ファイン・アーツ〉の経営者
サラ・バンクロフト――――〈イシャーウッド・ファイン・アーツ〉の共同経営者
クリストファー・ケラー――――MI6の工作員。サラの夫
アンナ・ロルフ――――世界的バイオリニスト
ヴァレリー・ベランガール――――ジュリアンに手紙を送った女性
ジュリエット・ラガルド――――マダム・ベランガールの娘
フィリップ・サマセット――――アート専門のヘッジファンドの経営者
リンジー――――フィリップの妻
ジョルジュ・フルーリ――――〈ジョルジュ・フルーリ画廊〉の経営者
エイデン・ガラハー――――〈エクウス・アナリティクス〉の設立者
ジャック・メナール――――フランス国家警察の文化財産不正取引取締中央部の部長
ドン・アントン・オルサーティ――――コルシカ島に住むマフィアのボス
マグダレーナ・ナバロ――――スペイン人女性
イーヴリン・ブキャナン――――記者

第一部

ひび割れ（クラクリュール）

1

メイソンズ・ヤード

これがほかの日だったら、ジュリアンはすぐさま屑籠にそれを捨てていただろう。いや、もっといい方法がある。サラが使っている業務用のシュレッダーにかけていただろう。長く陰気なパンデミックの冬のあいだ、絵はたった一点しか売れず、サラは増えるいっぽうの画廊の保管書類をシュレッダーで無慈悲に処分していった。ジュリアンはこの作業に胸を痛め、廃棄すべき不要な売買記録や輸送記録がすべて処分されたら、次は自分がシュレッダーにかけられる番だと怯えていた。黄ばんだ紙が寸断されて小さな平行四辺形になり、自分はそんな姿でこの世を去り、一週間分のゴミと一緒にリサイクル業者のところへ運ばれる。来世では環境に優しいコーヒーカップとして生まれ変わる。もっと惨めな運命だってあるわけだし――ジュリアンはあきらめにも似た境地で考えた。

その手紙が画廊に届いたのは三月下旬の雨の金曜日だった。宛名はムッシュー・ジュリアン・イシャーウッド。サラはおかまいなしに封を切った。ＣＩＡ局員という過去を持つサラだけに、他人の郵便物を盗み読みすることに良心の咎めなど感じない。好奇心に駆られながら、午前中に届いた平凡ないくつかの郵便物と一緒にジュリアンのデスクに置いておいた。サラがふだんジュリアンに見せるのはこうした平凡なものばかりだ。彼がその手紙に初めて目を通したときは、雨の雫の垂れるレインコートをまだ着ていて、豊かな銀髪は風に乱されたままだった。時刻は十一時半。それ自体が注目すべきことだ。このところ、ジュリアンが正午前に画廊に出てくることはめったにない。それでもなお、ランチ用にとってある三時間の休憩時間に入る前に周囲に迷惑をふりまく時間はたっぷりある。

手紙を読んだジュリアンがまず思ったのは、差出人のマダム・ヴァレリー・ベランガールという女性の手になる、このように流麗な文字に出会ったのは何年ぶりだろうということだった。このマダムはどうやら、先日『ル・モンド』紙に出た〈イシャーウッド・ファイン・アーツ〉による数百万ポンドの売買の記事を目にしたようだ。売買されたのはバロック期のフランドル出身の画家アンソニー・ファン・ダイク作《見知らぬ女性の肖像》、油彩・画布、一一五×九二センチ。マダム・ベランガールはこの取引に懸念を抱いている様子で、ジュリアンと直接会って話をしたがっていた。法律面と倫理面で問題があるというのだ。月曜日の午後四時にボルドーの〈カフェ・ラヴェル〉で待つとのこと。ジュリアン一人で来てほしいと書いてあった。

「どういうこと？」サラは訊いた。

「このマダムは『不思議の国のアリス』に出てくるマッド・ハッターといった感じかな」

ジュリアンは手書きの手紙をひらひらさせた。それが彼の意見の根拠となるかのように。

「誰が運んできた？　伝書鳩（でんしょばと）か？」

「ＤＨＬ」

「伝票に書いてあった差出人の住所は？」

「サン＝マケールにあるＤＨＬのサービスセンターの住所になってたわ。ボルドーから五十キロぐらいのところで――」

「サン＝マケールがどこにあるかぐらい知ってるさ」ジュリアンは言い、ぶっきらぼうな口調をすぐさま後悔した。「恐喝されてるような気がして不愉快なのはなぜだろう？」

「恐喝するような女性には思えないけど」

「きみの認識不足だな。わたしがこれまでに出会った恐喝者はみな、非の打ちどころのない礼儀作法を心得ていた」

「だったら、ロンドン警視庁に電話しなきゃ」

「警察を巻きこむつもりか？　血迷ったのか？」

「とりあえず、ロニーに見せなさいよ」

ロナルド・サムナー＝ロイドはジュリアンの顧問弁護士、バークレー広場に事務所を構えていて、料金がやたらと高い。「もっといい考えがある」ジュリアンは言った。

サラの非難の視線を浴びながら、ジュリアンが古めかしい金属製の屑籠の上で手紙をふってみせたのは、この日の午前十一時三十六分のことだった。屑籠は画廊の栄光の日々に使われていた遺物で、画廊は当時、おしゃれなニュー・ボンド通り——美術界の一部の呼び方に倣うなら〝ニュー・ボンドシュトラーセ〟——にあった。いまのジュリアンはいくらがんばっても、いまいましい手紙を指から離すことができない様子だった。いや——当人があとで思ったように——マダム・ベランガールの手紙が彼から離れようとしなかったのかもしれない。

ジュリアンは手紙を脇に置くと、午前中に届いた郵便物の残りに目を通し、いくつか電話をかけ、滞っている売買の詳細をサラに問いただした。それが終わると、ほかにすることがなかったのでドーチェスター・ホテルへランチに出かけた。ロンドンの由緒あるオークション・ハウスのスタッフも一緒だった。もちろん女性で、最近離婚したばかり、子供なし、ジュリアンよりかなり若いが、不適切なほどの年齢差ではない。ジュリアンはルネサンス期のイタリアとオランダの画家に関する知識で彼女を驚かせ、絵画を購入するさいの大胆な策にまつわる話で彼女を楽しませた。思いだせないほど遠い昔からこのキャラを演じて、ささやかな称賛を集めてきたのだ。比類なきジュリアン・イシャーウッド、友人たちから〝ジュリー〟と呼ばれ、ときどき酒浸りになるときは仲間から〝ジューシー・ジュリー〟と呼ばれている。誠意にあふれ、呆れるほど人を信じやすく、そして、骨の髄までイングランドの人間だ。彼のお気に入りの言い方に従えば、ハイティーと歯並びの悪さで知られるイングランド人。ただし、戦争がなければ、まったく違う人間になっていただろう。

画廊に戻ったジュリアンは、マダム・ベランガールの手紙にサラが赤紫色の付箋をつけていることに気づいた。考えなおすようにというアドバイスだ。手紙をもう一度読んでみた。ゆっくりと。麻布のような手ざわりの便箋と同じく、文面もフォーマルな感じだった。さすがのジュリアンも、マダム・ベランガールの意見がきわめて筋の通ったものであり、恐喝にはほど遠いことを認めるしかなかった。彼女の意見に耳を傾けるだけならなんの害もあるまいと思った。とにかくボルドーへ出かければ、画廊の山のような仕事から解放され、いまの自分にとって大いに必要な息抜きができる。それに、ロンドンの天気予報では肌寒い雨の日が何日か続くそうだが、フランス南西部はすでに春だ。

画廊で働くようになったサラが最初におこなったのが、絶世の美女ではあるが役立たずの受付係のエラに、うちで働いてもらう必要はなくなったと告げることだった。エラのかわりを雇うつもりはなかった。電話に出て、メールに返信し、アポイントの予定を確認し、つねにロックされているメイソンズ・ヤードの建物のドアの前に客が来ればブザーを押して上階へ案内することぐらい、サラ一人で楽にこなせる。

しかしながら、ジュリアンの列車の予約までするつもりはなかった。ただ、彼が自分でその面倒な仕事をするあいだ、肩越しに見守ることだけは承知した。そうすればとりあえず、パリ行きのユーロスターを予約するかわりに、ついうっかりイスタンブール行きのオリエント急行を予約してしまうような事態だけは阻止できる。パリからボルドーまではTGVでわずか二時間十四分だ。一等のチケットが首尾よく買えたので、次はインターコンチネンタル・ホテルのジュニア・スイートを予約した——念のために二泊。

予約が完了したので、ジュリアンは〈ウィルトンズ〉のバーへ飲みに出かけた。一緒に飲むのは、ロンドンでもっとも悪辣な美術商として名高いオリヴァー・ディンブルビーとロディ・ハッチンソン。オリヴァーとロディが一緒となれば毎度のことだが、次々とグラスが重ねられ、ジュリアンがようやく自宅のベッドに倒れこんだのは午前二時をまわってからだった。土曜日は二日酔いを抱えて過ごし、日曜日は荷物を詰めるのに一日の大部分をとられた。かつては、アタッシェケースと美女だけをお供にコンコルドに飛び乗るぐらい、なんでもないことだった。ところが突然、英仏海峡を渡る準備にも全力で集中する必要が出てきた。これもやはり、加齢による好ましくない現象なのだろう。例えば、ひどく忘れっぽくなるとか。奇妙な声を上げるとか。あるいは、部屋を横切ろうとするたびに何かにぶつかるとか。情けない不器用さを弁明するために、ジュリアンは自嘲気味の言い訳をつねにいくつか用意している。昔からスポーツが苦手でね。邪魔なスタンドのせいなんだ。サイドテーブルが襲いかかってきたんだ。

　大事な用で旅に出る前夜にありがちなことだが、よく眠れぬ一夜を過ごし、目がさめたときには、悲惨な過ちをくりかえしてきた人生でまたもや新たな過ちを犯しそうな予感がしていた。しかしながら、ユーロスターが海峡トンネルを抜け、パ＝ド＝カレー県のグレイがかった緑の野をパリへ向かって走りはじめると、ジュリアンの気分も高揚してきた。パリ北駅から地下鉄でモンパルナス＝ビヤンヴニュ駅まで行き、TGVに乗り、窓の外の光がセザンヌの風景画の色合いを帯びはじめるころ、ビュッフェカーでまずまずのランチを楽しんだ。

　南仏のこのまばゆい光を生まれて初めて見た瞬間のことを、ジュリアンは驚くほど鮮明に覚えている。あのときもいまと同じく、パリ発の列車に乗っていた。コンパートメントの向かいの席には、彼の父親でドイツ系ユダヤ人の美術商サミュエル・イサコヴィッツがすわっていた。一日前の新聞を読んでいた。ジュリアンの母親は膝の上で両手を組み、無表情に宙を見つめていた。日常から逸脱したことは何も起きていないかのように。

　頭上の網棚にのせたカバンには、保護用のパラフィン紙にくるまれた絵が何点か隠されていた。ジュリアンの父親はエレガントなパリ八区のラ・ボエシ通りにあった画廊に、さほど価値のない絵を数点残してきた。その他の美術品はほとんど、ボルドーの東のほうで借りたシャトーにすでに隠してあった。ジュリアンはそこで暮らすようになったが、やがて一九四二年の悲惨な夏が来ると、バスク人の羊飼い二人が彼を連れてピレネー山脈を越え、中立国スペインへ運んでくれた。両親は一九四三年に逮捕されてソビボルにあったナチスの強制収容所へ移送され、到着後すぐにガス室へ送られた。

ボルドーのサン゠ジャン駅はガロンヌ川に近く、クール・ドゥ・ラ・マルヌという通りが終わった先にある。改装された切符売場についている出発時刻表示板は最新式だ――表示が変わるたびにパタパタと優しい音を立てることはなくなった――しかし、立派な時計が二箇所についている古典的装飾様式の外観はジュリアンの記憶にあるとおりだった。また、彼がタクシーのリアシートに腰を落ち着けてスピーディに通り抜けた大通りの左右にも、ルイ十五世様式の蜂蜜色の建物が昔のままの姿で並んでいた。一部の建物のファサードは光り輝いていた、内側から光が差しているかのようだ。あとの建物は汚れのせいでくすんでいる。地元産の石が多孔質だからだと、昔、父親が説明してくれた。大気中に漂う煤煙をスポンジのように吸いこむため、油絵と同じく、たまにクリーニングする必要があるとのことだった。

奇跡的にも、ホテルはジュリアンの予約を間違えずに入れていた。ジュリアンは移民のベルボーイの手に多すぎるチップを押しつけたあとで、服をハンガーにかけ、バスルームに入って、くたびれた外見の修復にとりかかった。無駄な抵抗をやめたのは三時をまわってからだった。部屋に備えつけの金庫に貴重品をしまってから、マダム・ベランガールの手紙をカフェへ持っていこうかどうか、しばらく迷った。内なる声――彼が思うに、たぶん父親の声だろう――が、手紙は荷物のなかに隠しておくようにとアドバイスをくれた。同じ声が、アタッシェケースは持っていけと指示した。権威のオーラをまとうことができるから（なんの根拠もないのに）。ジュリアンはアタッシェケースを持ってクール・ドゥ・ランタンダンスを歩き、ずらりと並ぶ高級店を通り過ぎた。車は一台も見あたらず、歩行者と自転車の人々がいて、光沢ある路面電車がほとんど音を立てずに線路をすべっていくだけだった。ジュリアンは右手にアタッシェケースを持ち、ホテルの部屋のカードキーが入っているポケットに左手を入れて、ゆったりしたペースで歩いていった。

路面電車のあとから角を曲がると、ヴィタル・カルル通りに出た。目の前に、サン＝タンドレ大聖堂のゴシック様式の双子の尖塔がそびえている。石畳の大きな広場が大聖堂を囲んでいる。〈カフェ・ラヴェル〉は広場の北西の角にあった。ボルドーっ子が足しげく通うような店ではないが、街の中心部にあって見つけやすい。だからマダム・ベランガールはこのカフェを指定したのだろうとジュリアンは推測した。

市庁舎が投げかける影のせいでカフェのテーブルの大部分が薄暗かったが、大聖堂にいちばん近いテーブルだけは陽光を受けて明るく、誰もすわっていなかった。ジュリアンはそこに腰を下ろして、アタッシェケースを足元に置き、ほかにどんな客がいるかをたしかめた。右側の三つ離れたテーブルの男性を除いて、フランス人らしき客は一人もいない。

あとは観光客。主としてパッケージツアーの連中だ。ジュリアンが店内でいちばん目立っている。フランネルのズボンにグレイのスポーツジャケットという装いは、E・M・フォースターの小説から抜けだしたかのようだ。少なくとも、マダム・ベランガールが彼を見つけるのに苦労することはないだろう。

カフェ・クレームを注文したが、そのあとでいつもの彼に戻ってボルドーの白のハーフボトルを頼んだ。キンキンに冷えたもの。グラス二個。大聖堂の鐘が四時を告げるころ、ウェイターがワインを運んできた。ジュリアンは広場に視線を走らせながら、無意識のうちにジャケットの前身頃のしわをなでつけた。しかし、四時半になり、長く伸びた影が彼のテーブルに忍び寄るころになっても、マダム・ヴァレリー・ベランガールは現れなかった。

ジュリアンが最後の一杯を飲み干すころには、時刻は五時近くになっていた。勘定を現金で払い、アタッシェケースを持ってから、物乞いのごとくテーブルからテーブルへまわってマダム・ベランガールの名前をくりかえした。しかし、返ってくるのはきょとんとした顔ばかりだった。

そのうち、店内に残っているのはブリキ張りの古いカウンターの奥にいるバーテンダーだけになった。彼もヴァレリー・ベランガールという名の女性に心当たりはなかったが、ジュリアンの名前と電話番号をメモして置いていくよう提案した。「イシャーウッドだ」ナプキンの裏に走り書きしたクモの脚みたいに細い文字に目を凝らしているバーテンダーに、ジュリアンは言った。「ジュリアン・イシャーウッド。インターコンチネンタルに泊まっている」

外に出ると、ふたたび大聖堂の鐘が鳴っていた。地上をよたよた歩く一羽の鳩を追って石畳の広場を横切り、ヴィタル・カルル通りに曲がった。しばらくすると、理由もないのにボルドーまではるばる出かけてきて、マダム・ベランガールという女性のせいで不幸な過去の記憶をたどった自分を責めていることに気がついた。

「なんて女だ！」思わず叫び、気の毒な通行人を驚かせた。最近は頭に浮かんだ思いをつい声に出してしまうが、これも加齢がもたらす困った現象だ。

ようやく鐘の音がやみ、古い街の心地よい静かなざわめきが戻ってきた。路面電車がすべるように通り過ぎた。やっと怒りが収まってきたジュリアンは小さな画廊の前で足を止め、ウィンドーに出ている印象派もどきの絵に、美術商としての困惑の目を向けた。バイクの音が近づいてくるのをぼんやり意識していた。スクーターではないと思った。エンジンの響きが違う。風を通さない特製のウェアに身を包んだ男たちが乗りまわすような、車高の低いパワフルなバイク。

画廊のオーナーがドアのところに姿を見せ、入って店内の絵をじっくり見ていくよう声をかけた。ジュリアンは誘いを断り、ふだんどおりにアタッシェケースを左手に持って、ホテルをめざして通りを歩いていった。不意にバイクのエンジン音が大きくなり、音程がわずかに高まった。年配の女性が――マダム・ベランガールのドッペルゲンガーに違いない――彼のほうを指さし、フランス語で何か叫んでいるのに気づいたが、意味が理解できなかった。

またしても自分が何か不用意なことを口走ったのではないかと焦り、逆方向に顔を向けると、バイクが迫ってくるのが見えた。手袋をはめた手が彼のアタッシェケースのほうに伸びてきた。ジュリアンはアタッシェケースを胸に抱え、あわてて身体を回転させてバイクから逃れようとしたが、高くそびえて微動だにしない物体の冷たい金属面に激突してしまった。くらくらしながら歩道に倒れたとき、数人の顔が上からのぞきこんでいるのが見えた。どの顔にも同情が浮かんでいた。誰かが救急車を呼ぼうと言った。ほかの誰かが憲兵隊を呼ぼうと言った。ジュリアンは恥ずかしくてならず、いつも用意している言い訳のひとつにすがることにした。わたしが悪いんじゃない、と弁解した。邪魔な街灯柱が襲いかかってきたんだ。

2

ヴェネツィア

　マドンナ・デッロールト教会でティントレットの墓の上に立ち、いずれあんたがこっちに戻ってくることは、ずっとわかってたんだ、とガブリエルに断言したのは美術品修復会社のオーナーのフランチェスコ・ティエポロだった。これが根拠のない意見ではなかったことを、その数日後の夜、ムラーノ島に出かけて若く美しい妻とろうそくの光のもとでディナーをとったときに、ガブリエルは思い知ることとなった。考えこみながら何通りかの反論を試みたが、説得力がなくて失敗に終わり、ローマでおこなわれた世紀のコンクラーベの興奮も冷めやらぬうちに話がまとまってしまった。契約条件は正当なもので、誰もが満足していた。とくにキアラが。ガブリエルからすれば、キアラさえ幸せなら、あとのことはどうでもよかった。

　たしかに、すばらしくいい話だった。そもそもガブリエルはヴェネツィアで美術修復師として修業を積み、偽名を使って最高の名画の修復を数多く手がけてきた。とはいえ、今回の取り決めに落とし穴がないわけではなく、この分野において街でもっとも有名な〈ティエポロ美術修復〉の組織図もそのひとつで、それについては双方がすでに合意していた。合意内容によると、ティエポロが今後しばらく社の舵(かじ)とりをおこない、彼の引退後にヴェネツィア生まれのキアラが経営をひきつぐことになる。それまでは彼女が総支配人という地位につき、ガブリエルが絵画部門の責任者になる。つまり、どこからどう見ても妻の下で働くことになるわけだ。

　サン・ポーロ区に大運河を見渡せる邸宅があり、その主階(ピアノ・ノビーレ)を改装した寝室四つの贅(ぜい)沢(たく)なアパートメントの購入をガブリエルは了承したが、いまだに予定が立っていない引越しの計画と実行は有能なキアラの手に委(ゆだ)ねることにした。アパートメントの改装と室内装飾に関してキアラが遠いエルサレムからヴェネツィアへ指示を送るあいだ、ガブリエルはキング・サウル通りで残りの任期を務めた。最後の数カ月はあっというまに過ぎていった――つねに次の会議に追われ、避けなくてはならない次の危機が襲いかかってくるような気がしていた――そして、秋が終わるころ、ガブリエルは『ハアレツ』紙の著名なコラムニストが〝長いお別れ〟と呼んだ数々のイベントに顔を出しはじめた。カクテルパーティや賛辞にあふれたディナーから、キング・デイヴィッド・ホテルでの盛大なパーティまでさまざまで、全世界のエスピオナージュ界の人々が集まった。例えば、ヨルダンの秘密警察(ムハバラート)で強大な権力をふるっている長官とか、エジプトやアラブ首長国連邦で彼と同等の地位にある者たちとか。こうした顔ぶれこそが、セキュリティを強化するための協力関係をアラブ世界全体と築きあげたガブリエルが、何十年にもわたる戦争で破壊された地域に消えることなき足跡を残した証拠であった。多くの問題を抱えてはいるものの、中東はガブリエルの監視のもとでいい方向へ変わってきた。

生まれつき孤独が好きで、混雑した場にいると落ち着けないガブリエルにとって、注目の的になるのは耐えがたいことだった。正直に言うと、〈オフィス〉の上級スタッフと静かに過ごす夜のほうがはるかに心地よかった。ガブリエルは〈オフィス〉の名高い歴史のなかでももっとも名高い作戦を、これらの男女と一緒にくりひろげてきたのだ。ウージ・ナヴォトに許しを請うた。ミハイル・アブラモフとナタリー・ミズラヒにキャリアと結婚についてアドバイスをした。心気症気味のエリ・ラヴォンと組んで西ヨーロッパで三年間地下活動をしたときの笑いを誘うエピソードをあれこれ披露するうちに、笑いすぎて涙が出てきた。パレスチナとイスラム過激派のテロ行為に関するアナリストのダイナ・サリドは、退職時に一連のインタビューをさせてほしいとガブリエルに頼みこんだ。〈オフィス〉の機密扱い以外の歴史のなかに、彼の活躍を刻みつけたかったのだ。だが、意外なことではないが、ガブリエルは拒絶した。過去をひきずって生きるつもりはないとダイナに告げた。彼の頭にあるのは未来だけだった。

上級スタッフのうち、リサーチ部門のヨッシ・ガヴィシュと特別作戦室のヤコブ・ロスマンがガブリエルの後継者の最有力候補とみなされていた。しかし、ガブリエルがかわりに人材課のチーフのリモーナ・スターンを次期長官に選んだことを知ったときは、二人とも大歓迎だった。強風が吹きすさぶ十二月中旬の金曜日の午後、リモーナは〈オフィス〉史上初の女性長官に就任した。そして、ガブリエルは山と積まれたささやかな額の年金関係の書類と、頭のなかの秘密をひとつでも漏らしたら被ることになる悲惨な結果について記した書類に署名をしたあとで、正式に、世界でもっとも有名な引退したスパイになった。長官を退くにあたっての儀式が完了すると、キング・サウル通りの建物を上から下までまわって、みんなと握手をし、人々の頬の涙を拭いた。打ちひしがれた一団に向かって、自分が姿を見せるのはこれが最後ではない、この世界から離れるつもりはないと断言した。彼の言葉を信じた者は一人もいなかった。

その夜、ガブリエルは最後の集まりに顔を出した。今度はガリラヤ湖のほとりだった。前任の長官たちと違って、ガブリエルはこの家の主とけっこう口論をしてきたが、最後は和平協定らしきものを結ぶことができた。翌日は朝早くオリーブ山へ息子の墓参りに出かけ、そのあと、かつてアラブ人の住んでいたデイル・ヤシンという村にある精神科の病院を訪れた。亡くなった息子の母親がそこに入院中で、記憶の牢獄に閉じこめられ、ひどい火傷を負った身体で日々を送っている。リモーナの心遣いによって、アロン一家は〈オフィス〉のガルフストリームでヴェネツィアへ飛び、その日の午後三時、つやつやと光る木製の水上タクシーに乗りこみ、風に吹かれながらラグーナを渡ったのちに、新居に到着した。

　ガブリエルが前々から自分のアトリエにするつもりでいた日差しあふれる広い部屋へ直行すると、アンティークなイタリア製のイーゼル、作業用のハロゲンランプ二台、アルミ製のワゴンが置いてあり、ワゴンには、ウィンザー&ニュートンのクロテンの毛を使った絵筆、顔料、展色剤、溶剤がびっしり並んでいた。ひとつだけ欠けていたのは絵具汚れのついた古いCDプレイヤーだった。かわりに、英国製のオーディオ・システムと床置き式の一対のスピーカーがあった。膨大な数のCDコレクションは、ジャンル、作曲家、アーティスト別に整理されていた。

「いかが？」ドアのところでキアラが訊いた。

「バッハのバイオリン協奏曲がブラームスのそばにある。それを除けば、じつに――」

「みごとだと思わない？」

「エルサレムにいながら、どうやってこんなすごいことができたんだ？」

　キアラはたいしたことではないと言いたげに片手をふった。

「金は大丈夫か？」

「あんまり」

「荷物の整理が終わったら、個人的に少し仕事を請けることにするよ」

「悪いけど、それは無理」

「どうして？」

「充分に骨休めをして体力を回復するまで、仕事はいっさい禁止だから」キアラは彼に一枚の紙を渡した。「まずここからスタートして」

「買物リスト？」

「家のなかに食料が何もないの」

「骨休めできると思っていたが」

「そうよ」キアラは笑みを浮かべた。「ゆっくり行ってきてね、ダーリン。たまには、ごく平凡な用事を楽しんでちょうだい」

いちばん近いスーパーはフラーリ聖堂のそばの〈カルフール〉だった。ライムグリーンの籠に品物をひとつ入れるたびに、ストレスが少しずつ減っていくような気がした。帰宅後、中東からの最新ニュースを見たが、興味はすぐに薄れ、いっぽうキアラは小さく鼻歌を歌いながらショールームみたいなキッチンで夕食の支度を始めた。二人で屋上のテラスに出て、身を寄せ合って十二月の冷たい大気を撃退しながら、バルバレスコを最後のひと口まで飲んだ。下を見ると、舫（もや）われたゴンドラが運河で揺れていた。大運河のゆるやかなカーブの向こうに、ライトアップされたリアルト橋が見える。

「わたしが絵を描くとしたら？」ガブリエルは訊いた。「それも仕事に含まれるわけかい？」

「何を描くつもり？」

「運河の風景。もしくは、静物画とか」

「静物画？　退屈すぎる」

「では、裸体画のシリーズは？」

キアラは片方の眉を上げた。「モデルが必要だと思うけど」

「そうだね」ガブリエルはキアラの上着のファスナーをひっぱった。「必要だと思う」


キアラは一月まで待ってから、〈ティエポロ美術修復〉で新たなポストについた。社の倉庫は本土のほうだが、営業用のオフィスはサン・マルコ区のおしゃれな3月22日通りにあり、通勤には水上バスで十分しかかからない。ティエポロはキアラをこの街の美術界のエリートたちに紹介し、後継者計画が動きはじめたという謎めいた言葉を口にした。誰かがこのニュースを『イル・ガゼッティーノ』紙にリークしたため、二月下旬、その文化欄に短い記事が出た。キアラの名字を旧姓のゾッリにし、父親は縮小するいっぽうのヴェネツィアのユダヤ人社会のチーフ・ラビであると紹介していた。悪意に満ちた少数のコメント――極右のポピュリストが中心――を除いて、読者の反応は好意的だった。

その記事はキアラの伴侶もしくは家庭生活のパートナーには触れておらず、年齢も性別もはっきりしない二人の子供（たぶん双子）のことが出ているだけだった。キアラの方針によって、アイリーンとラファエルはヴェネツィアにいくつもある私立のインターナショナル・スクールではなく、近所の小学校（スクオーラ・エレメンターレ）に通うことになった。学校の名前は十八世紀の画家カナレットの父親ベルナルド・カナルにちなんだもので、まさにアロン家の子供たちにふさわしかった。ガブリエルが毎朝八時に双子を学校の門まで送っていき、三時半にふたたび迎えに行く。毎日リアルト市場へ出かけて家族の夕食の材料を買ってくるのと、日に二度ずつ学校の送り迎えをするのが、彼が分担する家事のすべてだった。

仕事をするのはおろか、〈ティエポロ美術修復〉の社屋に足を踏み入れることすらキアラに禁じられたため、ガブリエルはありあまる自由時間を埋める方法を工夫した。分厚い本を読んだ。真新しいオーディオ・システムで自分がコレクションした音楽に耳を傾けた。裸体画を描いた――もちろん、記憶をもとにして。なぜなら、いまの彼はモデルを使うことができないからだ。ときたま、彼女が〝ランチ〟をとるためアパートメントに帰ってくる。〝ランチ〟というのは二人だけの呼び方で、大運河を見渡す豪華な寝室で真昼の愛の行為にふける熱いひとときを意味している。

いちばん多いのは散歩だった。コーンウォールで流刑者同然の暮らしを送っていたころのように崖の上をへとへとになるまで歩きまわるのではなく、いかにも暇人らしくゆったりした歩調で、ヴェネツィアの街を目的もなくうろつくだけだった。気が向けば、かつて修復を手がけた絵を見に行くこともあった。修復に不具合が出ていないか確認できれば、それで満足だった。そのあとはどこかのバールに入ってコーヒーを飲んだり、寒い日には、骨を温めるためにもう少し強いものを小さなグラスで飲んだりする。たいてい、客の誰かが天候やその日のニュースを話題にして、彼を話に誘いこもうとする。かつてはそうした誘いを拒んでいた彼だが、いまでは、完璧ながらもわずかに訛りのあるイタリア語でウィットに富んだ返事をしたり、彼自身の鋭い意見を述べたりするようになっている。

彼にとりついた悪魔は一匹ずつ飛び去り、過去の暴力沙汰も、血と炎の夜も、彼の思考と夢のなかから消えていった。以前より自然に笑えるようになった。髪を伸ばすことにした。手縫いのエレガントなズボンやカシミアのジャケットなど、いまの立場にふさわしい新たな服を購入した。ほどなく、衣装部屋の鏡に毎朝姿を映しても、自分だとはわからないほどになった。ほぼ完璧な変身をなしとげた気がした。もはやイスラエルの復讐の天使ではく、〈ティエポロ美術修復〉の絵画部門の責任者だった。キアラとティエポロが人生二度目のチャンスをくれたのだ。今度こそ同じ過ちはくりかえすまい――ガブリエルは自分に誓った。

三月上旬、土砂降りの日が続いていたころ、ガブリエルはキアラに仕事を始める許可を求めた。またしても拒絶されたので、全長十二メートルのバヴァリア社のクルージングヨットC42をオーダーし、その後二週間かけて、アドリア海と地中海をめぐる夏のセーリング旅行の細かい計画を立てた。アパートメントの寝室でとりわけ満足できるランチをとったときに、キアラに旅程表を見せた。

「ほめてあげなきゃ」キアラが称賛のつぶやきを口にした。「今日はなかなかすてきだったわよ」

「きっと、たっぷり休息をとったおかげだ」

「そうなの？」

「休息しすぎて、退屈な男になりかけてる」

「だったら、あなたの午後をもう少し興味深いものにするため、わたしたちにできることがあるかもしれない」

「それはちょっと無理じゃないかな」

「旧友と一杯やるのはどう？」

「その友達が誰かによる」

「オフィスを出ようとしたとき、ジュリアンから電話があったの。ヴェネツィアに来てるから、一分か二分ほどあなたにつきあってもらえないかって」

「どう答えたんだ？」

「〝喜んでお酒をおつきあいするはずよ。わたしの身体を好きにしたあとで〟って」

「最後の部分はもちろん省略しただろう？」

「うん、してない」

「何時に会えばいい？」

「三時」

「子供の迎えはどうする？」

「ご心配なく。わたしがかわりにやっておく」キアラは腕時計をちらっと見た。「問題は、わたしたちがそれまで何をするかだわ」

「きみが何も着ていないから……」

「だから？」

「アトリエに来てポーズをとってくれないか？」

「もっといい考えがあるわ」

「なんだい？」

キアラは微笑した。「デザート」

3

〈ハリーズ・バー〉

シャワーからほとばしる火傷しそうに熱い湯の下に、欲望を絞りつくした身体で立ったガブリエルは、肌にまといつくキアラの痕跡の最後の分を洗い流した。乱れたベッドの足元に彼の服が散乱していた。しわだらけになり、シャツのボタンはちぎれている。ウォークイン・クロゼットで清潔な服を選んで手早く身につけ、階段を下りた。運よく、二系統のヴァポレットがサン・トマの乗場で桟橋に軽くぶつかっていた。それに乗ってサン・マルコ区まで行き、三時きっかりに居心地のいい〈ハリーズ・バー〉に入った。

隅のテーブルでジュリアン・イシャーウッドが携帯電話をいじっていた。中身が半分になったベリーニのグラスを唇の下にあてがっている。ガブリエルがテーブルにつくと、ジュリアンは顔を上げて眉をひそめ、よけいな邪魔が入ったことを迷惑がる表情になった。やがてようやく、相手に気づいたことを示す表情に変わり、そのあとに深い安堵(あんど)を浮かべた。

「きみたち二人がランチタイムをどう過ごすかについて、キアラは冗談を言ったのではなかったようだな」

「ここはイタリアだぞ、ジュリアン。みんな、少なくともランチに二時間かける」

「きみ、三十歳は若返った感じだ。秘密はなんだ？」

「キアラとの二時間のランチ」

ジュリアンの目が細められた。「いや、それだけではあるまい。きみのその様子ときたら、まるで……」ジュリアンの声が途中で消えた。

「まるでなんだい、ジュリアン？」

「修復を終えたかのようだ」しばらくしてから、ジュリアンは答えた。「汚れたニスを落とし、傷んだところを直した。損傷など受けたこともないという感じだ」

「受けていない」

「妙な話だな。なぜかというと、陰気な顔をしたある少年にどことなく似ているからだ。その子は百年ほど前にわたしの画廊にふらっと入ってきた。いや、二百年前だったかな」

「そんなことは起きていない。少なくとも表向きは」ガブリエルはつけくわえた。「わたしがキング・サウル通りの建物を出るとき、あなたの分厚いファイルは記録保管室の奥の奥にしまいこんできた。あなたと〈オフィス〉を結ぶ絆は、いまでは正式に断ち切られている」

「だが、きみとの絆は切れていないよう願いたい」

「今後もあなたにつきまとわれそうだな」ウェイターがベリーニをさらに二杯、二人のテーブルに運んできた。ガブリエルは乾杯のためにグラスを上げた。「で、ヴェネツィアにはなんの用で?」

「このオリーブだ」ジュリアンはテーブルの真ん中に置かれた深皿からオリーブを一粒とり、気どった手つきで口に放りこんだ。「危険なまでにうまい」

今日の彼の装いはサヴィル・ロウの高級店で誂えたスーツと、袖口がフレンチカフスになったブルーのドレスシャツ。銀髪は散髪の必要があるが、それはいつものことだ。全体としてなかなか立派な風采だが、右頰の絆創膏が目ざわりだった。目の下二センチか三センチほどのところに貼ってある。

絆創膏の原因は何なのかとガブリエルは慎重に尋ねた。

「けさ、剃刀と口論して、遺憾ながら剃刀が勝利したわけだ」ジュリアンは深皿のオリーブをもう一粒とった。「で、美人の奥さんとランチしてないときは、きみ、何をしてるんだね?」

「子供たちとなるべく多くの時間を過ごすようにしている」

「子供はまだきみに飽きてないのか?」

「そのようだ」

「心配いらん。もうじき飽きる」

「いかにも生涯独身を通す人間の言いそうなことだ」

「独身もけっこういいものだぞ」

「どういう点が？」

「一分ほど待ってくれ。何か考えるから」ジュリアンは最初のベリーニを飲みほし、二杯目に移った。「ところで、仕事のほうはどうだね？」

「妻のヌードを三枚描いた」

「気の毒に。出来栄えは？」

「悪くない。正直なところ」

「アロンのオリジナル作品が三点となれば、オープン・マーケットでかなりの値がつくぞ」

「わたし以外の者には見せない」

ちょうどそのときドアが開いて、細身のズボンに〈バブアー〉のキルティング・ジャケットという格好のハンサムな黒髪のイタリア人が入ってきた。近くのテーブルにつき、南のほうの訛りでカンパリソーダを注文した。

ジュリアンは深皿のオリーブを見つめていた。「最近、何かクリーニングしたかね？」

「わたしのCDコレクションをすべて」

「絵の話だよ」

「〈ティエポロ美術修復〉ではつい最近、文化財・文化活動省の仕事を請け負い、サン・マルツィアーレ教会の絵を修復することになった。ジュリアア・ラマが描いた四人の伝道者の絵だ。キアラが言うには、わたしが行儀よくしていればその仕事をさせてくれるそうだ」

「で、その報酬として〈ティエポロ美術修復〉にいくら入るんだ?」

「知らん」

「わたしがもっとおいしい話できみを誘惑できるかもしれん」

「例えば?」

「きみのアトリエの窓から本物の景色を眺めながら、大運河の美しい風景画を一週間か二週間で修復するとか」

「帰属は?」

「北イタリア派」

「なんと詳細な」ガブリエルは言った。

〝～派に帰属〟というのは、巨匠作品の由来に関するもっとも曖昧な表現である。ジュリアンが言っている大運河の風景画を例にとると、北イタリアのどこかで働いていた誰かが遠い過去のいずれかの時点でこれを描いたという意味になる。〝～による〟と表現された場合は、スペクトルの反対端に位置することになる。絵を売りに出した美術商もしくはオークション・ハウスが画家本人の作に間違いないと確信していることを、〝〜による〟という表現で示すわけだ。スペクトルの両端にはさまれて、主観的な、そして、ときには推測に過ぎないカテゴリーが並ぶ。上は〝〜の工房〟という信頼のおけるものから、下は〝〜以後〟という曖昧なものまでいろいろだが、どれもみな、買手の購買意欲を刺激すると同時に売手を訴訟から守るために考えだされたものだ。

「きみがこの話を鼻であしらう前に」ジュリアンは言った。「ひとつ言っておこう。わたしはきみに、あの新品のクルージングヨットの代金を充分にカバーできるだけの金を払うつもりでいる。いや、ヨット二隻分にしよう」

「たいした絵でもなさそうなのに払いすぎだ」

「〈オフィス〉の長官時代、きみはずいぶん仕事をまわしてくれた。せめてもの恩返しということで」

「倫理に反する」

「わたしは美術商だぞ、坊や。倫理に興味があれば、アムネスティー・インターナショナルで仕事をしていただろう」

「画廊のパートナーの意見は訊いたのか?」

「サラとわたしはパートナーと言えるような間柄ではない。ドアにはまだわたしの名前が出ているかもしれんが、このところ邪魔にされてばかりだ」ジュリアンは笑顔になった。

「その点もきみに感謝すべきだろうな」

元CIA局員で、高度な教育を受けすぎた美術史家のサラ・バンクロフトを説得して、〈イシャーウッド・ファイン・アーツ〉の日々の経営に関わるようにさせたのがガブリエルだった。また、サラがつい最近結婚を決意したのも彼の勧めによるものだった。サラの夫の複雑な過去から生じた事情がいろいろあったため、結婚式はサリー州の田園地帯にあるMI6の隠れ家でひそかにおこなわれた。ジュリアンは式に参列したわずかな招待客の一人だった。ガブリエルはテルアビブから飛んでくるのが遅くなったが、花嫁の父の代理を務めた。

「で、その名画はどこにあるんだ？」ガブリエルは尋ねた。

「ロンドンで武装警備員に守られている」

「納期は？」

「ほかに急ぎの仕事でも入ってるのかね？」

「事と次第による」

「というと？」

「わたしの次の質問にあなたがどう答えるかによる」

「この顔に本当は何が起きたかを知りたいのか？」

ガブリエルはうなずいた。「今度は正直にな、ジュリアン」

「街灯柱が襲いかかってきたんだ」

「またか？」

「そのようだ」

「頼むから、霧の夜のロンドンだったと言ってくれ」

「じつは昨日の午後のボルドーだった。ヴァレリー・ベランガールという女性の頼みで出かけたんだ。わたしがしばらく前に売った絵のことで話があると言われて」

「まさかファン・ダイクじゃあるまいな？」

「そのまさかだ」

「何か問題があるのか？」

「知らん。ところが、マダム・ベランガールはわたしに会いに来る途中、自動車事故で死亡した」

「その事故に街灯柱も含まれてるのか？」

「歩いてホテルに戻ろうとしたとき、バイクに乗った二人の男がわたしのアタッシェケースを奪おうとした。少なくともそれが二人の狙いだったと思う。ついでにわたしを殺すつもりだったのかもしれない」

4

サン・マルコ区

サン・マルコ広場では、〈カフェ・フローリアン〉に来ている本日最後の客たちのために、弦楽四重奏団がうんざりした顔でセレナーデを演奏していた。

「あの連中、ヴィヴァルディ以外は演奏できないのか?」ジュリアンが尋ねた。

「ヴィヴァルディに何か恨みでも?」

「崇拝しておりますよ。だが、たまにはコレッリを演奏してくれてもいいではないか。もしくは、いっそのこと、ヘンデルとか」

「もしくは、アンソニー・ファン・ダイクとか」ガブリエルは広場の南側にあるアーケードに入り、ある店舗の前で足を止めた。「『アートニュース』の記事には、あなたがどこで絵を見つけたかは出ていなかった。買手が誰なのかもわからない。ただ、値札だけが存在感を示していた」

「六百五十万ポンド」ジュリアンは微笑した。「では、わたしがその絵を買ったときはいくらだったか尋ねてくれ」

「いま尋ねようとしたところだ」

「三百万ユーロ」

「すると、あなたの儲けは百パーセントを超えたわけだな」

「だが、美術の二次市場はそうやって動いていくものだ、坊や。わたしのような美術商は、帰属が間違っていたり、場違いなカテゴリーに入れられたり、過小評価されたりしている絵画を見つけて市場に出すのが仕事なんだ。できれば、金をたんまり持った単数もしくは複数の買手を惹きつけるに充分の勘と貫禄を発揮して。それと、忘れないでもらいたいが、わたしだって経費を負担したんだぞ」

「ロンドンの最高級レストランでゆっくりとるランチかい？」

「いや、そういうランチはパリがほとんどだ。いいかね、わたしはその絵をパリ八区の画廊から買いとった。よりにもよって、ラ・ボエシ通りで」

「画廊の名前は？」

「〈ジョルジュ・フルーリ画廊〉」

「過去にそこと取引したことは？」

「何度もある。ムッシュー・フルーリは十七世紀と十八世紀のフランス絵画を専門に売買しているが、オランダとフランドルの絵画も扱っている。フランスでもっとも裕福な旧家の多くに強力なコネがある。美術品がぎっしり詰まった隙間風のひどいシャトーに住む連中だ。ムッシュー・フルーリは興味深い品が見つかると、わたしに連絡してくる」

「《見知らぬ女性の肖像》はどこで見つかったんだ？」

「古い個人コレクションに入っていたそうだ。それだけしか聞いていない」

「帰属は？」

「アンソニー・ファン・ダイク風」

「そういう曖昧な言い方にしておけば、訴訟を起こされる危険が減るわけだ」

「まあな」ジュリアンは同意した。「だが、ムッシュー・フルーリはファン・ダイク作であることを裏づける証拠があると考えた。わたしにセカンド・オピニオンを求めてきた」

「それで？」

「ひと目見た瞬間、うなじに妙な感覚を覚えた」

二人はアーケードを通り過ぎ、薄れゆく午後の日差しのもとに出た。左手に鐘楼がそびえている。ガブリエルは左へ行くかわりにジュリアンを右のほうへ連れていき、ドゥカーレ宮殿の華麗なファサードを通り過ぎた。パリア橋の上で、ため息の橋に見とれる観光客の群れに加わった。

「何か捜しものでも？」ジュリアンが訊いた。

「古い習慣にまつわる諺があるだろう？」

「わたしの場合、習慣はほとんどが悪しきものだ。だが、きみはわたしが出会ったなかで最高に規律正しい人間だ」

橋を渡った先はカステッロ区だ。二人はスキアヴォーニ河岸に並ぶ土産物店の前を急ぎ足で通り過ぎ、次にサン・ザッカリア広場への道をたどった。国家治安警察隊カラビニエリのヴェネツィア支部がこの広場にある。ジュリアンはかつて、支部の三階の取調室で眠れぬ一夜を送ったことがあった。

「きみの旧友のフェラーリ将軍はどうしてる?」ジュリアンは尋ねた。「いまもハエの翅をむしってるのかね?　それとも、新たな趣味を見つけたとか?」

チェーザレ・フェラーリ将軍は美術遺産保護部隊、通称〝美術班〟のトップとして君臨している。本部はローマの聖イグナツィオ広場を見下ろすパラッツォに置かれているが、ヴェネツィアにも三人の隊員が常駐している。盗まれた絵画の行方を追っていないときは、かつてはイスラエルのスパイ組織のリーダーで、現在はサン・ポーロ区で静かに暮らす人物の監視にあたっている。ガブリエルが永久的な滞在許可証（ペルメッソ・ディ・ソッジョルノ）を取得できるよう手をまわしたのは、このフェラーリ将軍だった。そのため、ガブリエルは彼の機嫌を損ねないように努めている。簡単なことではない。

カラビニエリのヴェネツィア支部のとなりにあるのが、広場の名前の由来となったサン・ザッカリア教会だ。身廊を飾る多数のみごとな美術品のなかに、アンソニー・ファン・ダイクがイタリアで絵の修業と創作に明け暮れた六年のあいだに描いた磔刑図がある。

ガブリエルはその前に立って、片手を顎にあて、首を軽くかしげた。

「さっき、絵の来歴を話そうとしていたね」

「わたしは充分に納得していた」

「というと?」

「その肖像画は十六世紀後半に描かれ、何世紀かのあいだにフランドルからフランスに渡ったものだった。とくに目立った欠点はなく、疑惑を招く要素もなかった」

「修復は必要だった?」

「ムッシュー・フルーリがわたしに見せる前に修復をすませていた。専属の修復師がいるらしい。もちろん、きみの足元にも及ばないと思う。だが、そう悪くなかった」ジュリアンは身廊を横切って反対側へ行き、ベッリーニが描いた荘厳な《聖ザッカリア祭壇画》の前に立った。「きみはすばらしい仕事をした。ベッリーニのご老体も喜んだことだろう」

「そう思ってくれるかい?」

ジュリアンはふりむき、軽い非難のこもった視線をよこした。「きみに謙遜は似合わんぞ、坊や。きみがこの絵を修復したときは、美術界の話題をさらったものだった」

「ベッリーニが描いたときより、わたしが汚れ落としにかけた時間のほうが長かった」

「わたしの記憶するところでは、酌量すべき情状があったからな」

「いつだってそうだ」ガブリエルは祭壇画の前に立つジュリアンのところへ行った。「絵がロンドンに届いたあとで、あなたとサラはおそらく、帰属についてセカンド・オピニオンを求めたことと思うが」

「セカンド・オピニオンどころではない。サード、フォース、フィフスまで求めた。そして、信頼できる鑑定家全員が、その絵はアンソニー・ファン・ダイクの作であり、後世の模倣者が描いたものではないとの結論を出した。一週間もしないうちに、絵はオークションにかけられた」

「幸運な落札者は誰だったんだ?」

「〈マスターピース・アート・ベンチャーズ〉。アート専門のヘッジファンドで、ファンドのオーナーはサラがニューヨークにいたころの古い知り合いだ。名前はたしか、フィリップ・サマセット」

「どこかで聞いたような名前だ」ガブリエルは言った。

「〈マスターピース・アート・ベンチャーズ〉は膨大な数の絵画を売買している。巨匠からコンテンポラリーまでどんなものでも。フィリップ・サマセットは彼のファンドに投資してくれた投資家にいつも年率二十五パーセントのリターンを上げている。たっぷり上前をはねてね。そして、誰かに中傷されたと思ったら、ただちに訴訟を起こす。人を訴えるのがサマセットのお気に入りの娯楽だ」

「だから、見ず知らずの相手からわけのわからない手紙が届いたとき、あなたはあわててボルドーへ出かけることにした」

「じつを言うと、わたしを行く気にさせたのはサラだった。バイクの男たちはどうやら、わたしのアタッシェケースにその手紙が入っていると思いこんでいたようだ。だから、それを奪おうとしたんだ」

「ただのひったくりだった可能性もあるぞ。最近のフランスでは、路上犯罪が数少ない成長産業のひとつだからな」

「連中は違う」

「どうして断言できる？」

「なぜなら、病院(ロピタル)を出てホテルに戻ったところ、わたしの部屋が荒らされていたからだ」ジュリアンはジャケットの前身頃を軽く叩(たた)いた。「幸い、連中は目当ての品を見つけられなかった」

「荒らした犯人は誰だ？」

「身なりのいい二人の男。ベルボーイに五十ユーロ握らせて、わたしの部屋に入りこんだ」

「ベルボーイはあなたからいくらせしめた？」

「百ユーロ」ジュリアンは答えた。「きみにも想像がつくと思うが、その夜はろくに眠れなかった。朝になって目がさめると、ドアの外に『ジュッド・ウエスト』紙が置いてあった。ボルドーの南で起きた自損死亡事故の記事を読んだあと、あわてて荷物を詰めて、パリ行きの最初の列車に飛び乗った。ヴェネツィア行きの十一時の飛行機になんとか間に合った」

「〈ハリーズ・バー〉のオリーブに飢えていたから？」

「じつは、ちょっと考えてたんだが――」

「アンソニー・ファン・ダイクの《見知らぬ女性の肖像》に関してヴァレリー・ベランガールが何を言おうとしていたかを探りだすよう、わたしを説得できないものかと？」

「きみ、フランス政府の上層部に友達が何人かいるじゃないか。そのコネを使えば、きみからひそかに問い合わせをして、スキャンダルの危険を減らすことができるはずだ」

「で、わたしがそれに成功したら？」

「情報の内容しだいだな。その絵の売買が法的または倫理的に見て本当に危険なものだとしたら、フィリップ・サマセットから受けとった六百五十万ポンドは、わたしからこっそり返しておこうと思う。彼の手で法廷にひきずりだされ、かつては光り輝いていたはずのわが評判の残骸をズタズタにされてしまう前に」ジュリアンはマダム・ベランガールの手紙をガブリエルに差しだした。「きみの大事な友達サラ・バンクロフトの評判ももちろんズタズタだしな」

ガブリエルは躊躇し、それから手紙を受けとった。「あなたの専門家たちが作成した帰属に関する報告書が必要だ。もちろん、絵の写真も」

ジュリアンはスマートフォンをとりだした。「どこへ送ればいい？」

ガブリエルはプロトンメールのアドレスを伝えた。スイスで設立したもので、暗号化電子メールのサービスを提供している。しばらくすると、ガブリエルは盗聴の危険のないスマートフォンを手にして、見知らぬ女の青白い頬を写しだした高解像度の画像を丹念に調べていた。

ようやく尋ねた。「あなたが頼んだ専門家のなかに、ひび割れをしっかり見た者はいなかっただろうか？」

「なぜそんなことを訊く？」

「この絵を初めて見たときに感じた妙な感覚を覚えてるか？」

「もちろん」

「わたしもいま、それを感じた」

ジュリアンはグリッティ・パレスに一泊の予約を入れていた。ガブリエルはホテルの入口まで彼を送ってから、サンタ・マリア・デル・ジッリョ広場へ向かった。観光客は一人もいない。まるで排水溝の蓋が開いて、観光客を海へ押し流してしまったかのようだ。

広場の西側を見ると、ホテル・アラの横に暗い路地の入口があった。ガブリエルはそこを抜けてヴァポレット乗場まで行き、日除けの下で水上バスを待っている三人に加わった——六十代後半の裕福そうな北欧系のカップルと、世の中にうんざりといった感じの四十歳ぐらいのヴェネツィア人女性。北欧系のカップルは地図の上で額を寄せ合っている。ヴェネツィア人女性はサン・マルコのほうからゆっくり近づいてくる一系統の船を見つめている。

船が桟橋に着くと、ヴェネツィア人女性が最初に乗りこみ、北欧系のカップルが続いた。三人とも船室の座席にすわった。ガブリエルはいつもの習慣どおり、操舵室のうしろの通路に立った。そこに立ったおかげで、路地から出てきてぎりぎりで間に合った一人の乗客を観察することができた。

黒髪。細身のズボン。〈バブアー〉のキルティング・ジャケット。〈ハリーズ・バー〉にいた男だ。

5

大運河

男は船室に入り、最前列のブルーグリーンのプラスチック椅子にすわった。ガブリエルが記憶しているより背が高く、屈強な体格で、働き盛りという感じだ。三十代前半。せいぜい三十五歳。通ったあとに悪臭が漂うのは喫煙者のしるしだ。ジャケットの左側がかすかに膨らんでいるのは銃を持っているからだろう。

幸い、ガブリエルも銃を携行していた。グリップにウォルナット材を使ったベレッタ92ＦＳの九ミリ。フェラーリ将軍とカラビニエリに正直に伝え、承諾を得たうえで持ち歩いている。とはいえ、できれば銃を抜かずに問題を解決したかった。たとえ自分の身を守るためであっても、暴力行為に及べば、ただちに滞在の許可（ペルメッソ）をとり消され、ひいては家庭における彼の立場が危うくなりかねない。

当然とるべき手段は一刻も早く男をまくことだった。迷路のような通りと建物の下を通る薄暗い通路（ソトポルテゴ）からなるヴェネツィアのような街では、たいしてむずかしいことではない。

ただ、男がなぜガブリエルを尾行していたかを突き止めるチャンスが消えてしまう。男をまくよりも、二人だけで静かに話をしたほうがよさそうだとガブリエルは判断した。

ペギー・グッゲンハイム美術館として建物が公開されているパラッツォ・ヴェニール・デイ・レオーニが、ガブリエルの視界を右から左へすべるように過ぎていった。北欧系のカップルはアカデミア美術館で、ヴェネツィア人女性はカ・レッツォーニコで船を降りた。ガブリエルが降りる予定だったサン・トーマはその次だ。ヴァポレットが桟橋に着いて乗客を一人乗せるあいだ、ガブリエルは操舵室のうしろで身じろぎもせずに立っていた。

船が桟橋を離れたとき、彼の新居となったアパートメントの高い窓のほうへちらっと視線を上げた。琥珀(こはく)色の光を受けて、どの窓も輝いている。子供たちが宿題をやっているだろう。妻は夕食の支度をしているだろう。夫がなかなか帰ってこないので心配しているに違いない。もうじき帰るからね――ガブリエルは思った。その前に片づけなくてはならない小さな用事がひとつある。

ヴァポレットは運河を横断してサンタンジェロの乗場に寄り、次にサン・ポーロ区側に戻って、サン・シルヴェストロの乗場に着いた。ガブリエルはここで降りて桟橋をあとにし、街灯のないソトポルテゴに入っていった。背後で足音がした――屈強な体格で働き盛りという感じの男の足音。ガブリエルは思った――やはり、暴力が少しばかり必要かもしれない。

午後の街を散策するときのゆったりした歩調に変えた。それでもなお、尾行者にゲームを続けさせるために、商店のウィンドーの外で二回ほど足を止めなくてはならなかった。男は尾行のプロではなさそうだ。それだけは明らかだった。また、サン・ポーロ区の通りには詳しくないようで、その弱点のおかげで、ガブリエルは地元民の強みを存分に発揮することができた。

北西方向へ歩きつづけて、サン・タポナル広場を通り、細い路地をいくつも抜け、太鼓橋を渡ると、三方をアパートメントの建物に囲まれた中庭(コルテ)に出た。どの建物も荒廃して無人になっているのをガブリエルはよく知っていて、だからこの中庭まで来ることにしたのだった。

暗い片隅に身を潜めて、尾行者の足音が近づいてくるのに耳を澄ました。長い時間が過ぎ、やがて男が視界に入ってきた。男は月の光のなかで足を止めると、行き止まりだと気がつき、戻ろうとして向きを変えた。

「何か捜しものでも?」ガブリエルはイタリア語で冷静に尋ねた。

男はハッとふりむき、反射的にジャケットの前に手を伸ばした。

「わたしだったら、そんなことはしないだろう」

男は凍りついた。

「なぜわたしを尾行してきた？」

「尾行なんかしてない」

「きみは〈ハリーズ・バー〉にいた。一系統のヴァポレットに乗っていた。そして、いまここにいる」ガブリエルは暗がりから姿を見せた。「一度なら偶然。二度なら多すぎる」

「レストランを捜してるんだ」

「店の名前を言ってくれ。案内してやろう」

「〈オステリア・ダ・フィオーレ〉」

「聞いたこともない」ガブリエルは中庭でもう一歩前に出た。「きみ、その銃にもう一度手を伸ばしてくれ」

「なんのために？」

「わたしがきみの鼻と顎と肋骨数本を砕いても、罪悪感に苛まれずにすむように」

若きイタリア人は無言で横を向くと、身を守るかのように左手を上げたが、右手はこぶしを作って自分の腰にあてた。

「わかった」あきらめのため息をついて、ガブリエルは言った。「どうしてもと言うのなら」

クラヴマガと呼ばれるイスラエルの格闘技は、間断なき攻撃、攻撃と防御の同時進行、冷酷無比な点が特徴だ。何よりもまずスピードが重視される。概して、戦いの持続時間は短く——せいぜい数秒程度——その結果は決定的だ。いったん戦いが始まれば、相手が完全にダウンするまで攻撃がやむことはない。傷が一生残るのはよくあることだ。死もありえなくはない。

人体のなかで攻撃してはならない箇所はひとつもない。それどころか、クラヴマガの習得をめざす者は相手の急所へ攻撃を集中するよう教えこまれる。ガブリエルがまず狙ったのは相手の無防備な左脚の膝頭で、そこに強烈な蹴りを入れ、そのあと渾身の力をこめて左足の甲を靴のかかとで踏みつけた。次は股間とみぞおちを攻撃してから、肘打ちと平手打ちを、喉、鼻、頭に矢継ぎ早に見舞った。イタリア人のほうは、ガブリエルより若くて体格もいいのに、ただの一度もパンチや蹴りを命中させることができなかった。とはいえ、ガブリエルも無傷ではすまなかった。右手がズキズキ疼いていた。たぶん、骨にひびが入ったのだろう。クラヴマガ版オウンゴールといったところか。

倒れた相手に脈があるか、呼吸をしているかを、左手の指で調べた。両方とも大丈夫だったので、男のジャケットの胸元に手を入れ、間違いなく銃を持っていることを確認した——ベレッタ八〇〇〇。カラビニエリ隊員の標準装備とされている銃だ。意識不明の男のポケットからガブリエルが見つけた身分証がそれを裏づけていた。ルカ・ロセッティ大尉、美術遺産保護部隊ヴェネツィア支部。

美術班か……。

ガブリエルは銃を男のホルスターに、身分証をポケットに戻してから、カラビニエリのヴェネツィア支部に電話をかけ、サン・タポナル広場近くの中庭に負傷した男が倒れていると通報した。自分の名前は出さず、電話番号も出ないようにし、完璧なヴェネツィア方言を使った。フェラーリ将軍には明日話をしようと決めた。その前に、手の怪我(けが)のことをキアラに説明するため、もっともらしい作り話を考えなくてはならない。サン・ポーロ橋を渡っているときにいい考えが浮かんだ。自分は悪くない、とキアラに言おう。いまいましい街灯柱が襲いかかってきたのだ、と。

6

サン・ポーロ区

五分後、ガブリエルがアパートメントの玄関へ続く階段をのぼっていくと、ワインとスパイスのなかでコトコト煮えている子牛肉のよだれの垂れそうな匂いに迎えられた。キーパッドに暗証番号を打ちこんでラッチをまわしたが、両方とも左手でどうにかすませた。右手はジャケットのポケットに隠した。そのままリビングに入ると、アイリーンがカーペットの上で腹這い(はらば)いになり、手に鉛筆を握り、磁器のような小さな額にしわを寄せていた。

ガブリエルはイタリア語で娘に話しかけた。「おまえの部屋に可愛い(かわい)い机があるだろう?」

「宿題は床の上でするほうが好きなの。集中できるから」

「なんの宿題かな?」

「算数。つまんない」アイリーンは母親にそっくりの目でガブリエルを見上げた。「どこ行ってたの?」

「人と会う約束があった」

「誰?」

「古い友達」

「〈オフィス〉の仕事をしてる人?」

「どこからそんな考えが浮かんできたんだ?」

「パパの古い友達って、みんなそうだもん」

「みんなじゃないよ」ガブリエルはそう言いながらラファエルのほうを見た。息子はカウチに寝そべり、怖いほどの集中力を発揮して、手にしたディスプレイ画面のようなものにまつげの長い翡翠(ひすい)色の目を据えていた。「あいつ、何やってるんだ?」

「マリオ」

「誰?」

「コンピュータ・ゲーム」

「どうして宿題をしてないんだ?」

「もう終わってる」アイリーンは鉛筆の先を兄のノートに向けた。「自分で見てみて」

ガブリエルは首を横へ伸ばしてラファエルの宿題に目を通した。足し算と引き算の基本的な計算問題が二十。すべて一度で正解している。

「パパ、子供のとき算数得意だった?」アイリーンが訊いた。

「あんまり好きじゃなかった」

「ママは？」

「ママはローマの歴史を勉強してた」

「パドヴァで？」

「そう」

「ラファエルとあたしもパドヴァの大学へ行くの？」

「まだ小さいんだから、そこまで考えなくてもいい。そうだろ？」

アイリーンはため息をつくと、人差し指の先をなめてワークブックの新しいページと向き合った。キッチンの温もりのなかで、ガブリエルはキアラがブルネッロ・ディ・モンタルチーノのボトルのコルクを抜いているのに気づいた。カウンターのブルートゥースのスピーカーからアンドレア・ボチェッリの歌声が流れてくる。

「この曲、昔から好きだったな」ガブリエルは言った。

「なぜかしら」キアラは彼女の携帯電話を使って音量を落とした。「どこかへお出かけ？」

「えっ？」

「コートを着たままだから」

「ちょっと寒くてね。それだけのことさ」ガブリエルは光り輝くステンレス製のヴァルカン社のオーブンの前まで行き、のぞきこんだ。オレンジ色のキャセロール鍋が入っている。キアラがオッソブーコを作るときに使うものだ。「これ、なんのご褒美だい？」

「思いつけることがひとつかふたつあるわ。いえ、三つかしら」

「できあがるまでにどれぐらいかかる？」

「あと三十分必要ね」キアラがブルネッロを二個のグラスに注いだ。「それだけあれば、ジュリアンとどんな話をしたかをわたしに報告できるわよ」

「話は食事のあとにしたい。きみさえかまわなければ」

「何か問題でも？」

ガブリエルはあわててふりむいた。「なんでそんなことを訊く？」

「ジュリアンが登場すると、いつも問題が起きるから」キアラは一瞬、ガブリエルに用心深い目を向けた。「しかも、あなたは何かで苛立ってるみたいに見える」

ガブリエルは少なからぬ罪悪感を覚えつつ、苛立ちをラファエルのせいにするのがもっとも賢明なやり方だと決心した。「きみの息子はあのコンピュータ・ゲームに夢中で、父親が帰ったことに気づきもしなかった」

「わたしが許可したのよ」

「なぜ？」

「あの子、たった五分で算数の宿題をすませてしまったから。学校の先生たちは天才だと言ってるわ。専門家の指導を受けてほしいって」

「わたしの遺伝でないことはたしかだな」

「わたしでもなさそう」キアラは彼にワインのグラスを差しだした。「アトリエに小包が置いてあるわ。差出人はあなたのガールフレンドのアンナ・ロルフみたいよ」キアラは冷たく微笑した。「少し音楽でも聴いてリラックスなさい。気分がよくなるわ」

「いまだって気分はいい」

ガブリエルは左手でワインを受けとると、夫婦の寝室にひっこみ、キアラの化粧鏡の照明をつけて、負傷した指先を丹念に調べることにした。軽く触れただけで激痛が走るのは、少なくとも第五中手骨に細いひびが入っている証拠だ。かなり腫れているのがはっきりわかるが、まだあざにはなっていない。ただちに患部を固定して氷で冷やす必要がある。しかしながら、この状況ではどちらも無理なので、アルコールと鎮痛剤に頼るしか治療法はなかった。

薬の戸棚からイブプロフェンの小瓶をとり、エメラルド色のカプセルを何個かてのひらに出して、ブルネッロで呑み下した。アトリエに入ると小包が置いてあった。ドイチェ・グラモフォンの広報部からだ。モーツァルトのすばらしいバイオリン協奏曲五曲を収録した二枚組のCDが出てきた。注目に値するのは、作曲のときに使われたのと同じ楽器でバイオリニストがレコーディングをしたことだった。

ガブリエルは一枚目のCDをプレイヤーのトレイにのせて再生ボタンを押し、イーゼルのところへ行った。ブロケード織りのカウチに全裸で横たわる、若く美しい女性をじっと見つめた。憂いを帯びた視線が、彼女を見つめる相手――この場合は彼女を描いた画家――に向けられている。〝何か問題でも?〟いや、手が痛みに疼くなかで、ガブリエルは思った。なんの問題もない。

ガブリエルが最初の二曲に耳を傾けたところで、キアラからダイニングルームに呼ばれた。テーブルに並んだ料理は『ボナペティ』誌のグラビア撮影のために用意されたかのようだった――リゾット、オリーブ油で艶を出した焼き野菜が盛り合わせてある大皿、そしてもちろん、子牛すね肉のかたまり。トマトとハーブとワインで作った濃厚なソースのなかに浮かんでいる。いつものように、フォークで切れるぐらい柔らかなので、ガブリエルも片手で食べることができ、反対の手は保護のため膝にのせておいた。ブルネッロと鎮痛剤のセラピーが魔法のように効いていた。わずかに痛みを意識する程度になっていた。しかし、薬の効き目が消えれば痛みが報復に戻ってくるのは間違いない。たぶん、午前三時前後あたりに。

会話をリードするキアラの目がろうそくの光を受けてきらめいた。キアラはラファエルの数学の才能を話題にし、話はやがて、どうすればその才能を活かせるかという議論へ移った。一家の環境保護論者であるアイリーンが、兄は気候科学の分野でキャリアを積むことを考えるべきだと言った。

「どうして？」ガブリエルは探りを入れた。

「地球温暖化に関する国連の新しい報告書を読んだ？」

「おまえは？」

「学校でそれについて議論したのよ。アントネッリ先生の話だと、ヴェネツィアはもうじき水の下に沈むんだって。グリーンランドの大氷原が融けてるから。アメリカがパリ協定から離脱さえしなければこんなことにはならなかったって、先生が言ってる」

「それは疑問の余地ありだな」

「それから、地球の大幅な気温上昇を抑えようとしても、もう手遅れだって」

「その点は先生が正しい」

「アメリカはどうして離脱したの？」

「当時大統領だった男が地球温暖化は捏造だと考えたからだ」

「そんなの誰が信じるの？」

「アメリカの極右勢力のあいだには、そういう困った考えがはびこっている。だが、何か楽しい話をしないか？」

話題を選んだのはラファエルだった。「〝ウォーク〟ってどういう意味？」

ガブリエルは息子のほうへ視線を向け、それから精一杯真摯に答えた。「アメリカの黒人コミュニティで生まれた言葉だ。誰かが〝ウォーク〟だというのは、人種問題に対する不寛容と社会的不公平を含む問題をその人が気にかけているという意味なんだ」

「パパもウォークなの？」

「もちろん」

「ぼくもたぶんウォークだ」

「もしパパがおまえだったら、それは内緒にしとくだろうな」

食事がすむと、子供たちはめいめいが使った皿と、料理を盛り合わせるのに使った大皿の片づけを進んで手伝うことにし、わずかな口喧嘩（くちげんか）もせず、食器を割ることもなく、手伝いを無事に終えた。残ったワインをキアラが二人のグラスに注ぎ、自分のグラスをろうそくの光にかざした。

「どこから始める？　ジュリアンと会ったときのこと？　それとも、あなたの右手の新しいタトゥーについて？」

「タトゥーではない」

「安心したわ。じゃ、なんなの？」

ガブリエルは膝に置いていた手を上げ、テーブルクロスの上に注意して置いた。

キアラはたじろいだ。「痛そう」

「うん」ガブリエルは暗い声で言った。「だが、相手の男をきみに見てほしかった」

7

サン・ポーロ区

「絵筆が握れるかどうか見てみた？」

「もう一度握る気になるかどうかわからない」

「どれぐらい痛むの？」

「いまのところ、痛みはまったくない」

ガブリエルはキッチンのアイランド・カウンターでスツールに腰かけ、右手を氷水のボウルに浸けていた。腫れを抑える役には立たなかった。どちらかと言えば、さらに腫れてきたようだ。

「まじめな話、レントゲンを撮ったほうがいいわよ」キアラが言った。

「で、骨折したときの状況を整形外科医に訊かれたら？」

「どんな状況だったの？」

「たぶん、ナイフのように鋭いパンチを食らったんだと思う」

「どこに？」

「言いたくない」

「あなた、その人を殺してないでしょうね」

「元気になると思う」

「思う？」

「いずれ」

　キアラは困惑のため息をつきながら、マダム・ヴァレリー・ベランガールの手紙を手にとった。「この人、ジュリアンに何を言おうとしたのかしら」

「数通りの可能性がある。まず、はっきりした事実から見ていこう」

「どんな事実？」

「絵はマダムのものだった」

「だったら、その人、どうして警察に通報しなかったの？」

「してないって誰が言った？」

「ジュリアンはその絵を市場に出す前に、〈アート・ロス・レジスター〉のデータベースでチェックしたはずよね？」

「盗品かどうかのチェックもせずに美術品を売買するような美術商はどこにもいない」

「盗品かどうかは知りたくないって美術商が思った場合は、話が違ってくるわよ」

「われらがジュリアンは完璧からほど遠い人間だ。しかし、盗品であることを承知の上で絵を売ったことは一度もない」

「たとえあなたのためでも？」

「ないと思う」

キアラは微笑した。「可能性その二は？」

「ベランガール家の絵が戦時中に盗みだされ、以後ずっと行方知れずだったのかもしれない」

「ヴァレリー・ベランガールはユダヤ人だったというの？」

「そんなこと言ったか？」

キアラは手紙を脇に置いた。「可能性その三は？」

「わたしの電話のロックを解除してくれ」

キアラは十四文字の難解なパスワードを打ちこんだ。「何が見られるの？」

「《見知らぬ女性の肖像》の詳細な画像」

「何か問題でも？」

「クラクリュールのパターンがきみにはどんなふうに見える？」

「木の樹皮」

「では、そこから何がわかる？」

「あなたのすぐれた知識を拝聴することにするわ」

「絵画の表面に樹皮に似たひび割れが生じるのは、フランドル絵画の典型的な特徴だ」ガブリエルは説明した。「もちろん、ファン・ダイクはフランドル出身の画家だった。だが、彼が使った絵具はオランダの同時代の画家たちのものとよく似ていた」

「つまり、ファン・ダイクの絵の表面のひび割れは、フランドル絵画よりオランダ絵画に近いってこと？」

「正解。ナショナル・ギャラリーのウェブサイトで《レディ・エリザベス・シンベルビーとその妹》を見てみれば、わたしの言いたいことがわかるはずだ」

「お言葉どおりに受けとっておくわ」キアラはガブリエルの電話の表面を親指でカチカチ叩きながら答えた。

「何を捜してるんだい？」

「『シュッド・ウエスト』紙の記事」キアラは人差し指の先端を画面の下へ向かってすべらせた。「あ、あった。事故が起きたのは昨日の午後で、場所はサン＝マケールのすぐ北のD10号線。憲兵隊はマダム・ベランガールが運転を誤ったと考えてるようね」

「彼女、何歳だった？」

「七十四」

「夫は？」

「すでに亡くなってる。ジュリエット・ラガルドという娘がいるみたい」キアラは言葉を切った。「その人があなたに会うのを承知するかもしれないわね」

「わたしは骨休めをするように言われたはずだが」

「まあね。でも、いまの状況だと、二、三日ヴェネツィアを離れたほうがよさそうよ。運よくいけば、逃げたことをフェラーリ将軍に気づかれる前に、飛行機で空を飛んでるかもしれない」

ガブリエルは氷水から手を出した。「どう思う？」

「副木だけで充分だわ。空港へ行く途中で薬屋に寄って買っていきなさい。でも、ひとつアドバイスしておくと、ボルドーにいるあいだ、人に殴りかかるのは控えたほうがいいわ」

「わたしのせいではなかった」

「誰のせいだったの、ダーリン？」

マダム・ベランガールのせいだ、とガブリエルは思った。ロンドンにあるジュリアンの画廊に電話するだけでよかったのに。ところが、マダムは手紙をよこした。そして、命を落とすこととなった。

8

サン・ポーロ区

ガブリエルは疲労困憊（ひろうこんぱい）でベッドにもぐりこむと、右手を胸の上にそっと置き、夢も見ない眠りに落ちた。四時、激痛で目がさめた。大運河をリアルト市場のほうへ向かう何艘（そう）ものはしけの音に耳を傾けながら、眠れぬまま横になっていたが、一時間ほどしてから忍び足でキッチンへ行き、〈ラバッツァ〉のコーヒーマシンの電源ボタンを押した。

コーヒーができあがるのを待つあいだに、スマートフォンを揺らして息を吹きかえさせ、フェラーリ将軍から夜間の連絡が一度も入っていなかったことを知ってホッとした。『シユッド・ウエスト』の記事をチェックしたところ、ヴァレリー・ベランガール（七十四歳）はやはり死亡したことが確認できた。葬儀の予定に関して小さな最新情報が加わっていた。金曜日午前十時、サン゠マケールのサン゠ソーヴール聖堂でとりおこなわれるとのこと。ガブリエルは思った――マダム・ベランガールの生家の宗教がなんであったにせよ、カトリック教徒として人生を終えるわけだ。

コーヒーでふたたびイブプロフェンを流しこんだ。シャワーと着替えをすませ、くしゃくしゃになったエジプト綿のシーツに包まれたキアラがとなりの部屋で眠りつづけているあいだに、一泊用の旅行カバンに衣類をいくつか放りこんだ。六時半になると、子供たちがベッドから出てきて朝の食事を要求した。アイリーンはいつものようにミューズリとヨーグルトの朝食をとりながら、ガブリエルを非難の目で見た。

「ママに聞いたよ。パパがフランスへ行くって」

「ほんのしばらく」

「どういう意味？」

「これからしばらくのあいだ、学校のお迎えはおまえのおばあちゃんがやってくれるという意味だ」

「何日ぐらい？」

「まだ決まっていない」

「パパが迎えに来てくれるほうがいい」ラファエルが断言した。

「パパだと、帰り道にいつもケーキ屋（パスティッチェリア）に寄るからだろ」

「それもあるけど」

「パパもおまえたちを迎えに行くのが好きだよ。正直に言うと、一日のうちで大好きな時間のひとつだ」

「ほかにパパの大好きなことって？」

「次の質問にしよう」

「どうしてまた出かけなきゃいけないの？」アイリーンが訊いた。

「友達がパパの助けを待ってるから」

「別の友達？」

「同じ友達だよ」

アイリーンは頬を膨らませ、食欲が湧かない様子で、深皿の中身をかきまわした。娘の不安の原因がガブリエルにはよくわかっていた。〈オフィス〉の長官をしていたあいだに三度、暗殺の標的にされた。最後に狙われたのはワシントンD.C.で大統領就任式がおこなわれた日で、彼のことを、生き血を飲み、サタンを崇拝する小児性愛者のカルトのメンバーだと信じこんだアメリカ中西部出身の下院議員に胸を撃たれたのだった。それ以前の二回の暗殺未遂は、もっと散文的ではあるが、どちらもフランスでの出来事だった。大きく報道されたものの、子供たちはそんな事件など起きなかったような顔で通している。いまだに不快な後遺症に悩まされているガブリエルも似たような態度をとっている。

「何も起きたりしないからね」ガブリエルは娘を安心させようとした。

「パパはいつもそう言ってる。でも、いつだって何か起きてるよ」

反論しようのないガブリエルが顔を上げると、キッチンのドアのところにキアラが立ち、軽い苦笑を浮かべているのが見えた。

「一本とられたわね」キアラは自分のカップにコーヒーを注ぎ、ガブリエルの手を見た。

「具合はどう？」

「新品同様だ」

キアラが手を軽く握った。「痛みはない？」

ガブリエルは顔をしかめたが、沈黙を通した。

「やっぱりね」キアラは彼の手を放した。「荷造りは終わった？」

「ほとんど」

「子供その一とその二を学校へ送っていくのは誰？」

「パパ」子供たちが声をそろえて言った。

ガブリエルは寝室にひきかえすと、ウォークイン・クロゼットに隠してある金庫のロックをはずした。そこに入っているのは、ドイツのパスポート二種類、現金二万ユーロ、そして、彼のベレッタ。パスポートの片方をとりだしたが、銃は置いていくことにした。イタリアの官憲当局との取り決めに従えば、彼が機内に銃を持ちこむことは許可されていない。それに、フランスで必要に迫られた場合は、昔の諜報機関の助けがあろうとなかろうと、足のつく心配のない銃を電話一本で調達できる。

旅行カバンを玄関ホールに置き、午前七時四十五分、キアラと子供たちのあとからパラッツォの階段を下りた。外の通りに出ると、キアラはサン・トーマのヴァポレット乗場のほうへ行こうとした。そこで急に足を止め、ガブリエルの唇にキスをした。

「フランスではくれぐれも気をつけて。いいわね？」

「誓います」

「お返事が間違ってるわよ、ダーリン」キアラがガブリエルの胸の左側にてのひらをあてると、突然、彼の電話の振動が伝わってきた。「あらら。いったい誰かしら」

9

〈バール・ドガーレ〉

環境問題についての意識が高く、信頼できる民主的な社会主義者である教師のシニョーラ・アントネッリにアイリーンとラファエルを預けてから、ガブリエルは人気のない通りをフラーリ広場のほうへ向かった。広場はまだ午前中の影に覆われていたが、力強いゴシック様式の聖堂の赤い瓦屋根を慈悲深き太陽が照らしていた。ヴェネツィアで二番目に高い鐘楼の足元に、ブルーのクロスをかけたクロム製のテーブルが八つ並んでいる。サン・ポーロ区で観光客にけっこう人気があるカフェのひとつ〈バール・ドガーレ〉のテーブルだ。

そのひとつにフェラーリ将軍の姿があった。メダルと勲章がたくさんついたブルーの制服を脱ぎ捨て、かわりにビジネススーツとオーバーを着ている。挨拶のために差しだした手は指が二本欠けている。一九八八年、カラビニエリのナポリ管区の指揮をとっていた時期に届いた手紙爆弾のせいだ。とはいえ、彼の握力は万力のようだった。

「何かあったのかね?」腰を下ろしたガブリエルに将軍は尋ねた。

「絵筆を握った年月が長すぎた」

「運がいいと思いたまえ。わたしなんか、左手だけでほぼすべてをこなす方法を学ばなきゃならなかった。それに、もちろん、こいつもある」将軍は右の義眼のほうを指さした。

「ところが、きみのほうはつい最近の死との遭遇を、かすり傷ひとつ負わずに乗り越えたようだな」

「かろうじて」

「ワシントンではあとどれぐらいできみを失うところだったんだ?」

「心電図の線が二回平坦になった。二回目は臨床的に言うと十分近く死亡状態にあった」

「何か見えたかね?」

「例えば?」

「まばゆい白い光は?　全能の神の顔は?」

「覚えているかぎりでは見ていない」

将軍はガブリエルの返事を聞いてがっかりした様子だった。「そう言うと思った」

「来世がないという意味ではない、チェーザレ。意識を失ったあとに起きたことは何ひとつ記憶していないという意味に過ぎない」

「その問題について、きみ自身、考えたことはあるかね?」

「神の存在について？　来世について？」

将軍はうなずいた。

「ホロコーストによって、わたしの両親は神への信仰を奪われた。子供のころのわが家の宗教はシオニズムだった」

「きみは神をまったく信じていないのか？」

「わたしの信仰心は芽生えたり消えたりしている」

「では、奥さんは？」

「あれはラビの娘だ」

「たしかな筋によると、ヴェネツィアの文化と美術の守護者たちは彼女に魅了されているそうだ。明るい未来がここできみたち二人を待っているようだな」将軍の義眼がしばらくのあいだ、何も見えないままガブリエルに据えられた。「それなのに、きみの最近の行動ときたら、どうにも腑に落ちない」

将軍はスマートフォンにパスコードを打ちこみ、テーブルに置いた。ガブリエルは画面にちらっと視線を落とした。そこに映しだされたあざだらけの腫れあがった顔には、ガブリエルが昨日の夕方出会った男の面影はほとんどなかった。

「顎をワイヤで固定する必要があった」フェラーリ将軍は言った。「イタリア人にとっては死よりもひどい運命だ」

「身元を明かしてさえいれば、今日これからゆっくり時間をかけて贅沢なランチができたはずなのに」

「本人の話だと、きみがその機会をくれなかったそうだ」

「そもそも、男はなぜわたしを尾行していた？」

「それは違う。あいつが尾行してたのはきみの友達のほうだ」

「ジュリアン・イシャーウッド？　なんのために？」

「何年か前にコモ湖で起きた不運な事件の結果、シニョール・イシャーウッドは美術班の監視リストにのることになった。彼がイタリアに来るたびに、われわれは監視の目を光らせる。先週ヴェネツィア支部に配属されたばかりのロセッティが貧乏クジをひいてしまった」

「ジュリアンがわたしと一緒にいるのを見たあと、さっさと〈ハリーズ・バー〉から出ていけばよかったんだ」

「とどまるようにわたしが命じた」

「われわれが何を話しているのかを知りたかったから？」

「まあな」

「それでもまだ、そいつがわたしを尾行してヴァポレットに乗ってきた理由の説明にはならない」

「きみが無事に帰宅することを確認しようとしたんだ。それなのに、その親切な行為にきみはどうやって報いた？　暗くなった中庭で、うちでもっとも優秀な新人隊員の一人をぶちのめしただけじゃないか」

「誤解だったんだ」

「だとしても、わたしはこのうえなく困難な選択を迫られている」

「なんだ、それは？」

「ただちにきみを国外追放にするか、もしくは、長期間投獄するか。わたしの意見は後者に傾いている」

「では、その運命を回避するために、わたしは何をすればいい？」

「まずは、少なくとも悔悛（かいしゅん）の情を示すことだ」

「わが過失なり（メア・クルパ）、わが過失なり（メア・クルパ）、わが最大の過失なり（メア・マクシマ・クルパ）」

「よしよし。では、シニョール・イシャーウッドがヴェネツィアに来た理由を話してくれ。さもないと」将軍は腕時計にちらっと目を向けた。「きみは飛行機に乗り遅れる」

　カプチーノとコルネットの朝食をとりながら、ガブリエルはジュリアンから聞いた話を詳しく語った。そのあいだ、フェラーリの義眼はまばたきもせずガブリエルに据えられたままだった。その表情からは何ひとつ読みとれなかった――かすかな退屈のほかは何も、とガブリエルは思った。将軍は美術関係の犯罪を追う世界最大規模にして最高の能力を備えた組織のリーダーだ。こんな話はうんざりするほど耳にしているはずだ。

「そう簡単にできることではないぞ。車の死亡事故を仕組むのは」

「プロがやれば、そのかぎりではない」

「経験があるのか？」

「事故を仕組んで誰かを殺した経験？　思いだせるかぎりでは一度もない」ガブリエルは言った。「だが、どんなことにせよ、初めてのときはあるものだ」

将軍は乾いた笑い声を上げた。「とはいえ、もっとも筋の通った説明をするなら、そのベランガールという女性がシニョール・イシャーウッドとの約束の時間に遅れそうになり、悲劇的な事故で死亡したといったところだろう」

「ジュリアンのアタッシェケースを奪おうとした二人の男は？」

フェラーリは肩をすくめた。「ただのひったくりだ」

「では、ジュリアンのホテルの部屋を荒らした連中は？」

「それについては」将軍は正直に認めた。「説明がつかん。だから、きみの友達にアドバイスさせてくれ。知っていることをすべてフランスの美術犯罪ユニットに話すように、と。国家警察の一部局で、文化財産不正取引取締中央部と呼ばれている」

「覚えやすい」ガブリエルは言った。

「フランス語で言えばすてきな響きになると思う」

「たいていそうだ」

「わたしと同じ立場にあるフランス側の人物に喜んで連絡させてもらおう。ジャック・メナールという男だ。わたしをほんの少し嫌っている」

「シニョール・イシャーウッドのほうは、警察をこの件に巻きこむつもりはない」

「なぜだね？」

「アレルギーのせいだろう」

「美術商やコレクターに共通の症状だな。もちろん、自分が持っている貴重な絵画が紛失すれば話は別だ。そのときはわれわれの人気が急激に高まる」将軍は微笑らしきものを浮かべた。「きみはおそらく、マダム・ベランガールの娘から調査を始めるつもりだろうな」

「向こうが会ってくれれば」

「偉大なるガブリエル・アロンに会う機会を拒める者がどこにいる？」

「母親の死を悲しんでいる女性」

「パリの美術商はどうだ？」

「信頼できる男だとジュリアンは断言している」

「よかったら、うちのデータベースでそいつの名前を検索して、何か出てこないかやってみようか」

「パリの美術界にはわたしも独自のコネを持っている」

「たしか、業界のダーティな側だな」フェラーリ将軍は肺いっぱいの空気を吐きだした。「さて、若きロセッティ大尉の話に戻るとしよう」

「わたしが本人と話したほうがいいだろう」

「言っておくが、ロセッティにはきみに会う気はない。正直に言うと、ゆうべのあの展開にいささかバツの悪い思いをしているようだ。なにしろ、きみの体格はやつの半分なのに」

「しかも、年齢は二倍」

「それもある」

ガブリエルは時刻をたしかめた。

「どこかへ行くのか?」将軍が訊いた。

「空港へ行きたいんだが」

「カラビニエリのパトロール艇が十時にサン・トーマできみを拾ってくれる」

「十時じゃぎりぎりだ。そう思わないか?」

「アリタリア航空の係員がきみをアテンドして保安検査場を通り、飛行機に直接乗せてくれる。それから、キアラと子供たちのことは心配しなくていい」カプチーノをさらに二杯頼みながら、将軍はつけくわえた。「きみが留守のあいだ、われわれが見守っておく」

10

ヴィラ・ベランガール

　中世に英国の国王たちがフランス全土の所有権を主張したとき、絵のように美しい村サン゠マケールにヴィル・ロワイヤル・ダングルテールという名前がつけられた。それから何世紀もの歳月が流れたが、村はほとんど変わっていないように見える。昔ながらの村の入口には中世の塔が衛兵のごとくそびえ、時計の針は五時半を差していた。そのとなりに〈ラ・ベル・リュレット〉というカフェがあった。ガブリエルはウェイターに二十ユーロ札を手渡し、マダム・ヴァレリー・ベランガールの住所を知らないかと尋ねた。

「月曜日の午後、車の事故で亡くなりましたよ」

　ガブリエルは無言で紙幣をもう一枚渡した。

「マダムのヴィラはシャトー・マルロメの近くです。東へ二キロぐらいかな」ウェイターは紙幣をエプロンのポケットにすべりこませた。「入口は道路の左側にあります。見落としっこありません」

シャトーがあるのはサン＝タンドレ＝デュ＝ボワという地区で、サン＝マケールの北に大きく広がる丘の中腹に建っていた。砂利混じりの粘土質土壌の質の良さで有名な四十ヘクタールの敷地を、十九世紀の終わりにアデル・ドゥ・トゥールーズ＝ロートレック伯爵夫人が購入した。息子は画家で、挿絵も描いていて、パリの売春宿やキャバレーが創作の源だったが、夏はこのシャトーで過ごしていた。

シャトーの東側の道路は危険なほど狭く、両側にブドウ畑が続いていた。ガブリエルがレンタカーの計器パネルに片方の目を向けながらきっかり二キロ走ると、教わったとおり、道路の左側に一軒の屋敷が見えてきた。前庭にプジョーのステーションワゴンが止まっている。メタリックブルー、パリのナンバー。その横に車を止めてエンジンを切った。車のドアをあけたとたん、すさまじい勢いで犬が吠えた。またか――ガブリエルはそう思って車を降りた。

用心しつつ屋敷の玄関に近づいた。ベルの押しボタンのほうへ手を伸ばしたとき、玄関ドアが開いて女性が姿を現した。服も表情も暗い感じで、つねに太陽を避けている者に特有の青白い肌をしていた。四十代初めのようだが、そう言いきれる自信はガブリエルにはなかった。巨匠の絵画が相手なら、いつごろの作品かを誤差数年の範囲内で正確に推測できる。ところが、相手が現代の女性となると、アンチエイジングの化粧品や注射のせいで見当もつかない。

「マダム・ラガルド?」

「ウィ。どういったご用件でしょう、ムッシュー?」

ガブリエルは自己紹介をした。仕事の場で使ってきた偽名ではなく、とっさに思いついた偽名でもなく、本名を名乗った。

「前にどこかでお会いしました?」ジュリエット・ラガルドが訊いた。

「いや、それはないと思います」

「でも、お名前に覚えがあります」彼女の目が細められた。「お顔にも」

「新聞でわたしのことを読まれたのかもしれません」

「どういうこと?」

「以前、イスラエルの諜報機関の長官をしていたのです。フランス政府と緊密に協力しあってイスラム国との戦いを進めてきました」

「まさか、あのガブリエル・アロンじゃないでしょうね?」

ガブリエルは彼女に申しわけなさそうな笑顔を向けた。「じつはそうなんです」

「いったいなんの用でここに?」

「お母さんに関して二、三お尋ねしたいことがあって」

「母は——」

「月曜日の午後、事故で亡くなられた」ガブリエルはうしろを向き、前庭で彼を威嚇している大型のベルジャン・シェパードにちらっと目を向けた。「話は家のなかでさせてもらえないでしょうか？」

「犬が怖いわけじゃないでしょ？」

「平気です。ただ、ああいう犬だけは苦手でね」

　話をしてみてわかったのだが、ジュリエット・ラガルドもあまり犬好きではなかった。あの犬は管理人のジャン゠リュクのものだという。ジャン゠リュクはベランガール家に三十年以上仕えてきた人物で、一家がパリにいるときは屋敷を管理し、小さなブドウ畑の世話をしている。商事専門の敏腕弁護士だったジュリエットの父親が、自分の手で畑にブドウの苗を植えたのだ。ジュリエットがまだソルボンヌ大学の学生だったころに、父親は重篤な心臓発作を起こして亡くなった。ジュリエットは役にも立たない文学の学位を取得したあと、現在はフランス最大手のアパレル会社のひとつでマーケティングの仕事をしている。母親はパリで起きたイスラム過激派のテロ攻撃に怯えて、最近はサン゠タンドレ゠デュ゠ボワで過ごすことがほとんどだった。

「母はイスラム教徒を嫌っているわけではないし、極右の信奉者でもなかったわ。都会より田舎のほうが好きというだけのことだった。わたしは一人暮らしの母のことが心配だったけど、こちらには母のお友達がたくさんいて、母自身の暮らしがあったから」

二人は屋敷の広々としたキッチンに立ち、電気ケトルの湯が沸騰するのを待っていた。屋敷のなかは静かだった。

「お母さんとはどれぐらいの頻度で話をしておられました？」ガブリエルは訊いた。

「週に一度か二度」ジュリエット・ラガルドはため息をついた。「このところ、母との仲がぎくしゃくしてたね」

「理由を伺ってもいいですか？」

「再婚のことで口論してたの」

「お母さんにどなたか交際相手が？」

「母に？　まさか」ジュリエット・ラガルドは左手をかざした。結婚指輪がない。「母はわたしが手遅れにならないうちに二人目の夫を見つけるよう願ってたの」

「一人目の夫はどうなったんです？」

「わたし、仕事が忙しすぎて、夫が職場の若い女性と情熱的なひとときを過ごしてたことに気づかなかった」

「大変でしたね」

「いいのよ。よくあることですもの。とくにフランスでは」彼女は沸騰した電気ケトルの湯を花柄のティーポットに注いだ。「あなたはどうなの、ムッシュー・アロン？　結婚してらっしゃるの？」

「幸せなことに」

「お子さんは？」

「双子がいます」

「お子さんもやっぱりスパイなの？」

「小学生です」

ジュリエット・ラガルドはトレイを持つと、ガブリエルの先に立って中央の廊下を進み、居間に入った。格式ばった部屋で、ボルドーというよりパリの感じだった。フランス製の華麗な額に入った油絵が何点か壁にかかっていた。いずれもすぐれた絵だが、そう高い値はついていないはずだ。誰かが丹念に選んだのだろう。

ジュリエット・ラガルドは低い木製のテーブルにトレイを置き、フレンチドアをあけて午後のひんやりした空気を入れた。「あそこに誰が住んでいたかご存じ？」シャトー・マルロメの遠いシルエットを指さして尋ねた。

「わたしがその作品を昔から崇拝している画家」

「美術に興味がおありなの？」

「まあ、そうですね」

彼女は椅子にすわり、二個のカップに紅茶を注いだ。「いつもそういう曖昧な返事しかしない方なの？」

「申しわけありません、マダム・ラガルド。ただ、わたしはつい最近、秘密の世界を出て、秘密ではない世界へ移ったばかりなので、自分のことを話すのに慣れていないのです」

「たまにはやってみて」

「美術学校で学んでいたころ、イスラエルの諜報機関にスカウトされました。画家になるのが夢でしたが、かわりに、美術修復師になりました。何年ものあいだ偽名を使ってヨーロッパで活動してきました」

「フランス語がお上手ね」

「イタリア語のほうがもっと上手です」ガブリエルは紅茶を受けとると、それを持って暖炉の前まで行った。美しい銀のフレームに入った写真が炉棚に並んでいた。ベランガール一家の幸せだった時代の写真もあった。「お母さんに驚くほど似ていますね。だが、それはご自分でおわかりに違いない」

「そっくりでした。たぶん、似すぎていたのね」二人のあいだに沈黙が生まれた。ようやくジュリエット・ラガルドが言った。「おたがいに紹介も終わったことですし、ムッシュー・アロン、あなたのような方がなぜ母の死に関心をお持ちなのか、話してもらえませんか？」

「お母さんはわたしの友人と会うためにボルドーへ向かう途中、事故にあわれました。友人は美術商で、ジュリアン・イシャーウッドといいます」ガブリエルはジュリエット・ラガルドに手紙を渡した。「先週の金曜日にロンドンの彼の画廊に届いたものです」

彼女は手紙に視線を落として読んだ。

「お母さんの筆跡でしょうか？」

「ええ、もちろん。母の手紙を入れた箱がいくつもあります。ひどく古風な人でした。メールが大嫌いだし、携帯電話を置き忘れるのもしょっちゅうだった」

「お母さんがこの手紙で何を言うおつもりだったのか、何か思いあたることはありませんか？」

「あなたのお友達の絵に法律面と倫理面で問題があるわけね？」ジュリエット・ラガルドは急に立ち上がった。「ええ、ムッシュー・アロン、思いあたることがあります」

ジュリエット・ラガルドはガブリエルの先に立って両開きドアを通り抜け、となりの居間に入った。こちらのほうが狭くて居心地がよかった。本を読む部屋、ロンドンの美術商への手紙を書く部屋だ――ガブリエルは思った。巨匠の絵画が六点、美しい額に入れられ、照明を受けて、部屋の壁を飾っている――なかの一点が女性の肖像画だった。油彩・画布、一一五×九二センチ。明らかにオランダかフランドルで描かれたもの。

「この絵に見覚えは？」ジュリエット・ラガルドが訊いた。

「ありますとも」ガブリエルは答え、片手を顎にあてて考えこんだ。「お父さんがどこで購入なさったか、ご記憶ではないでしょうか？」

「パリのラ・ボエシ通りにある小さな画廊です」

「〈ジョルジュ・フルーリ画廊〉？」

「ええ、そこ」

「いつごろでしょう？」

「三十四年前だったわ」

「すばらしい記憶力ですね」

「母の四十歳の誕生日に父がプレゼントしたの。母はこの絵をずっと大切にしていました」

ガブリエルは片手を顎にあてたまま、首を軽くかしげた。

「この女性に名前はありますか？」

「《見知らぬ女性の肖像》と呼ばれています」ジュリエット・ラガルドは言葉を切り、そしてつけくわえた。「あなたのお友達の絵と同じね」

「では、帰属は？」

「父のファイルに入っている売買契約書を確認しなくてはならないけど、たしか、アンソニー・ファン・ダイクの模倣者だわ。正直に言わせてもらうと、さまざまな絵の〝帰属〟というのはけっこうでたらめじゃないかしら」

「美術商の多くもそう思っています。美術商が選ぶのは、だいたいにおいて、最大の利益をもたらす絵ですし」ガブリエルは自分の電話をとりだすと、肖像画の顔を写真に撮って画像を拡大した。

「何かとくにお捜しのものでも？」

「表面のひび割れのパターンを」

「問題があるのかしら？」

「いや」ガブリエルは言った。「なんの問題もありません」

11

ヴィラ・ベランガール

二人で絵を壁からはずし、となりの部屋へ持っていった。そちらのほうが自然光に恵まれている。ガブリエルは額縁から絵をとりだして予備的な鑑定にとりかかった。まず、絵そのものを見る——若い女性の顔から膝までの肖像、年齢は二十代の終わりか三十代の初め、金色の絹に白いレースの縁飾りがついたドレスをまとっている。ジュリアンの画廊にあった絵の女性とまったく同じ装いだが、色遣いがあれほど鮮やかではなく、生地のかすかな折り目やしわの描き方も迫力に欠けている。手の重ね方がぎこちない感じで、視線は虚(うつ)ろだ。誰がこれを描いたにせよ、絵のなかの人物に生き生きした命を吹きこむことはできなかったわけだ。命を吹きこむという点では、当時最高の人気を誇った肖像画家たちのなかでも、アンソニー・ファン・ダイクが抜きんでて高く評価されていた。

絵を裏返してカンバスの裏面を調べた。彼がかつて修復したことのある十七世紀のオランダやフランドル絵画のカンバスと同じものが使われている。木枠も当時のものと同じだ。

もとの木組みのままで、二十世紀に入ってから横方向の補強が二回なされている。手短に言えば、尋常でない点や怪しい点はまったくない。ざっと見たかぎりでは、本物のファン・ダイクの肖像画を模倣したもののように思われる。ニューヨークでアート専門のヘッジファンドを経営しているフィリップ・サマセットに、ジュリアンが六百五十万ポンドで売却した絵のほうが本物だろう。

しかしながら、重大な問題点がひとつあった。

どちらの絵もパリ八区にある同じ画廊から購入されたものだ。三十四年の歳月を隔てて。ガブリエルはベランガール家所有の肖像画をコーヒーテーブルに立てかけ、ジュリエット・ラガルドの横にすわった。沈黙のあとで彼女が尋ねた。「どういう人だったのかしら。この見知らぬ女性は」

「どこで絵が描かれたかによりますね。ファン・ダイクはロンドンとアントワープの両方に人気のアトリエを持っていて、行ったり来たりしていました。ロンドンのアトリエは美を生みだす工房として有名でした。油をたっぷり差した機械だったのです」

「ファン・ダイクがじっさいに描いた肖像画は何点ぐらいあるんでしょう？」

「たいてい、頭と顔を描いただけです。モデルを喜ばせるために外見を変えるようなことはしなかったため、けっこう物議をかもしたものです。約二百点の肖像画を描いたとされていますが、美術史家のなかには、本当は五百点に近かったはずだと信じている者もいます。模倣者や信奉者が膨大な数にのぼるので、ファン・ダイクの真贋（しんがん）の鑑定は気の抜けない作業なのです」

「でも、あなたにとってはそうでもなさそうね」

「サー・アンソニーとわたしはけっこう親しいので」

ジュリエット・ラガルドは絵のほうを向いた。「イングランドの女性というより、オランダかフランドルの感じね」

「同感です」

「裕福な男の妻か娘だったのかしら」

「もしくは愛人か」ガブリエルは意見を述べた。「それどころか、ファン・ダイク自身の愛人の一人だった可能性も大いにある。愛人がたくさんいましたから」

「画家ときたら……」ジュリエット・ラガルドはふざけ半分の軽蔑の口調で言うと、ガブリエルのカップに紅茶を注（つ）ぎ足した。「じゃ、とにかく議論を進めるために、アンソニー・ファン・ダイクが見知らぬ女性の肖像画のオリジナルを一六三〇年代に描いたということにしましょう」

「それがいい」ガブリエルも同意した。

ジュリエット・ラガルドは額縁がはずされたカンバスのほうへうなずきを送った。「では、あの絵を描いたのは誰なの？　そして、いつごろ？」

「ファン・ダイクのいわゆる模倣者だったとすると、ファン・ダイクの画風をまねて描いてはいるが、工房で働いていた弟子ではなかったのかもしれません」

「無名の人物？　そうおっしゃりたいの？」

「これがその人物の代表作であるなら、画家として大成するには至らなかったでしょう」

「どんな方法を使うのかしら？」

「ファン・ダイクをまねて描くときに？　フリーハンドで進めたのかもしれません。だが、わたしがその人物だとしたら、ファン・ダイクの真作をトレースしてから、同じ寸法のカンバスにそれを移し替えたでしょうね」

「どういう方法を使えば、十七世紀にそんなことができたの？」

「薄紙に輪郭をトレースし、それに沿って小さな穴を点々とあけていきます。次に下塗りをしたカンバスにその薄紙をのせ、木炭の粉をふりかければ、おぼろげではあるが、オリジナルのファン・ダイクとまったく同じ輪郭が生まれます」

「下絵ということ？」

「そのとおり」

「じゃ、次は？」

「パレットを用意して制作にとりかかります」

「オリジナルをそばに置いて？」

「たぶん、近くのイーゼルにかけて」

「そうやってファン・ダイクの贋作を描いたわけ？」

「贋作とみなされるのは、その画家が自分の描いた絵をファン・ダイクの真作として売ろうとした場合だけです」

「あなたも経験があるの？」

「絵の模写の？」

「いいえ、ムッシュー・アロン。贋作の経験」

「わたしは美術修復師です」笑みを浮かべてガブリエルは言った。「この職業を批判する人々もいて、われわれ修復師はつねに絵画を偽造していると言われています」

室内が急に寒くなった。ジュリエット・ラガルドはフレンチドアを閉め、絵を額縁に戻すガブリエルを見守った。それを二人でとなりの部屋へ運び、壁の定位置にかけた。

「絵としてどちらがすぐれているの？」ジュリエット・ラガルドが訊いた。「この絵か、それとも、あなたのお友達の絵か」

「判断はご自身でどうぞ」ガブリエルは絵のとなりに彼の電話を並べた。ジュリアンが売った《見知らぬ女性の肖像》の写真が画面に出ている。「いかがです？」

「正直に申しあげて、お友達の絵のほうがはるかに上ね。ただ、こうして並べてみると混乱してしまいそう」

「もっと困ったことがあるんです。どちらの絵も同じ画廊が売買に関わっています」

「偶然じゃない？」

「わたしは偶然を信じません」

「うちの母もそうだったわ」

ガブリエルは思った――そのせいで、マダム・ベランガールは命を落としてしまった。

電話をジャケットの胸ポケットにすべりこませた。「憲兵隊はお母さんの所持品を返してくれましたか？」

「ゆうべ」

「おかしな点はなかったですか？」

「携帯電話が紛失してるみたい」

「車でボルドーへ向かったとき、持たずに出かけたのでしょうか？」

「憲兵隊はそう言ってるけど」

「家のなかを捜してみました？」

「隅々まで調べたわ。じつをいうと、母はめったに携帯を使わない人だったの。昔ながらの固定電話のほうがずっと好きだった」ジュリエット・ラガルドは部屋に置かれている優美なアンティークの書き物机のほうを指さした。「いちばんよく使っていたのがあの電話よ」

ガブリエルは机まで行き、スタンドをつけた。通話履歴を見ると、〈ジョルジュ・フルーリ画廊〉から五回、パリ中央部にある国家警察の番号から三回かかってきていた。また、マダム・ベランガールの卓上カレンダーには、亡くなった日の午後四時の約束がメモしてあった。

〝M・イシャーウッド。〈カフェ・ラヴェル〉〟

ガブリエルはジュリエット・ラガルドのほうを向いた。「最近、お母さんの携帯電話にかけられましたか?」

「今日の午前中にかけてみたのが最後よ。バッテリー切れかもしれない」

「わたしもやってみていいですか?」

ジュリエット・ラガルドは番号をそらで言った。ガブリエルがその番号を押すと、すぐさま留守電メッセージが流れた。電話を切り、〝見知らぬ女性〟の揺るぎなき視線を受けながら、ガブリエルはこのとき初めて、ヴァレリー・ベランガールは殺害されたのだと確信した。

「お母さんはパソコンをお持ちでしたか?」

「ええ、もちろん。アップルを」

「それはなくなっていないでしょうね?」

「ええ。午前中に母のメールをチェックしたわ」

「何か興味を惹かれたものは？」

「母が交通事故で亡くなったのと同じ日に、保険代理店のほうから、保険料をひきあげるという通知が来ていました。いくら考えても理由がわからないわ。母は模範的なドライバーだった。駐車違反でつかまったこともなかったのよ」

車でサン＝マケールに戻る途中、土砂降りになった。ガブリエルはホテルにチェックインしてから、本を小脇に抱えて〈ラ・ベル・リュレット〉へ食事に出かけた。若鶏（わかどり）のローストとポムフリットを頼んだあとで、ヴェネツィアのキアラに電話をした。二人が使っている携帯電話はイスラエル製のソラリスで、世界でもっとも安全な機種だ。それでも、二人は言葉を慎重に選んだ。

「あなたのことが心配になってたのよ」

「すまん。午後からずっと忙しかった」

「成果があったのならいいけど」

「大いにあった」

「向こうが会うことを承知したの？」

「紅茶を淹（い）れてくれた」ガブリエルは答えた。「そのあとで絵を見せてくれた」

「帰属は？」

「アンソニー・ファン・ダイクの模倣者」

「絵の主題は？」

「見知らぬ女性の肖像だ。二十代の終わりか三十代の初め。絶世の美女ではない」

「何を着てたの？」

「金色の絹に白いレースの縁飾りがついたドレス」

「問題のありそうな口ぶりね」

「はっきり言うと、問題はいくつもある。例えば、彼女の父親がその絵を購入した画廊の名前とか」

「母親があんなことになったのは、もしかすると――」

「たぶん」

「彼女に話した？」

「意味がないと思った」

「今後の予定は？」

「パリへ出かけて旧友と話をする必要がある」

「わたしからよろしくって伝えてね」

「わかった。伝えておく」

12

ボルドー――パリ

　ガブリエルはよく眠れないまま、早朝に目がさめてしまったので、まだ暗いうちにボルドーへ向けて出発した。サン＝クロワ＝デュ＝モンという村から一キロほど北へ行ったところで、車のヘッドライトのなかに、使用済みの発火信号の灰白色をした残滓が浮かびあがった。数秒後、タイヤ痕が見えてきた。二本の黒い線が反対車線へ向かって斜めに延びている。

　道路脇の草むらに車を入れて周囲を見渡した。右のほうはブドウの木が列を作り、丘の急斜面に並んでいる。左のほうは川に近く、やはりブドウ畑になっているが、テーブルの表面のように平らだ。ガブリエルが観察したところ、木はほとんどなく、乳白色の樹皮を持つポプラの木立があるだけで、タイヤ痕はそこへ向かっていた。

　グローブボックスからLED懐中電灯をとりだすと、トラックが通り過ぎるのを待ってから車を降り、道路を渡った。舗装道路の端のとぎれた白線を越えてさらに先へ行くのはやめることにした。見晴らしのいいこの場所に立っただけで、被害の跡がはっきり見てとれる。

衝突時の衝撃でポプラの木が二本折れ、湿った土の上に安全ガラスのキューブ状の破片が散乱していた。ガブリエルが見たところ、車が木に激突した瞬間、ヴァレリー・ベランガールは即死したに違いない。いや、もしかしたら、しばらくは意識があり、手袋をはめた手が割れた窓から差し入れられるのに気づいたかもしれない。彼女を助けるためではなく、彼女の電話を奪うために。ガブリエルは番号をタップした。木々のあいだに残された死の喘鳴(ぜんめい)が聞こえることを期待したのだが、またしても留守電サービスに切り替わっただけだった。

電話を切り、向きを変えて、平行に延びるタイヤ痕を調べた。南行き車線をほぼ四十五度の角度で横切っていた。なるほど――ガブリエルは思った――ヴァレリー・ベランガールが何かに気をとられて無意識のうちに左へ急ハンドルを切り、視界に入る唯一の木立に突っこんでしまった可能性もなくはない。しかし、背後の車によって強引に道路から押しだされたと考えるほうが自然だ。

北のほうから車が一台やってきて、一時的にスピードを落とし、そのままサン＝クロワ＝デュ＝モンのほうへ走り去った。二分が過ぎ、次の車がやってきた。今度は南からだった。車がひんぱんに通る道路ではない。月曜日の午後三時十五分なら、いまと同じく静かだったはずだ。それでもなお、ヴァレリー・ベランガールの車を木立に衝突させた男の共犯者たちは目撃者が出るのを防ぐため、なんらかの方法で両方向の車の流れを止めたことだろう。フェラーリ将軍が言ったとおり、車の死亡事故を仕組むのはたやすいことではない。しかし、ヴァレリー・ベランガールを殺害した男たちはすべきことを心得ていた。要するにプロだ。それだけは間違いない。

道路を渡ってレンタカーの運転席にすべりこんだ。空港までは車で三十分だった。パリ行きの便は定刻どおり九時に離陸し、ガブリエルは十一時半にブリストル・ホテルのベルボーイに荷物を預けたあとで、パリ八区のミロメニル通りを歩いていた。

通りの北の端に〈アンティーク理化学機器専門店〉という小さな店がある。ウィンドーのサインは〝営業中(ウヴエール)〟になっていた。ベルを押すと、不愛想な音が響いた。応答がないまま、数秒が過ぎた。ようやくデッドボルトがカチッとはずれたので、ガブリエルは店内にすべりこんだ。

一九一一年八月二十二日の朝、ルイ・ベローはふたたび絵の模写をするため、ルーブル美術館にやってきた。その絵はイタリアの貴婦人の肖像、サイズは七七センチ×五三センチ、ポプラ板に描かれた油彩画で、サロン・カレに展示されていた。ルーブル美術館でベローのような画家が模写をおこなうのは禁じられていなかった。それどころか、夜のあいだ絵具とイーゼルを美術館に置いていってもいいことになっていた。ただし、オリジナルとまったく同じ寸法の模写を生みだすことは禁じられていた。ヨーロッパの美術市場には巨匠絵画の贋作があふれていたからだ。

　その火曜日の朝、黒のフロックコートに縞模様（しまもよう）のズボンというフォーマルな装いに身を包んだベローがサロン・カレに足を踏み入れたところ、木とガラスでできた保護ケースに入っているはずの肖像画――レオナルド・ダ・ヴィンチ作《モナ・リザ》――が消えていた。がっかりしたが、そう深刻には考えなかった。ついでに言うなら、つねにドアのそばのスツールにすわってサロン・カレを、そして、計り知れないほど貴重な宝を守っている警備員のマクシミリアン・アルフォンソ・ポパルダンも同様だった。ルーブルではこの時期、絵画その他の収蔵品すべての写真撮影が進められていたのだ。ポパルダン警備員は《モナ・リザ》もスタジオで撮影中だとしか思わなかった。

　しかし、午前中の遅い時間に写真スタジオへ出向いたポパルダン警備員は、《モナ・リザ》がどこにもないことを知り、大あわてで館長代理に報告した。午後一時に憲兵隊が到着し、ただちに美術館を立入禁止にした。警察が手がかりを求めてパリ市内を駆けまわるあいだ、美術館は一週間にわたって立入禁止になった。捜索は徹底的ではあったが、滑稽な失敗の連続だった。真っ先に浮かびあがった容疑者のなかに、パブロ・ピカソという生意気な若きスペイン人の画家と、その友達で、詩人であり作家でもあるギヨーム・アポリネールがいた。

もう一人の容疑者はヴィンチェンツォ・ペルッジャというイタリア生まれの大工で、《モナ・リザ》の保護ケースの設置作業を手伝ったことがあった。しかし、ペルッジャが住むパリのアパルトマンで警察が短時間の事情聴取をしたあと、彼の容疑は晴れた。ところが、なんと、《モナ・リザ》はそのアパルトマンにあり、トランクに入れて寝室に隠してあったのだ。一九一三年、つましく暮らしていたペルッジャはフィレンツェの有名な美術商に絵を売ろうとした。美術商はそれをウフィツィ美術館へ持っていき、ペルッジャはただちに逮捕された。史上最大の美術犯罪の犯人としてイタリアの法廷で裁判にかけられ、懲役一年の判決を受けたが、わずか七カ月服役しただけで出所している。

《モナ・リザ》の盗難をめぐるこの華々しい話に、パリで小さな店をやっていた落ち着きのないモーリス・デュランが刺激され、一九八五年の陰気な冬に初めて絵画泥棒をすることになった――彼が盗んだのは、めったに訪れる人もいないストラスブールの美術館の一隅にかかっていた、ジャン・シメオン・シャルダンの小さな静物画だった。ヴィンチェンツォ・ペルッジャと違って、デュランにはすでに、絵を待っている買手がいた。シャルダンを狙っていた評判のよくないコレクターで、来歴などという面倒なことは気にしない人物だった。デュランはたっぷり謝礼をもらい、コレクターは満足し、こうして大儲（おおもう）けできるキャリアが誕生した。

二十年後、天窓から転落したため、プロの絵画泥棒としてのデュランのキャリアは終わった。現在は〝委託を受けた窃盗〟と呼ばれる分野のブローカーとして活躍している。もしくは、デュランの好む言い方をするなら、正式に売買されることのない絵画の取得を手がけている。マルセイユに拠点を置くプロの絵画泥棒の一味と組んで、二十一世紀のもっとも華々しい美術品の略奪を陰で指揮してきた。一味は二〇一〇年の夏だけでも、レンブラント、ピカソ、カラヴァッジョ、ファン・ゴッホを盗みだしている。ワシントンのナショナル・ギャラリー・オブ・アートに展示されているレンブラントを除いて、あとの絵は行方不明のままだ。

デュランは美術品窃盗のグローバル帝国を〈アンティーク理化学機器専門店〉から支配している。ここは三世代にわたって家族で経営してきた店で、趣味のいいライトに照らされた棚には、アンティークの顕微鏡、カメラ、眼鏡、気圧計、測量器具、地球儀が並び、すべて几帳面に整頓されている。モーリス・デュランも同様だ。オーダーメイドの濃紺のスーツにストライプが入ったドレスシャツ。ネクタイは金箔の色。禿げた頭がピカピカに磨いてある。

「やっぱり本当だったのか」挨拶がわりにデュランは言った。

「何が？」ガブリエルは訊いた。

「あんたのような商売の連中はけっしてリタイアしない」

「きみもそうだろ」

デュランは笑みを浮かべて、光沢のある長方形のケースの蓋を持ちあげた。「これなんか興味を持ってもらえるかもな。眼鏡屋が使う検眼用レンズのセットだ。世紀の変わり目の品。珍品だぞ」

「きみが二、三カ月前にマティス美術館から盗みだしたあの水彩画に劣らず。もしくは、きみがファーブル美術館からくすねたヤン・ステーンの愛すべき風俗画にも劣らず」

「そのふたつが消えた件におれはなんの関係もない」

「売買については？」

デュランは音も立てずにケースの蓋を閉めた。「おれと仲間は長年にわたり、あんたとあんたの所属する機関のために価値ある品を数多く入手してきた。アミュコス・ペインターと呼ばれる絵付師が作ったテラコッタの水差し壺（ヒュドリア）の逸品もそのひとつだ。それから、もちろん、アムステルダムでやった仕事もある。あのときはずいぶん世間を騒がせたものだ。そうじゃないかね？」

「だから、わたしはフランスの官憲当局にきみの名前を教えるのを控えた」

「片目の将軍はどうだね？　憲兵隊にいるあんたの友達」

「きみの正体には気づいていない。というか、マルセイユにいるきみの仲間の正体には」

「で、その状態を維持するために、おれに何をしろというんだ？」

「情報を提供してもらいたい」

「なんの情報だ?」

「〈ジョルジュ・フルーリ画廊〉。所在地は——」

「所在地ぐらい知ってるよ、ムッシュー・アロン」

「やつと取引はあるのか?」

「ジョルジュ・フルーリと? まったくない。だが、前に一度、愚かにもやつの絵を盗みだす仕事を請け負ったことがある」

「なんの絵だ?」

「あれは」デュランの表情が暗くなった。「悲劇だった」

13

ミロメニル通り

「ピエール＝アンリ・ド・ヴァランシエンヌには詳しいかね？」

ガブリエルは答える前にため息をついた。「ヴァランシエンヌは新古典主義時代におけるもっとも重要な風景画家だ。アトリエよりも野外（アン・プレネール）での制作を提唱した最初の画家の一人である」言葉を切った。「もっと続けようか？」

「悪気はなかったんだ」

「いいんだよ、モーリス」

二人は店の奥にあるデュランの狭苦しいオフィスにこもっていた。ガブリエルは来客用に置いてある木製の硬いアームチェアにすわっていた。デュランはしみひとつついていないデスクの向こう側にいる。アンティークもののスタンドの光が彼の縁なし眼鏡に反射して、油断のない茶色の目をぼやけさせている。

「何年も前のことだが」デュランは話の続きに入った。「〈ジョルジュ・フルーリ画廊〉にみごとな風景画が展示された。ヴァランシエンヌが一八〇四年に描いた絵ということだった。油彩・画布、六六×九八センチ。保存状態は完璧。ムッシュー・フルーリのところの絵はつねにそうだが。さて、かなりの鑑定眼と財力を持つコレクターがいて、とりあえずムッシュー・ディディエと呼ぶことにするが、そのムッシュー・ディディエが絵を購入したくて交渉を持ちかけた。だが、交渉はたちまち決裂した。ムッシュー・フルーリが言い値を下げようとしなかったからだ」

「その言い値とは？」

「仮に四十万としておこう」

「で、ムッシュー・ディディエはきみに盗みを依頼して、いくら払うと言ったんだ？」

「一般的に言って、ブラックマーケットでは絵画の価格がわずか十分の一になってしまう」

「四万では、きみにとっておいしい話とは言えないな」

「おれもディディエにそう言った」

「向こうはいくら出すことにした？」

「二十万」

「ひきうけたのか？」

「不運なことに」

デュランはデスクの背後の飾り棚から、カルバドスのボトルとアンティークなカットグラスのタンブラー二個をとりだした。この部屋の品はほぼすべてが別の時代から来たものだ。表のドアを監視するのに使われているモノクロのビデオ・モニターも含めて。

デュランはカルバドスを二個のグラスに注ぐと、片方をガブリエルに差しだした。

「こんな時間から飲むなんて、わたしにはいささか早すぎる」

「くだらん」腕時計に目を向けてから、デュランは言った。「それに、日中に少しアルコールを飲めば、血のめぐりがよくなる」

「わたしの血は順調に流れている。おかげさまで」

「ワシントンであんなひどい目にあったのに、後遺症は大丈夫なのか?」

「アメリカの民主主義の将来への懸念が残っているだけだ」ガブリエルはしぶしぶカルバドスを受けとった。「盗みを担当したのは誰だ?」

「あんたの旧友ルネ・モンジャン」

「何か厄介なことでも?」

「盗みそのものは問題なかった。画廊のセキュリティ・システムがけっこう時代遅れだったんだ」

「一点しか盗まなかったなんてことは、まさかないよな」

「もちろんだ。こっちの目的をごまかすために、ルネはあと四点を一緒に盗みだした」

「値打ちものか?」

「ピエール・レヴォワル。ニコラ＝アンドレ・モンシオ」デュランは肩をすくめた。「アングルの肖像画が二点」

「五点とはまた派手に盗んだものだな。しかし、その盗難事件のことを新聞で読んだ覚えがないんだが」

「どうやら、ムッシュー・フルーリが警察に通報しなかったようだ」

「ふつうじゃないな」

「おれもそう思った」

「だが、それでもきみはムッシュー・ディディエに絵を売ることにした」

「ほかにどうすればいい?」

「どこで歯車が狂いはじめたんだ?」

「ムッシュー・ディディエに絵を渡して二カ月ほどたったとき、向こうが返金を求めてきた」

「それもふつうじゃないな」ガブリエルは言った。「少なくとも、きみの商売においては」

「前代未聞だ」デュランはつぶやいた。

「返金を求めてきた理由は?」

「ヴァランシエンヌがヴァランシエンヌではなかったというんだ」

「後世の模写だと思ったわけか？」

「そういう言い方もある」

「別の言い方をすると？」

「ムッシュー・ディディエはその絵が現代の贋作だと確信していた」

やはりそうか――ガブリエルは思った。ジュリアンの絵の写真を見て、辻褄の合わないフランドル絵画風のクラクリュールに気づいた瞬間から、いずれここにたどり着くことをガブリエルは心の片隅で予感していた。

「きみはどう対処したんだ？」

「ムッシュー・ディディエに説明してやった――こっちは頼まれたことをちゃんとやったんだから、文句があるなら〈ジョルジュ・フルーリ画廊〉に言ってくれ、と」デュランはグラスの縁の上からかすかな笑みをよこした。「幸い、向こうはおれの提案を受け入れようとしなかった」

「きみは返金に応じたのか？」

「半分だけな」デュランは答えた。「結果的に見れば、賢明な判断だった。それ以後、ムッシュー・ディディエとはかなり取引をしている」

ガブリエルはここで初めてカルバドスのグラスを唇に持っていった。「その絵、ひょっとして手元に置いてないか？」

「ヴァランシエンヌの贋作？」デュランは首を横にふった。「燃やした」

「では、あとの四点は？」

「モントリオールの美術商に大安値で売った。それでルネの手間賃を払うことができた。かろうじて」デュランは重い息を吐いた。「プラスマイナスゼロ」

「終わりよければすべてよし」

「〈ジョルジュ・フルーリ画廊〉の得意客以外にとっては」

「ヴァランシエンヌがたまたま贋作だったわけではないってことか？」

「そう。どうやら、贋作を売るのがあの画廊のビジネスモデルのようだ。いや、誤解しないでくれ。フルーリは真作も数多く売っている。だが、利益を上げているのはそっちではない」デュランは言葉を切った。「というか、信頼できる筋からそう聞いた」

「誰だ？」

「あんた、自分の情報源を持ってるだろ。おれもだ。で、その情報源が断言するには、フルーリは長年にわたってなんの価値もない贋作を売ってきたらしい」

「わたしの友達も贋作を一点買ったんじゃないかというやな予感がする」

「コレクターかね、その友達は」

「美術商だ」

「ひょっとして、ムッシュー・イシャーウッド？」

ガブリエルは返事をためらい、それからゆっくりうなずいた。

「絵を突っ返して、返金を求めればいいじゃないか」

「訴訟好きなアメリカ人に売ってしまった」

「訴訟好きでないアメリカ人がどこにいる?」デュランは店のウィンドーをのぞく客をビデオ・モニターでとらえた。「もうひとつ質問していいか、ムッシュー・アロン?」

「どうしてもと言うなら」

デュランは眉をひそめた。「あんたの手、どうしたんだ?」


モーリス・デュランの店を出たあと、ガブリエルはミロメニル通りを南へ向かい、ラ・ボエシ通りに出た。十九番地の建物の外をしばらくうろついてから、ゆるやかにカーブする優美な通りを歩いて〈ジョルジュ・フルーリ画廊〉まで行った。ウィンドーに大きな油彩画が三点かかっていた。二点はロココ様式。三点目はフランソワ・ジェラールが描いた若い男性の肖像画。時代はもっと下って、新古典主義として知られる時期のものだ。

というか、一見そう思われる。しかし、訓練を積んだプロ——例えば、美術修復師——がじっくり調べれば、別の筋書きが見えてくるかもしれない。その鑑定は大急ぎですませるべきものではない。古くからの鑑定法に従って、画廊の絵を一点ずつゆっくり調べなくてはならない。絵に触れ、拡大鏡で表面を観察し、さらには、絵が返事をしてくれることを期待して言葉をかける。こうした儀式をおこなうときは、画廊のオーナーに背後から見張られていないほうが望ましい。そのオーナーは犯罪行為に関わっている可能性が高く、従って警戒を怠るはずがないからだ。画廊内にほかにも人がいて、オーナーの注意をそちらに惹きつけてくれれば、さらに望ましい。

だが、誰に頼めばいい？

画廊からブリストル・ホテルまでの短い距離を歩きながら、ガブリエルは誰にしようかと考えた。チェックインをすませて部屋に入ってからキアラに電話をかけ、彼の窮状を訴えた。キアラはそれに応えて、すぐさま、パリ室内管弦楽団の公演予定表を送ってくれた。

「あなたのガールフレンドがこの週末、ずっとパリにいるわよ。明日の午後あたり、二、三分ほど時間を作って囮(おとり)役をやってくれるんじゃないかしら」

「彼女なら完璧だ。だけど、きみ、平気なのか？」

「あなたがかつて狂おしいほど愛した女性と、パリで週末を過ごすのが？」

「彼女を愛したことは一度もない」

「できるだけ早い機会に、彼女にその事実を伝えておいてね」

「ご心配なく」電話を切る前に、ガブリエルは言った。「かならず伝える」

14

ブリストル・ホテル

彼女はオテル・ドゥ・クリヨンのレナード・バーンスタイン・スイートルームに泊まっていた。笑いながら言った。「わたしとロマンティックな関係にならなかったごくわずかな指揮者の一人よ」

「きみはいま、そのスイートに？」

「ううん。あなたの電話に出るために、リハーサルを中断してきたの。パリ室内管弦楽団のみなさん、わたしの言いなりだから」

「ホテルにはいつ戻るんだい？」

「四時以降になりそう。でも、六時まで記者会見の予定が入ってる」

「お気の毒さま」

「うんとお行儀悪くするつもりよ」

「終わったら、下の階の〈レ・ザンバサドゥール〉で一杯やらないか？」

「かわりに、ディナーにしましょうよ」

「ディナー？」

「たいていの人が夕方とる食事のことよ。もちろん、スペイン人でなければね。コンシェルジュに頼んで、パリでいちばんロマンティックなレストランに二人分の静かな席をとってもらうわ。運がよければ、パパラッチがわたしたちを見つけて、スキャンダルになるかもしれない」

ガブリエルが反対する暇もないうちに電話が切れてしまった。自分が新たに陥ったジレンマのことをキアラに伝えておこうかと思ったが、賢明ではないと考えなおした。かわりに、消えてしまったヴァレリー・ベランガールの電話の番号をタップした。今回もすぐさま留守電サービスに切り替わった。

電話を切って連絡先をスクロールし、やがて、ユヴァル・ガーションにたどり着いた。ユヴァルはイスラエルの恐るべき通信情報収集機関、八二〇〇部隊の指揮官をしている。イスラエルを去って以来、ガブリエルはユヴァルに——ついでに言うなら〈オフィス〉の昔の仲間にも——一度も連絡をとっていなかった。これはきわめて重大な一歩だ。そのせいで今後も連絡をとることになりかねない。たぶん望んでもいない連絡を。それでも危険を冒す価値はあるとガブリエルは判断した。マダム・ベランガールの電話の行方を突き止められる者がいるとすれば、それはユヴァルと八二〇〇部隊のハッカーたちだ。

すぐさまユヴァルが応答した。まるでガブリエルの電話を待っていたかのように。部隊の並外れた能力からすれば、それも可能性の範囲を逸脱するものではない。

「わたしに会えなくて寂しいんだな」

「胸に穴があいたような気がする」

「で、なぜまた電話を？」

「きみにしか解決できない問題がある」

ガーションは電話に向かって重いため息をついた。「番号は？」

ガブリエルは番号を伝えた。

「それで、問題というのは？」

「電話の持ち主は数日前に殺害された。犯人一味が愚かにも電話を持ち去ったのではないかと思う。きみに見つけてもらいたい」

「デバイスが無傷なら造作もないことだ。しかし、叩きつぶされていたり、セーヌ川に投げこまれたりしていたら――」

「なぜセーヌ川が出てくるんだ、ユヴァル？」

「この電話、パリからだろ？」

「いやな男だな」

「何かわかったら、照明弾を打ち上げることにする。今夜のディナーを楽しんでくれ」

「なんでディナーのことを知ってる？」

「アンナ・ロルフがいましがたそちらに携帯メールを送ったから。読みあげようか？」

「ぜひ」

「予約は八時十五分だ」

「場所は？」

「書いてない。だが、きっとブリストル・ホテルの近くだな。八時に彼女が迎えに行くそうだ」

「わたしがブリストルに泊まってるなんて、彼女にはひとことも言ってないのに」

「あなたの部屋は四階のようだな」

「五階だ」ガブリエルは言った。「しかし、階数なんかどうでもいい」

ガブリエルが初めてアンナ・ロルフを目にしたのは、彼女がブリュッセルでステージに立ち、チャイコフスキーのバイオリン協奏曲ニ長調の演奏で聴衆を魅了したときだった。彼はその夜、いつかまた彼女と顔を合わせる日が来るとは思いもせずにコンサート・ホールをあとにした。しかし、その数年後——アンナの父親で莫大(ばくだい)な資産を有していたスイスの銀行家、アウグストゥス・ロルフが殺害されたあとで——二人は正式に紹介された。そのときのアンナは挨拶のために片手を差しだした。今夜は、クリヨンが用意してくれたメルセデスマイバッハのリムジンのうしろにガブリエルが乗りこむと、彼の首に腕を巻きつけ、頬に唇を押しつけた。

「わたしの捕虜だと思いなさい」ホテルをあとにした車のなかでアンナは言った。「今度こそ逃亡できないわよ」

「どこへ連れていく気だ？」

「クリヨンのスイートルームに戻るのよ、もちろん」

「ディナーの約束だったはずだが」

「わたしの巧妙な作戦なの」アンナはジーンズ、カシミアのセーター、革のカーコートというカジュアルな装いだった。それでも、世界でもっとも有名なバイオリニストであることは誰の目にも明らかだ。「わたしの広報担当が新しいＣＤを送った？」

「一昨日届いた」

「それで？」

「みごとだ」

「『タイムズ』紙の批評欄には、新たな成熟が加わったと書いてあったわ」アンナは顔をしかめた。「どういう意味だと思う？」

「きみが年をとったことを礼儀正しく表現しているんだ」

「ジャケットの写真を見たら、とてもそうは思えないわよ。いまの時代、マウスをクリックするだけで何ができるかとなると、まさに驚異的ね。ニコラ・ベネデッティよりわたしのほうが若く見えるんだもの」

「子供のころの彼女がきみを偶像視してたことは間違いない」

「わたし、誰の偶像にもなりたくないわ。三十三歳のころに戻りたいだけ」

「なんのために？」ガブリエルは窓の外に目をやり、フォブール・サントノレの通りに並ぶオスマンの都市改造で誕生した優美な建物を見つめた。「ディナーはどこで？」

「サプライズよ」

「サプライズは嫌いだ」

「そうね」アンナは遠くへ思いを馳せるような声で言った。「覚えてるわ」

15

〈シェ・ジャヌー〉

連れていかれた店は〈シェ・ジャヌー〉、マレ地区の西端にある混雑した明るいビストロだった。二人がテーブルへ案内されるあいだに、店内に低いざわめきが広がった。アンナはゆっくり時間をかけてコートを脱ぎ、壁沿いの赤いソファに腰を下ろした。名手の演奏だ、とガブリエルは思った。

ざわめきが静まったところで、アンナは小さな木製のテーブルに身を乗りだしてささやいた。「ロマンティックなお店じゃなくて、あなたががっかりしてなければいいけど」

「正直なところ、ホッとしている」

「ほんの冗談だったのよ」

「ほんとに？」

「あなたのことはとっくの昔にあきらめたわ、ガブリエル」

「二回結婚する前にだろ。正確には」

「そんな意地悪言わなくてもいいじゃない」

「まあね。だが、本当のことだ」

アンナの結婚生活は二回とも不幸で短かった。そして、二回とも派手な離婚騒ぎで終わった。そのあとに悲惨な恋愛が次々と続き、相手は金のある名士ばかりだった。ガブリエルはアンナの恋愛パターンのなかの例外だった。アンナの気分の浮き沈みや突飛な行動に耐えて、ほとんどの男たちより長く——六カ月と十四日も——生き延び、花瓶が一個粉々に砕けたのを別にすれば、二人の別れは礼儀正しいものだった。アンナを愛したことが一度もなかったのは事実だが、大好きだったし、二十年ほどの空白期間のあとで友情が復活したのを喜んでいた。アンナはジュリアン・イシャーウッドに少し似たところがある。彼女のおかげで人生が興味深いものになるのは間違いない。

いつものように、アンナはメニューにざっと目を通しただけで、自分が食べたいものをてきぱきと選んだ。その選択にガブリエルは焦った。彼が注文するつもりでいたのとまったく同じだったからだ。あわてて変更して、ラタトゥイユ、続いてレバーとポテトにしたところ、今夜のディナー相手の有名な顔に軽い非難が浮かんだ。

「田舎者」彼女が冷たい声で言った。

ウェイターがボルドーのボトルのコルクを抜き、ガブリエルにテイスティングしてもらうため、グラスに少しだけ注いだ。ワイン造りに使われたブドウの一部は、たぶん、ヴァレリー・ベランガールの命が消えたサン＝マケールの北の畑で栽培されたものだろう。ガブリエルはワインの香りを嗅ぎ、味をたしかめてから、ウェイターにうなずきを送って、二人のグラスを満たすように合図した。

「何に乾杯する？」アンナが訊いた。

「旧友たちに」

「なんて退屈な人なの」アンナの口紅がグラスの縁に跡を残した。アンナはグラスをテーブルに置き、店内の視線が自分に集まっていることを意識しながら、親指と人差し指でゆっくりとグラスを回転させた。「あなたがわたしを捨てて出ていかなかったら、二人の人生がどんなふうになってたか、考えたことはある？」

「わたしがあのときのことを語るなら、そういう表現はしないだろうな」

「わずかな荷物をダッフルバッグに放りこんで、車に乗りこみ、ポルトガルのわたしのヴィラから大急ぎで走り去ったじゃない。そのあと一度も連絡がなくて――」

「頼むから、蒸し返すのはもうやめよう」

「どうして？」

「過去を変えることはできないからだ。それに、わたしが出ていかなかったとしても、いずれきみに放りだされていただろう」

「あなたを放りだすはずないでしょ、ガブリエル。わたしの守護天使だったのに」

「じゃ、きみがツアーに出てるあいだ、わたしは何をしてればよかったんだ?」

「ツアーに同行して、わたしがトラブルに見舞われないよう守ってくれればよかったのよ」

「熱烈なファンにちやほやされるきみのあとについて、街から街へまわるわけか?」

アンナは微笑した。「まあ、そんな感じね」

「それに、わたしのことをどう説明する気だった? わたしは誰になればよかったんだ?」

「わたしは昔から、マリオ・デルヴェッキオが大のお気に入りだったわ」

「マリオは偽りだった。けっして本物ではなかった」

「でも、ベッドで最高にすてきなことをしてくれた」アンナはため息をつき、ワインをさらに飲んだ。「奥さんの名前を一度も教えてもらってないわね」

「キアラ」

「見た目は?」

「ニコラ・ベネデッティにちょっと似ているが、もっと美人だ」

「たぶんイタリア人ね」

「ヴェネツィアの人間だ」

「だからまたあそこで暮らすことにしたわけね」

ガブリエルはうなずいた。「キアラは街でいちばん大きな美術品修復会社の経営に携わっている。わたしもいずれキアラの下で働くことになる」

「いずれ？」

「追って通知があるまで、休暇をとるように言われている」

「ワシントンで起きたことのせいで？」

「その他さまざまなトラウマのせいもある」

「健康を回復するには、ヴェネツィアより不向きな土地がいくつもあるわよね」

「ずいぶんある」ガブリエルは同意した。

「ヴェネツィアで演奏会を開くことにしようかしら。サン・ロッコ大同信会でブラームスとタルティーニの夕べ。サン・マルコ区にあるあの小さなホテル、ルナ・バリオーニのスイートルームをとって、一カ月か二カ月滞在するの。毎日、午後から来てちょうだい。そしたら――」

「行儀よくするんだ、アンナ」

「せめて、いつの日かあなたの家族に紹介してくれない？」

「いささか気まずいことになると思わないか？」

「ぜーんぜん。それどころか、お宅の子たち、わたしと一緒に過ごすのを喜ぶと思うわ。わたし、欠点も失敗もたくさんあって、すべてタブロイド新聞に冷酷に書かれてきたけど、たまらなく魅力的だと思ってくれる人だっていっぱいいるのよ」

「だから、明日一時間か二時間、きみを借りたいと思っている」

「何を企んでるの？」

ガブリエルはアンナに説明した。

「あなたと一緒にパリの画廊へ出かけても、ほんとに危険はない？」

「あれは遠い昔のことだ、アンナ」

「前世の出来事ね。でも、どうしてわたしと？」

「わたしが画廊の絵を丹念に調べるあいだ、オーナーの注意をそらしてほしい」

「バイオリンを持参して、パルティータを一曲か二曲弾きましょうか？」

「必要ない。いつもの魅力的なきみがいるだけでいい」

「目の保養になる？」

「そのとおり」

アンナは顎の輪郭に沿って肌をなでた。「ちょっと年をとりすぎてるわ。そう思わない？」

「あのときから少しも変わっていない――」

「あなたがわたしを置いて出ていった朝から？」ウェイターが最初の料理を運んできて立ち去った。アンナは視線を落として言った。「召し上がれ」

16

ラ・ボエシ通り

ガブリエルは翌朝十時に画廊に電話をかけ、ブルーノという受付係の男性とつっけんどんなやりとりをしたあとで、ムッシュー・ジョルジュ・フルーリ当人にかわってもらった。意外なことではないが、フランス人の悪徳美術商はルートヴィヒ・ツィーグラーなる人物のことなど耳にしてもいなかった。

「わたしは新古典主義の絵画に情熱を傾けているクライアントの専任アドバイザーをしている者です」ガブリエルはドイツ語訛りのフランス語で説明をした。「その女性は週末をたまたまパリで過ごしていて、あなたの画廊を訪ねたいと言っています」

「〈ジョルジュ・フルーリ画廊〉は観光スポットではありません、ムッシュー・ツィーグラー。あなたのクライアントがフランス絵画を見たいとお望みなら、かわりにルーブルへ行かれるようお勧めします」

「わたしのクライアントは遊びに来ているのではありません。この週末、フィラルモニ・

ドゥ・パリで演奏することになっています」

「あなたのクライアントとは――」

「そうです」

フルーリの口調が急に愛想よくなった。「マダム・ロルフは何時ごろお越しになりますか？」

「今日の午後一時に」

「その時刻ですと、あいにく別のお客さまの予約が入っています」

「変更してください。それから、ランチの時間をゆっくりとるようブルーノに言ってください。あの男は感じが悪い。マダム・ロルフもきっとそう思うでしょう。それから、悩んでおられるといけないので申しあげておきますが、マダム・ロルフが飲むのは常温のミネラルウォーターです。ガスなし（サン・ガズ）。レモンの薄切りを添えて。櫛形（くしがた）はだめです、ムッシュー・フルーリ。薄切りを」

「とくにお好みのブランドはありますか？」

「ヴィッテル以外ならなんでも。それから、写真も握手もご遠慮ください。もっともな理由から、マダム・ロルフが演奏会の前に握手をすることはぜったいにありません」

ガブリエルは電話を切り、次にアンナの番号にかけた。ようやく電話に出た彼女の声はひどく眠そうだった。

「いま何時？」うめくような声で言った。

「十時数分過ぎだ」

「朝の？」

「そうだよ、アンナ」

低く悪態をついて、アンナは電話を切った。ガブリエルは思いだした――マダム・ロルフが正午前に起きることはけっしてない。

ガブリエルは十二時半にブリストル・ホテルを出て、鉛色のパリの空の下をクリヨンまで歩いた。ジーンズとジップアップ・セーター姿のアンナがようやくスイートルームを出てロビーに下りてきたときは、一時十五分になっていた。外に出た二人は〈ジョルジュ・フルーリ画廊〉までの短い距離を車で行くために、マイバッハのリアシートにすべりこんだ。

「何か最後の指示は？」車のサンバイザーについている小さな鏡で自分の顔を点検しながら、アンナが尋ねた。

「魅力的だが気むずかしい女になってくれ」

「自然にふるまえばいい。そういうことね？」

アンナがハート形の唇にグロスを塗るあいだに、車はラ・ボエシ通りに曲がった。自分の名前を画廊の名前にしたオーナーが歩道でドアマンのように待っていた。アンナがリムジンの後部から姿を見せたとき、彼の手は両脇に下ろされてこわばったままだった。

「〈ジョルジュ・フルーリ画廊〉にようこそ、マダム・ロルフ。お目にかかれてまことに光栄です」

アンナは美術商の挨拶に王族のごとき会釈を返した。フルーリは落ち着かない様子でガブリエルのほうへ片手を差しだした。

「ヘル・ツィーグラーですね」

「いかにも」ガブリエルは冷静に答えた。

フルーリは縁なし眼鏡の奥からしばらくガブリエルを見つめた。「前にどこかでお会いしたことはないでしょうか？　たぶん、オークション会場で」

「マダム・ロルフもわたしもそういう場は避けることにしています」ガブリエルは画廊の重そうなガラスのドアに目をやった。「なかに入りましょうか。マダム・ロルフが人の注意を惹くのにそう長くはかかりませんから」

フルーリは手にしたリモコンでドアのロックを解除した。入口ホールに、黒大理石の台座にのった古代ギリシャかローマの若者の等身大のブロンズ胸像が飾ってあった。その横に無人の受付デスクがあった。

「ご要望どおり、ヘル・ツィーグラー、ここにいるのはわれわれ三人だけです」

「気を悪くしないでいただきたい」

「とんでもない」フルーリはリモコンを受付デスクに置き、天井の高い部屋へガブリエルたちを案内した。暗い色の木の床、ガーネット色の壁。「当画廊の中心となる展示室です。値打ちものの絵は上の階にあります。よろしければ、そちらから始めましょうか」

「マダム・ロルフはまったく急いでおりません」

「わたしもです」

　フルーリは目もくらみそうな思いで、国際的な名声を誇る客に展示室のコレクションを丁寧に見せてまわり、ガブリエルはそのあいだに監視の目を逃れて独自の調査にとりかかった。鑑定家としての彼の目を最初にとらえた作品はロココ様式の大きな絵で、裸身のヴィーナスと三人の乙女が描かれていた。カンバスのいちばん下の銘を見ると、ニコラ・コロンベルの一六九七年の作品となっていた。ガブリエルにはそうは思えなかった。

　片手を顎にあてて、首を軽くかしげた。しばらくすると、その絵に寄せるガブリエルの関心にフルーリが気づいて、カンバスの前に立つ彼のところに来た。

「二、三カ月前に入手したものです」

「どこで入手されたのか、伺ってもいいでしょうか?」

「このフランスで見つかった古い個人コレクションです」

「寸法は?」

フルーリは微笑した。「あなたからどうぞ、ムッシュー・ツィーグラー」

「一一二×一四四センチ」ガブリエルは言葉を切り、それから愛想のいい笑みを浮かべてつけくわえた。「二、三センチの誤差はあると思いますが」

「きわめて近い」

なぜなら、ガブリエルが絵のじっさいの寸法をわざと間違えたからだ。この絵が一一四×一四八センチであることぐらい、どんな馬鹿にだってわかるはずだ。

「状態がとてもいい」ガブリエルは言った。

「うちで購入したのちに修復を依頼したのです」

「修復担当者の報告書を拝見できないでしょうか?」

「いまですか?」

「お手数でなければ」

フルーリがいなくなると、アンナが絵のところにやってきた。「きれいね」

「だが、大きすぎて簡単には運べない」

「まさか、何か買うつもりじゃないでしょうね?」

「わたしは買わない」ガブリエルは言った。「だが、きみがかならず買う」

アンナが反論する前に、フルーリが何も持たずに戻ってきた。「きっと、ブルーノが間違った場所にファイルしたのでしょう。しかし、マダム・ロルフがその絵に興味をお持ちでしたら、メールに添付してお送りすることもできますが」

ガブリエルは彼の電話をとりだした。「マダム・ロルフが絵の横に立つ写真を撮ってもかまわないでしょうか?」

「どうぞ、どうぞ。身に余る光栄です」

アンナは絵のそばに寄り、ガブリエルのほうを向くと、チケットが完売したコンサート・ホールの喝采に応えるときに浮かべる微笑を顔に貼りつけた。ガブリエルはスナップを撮り、それからとなりの絵のほうへ移動した。

「カナレットの弟子です」フルーリが述べた。

「すばらしい出来だ」

「わたしもそう思いました。先週入手したばかりです」

「どこから?」

「個人コレクションです」フルーリはアンナにおざなりな笑みを向けた。「スイスの」

ガブリエルはカンバスに顔を近づけた。「帰属についてはどの程度確信しておられますか?」

「なぜそのような質問を?」

なぜなら、サイズがわずか五六×七八センチで楽に持ち運べるからだ。木枠をはずせばさらに簡単だ。「この絵のコンディション・レポートもブルーノが間違った場所にファイルしていると思われますか?」

「残念ながら、この絵は売約済みです」

「マダム・ロルフが競りあうことはできないでしょうか?」

「すでに代金をいただいているので」

「相手の人は美術商ですか? それとも、コレクター?」

「なぜそんな質問を?」

「もし美術商なら、そちらと交渉してみようかと」

「そちらの身元を明かすことはできません。極秘というのが売買の条件なので」

「長くは続かないでしょう」ガブリエルは心得顔に言った。

「どういう意味です、ムッシュー?」

「この絵を見たとき、妙な気がしたとだけ申しあげておきましょう」ガブリエルは絵の写真を撮った。「そろそろ、値打ちものの絵を見せてもらいましょうか、ムッシュー・フルーリ」

17

〈ジョルジュ・フルーリ画廊〉

　フルーリは二人を連れて階段をのぼり、二階の展示室へ案内した。こちらの壁は赤ではなく渋いグレイで、展示されている絵画はどこから見ても一流のものばかりだった。オランダとフランドルの肖像画が数点。そのうち二点はアンソニー・ファン・ダイクのスタイルで描かれている。また、《遠くに風車が見える川の風景》、油彩・画布、三六×五八センチもあった。オランダの黄金時代の画家、アルベルト・カイプの特徴的なイニシャルがついている。そのイニシャルが本物かどうか、ガブリエルは疑問を持った。それどころか、誰にも邪魔されずにしばらく熟考したあとで、専門的な分析の裏づけはまったくないものの、この絵は贋作だという結論を出した。
「お目が高いですな」部屋の向こう側からフルーリが言った。アンナのミネラルウォーターにレモンの薄切りを添えながら、ガブリエルに尋ねた。「何がよろしいですか、ムッシュー・ツィーグラー？」

「この絵の帰属を教えてもらえるとありがたい」

「カイプ本人の作であると無数の専門家が断言しています」

「完璧なサインが入っていないことを、その専門家たちはどう説明するのでしょう？　そもそも、カイプは自らが描いた作品にはたいていサインを入れ、彼の指揮下で生みだされた作品にはイニシャルだけを入れることにしていましたが」

「ご存じのように、例外というものもあります」

で、これがその例外というわけか――ガブリエルは思った。「来歴はどんな感じでしょう？」

「かなり長くて、非の打ちどころがありません」

「以前の所有者は？」

「並外れた審美眼を持つコレクターでした」

「フランス人？　それとも、スイス人」ガブリエルは無遠慮に訊いた。

「アメリカ人です。じつをいうと」

フルーリはアンナにミネラルウォーターのグラスを渡し、絵から絵へと彼女を案内しはじめたので、ガブリエルはふたたび、画廊の絵を一人でこっそり鑑定できるようになった。やがて、三人全員が《遠くに風車が見える川の風景》――油彩・画布、三六×五八センチ、抜きんでた才能を持つ贋作者の作品――の前に集まった。

「手を触れてもかまいませんか？」

「は？」

「絵です」ガブリエルは言った。「触れてみたいのです」

「慎重にお願いします」フルーリが注意した。

ガブリエルは人差し指の先でカンバスにそっと触れ、絵筆の跡をなでてみた。「誰かにクリーニングを依頼されましたか？」

「入手したときからこの状態です」

「絵具の剝落（はくらく）はありますか？」

「広範囲なものはありません。ただ、そうですね、すり減った箇所がいくつか見受けられます。とくに、空の部分に」

「コンディション・レポートには写真も添えてあると思いますが」

「何枚かあります」

ガブリエルはアンナを見た。「マダム・ロルフはこの絵がお気に召しましたかな？」

「値段しだいね」アンナはフルーリのほうを向いた。「いくらぐらいをお考えかしら」

「百五十万」

「おやおや」ガブリエルは言った。「現実的になりましょうよ」

「マダム・ロルフはいくらなら払ってもいいとお考えでしょう？」

「あら、自分自身と交渉するよう、わたしにおっしゃってるの?」

「とんでもありません。付け値をおっしゃる機会を差しあげようとしているだけです」

ガブリエルは価値のない絵を黙って見つめた。

「いかがです?」フルーリが訊いた。

「マダム・ロルフがあなたに渡す金は百万ユーロ。それ以上は一ユーロも出さないでしょう」

美術商は笑みを浮かべた。「お売りします」

階下のフルーリのオフィスで、ガブリエルはコンディション・レポートと来歴に目を通し、そのあいだにアンナは携帯電話を耳に押しつけて、クレディ・スイス銀行の彼女の口座からソシエテ・ジェネラル銀行の画廊の口座へ百万ユーロを送金した。最終的な売買価格に額縁と輸送の代金も含まれているとのことだった。しかしながら、ガブリエルは両方とも断った。この額縁はマダム・ロルフの趣味に合わないと言った。輸送に関しては、彼のほうで個人的に手配するつもりだと言った。

「遅くとも水曜日までには輸出許可がもらえるでしょう」フルーリは言った。「そのときに絵をお渡しします」

「水曜日ではだめですね」

「なぜでしょう？」

「マダム・ロルフとわたしとで絵を持ち帰るつもりなので」

「それはご無理(セ・タンポシブル)かと。書類を提出し、サインをもらうという手続きがありますから」

「書類もサインもあなたの問題です。それに、すでに国外へ出てしまった絵であっても、あなたなら輸出許可をとる方法をご存じのような気がします」

この皮肉をフルーリは否定しなかった。「正式な梱包(こんぽう)についてはどうされますか？」

「ご心配なく、ムッシュー・フルーリ。絵画の扱いは心得ています」

「絵がこの建物を離れたあとでいかなるダメージを受けようと、当画廊はいっさい責任を負いません」

「しかし、帰属については保証してくれますね。コンディション・レポートと来歴の正確さについても」

「ええ、もちろんです」フルーリはアルベルト・カイプの作品に間違いないことを保証する鑑定書をガブリエルに渡した。「ここにそう書いてあります」

フルーリはアンナの前に売買契約書を置き、彼女の名前をサインすべき場所を示した。彼自身のサインも添えたあとで、コピーをとり、来歴とコンディション・レポートのコピーと一緒に封筒に入れた。絵はグラシン紙と発泡ビニールシートで包んだ。こんな絵にそこまでする値打ちはないのだが。三時十五分、マイバッハがブリストル・ホテルの前で止まったとき、絵はリアシートに置かれていた。

「わたしが同行したのは、単に目の保養としてだと思ってたけど」アンナが言った。

「友達なんだから、百万ユーログらいどうってことないだろ」

「莫大なお金だわ」

「遅くとも月曜日の午後までには、きみの口座に戻るはずだ」

「あら、残念。もうしばらく、わたしに借りを作っててくれればいいのに」

「で、そうなったら?」

「今夜の演奏を聴きに来るよう、あなたに頼むでしょうね。終演後にガラパーティがあるの。名士が残らず顔を出すわよ」

「きみはそういうのが嫌いな人だと思っていたが」

「大嫌いよ。でも、あなたが横に立ってくれたら、耐えられるかもしれない」

「それで、わたしのことをどう説明するんだ、アンナ? 誰になればいい?」

「ヘル・ルートヴィヒ・ツィーグラーはどう?」アンナは二人のあいだのシートに置かれた品に渋い顔を向けた。「二束三文の偽造品にわたしのお金を百万ユーロも注ぎこんだばかりの、ご立派なアート・アドバイザー」

ガブリエルはブリストル・ホテルの上階にある彼の部屋へ絵を運び、カンバスを木枠からはずした。一時間後、絵はパリ北駅の広々としたチケット売場でガブリエルがころがす小型のキャリーケースに押しこまれていた。パスポート検査所を難なく通過し、五時にロンドン行きのユーロスターの列車に乗りこんだ。パリ北部の郊外の景色が窓の外を流れていくなかで、ガブリエルは自分のキャリアの変遷に思いを馳せた。わずか四カ月前の彼は世界でもっとも手強い諜報機関の長官だった。いまは――笑みを浮かべながら思った――新しい職業を見つけた。

美術品の密輸業者。

18

ジャーミン通り

パンデミックの広がりで美術界が心肺停止に近い状態に陥って以来、サラがこれほど苛酷な一週間に耐えたのは初めてのことだった。それはジュリアンの悲惨なボルドー訪問で始まり、今日の午後の売買交渉決裂で終わった。決裂したのは、買手が逃げ腰になったのと、損をしてまでその絵——ルカ・カンビアーゾの《東方三博士の礼拝》——を売るつもりはないとサラが固く決心していたからだ。さらに困ったことに、サラの夫が仕事でロンドンを離れてしまった。諜報活動が彼の仕事なので、どこへ行くのかも、いつ戻ってくるのかも秘密にされている。サラにわかっているのは、夫に再会できるのは夏至近くになってからだろうということだけだった。

そういうわけで、画廊のセキュリティ・システムをオンにし、正面ドアを施錠してから、サラは〈ウィルトンズ〉へ直行し、バーでいつもの隅の席に腰を落ち着けたのだった。しばらくすると、オリーブ三粒を添えたサハラ砂漠のようにドライなベルヴェデーレウォッカ・マティーニがテーブルに置かれた。運んできたのはブルーのブレザーに赤いネクタイのハンサムな若いウェイター。グラスを唇に運びながら、サラは思った──人生って思ったほど悲惨ではないのかも。

突然、にぎやかな笑い声が上がった。笑いをひきだしたのはジュリアンだった。オリヴァー・ディンブルビーと、〈ボナムズ〉の巨匠部門のトップであるジェレミー・クラブを相手に、頬に広がる赤紫の醜悪なあざのことを説明しているところだった。ジュリアンの説明によれば、街灯柱との衝突はボルドーではなくケンジントンで起きたことになっていて、歩きながら携帯メールを送信しようとした軽率な行動のせいに過ぎないとのことだった。

電話を手にしたジュリアンは架空の事故を再現してみせて、バーのカウンターにすわったほかの美術商やキュレーターやオークショニアを大笑いさせていた。そのご褒美に、キング通りでモダン・アートの画廊を経営し繁盛させている元モデルが、深紅の唇でキスしてくれた。角のテーブルでそれを見ていたサラはマティーニをひと口飲み、「クソ女」とつぶやいた。

キスはほとんど慰めにならなかった。サラにもそれが見てとれた。ジュリアンは自分の外見に憮然(ぶぜん)とし、フランスに来るよう彼に頼んだ女性の不審な死に動揺していた。サラもそうだった。おまけに、フィリップ・サマセットに売った絵のことが気になっていた。彼とはニューヨーク近代美術館(MoMA)で働いていたころからのつきあいだ。サラの旧友ガブリエル・アロンがこの件を調べることを承知してくれた。調査の進捗状況に関して、彼からはまだなんの連絡も来ていない。

『アートニュース』誌のアミーリア・マーチがカウンターを離れてサラのテーブルにやってきた。ほっそりした姿勢のいい女性で、濃い色の髪をショートにしていて、目はやけに大きくてまばたきもせず、まるでアップルの絵文字のようだ。《見知らぬ女性の肖像》のニュースをすっぱ抜いたのは、サラに陰で助けてもらったアミーリアだった。サラは目下、情報をリークしたことを後悔していた。口を閉じておけば、絵の再発見も売買も秘密のベールに包まれたままだっただろう。そして、マダム・ヴァレリー・ベランガールはいまも生きていただろう。

「このあいだ、あなたのことでいかがわしい噂(うわさ)をひとつ聞いたわよ」アミーリアが言った。

「ひとつだけ?」サラは言った。「がっかりだわ」

つねに油断のないアミーリアの耳にときおりどんなゴシップが届くかについては、サラのほうで想像するしかなかった。なにしろ、サラにはCIA局員という経歴があるし、夫は英国の秘密情報部の人間になるまではプロの殺し屋をやっていたのだから。サラはまた、短期間ながらもサウジアラビアの皇太子のアート・アドバイザーを務めたことがある。じつをいうと、レオナルド・ダ・ヴィンチの《サルヴァトール・ムンディ》に、オークションに出品された絵画の価格としては最高となる五億ドルを支払うよう皇太子を説得したのがサラだった。

活字にされては困ることばかりだ。そのため、勧められもしないのに勝手にテーブルについたアミーリアに、サラは文句ひとつ言わなかった。この記者の話をじっくり聞いて、できればこの機会に自分から小さないたずらを仕組んだほうがいいと考えた。いまの彼女はそういう気分だった。

「で、どんな噂なの？」サラはアミーリアに尋ねた。

「信頼できる筋から聞いた話だけど――」

「へーえ、そう？」

「すごく信頼できる筋からよ」アミーリアは話を続けた。「長年メイソンズ・ヤードでやってきた〈イシャーウッド・ファイン・アーツ〉を、あなたがよそへ移そうとしてるって。ええと、どう言えばいいかしら――もう少し目立つ場所へ」

「根も葉もない噂だわ」サラは断言した。

「先週、コーク通りの物件をふたつ見てまわったでしょ」

しかし、その理由はアミーリアが疑っているようなものではなかった。画廊をもうひとつ開くのがサラの夢なのだ。現代アートを専門とする、彼女の名前がついた画廊。ジュリアンにはまだ伏せてあるので、『アートニュース』の記事で彼にこの計画を知られることだけは避けたかった。

「コーク通りなんか高すぎて、わたしには無理だわ」

「新たに発見されたファン・ダイクを六百五十万ポンドで売ったばかりでしょ」アミーリアは声をひそめた。「極秘。秘密の買手。謎の出所」

「そうね。どこかで読んだような気がする」

「わたしはこれまでずっと、あなたとジュリアンにすごく親切にしてきたつもりよ。画廊の評判をズタズタにしそうな記事を出すのを控えたことだって、数えきれないほどあるし」

「例えば？」

「まず、あのアルテミジアがふたたび姿を現したときにあなたが果たした役割とか」

サラはマティーニをひと口飲んだが、何も言わなかった。

「どうなの？」アミーリアが探りを入れた。

「〈イシャーウッド・ファイン・アーツ〉はけっしてメイソンズ・ヤードを離れないわ。現在も、将来もずっと。永遠に。アーメン」

「だったら、コーク通りで長期の賃貸物件を探してるのはなぜなの？」

元モデルがオーナーをしている画廊に暗い影を投げてやりたいからよ。相手の女は目下、マネキン人形のように端整な容貌の〈クリスティーズ〉のチーフ・オークショニアの耳元で何かささやいている。

「あなたに誓うわ」サラは言った。「友達として、女どうしとして。時機が来たらちゃんと話してあげる」

「真っ先にわたしに話してね」アミーリアは強く言った。「それまでのつなぎとして、何かおいしいネタをちょうだい」

「右の肩越しにちらっと見てみて」

アミーリアはサラの言葉どおりにした。「麗しのミス・ワトソンと女たらしのサイモン・メンデンホール？」

「情熱のメンデンホール」サラは言った。

「彼女って、てっきりあの俳優と交際中だと思ってた」

「女たらしのサイモンもキープしてるのよ」

出番の合図を受けたかのように、カウンターの向こう端でまたしても笑い声が上がった。ジュリアンがアンコールに応えて、ケンジントンで起きたことになっている事故の模様の再現を終えたところだった――このアンコールは超富裕層のアート・アドバイザーをしているニッキー・ラヴグローヴのためだった。

「ジュリアンが街灯柱に衝突したってほんとなの？」アミーリアが訊いた。

「ううん」サラは悲しげな笑みを浮かべた。「街灯柱のほうから襲いかかってきたの」

マティーニを飲み終えたサラはジュリアンの頬についた口紅を拭きとり、ジャーミン通りに出た。タクシーが一台も見あたらなかったので、角を曲がってピカディリー大通りに出てから車を拾った。ロンドン市内を西へ向かうタクシーのなかで〈デリバルー〉のメニューをスクロールしながら、インド料理とタイ料理のどちらにしようかと迷った。かわりにイタリア料理を注文し、その選択をすぐさま後悔した。パンデミックのあいだに体重が三キロ増え、ケラーと結婚したあとさらに三キロ増えた。ハイドパークの歩行者用の小道で週に三回走っているにもかかわらず、体重はどうしても減ってくれない。

タクシーがロイヤル・アルバート・ホールの前を過ぎたとき、ダイエットにふたたび挑戦しようと決めた。でも、今夜はまだだめ。フェラガモのパンプスだって食べられそうなぐらい空腹だから。くだらないテレビ番組を見ながら夕食をすませたら、空っぽの新婚のベッドにもぐりこみ、週末はほとんどベッドのなかで過ごして、《ウエン・ユア・ラヴァー・ハズ・ゴーン》をくりかえし聴くことにしよう。もちろん、ビリー・ホリデイが一九五六年にレコーディングした代表作だ。絶望のどん底にいるとき、これ以外のバージョンは聴く気になれない。

サラがビリー・ホリデイの物まねに熱中するあいだに、タクシーはクイーンズ・ゲート・テラスに曲がり、十八番地のエレガントなジョージ王朝様式の家の向かいで止まった。

一軒まるごとサラと夫が所有しているわけではなく、二人が使っているのは地下と一階の豪華なメゾネットだけだ。地下のキッチンに明かりがついているのを見て、サラの胸に喜びがあふれた。環境保護に熱心な彼女のことだから、この日の朝、うっかり明かりを消し忘れて出かけたなどは考えられない。もっとも理に適った説明をつけるとしたら、夫がようやく戻ってきたに違いない。

運転手にタクシー代を払い、急いで階段を下りてメゾネットの地下の入口まで行った。ドアが少し開き、セキュリティ・システムが解除されていた。なかに入ると、キッチンのアイランド・カウンターに木枠をはずしたカンバスが置いてあった——遠くに風車が見える川の風景を描いたもの。サイズは四〇×六〇センチぐらい。オランダ絵画の黄金時代の画家、アルベルト・カイプのイニシャルらしきものがついている。

絵の横にパリの〈ジョルジュ・フルーリ画廊〉の封筒があった。その横にサンセールの高級ワインのボトルが置かれ、ガブリエルが痛みに顔をしかめながらコルクを抜こうとしているところだった。サラはドアを閉め、思わず笑いながらコートを脱いだ。完璧に苛酷だった一週間の完璧な締めくくりね。

19

クイーンズ・ゲート・テラス

サラが〈デリバルー〉のオーダー状態をチェックすると、まだ追加オーケイだった。

「タリアテッレのボロネーゼと、子牛のミラネーゼとどっちにする？」

「そんな迷惑はかけたくない」

「夫が留守なの。食事につきあって」

「じゃ、子牛にしよう」

「タリアテッレね」サラは注文をすませ、それから、カウンターに置かれている額縁も木枠もないカンバスに視線を落とした。「これに関して完璧に納得のいく説明をしてもらえるでしょうね。ついでに、腫れあがったその手に関しても」

「どこから始めればいい？」

「手のほうにする？」

「ヴェネツィアでジュリアンと会ったあと、私服のカラビニエリ隊員を襲撃したんだ」

「じゃ、絵のほうは？」

「今日の午後、〈ジョルジュ・フルーリ画廊〉で買ってきた」

「それはわかるわ」サラは封筒を軽く叩いてみせた。「でも、支払いはどうやって？」

ガブリエルは封筒から売買契約書をとりだし、書き慣れた感じの買手のサインを指さした。

「あの人、ずいぶん気前がいいのね」サラは言った。

「気前のよさは無関係だ。向こうは全額返金してもらえると思っている」

「誰が返金するの？」

「きみに決まってるだろ」

「じゃ、それ、わたしの絵？　そう言ってるの？」

「そのようだ」

「わたし、その絵にいくら使ったの？」

「百万ユーロ」

「そんなに高いのなら、額縁をつけてもらいたいわ」サラはカンバスの端のほつれた部分をひっぱった。「ついでに木枠も」

「わたしがブリストル・ホテルの部屋にアンティークな額縁を残していったりしたら、ホテルの経営者が首をひねったかもしれない」

「パリ北駅の外にあるゴミ容器のなか」

「なるほどね」サラはため息をついた。「絵を固定するために、明日の朝いちばんで新しい木枠をつけたほうがいいわよ」

「そんなことをしたら、わたしの機内持ち込み用のカバンに入らなくなる」

「どこへ持っていくつもり？」

「ニューヨーク。きみも一緒に来てほしい」

「なぜ？」

「絵が贋作だから。そして、きみたちがフィリップ・サマセットに六百五十万ポンドで売った絵も同じく贋作ではないかという胸騒ぎがするからだ」

「うっ、最悪。そう言われそうないやな予感がしてたのよね」

ガブリエルは彼の携帯電話をとりだし、サン゠タンドレ゠デュ゠ボワのヴァレリー・ベランガールの屋敷で見た絵の写真を画面に出した。《見知らぬ女性の肖像》、油彩・画布、一一五×九二センチ。バロック期のフランドル出身の画家、アンソニー・ファン・ダイクの模倣者が描いたものとされている。

「マダム・ベランガールがジュリアンに手紙をよこした理由がそれで説明できるわね」

「マダム・ベランガールはまずジョルジュ・フルーリに電話をかけた」

「どういう意味？」

「ごく一部だけ」

「自分が持っている絵も貴重なファン・ダイクなのかどうかを知りたかったから」

「なんのために？」

「で、ムッシュー・フルーリは彼女になんて答えたの？」

「わたしがフルーリと接したわずかな経験から言うと、彼の答えにはきっと真実のかけらもなかっただろう。だが、フルーリがどう答えたにしろ、疑いを深めた彼女は国家警察の美術犯罪を担当する部署に連絡をとった」

サラはサンセールのボトルのコルクを抜きながら、低く悪態をついた。

「心配しなくていい。その問題を追う気はないと警察がマダム・ベランガールに言ったことははっきりしている。マダム・ベランガールがジュリアンをボルドーに呼んだ理由はそこにある」ガブリエルは黙りこんだ。「そして、彼女が亡くなった理由も」

「その人――」

「殺されたのかって？」ガブリエルはうなずいた。「さらに、犯人たちは彼女の携帯電話を持ち去った」

「どういう連中？」

「まだ調査中だ。だが、プロであることは間違いない」

サラは二個のグラスにワインを注ぎ、片方をガブリエルに渡した。「絵のことで問い合わせをしてきた相手を殺すためにプロの暗殺者を雇うなんて、いったいどういう美術商なの？」

「金になる犯罪に手を染めた美術商というところかな」

サラはガブリエルの電話をとって画像を拡大した。「マダム・ベランガールの絵も贋作ってこと？」

「わたしの印象では」ガブリエルは答えた。「ファン・ダイクの模倣者が描いたもののようだ。四十八時間前、わたしはマダム・ベランガールの娘に言った――マダムが持っていた絵はきみがフィリップ・サマセットに売った絵の模写だと思う、と。だが、いまは、その逆だと確信している。あの絵がファン・ダイクの作品総目録(カタログ・レゾネ)に出ていなかったことも、それで説明がつく」

「贋作者がファン・ダイクの模倣者の絵を模写したということ？」

「そういう言い方もできる。しかも、模写の腕が格段に上達している。驚嘆すべき才能だ。まさしくアンソニー・ファン・ダイクの絵になっている。きみの画廊で鑑定を頼んだ五人の専門家がだまされたのも無理はない」

「紫外線をあてて調べたときに見つかった絵具の剝落や修正部分についてはどう説明する

の？」

「贋作者というのは、絵を人為的に古びさせたり、損傷を加えたりするものだ。そのあとで、真作らしく見せるために、現代の顔料と展色剤を使って修復をおこなう」

サラはカウンターに置かれたカンバスにちらっと目を向けた。「これもそうなの？」

「もちろん」

ガブリエルは封筒からコンディション・レポートをとりだした。写真が三枚添えてある。一枚目に写っているのは現在のカンバスの状態。修復されて汚れのない真新しいニスの層に覆われている。二枚目は紫外線を照射して撮影したもので、絵具の剝落部分が海に点々と浮かぶ小さな島のように見える。最後の写真には本来の状態の絵が写っている。修復もニスもなし。絵具の剝落部分が白いしみのように見える。

「これこそまさに四百年前の絵のあるべき姿だ」ガブリエルは言った。「自分で認めるのはいやだが、このわたしでさえだまされたかもしれない」

「どうしてだまされずにすんだの？」

「最初から贋作を見つけるつもりであの画廊に入ったからだ。それと、絵のすぐそばで百年ほど生きてきたおかげだ。巨匠の筆遣いに関しては、自分の目尻のしわに負けないぐらいよく知っている」

「お言葉を返すようですけど、それだけでは贋作の証拠として充分じゃないわ」

「だから、エイデン・ガラハーに絵を預けることにする」

ガラハーというのは〈エクウス・アナリティクス〉の設立者。ハイテク装置を駆使して美術品の鑑定をおこなう企業で、贋作を見破るのを専門にしている。クライアントは美術館、美術商、コレクター、オークション・ハウスなど。ときには、FBIの美術犯罪捜査チームから協力を求められることもある。十年ほど前に、ニューヨークでもっとも人気の高い現代アートの画廊のひとつが、ここを信用している買手たちに総額八千万ドルに近い金で贋作を売りつけていたことを立証したのも、エイデン・ガラハーだった。

「ガラハーのラボはコネティカット州のウェストポートにある」ガブリエルは話を続けた。「贋作者が技術面でミスをしていれば、ガラハーが見つけてくれる」

「で、結果が出るのを待つあいだ、わたしたちは？」

「きみがフィリップ・サマセットに売った絵をわたしが見られるように手配してもらいたい。わたしの予想どおり、それが贋作だとしたら――」

「ジュリアンとわたしは美術界の笑いものね」

いや――ワイングラスに手を伸ばしながら、ガブリエルは思った。《見知らぬ女性の肖像》が贋作だと判明したら、一九六八年以来、美術館レベルのイタリアとオランダの巨匠絵画を扱ってきたメイソンズ・ヤードの〈イシャーウッド・ファイン・アーツ〉は倒産するだろう。

20

ウェストポート

二人はヒースロー空港のセキュリティ・チェックのゲートを別々に——ガブリエルは本名を使い、カイプの贋作を機内持ち込み用のカバンに詰めこんで——通り抜け、出発ラウンジでふたたび合流した。サラは搭乗案内が始まるのを待つあいだにエイデン・ガラハーにメールを送り、ある絵画の科学的鑑定をロンドンの〈イシャーウッド・ファイン・アーツ〉が〈エクウス・アナリティクス〉に依頼したがっていると告げた。問題のその絵画に関する詳細は伏せておいたが、緊急の用件であることはそれとなく伝えた——正午にニューヨークに到着し、渋滞にひっかからなければ、遅くとも午後三時までにウェストポートに着けると思います。絵を持って伺ってもいいでしょうか?

機内に入ったサラは、北大西洋を横断する八時間のフライトのあいだ食べものも飲みものも必要ないことを客室乗務員に伝えた。やがて目を閉じ、その目をふたたび開いたのは機体がジョン・F・ケネディ国際空港の滑走路にドサッとぶつかったあとだった。アメリカのパスポートとグローバル・エントリー・カードを持っているサラは入国手続きの儀式をいとも簡単にすませたが、ガブリエルのほうは身分が低くなったため、好ましからざる外国人のために用意されているガイドポールと仕切り用ロープの迷路を抜けるのに、一時間もかかってしまった。旅の終着点は窓のない部屋で、アメリカ合衆国税関・国境警備局の肥満体の職員からしばらくのあいだ質問を受けた。

「どういう用件でふたたび合衆国に来られたのですか、アロン長官?」

「個人的な調査だ」

「あなたがこの国におられることを中央情報局は知っていますか?」

「いまは知っている」

「胸の傷の具合はいかがです?」

「この手よりましだ」

「カバンのなかには何が?」

「銃が二挺(ちょう)と死体がひとつ」

職員は笑みを浮かべた。「アメリカ滞在を楽しんでください」

ガブリエルがブルーのラインをたどって手荷物受取所にたどり着くと、サラが彼女の携帯電話を見つめていた。「エイデン・ガラハーからよ」顔も上げずに言った。「月曜日まで待ってもらえないかと言ってきた。待てないって返事しておいたわ」

ちょうどそのとき、電話がピッと鳴ってメールの着信を知らせた。

「それで？」

「どんな絵か知りたいそうよ」

ガブリエルは絵の詳細を伝えた。「《遠くに風車が見える川の景色》。油彩・画布。三六×五八センチ。いまのところ、アルベルト・カイプの作とされている」

サラがメールを送った。二分後、ガラハーの返信が届いた。

「三時にウェストポートで会ってくれるって」


〈エクウス・アナリティクス〉はリヴァーサイド・アヴェニューに面した古い赤レンガの建物のなかにあり、コネティカット・ターンパイクにかかった陸橋の近くだった。ガブリエルとサラは〈ウーバー〉で頼んだSUV車のリアシートに乗りこみ、二時数分過ぎに到着した。通りの先の〈ダンキンドーナツ〉でコーヒーを買ってから、ソーガタック川の日当たりのいい土手に置かれたベンチに腰を下ろした。ふわふわの白い雲が真っ青な空を流れていく。レジャー用の船が小さなマリーナのそれぞれの停泊場所で、捨てられたおもちゃのようにまどろんでいる。

「アルベルト・カイプが絵にしそうな景色だな」ガブリエルは言った。

「ウェストポートにはたしかに独特の魅力があるわね。こういう日はとくに」

「後悔してないか？」

「ニューヨークを離れたことを？」サラは首を横にふった。「わたしの物語はけっこうハッピーエンドだったわ。そう思わない？」

「事情によりけりだ」

「どんな？」

「きみがクリストファーと結婚して、ほんとに幸せなのかどうか」

「くらくらするほど幸せよ。ただ、正直に白状すると、かつてあなたのためにやってた仕事に比べると、画廊の仕事ってあんまりおもしろくないのよね」サラは太陽の温もりのほうへ顔を上げた。「ジジ・アル＝バカリと一緒にサン＝バルテルミー島へ旅行したときのことを覚えてる？」

「どうして忘れられる？」

「サントロペでイヴァン・ハリコフと奥さんのエレーナと一緒に過ごした夏のことは？あるいは、わたしがチューリッヒでロシアの暗殺者を撃った日のことは？」サラは電話で時刻をたしかめた。「もうじき二時よ。そろそろ行く？　待たせないほうがいいと思う」

二人でリヴァーサイド・アヴェニューを歩きはじめて〈エクウス・アナリティクス〉に着いたちょうどそのとき、黒のＢＭＷ７シリーズのセダンが駐車場に入ってきた。運転席から降りてきた男性は漆黒の髪にブルーの目をしていて、五十四歳という年齢よりはるかに若々しく見えた。

サラのほうへ手を差しだした。「ミス・バンクロフトですね？」

「お目にかかれて光栄です、ガラハー博士。急なお願いにもかかわらずお会いくださってありがとうございます。しかも、土曜日だというのに」

「いや、かまいません。じつを言うと、夕食の前に二、三時間ほど仕事をする予定でした」ガラハーのアクセントは、ずいぶん目立たなくなってはいるが、ダブリンで送った子供時代を示すものだった。ガブリエルのほうを見た。「で、そちらの方は？」

「ヨハンネス・クレンプという者です」ガブリエルは複雑にからみあった過去から名前をひとつひきずりだして答えた。「〈イシャーウッド・ファイン・アーツ〉でサラと一緒に仕事をしています」

「誰かに言われたことはありませんか？　大統領就任式の日に撃たれたあのイスラエル人によく似ていると。わたしの記憶に誤りがなければ、名前はたしかガブリエル・アロン」

「よく言われます」

「そうでしょうな」ガラハーは心得顔に微笑を向け、それからサラのほうを向いた。「では、絵の件に移るとしましょう」

サラはガブリエルのカバンのほうへうなずきを送った。

「さあ」ガラハーは言った。「なかへどうぞ」

21

〈エクウス〉

表のドアの錠は美術館レベルだった。セキュリティ・システムも、ガラハーのラボの装置も同様だった。ハイテク装置のなかには、電子顕微鏡、短波赤外線カメラ(SWIR)、ブルカー社のM6ジェットストリーム(高性能の空間イメージング装置)などが含まれている。それでもやはり、ガラハーの分析の第一歩は昔ながらの方法によるもので、可視光線のもと、肉眼での絵の鑑定が始まった。

「フライトを無傷で乗り越えたようだが、わたしとしてはできるだけ早く木枠をつけておきたい」ガラハーはガブリエルのいるほうへ非難の視線を向けた。「もちろん、ヘル・クレンプにご異存がなければだが」

「本名で呼んでもらったほうがいいかもしれませんね。木枠は標準サイズの一四×二二インチがいいでしょう」

ガラハーはいぶかしげな表情を浮かべた。「絵を描く方なんですか、ミスター・アロン？」

　ガブリエルの答えは、七十二時間前にサン＝タンドレ＝デュ＝ボワの村でヴァレリー・ベランガールの娘に述べたのと同じものだった。エイデン・ガラハーも同じく興味を持ったが、理由は別にあった。

「われわれにはずいぶん共通点があるようだ」

「お気の毒に」ガブリエルは冗談を言った。

「芸術面でという意味です。わたしはダブリンのアート＆デザイン国立大学で画家をめざして学び、そののち、アメリカに渡ってコロンビア大学に入りました」

　ガラハーは在学中に美術史で博士号を、美術品修復で修士号をとった。メトロポリタン美術館(メット)で修復スタッフとして働いた時期には、来歴調査を担当し、やがて科学技術を用いた真贋鑑定を専門とするようになった。二〇〇五年にメットを退職して〈エクウス・アナリティクス〉を設立した。『アート・ニュースペーパー』紙が先日、ガラハーのことを、この分野においては並ぶ者なき〝ロックスター〟と呼んだ。だから、彼のオフィスのドアの外にＢＭＷ７シリーズの新車が止まっているというわけだ。

　ガラハーは絵にまっすぐ視線を向けた。「どこでお求めになりました？」

「パリの〈ジョルジュ・フルーリ画廊〉です」ガブリエルは答えた。

「いつ？」

すか？」ガラハーは急に顔を上げた。「そして、問題があるのではと早くも疑っておられるのですか？」

「いいえ。問題があることはすでにわかっています。この絵は贋作です」

「では、どういう経緯でそう結論されたのでしょう？」ガラハーは疑いの口調で尋ねた。

「本能です」

「本能だけでは不充分だと思いますが、ミスター・アロン」ガラハーはふたたび絵をじっくり見つめた。「来歴はどのような？」

「お笑い種です」

「では、コンディション・レポートは？」

「みごとな出来です」

ガブリエルは両方をアタッシュケースからとりだしてテーブルに置いた。エイデン・ガラハーは来歴のほうから目を通し、最後に三枚の写真を調べた。現在の状態のもの。紫外線を照射したもの。そして、絵具の剝落部分がわかるもの。

「もしこれが贋作だとしたら、贋作者の腕前はみごとなものだ」ガラハーは頭上のライトを消し、紫外線トーチで絵を調べた。海に点々と浮かんだ島のような黒いしみと、写真のなかのしみが一致した。「これまでのところは問題なし」頭上のライトをふたたびつけてガブリエルを見た。「カイプの絵についてはよくご存じと思いますが」

「かなり」

「でしたら、カイプの全作品が何百年にもわたって混乱と誤った帰属に悩まされてきたこともご存じですね。カイプはヤン・ファン・ホイエンの画風を大々的にとりいれ、そして、カイプの模倣者たちがカイプの画風を大々的にとりいれました。その一人にアブラハム・ファン・カルラートがいます。カイプと同じくオランダのドルトレヒト出身です。二人のイニシャルが同じなので、どちらの作品かを見分けるのが困難な場合もあります」

「贋作者がカイプのような画家を選ぶそもそもの理由がそこにあるわけですね。利口な贋作者なら、間違って別の画家のものだと思われていた作品があるような画家を抜けめなく選ぶものです。そうすれば、埃(ほこり)をかぶったヨーロッパのコレクションから新たな絵が奇跡的に見つかった場合、いわゆる美術の専門家たちが真作として認める可能性が高くなりますから」

「では、わたしの鑑定の結果、その絵がアルベルト・カイプの真作だと判明したら？」

「まずありえないと断言できます」

「五万ドルを賭ける覚悟はおありですか？」

「賭けるのはわたしではありません」ガブリエルはサラを指さした。「彼女です」

「鑑定料の前金として二万五千ドルいただきます。残りはわたしの鑑定書をお渡しするときに」

「どれぐらいかかります?」サラが訊いた。

「数週間から数カ月といったところでしょうか」

「時間が何よりも重要なんです、ガラハー博士」

「いつロンドンに戻られるご予定ですか?」

「そちらでお決めください」

「月曜日の午後に予備報告書をお渡しできます。だが、急ぎの仕事となると追加料金が発生します」

「いかほどでしょう?」

「前金として五万ドル」ガラハーは答えた。「報告書のお渡し時に二万五千」

預託書類にサインし、小切手を渡したあとで、ガブリエルとサラはリヴァーサイド・アヴェニューをメトロ・ノース駅へ急ぎ、グランド・セントラル駅までの切符を二枚購入した。

「次の電車は四時二十六分よ」サラは言った。「運がよければ、六時にはマンダリン・オリエンタルでマティーニが飲めるわ」

「きみはフォー・シーズンズのほうが好みだと思っていたが」

「部屋がとれなかったの」

「きみのリクエストでも?」

「予約担当のチーフにガンガン文句を言っておいたわ」

「フィリップ・サマセットが週末を過ごすのはどこだと思う?」

「あの男のことだから、どこにいても不思議はないわね。東七十四丁目のタウンハウスのほかに、アスペンにスキーロッジ、ロング・アイランドのイースト・エンドに豪邸、アディロンダック山地のレーク・プラシッドにも広大な屋敷を持っている。ガルフストリームでそのあいだを飛びまわってるわ」

「元リーマン・ブラザーズの債券トレーダーとしては悪くないな」

「彼についてずいぶん調べたようね」

「わたしのことは知ってるだろ、サラ。飛行機のなかではどうしても眠れなくて」ガブリエルは横目で彼女を見た。「この時期のレーク・プラシッドはどんな天気だい?」

「最悪」

「アスペンは?」

「雪がない」

「すると、残るはマンハッタンかロング・アイランドだな」

「月曜日の朝イチで彼に電話するわ」

「いますぐやったほうがいい。きみの気分が軽くなる」

「ファン・ダイクが贋作だという結論にならなければね」サラは新規メッセージの画面を開き、宛先のところにフィリップ・サマセットのアドレスを入れた。「件名は何にする？」

「〝ご無沙汰してます〟」

「いいわね。そのまま続けて」

「急にニューヨークに来たとサマセットに言うんだ。何分か時間をとってもらえないかと頼む」

「絵のことを言ったほうがいい？」

「口が裂けても言うんじゃない」

「あなたのことはどう説明すればいい？」

「きみ、かつてCIAの仕事をしていた美術商だろ。きみならぜったい何か思いつける」

サラがメールを書き終えるころ、電車が駅にすべりこんだ。五時半、グランド・セントラル駅の外で二人がタクシーに乗ろうとしていたとき、フィリップ・サマセットの返信が届いた。

〝明日、リンジーとわたしはロング・アイランドの家に友達を何人か招いてランチをする予定になっている。来てもらえれば大歓迎だ。きみの友達も一緒にどうぞ。その人にぜひ会ってみたい〟

22

ノース・ヘイヴン

サラは迎えの車を差し向けるというフィリップ・サマセットの申し出を断り、かわりにヨーロッパ製の高級セダンをレンタルすることにした。翌朝十時半にタートル・ベイのレンタカー営業所で車を受けとると、ガブリエルの運転で正午にはロング・アイランド・エクスプレスウェイに入り、サフォーク郡を猛スピードで走り抜けていた。サラは暇つぶしのために、奇妙な響きを持つ町と村の名前が色褪(いろあ)せた緑色の出口標識に記されているのを次々と読みあげた――まず、コマック。それから、ホーポージ、ロンコンコマ、パッチョーグ。ガブリエルに説明した――子供のころにやってたくだらない遊びなの。マンハッタンに住むほかのリッチな家族たちと一緒にバンクロフト一家がイースト・ハンプトンで夏を過ごしたときの遊び。

「いまの富裕層って昔のわたしたちよりずっとリッチで、それを自慢するのを恥ずかしいとは思ってないのね。富をグロテスクなまでに見せびらかすのが最近の流行みたい」サラはロンドンから持ってきたダークな色調のパンツスーツの袖をひっぱった。「ちゃんとした服を買いに行く時間があればよかったんだけど」

「きれいだよ」ハンドルに軽く片手をかけたまま、ガブリエルは言った。

「だけど、フィリップ・サマセットのノース・ヘイヴンの豪邸で開かれる週末のパーティにふさわしいとは言えないわ」

「どういうのがふさわしいんだ？」

「思いきり値段が高いもの」サラの電話がピッと鳴ってメールの着信を知らせた。「噂をすればなんとやら」

「招待とり消しかい？」

「どのへんまで来たのか知りたがってる」

「すべての客にメールするのかな？　それとも、きみだけ？」

「何が言いたいの？」

「昨日、きみから連絡をもらって、フィリップ・サマセットのやつ、やけに喜んでたじゃないか」

「わたしたちの関係は個人的なものと仕事がらみの両方なの」サラは正直に答えた。

「個人的というのはどの程度？」

「ＭｏＭＡが資金集めのためにやってる毎年恒例のガーデン・パーティで、共通の友人に紹介されたの。フィリップは当時、泥沼の離婚騒ぎの最中だった。何カ月かデートしたわ」

「どっちから終わらせたんだい？」

「どうしても知りたいのなら教えてあげる。彼のほうよ」

「そいつ、何を考えてたんだ？」

「わたしはあのころもう三十代後半だったし、フィリップはもう少し若い相手を探してた。わたしより十二歳も若いリンジー・モーガンという熱烈なヨガ愛好家のモデルに出会ったとたん、わたしのことは儲けの出ない株みたいにポイ捨てだった」

「それなのに、きみはいまも〈マスターピース・アート〉に投資を続けている」

「どうして知ってるの？」

「まぐれあたり」

「わたし、フィリップとつきあう前からすでに、資産のごく一部をあそこに投資してたの。二人の関係がうまくいかなくなったからって、償還請求をする理由にはならないでしょ」

「資産のごく一部というのはどれぐらい？」

「二百万ドル」

「なるほど」

「この前ニューヨークであなたに会ったとき、父の遺産のおかげでわたしはかなり裕福だという話をしたと思うけど」

「聞いたとも。フィリップがきみの利益を守ってくれるよう願うばかりだ」

「わたしの現在の残高は四百八十万ドルよ」

「おめでとう（マゼル・トフ）」

「フィリップのほかのクライアントに比べたら、わたしなんか貧民みたいなものだわ。フィリップはギリシャ神話のミダス王のような人で、手を触れたものすべてを黄金に変えてしまう。だから、美術界の多くの人が彼のファンドに投資してるのよ。ファンドはいつも年率二十五パーセントのリターンを上げている」

「どうしてそんなことが可能なんだ？」

「魔法のような自己取引の戦略があるみたい。フィリップは厳重に秘密にしてるけどね。アート専門のほかのファンドと違って、〈マスターピース〉は絵画目録を公表していない。業務内容が完全に不透明なの。しかも、きわめて大規模な感じ。フィリップは目下、十二億ドル相当の美術品を動かしてるわ。しょっちゅう絵画を売買して、そのたびに莫大な利益を得ている」

「しょっちゅう売買するというのは、量とスピードのことだな」

「それに、もちろん鞘取り（さやとり）もしてるわ。〈マスターピース〉はまさに本格的なヘッジファンドの運営形態で、新規投資は最低百万ドルから。五年間は解約できない。手数料は業界標準の二‐二〇。つまり、運営手数料二パーセント、利益の二十パーセントを手数料としてとる仕組みなの」

「会社の所在地はたぶん、ケイマン諸島だろうな」

「どこもそうじゃない？」サラは目で天井を仰いだ。「正直に白状すると、口座の残高が毎年増えていくのを見るのはすごく楽しみよ。でも、心の一部では、絵画を大豆や石油と同じように先物取引される商品とみなすことに抵抗を感じてる」

「美術商として成功したいのなら、そういう思いは超越すべきだ。オークションで競り落とされた絵の大部分は世間の目に触れることが二度とない。銀行の金庫かジュネーヴのフリーポートにしまいこまれてしまう」

「もしくは〈チェルシー・ファイン・アーツ倉庫〉が持っている空調設備つきの倉庫か。ファン・ダイクの絵はそちらへ送るってフィリップが言ってたわ」サラは出口66の標識のほうを指さした。「ヤップハンク」

　ノース・ヘイヴンと呼ばれる卵形の半島はペコニック湾に突きでていて、サグ・ハーバーとシェルター島にはさまれている。フィリップ・サマセットの週末の別荘はヒマラヤ杉とガラスでできた三万平方フィートの城砦（じょうさい）で、半島の東側にそびえていた。若く美しいサマセットの妻が天井の高い玄関ホールで二人を出迎えた。ノースリーブの麻のパンツスーツ姿で、ほっそりしたウエストにベルトを締め、しみひとつないなめらかな肌はSNSに投稿された加工済みの画像のようだ。ガブリエルが自己紹介をすると、〝あなた、誰？〟と言いたげな空虚な視線が返ってきたが、サラに対しては、名前を聞いたとたん反応があった。

「ロンドンの美術商の方ね。うちの夫にファン・ゴッホを売った人でしょ」

「ファン・ダイクよ」

「すぐごっちゃになってしまうの」

「よくあるミスだわ」サラは彼女を安心させた。

リンジー・サマセットは新たに到着した客に挨拶しようと向きを変えた。プライムタイムの報道番組のメインキャスターとその夫だった。光り輝く広い部屋には新聞とテレビ業界のジャーナリストがさらに何人か集まっていて、そのほか、ヘッジファンドのマネージャー、画家、美術商、ファッション・デザイナー、モデル、俳優、脚本家、大ヒット映画の有名監督、ロング・アイランドの労働者階級の惨状を歌にしているアイコン的存在のミュージシャン、ブロンクス選出の革新的な女性下院議員、ニューヨークの出版社からやってきた若き編集者たちもいた。どうやら、二人が招かれたのは出版関係のパーティのようだ。

「カール・バーンスタインよ」サラが小声で言った。「ウォーターゲート事件のとき、ボブ・ウッドワードと一緒に取材を続けた『ワシントン・ポスト』紙の記者」

「サラ、わたしはきみと違って、リチャード・ニクソンが大統領だった時代にすでに生まれていた。カール・バーンスタインが何者かは知ってるよ」

「彼に会ってみない？　向こうにいるわ」サラは通りかかったウェイターのトレイからシャンパンのグラスをとった。「それから、あっちにいるのがアイナ・ガーテン。それから、わたしがどうしても名前を覚えられないあの俳優。ほら、麻薬のリハビリ施設から出てきたばかりの人」

「それから、ロスコーがある」ガブリエルは声をひそめた。「バスキアも。ポロックも。そして、リキテンスタイン、ディーベンコーン、ハースト、アドラー、プリンス、ウォーホルもある」

「東七十四丁目にある彼のタウンハウスを見てほしいわ。まるでホイットニー美術館みたいよ」

「そこまですごくはない」背後からバリトンの声が聞こえた。「だが、気が向いたらいつでも来てくれ」

フィリップ・サマセットの声だった。サマセットはまずサラへの挨拶として、頬にキスをして彼女の外見を称賛し、次に、日に焼けた手をガブリエルのほうに差しだした。背が高く、身体を鍛えている感じの五十代半ばの男性で、グレイがかった金髪が少年っぽさを感じさせ、超富裕層につきもののゆったりした微笑を浮かべている。手首にはめているのはリシャール・ミルのクロノグラフという高級腕時計。スポーティなモデルで、海の男を気どりたがる大金持ちの男たちが愛用しているものだ。カシミアのジップアップ・セーターにも、水色のコットンパンツにも、鋼青色のローファーにも、どこか海を思わせるものがあった。はっきり言うと、フィリップ・サマセットのすべてに、ヨットの甲板から下りてきたばかりという雰囲気がある。

ガブリエルは差しだされた手をとって自己紹介をした。姓も名も名乗った。

フィリップ・サマセットはサラのほうを見て説明を求めた。

「古い友達なの」

「わたしのほうは、わが取引戦略に関する質問を撃退しながら午後を過ごすことになりそうだと覚悟していたのだが」フィリップ・サマセットはガブリエルの手を放した。「なんと思いがけない驚きだろう、ミスター・アロン。この光栄はなんのご褒美ですかな?」

「絵を拝見したくて伺いました」

「なるほど。だったら、ここに来られたのは大正解だ。とくにご覧になりたい絵が何かあれば――」

「《見知らぬ女性の肖像》をぜひ」

「アンソニー・ファン・ダイクの?」

ガブリエルは微笑した。「もちろん、そう願っています」

フィリップ・サマセットはガブリエルとサラを連れて階段をのぼり、光あふれる広い仕事部屋に入った。特大のPCモニターがいくつか置かれ、白波の立つ湾が窓から一望できる。

ばかでかいデスクという無人地帯の向こう側から、サマセットが何やら考えこむ様子で二人を見つめるあいだ、長い沈黙が続いた。彼はやがて、サラをまっすぐに見て言った。

「どういうことなのか、きみから話してもらったほうがいいだろう」

サラの説明は正確で弁護士のようだった。「〈イシャーウッド・ファイン・アーツ〉はアロン氏と契約を結び、《見知らぬ女性の肖像》の再発見と〈マスターピース・アート・ベンチャーズ〉への売却をめぐる状況を慎重に調査してもらうことにしたの」

「なぜそのような調査が必要とみなされたのだ？」

「先週の終わりごろ、絵の売買に関する懸念を表明した手紙がうちの画廊に届いたからよ。差出人の女性はその二、三日後、ボルドーの近くで交通事故を起こして死亡した」

「警察は犯罪を疑っているのか？」

「いえ」ガブリエルは答えた。「だが、わたしは疑っています」

「なぜ？」

「ジュリアンとサラが《見知らぬ女性の肖像》を購入したパリの画廊で、その女性の亡き夫も絵を何点か買っています。わたしは金曜日にその画廊を訪れ、贋作と思われる三点の絵に目を留めました。そのうち一点を購入し、いまは〈エクウス・アナリティクス〉に預けてあります」

「エイデン・ガラハーはその分野で最高の人間だ。わたし自身もあそこを使っている」

「明日の午後までに予備報告書を仕上げようとガラハーが言ってくれています。だが、それを待つあいだに――」

「ファン・ダイクの絵を見てみようと思ったわけだね」

ガブリエルはうなずいた。

「喜んでお見せしたいところだが」フィリップ・サマセットは言った。「残念ながらそれは不可能だ」

「理由をお尋ねしてもいいでしょうか？」

「〈マスターピース・アート・ベンチャーズ〉が三週間ほど前に絵を売却したからだ。ついでに言うと、かなりの利鞘(りざや)を稼ぐことができた」

「売った相手は？」

「申しわけない、ミスター・アロン。非公開の取引なので」

「仲介者はいたのですか？」

「大手のオークション・ハウスのひとつだ」

「誰の作であるかをオークション・ハウスのほうで再度鑑定したのでしょうか？」

「買手から鑑定を要求された」

「それで？」

「《見知らぬ女性の肖像》を描いたのはアンソニー・ファン・ダイク、場所はアントワープにあった彼のアトリエにほぼ間違いない。時期は一六三〇年代の終わりごろ。つまり、〈イシャーウッド・ファイン・アーツ〉と〈マスターピース・アート・ベンチャーズ〉に関するかぎり、問題は解決済みだ」

「そちらに異存がなければ」サラが言った。「いまの話の内容を書面にしておきたいんだけど」

「明日の朝、下書きか何か届けてくれ」フィリップ・サマセットは答えた。「目を通しておこう」

23

展示室617

翌朝早く、サラはＨＳＢＣロンドン支店の担当者に電話をかけ、世界でもっとも有名なバイオリニストのクレディ・スイス銀行の口座へ百万ユーロを送金するよう指示した。次に、バークレー広場に事務所を持っているジュリアンの顧問弁護士、ロナルド・サムナー＝ロイドに電話をして、フランドル出身のバロック期の画家、アンソニー・ファン・ダイクが描いた《見知らぬ女性の肖像》の売買に関して今後いかなるクレームがつこうと〈イシャーウッド・ファイン・アーツ〉に累が及ぶことのないよう、彼と相談しながら書類を作成した。午前九時少し前に、できあがった書類をメール添付でフィリップ・サマセットに送った。数分後、イースト・ハンプトンからマンハッタンへ向かうシコルスキーの自家用ヘリの機内からサマセットが電話してきた。

「ずいぶん攻撃的な文言だと思わないか？　とくに、機密保持に関する項目が」

「うちの画廊を守らなきゃいけないからよ、フィリップ。それに、おたくの売買で何か不都合なことが持ちあがった場合、『ニューヨーク・タイムズ』で〈イシャーウッド・ファイン・アーツ〉という言葉を読むことだけは避けたいの」

「きみは何も心配しなくていいと、はっきり言ったつもりだったが」

「以前、末永くつきあいたいって、あなたがわたしに断言したこともあったわよね」

「まさか、いまも恨んだりしてないよな？」

「恨んだことなんて一度もないわ」サラは嘘をついた。「さあ、お願いだから権利放棄証書にサインして」

「条件がひとつある」

「何かしら」

「ガブリエル・アロンと知り合った経緯を話してくれ」

「わたしがワシントンで仕事をしてたときに出会ったの」

「ずいぶん昔の話だな」

「ええ。麗しのリンジーはそのころきっと小学生だったでしょうね」

「きみに失礼なことを言われたとリンジーが言っている」

「あの人、ファン・ゴッホとファン・ダイクも区別できないんですもの」

「かつてはわたしもそうだった」電話を切る前に、サマセットは言った。「だが、いまのわたしを見てくれ」

　五分後、サラの受信箱に電子署名と日付の入った書類が到着した。サラはそこに自分の署名を加えてからロンドンのジュリアンと顧問弁護士に転送した。次に、今夜七時半に離陸するブリティッシュ・エアウェイズのヒースロー行きの便に二人分の予約が入っていることを確認したあとで、ガブリエルに電話をかけ、〈イシャーウッド・ファイン・アーツ〉が法的にも倫理的にも潔白となったことを伝えた。

「つまり、ジュリアンとわたしは評判を失わずにすむ。六百五十万ポンドについては言うまでもないし。全体としては、けっこう運よく切り抜けることができたわ」

「午前中の残りをどう過ごす予定だい？」

「まず、スーツケースに荷物を詰める。次は電話をじっと見つめて、〈エクウス・アナリティクス〉のエイデン・ガラハーから連絡が入り、あなたのせいで《遠くに風車が見える川の風景》にわたしのお金が百万ユーロも無駄に注ぎこまれたという報告が来るのを待つ」

「かわりにすてきな長い散歩に出かけないか？」

「そのほうがずっといいわね」

　申し分のない春の朝だった。晴天で、空には雲ひとつなく、ハドソン川から心地よい風が吹いていた。二人は西五十九丁目を歩いて五番街まで行き、そこからアップタウンへ向かった。

「どこへ連れてく気？」

「メトロポリタン美術館」

「どうして？」

「あそこのコレクションにはアンソニー・ファン・ダイクの代表作が何点か含まれている」ガブリエルは笑みを浮かべた。「すべて本物だ」

サラはメットの広報部にいる友達に電話をして招待券を二枚頼んだ。グレート・ホールのインフォメーション・デスクに招待券が用意されていた。二人は階段をのぼって展示室617まで行った。バロック期の肖像画が展示されている部屋だ。ファン・ダイクの作品が四点あり、そのうちの一点が代表作であるヘンリエッタ・マリア――チャールズ一世の王妃――の肖像画だった。ガブリエルは王妃の顔を写真に撮ってサラに見せた。

「クラクリュールね」サラが言った。

「どこかおかしな点に気がついた？」

「いいえ」

「わたしも同じく。まさにファン・ダイクのクラクリュールはこうあるべしというやつだ。だが、こっちの写真を見てほしい」それは〝見知らぬ女性〟の顔だった。ジュリアンとサラがフィリップ・サマセットに売却した絵。「クラクリュールのパターンが異なっている」

「ごくわずかに。でも、ええ、たしかに違いはあるわね」

「贋作者が人為的に古色を加えようとして硬化剤を使うからだ。四世紀分のクラクリュールがわずか数日で生みだされる。しかし、自然にできたクラクリュールではない」

「鑑定が別々に二回おこなわれ、二回とも《見知らぬ女性の肖像》はアンソニー・ファン・ダイクの真作だと判定されたのよ。お墨つきをもらったのよ、ガブリエル。この件はこれでおしまい」

「しかし、どちらの鑑定も科学に基づいたものではなく、専門家が意見を述べただけだ」

サラは苛立たしげにため息をついた。「たぶん、あなたが間違った見方をしてるのよ」

「だったら、正しい見方というのは？」

サラはヘンリエッタ・マリアの肖像画のほうを身ぶりで示した。「ひょっとすると、あれが贋作かも」

「そんなことはない」

「断言できる？」サラは彼をとなりの展示室へひっぱっていった。「じゃ、あそこにかかってる風景画はどう？　クロード・ロランが描いたものだって百パーセント断言できる？　それとも、メトロポリタン美術館で展示されてるから、そう信じる気になってるだけ？」

「何が言いたい？」

「わたしが言いたいのは」サラは舞台の傍白のような感じで答えた。「世界じゅうの偉大な美術館で展示されている美しい芸術作品が真作か贋作かを正確に判定できる人間なんて、どこにもいないということなの。こういう美術館に雇われてる博学なキュレーターや修復担当者はとくに無理。みなさん、そういう小さな汚い秘密は口にしたがらないから。あ、もちろん、美術館のコレクションの正当性を保証するために、誰もが最大限の努力をしてるわよ。でも、ほんとのことを言うと、しじゅうだまされてばかり。ある鑑定によると、ロンドンのナショナル・ギャラリーが所蔵している絵画の少なくとも二十パーセントは帰属を間違えているか、もしくは完全な贋作だそうよ。そして、はっきり言っておくと、民間の美術市場における数字はさらにひどいわ」

「だったら、われわれの手でどうにかすべきだ」

「〈ジョルジュ・フルーリ画廊〉を業界から閉めだす？」サラは首をゆっくりと横にふった。「それはまずいわ、ガブリエル」

「どうして？」

「パリで始まったことがパリだけにとどまることはないから。感染症のごとく美術界に広がっていく。オークション・ハウス、美術商、コレクター、そして、メットのような美術館を訪れる一般客までが感染する。被害を受けずにすむ者は誰もいない。この業界でもっとも良心的な者でさえ」

「では、鑑定を頼んだあの絵が贋作だとエイデン・ガラハーが言ってきたら？」

「フルーリにひそかに返金を要求して、あとは関係を断つ。その件については二度と口にしない。そうしないと、〝輝くもの(グリッター)、すべて金なり〟という幻想を打ち砕くことになってしまう」

「グリッターじゃなくて、グリスター」

サラは顔をしかめ、時刻をチェックした。「正式に午後になったわ」

二人はマンダリン・オリエンタルに戻ると、人気の高いロビーバーへ行き、空いていた最後のテーブルを確保した。二時十五分、ランチを終えようとしていたとき、サラの電話が振動して着信を知らせた。〈エクウス・アナリティクス〉からだった。

「あなたが出たほうがいいかも」サラは言った。

ガブリエルは〝通話〟のアイコンをタップし、デバイスを耳にあてた。「ありがとうございます」しばらくしてから言った。「いや、それは必要ないでしょう。いまからそちらに伺います」

サラが電話を受けとった。「何が必要ないの?」

「顔料の化学分析の追加」

「どうして?」

「濃紺のフリースの繊維が絵の数箇所にはさまっているのを、エイデン・ガラハーが見つけたからだ。そのなかには、一度も修復されていない箇所もあった。フリースは一九七九年にマサチューセッツ州で開発された繊維素材だから、アルベルト・カイプが十七世紀の半ばにフリースのジャケットもしくはベストを着ることはなかったと考えたほうが安全だ。

つまり――」

「ジョルジュ・フルーリはわたしに百万ユーロを返金する義務があるわけね」

サラは二人のフライトの予約を変更し、スーツケースをとりに上の階へ急いだ。問題をひそかに解決し、その件については二度と口にしないことにしようと思った。

24

〈ジョルジュ・フルーリ画廊〉

サラがスマートフォンのカーナビアプリで調べたところ、コロンバス・サークルからコネティカット州ウェストポートまでの所要時間は車で一時間半だった。しかし、レンタカーのヨーロッパ製セダンのハンドルを握ったガブリエルは、一時間をわずかに超えるタイムでその距離を走り抜けた。〈エクウス・アナリティクス〉の外にエイデン・ガラハーの派手なBMW7シリーズが止めてあり、《遠くに風車が見える川の風景》は新しい木枠で固定されてラボの検査台に置かれていた。絵の横には二ページからなる報告書、この作品は現代の贋作だと書かれている。そして、報告書の横にはガラハーの結論を裏づける顕微鏡写真が三枚。

「正直なところ、あまりに平凡なミスなので少々驚きました。もっと腕のいい贋作者だろうと思っていたのに」ガラハーは写真に写った濃紺のフリースの繊維を指さした。「まったくの素人のミスですな」

「その繊維の存在について、何かほかの説明はつかないでしょうか?」ガブリエルは尋ねた。

「いっさいつけられません。とはいえ、フルーリがわたしの鑑定に激怒することは覚悟しておいてください」ガラハーはサラを見た。「わたしの経験からすると、百万ユーロの返金を求められれば、大半の美術商がかなり憤慨するものです」

「ムッシュー・フルーリがこちらの意見に同意することは間違いありません。あなたの報告書に目を通せばとくに」

「フルーリとの対決はいつにする予定ですか?」

「今夜のうちにパリへ向かいます。じつは」サラは腕時計にちらっと目をやった。「そろそろ失礼しないと」

ガラハーに鑑定料の残りの二万五千ドルを支払うため、サラが小切手を書くあいだに、ガブリエルは《遠くに風車が見える川の風景》を木枠からはずし、機内持ち込み用のカバンに入れた。二人が乗るエールフランスの便は午後六時四十五分に搭乗が始まった。八時半、ロング・アイランドのイースト・エンドの上空にさしかかった。

「あそこがノース・ヘイヴンよ」サラが窓を指さした。「フィリップの家が見えそうな気がするわ」

「わずか三万平方フィートしかない家で、フィリップとリンジーはよくも我慢できるものだな」

「一度アディロンダックの家を見るべきよ」サラは声を低くした。「かつてはそこで長い週末を過ごしたものだった」

「カヤックとハイキング？」

「ええ、とくにそのふたつね。フィリップはおもちゃをたくさん持ってるの」

「ファン・ダイクをすぐに手放したのも当然だな」

「住宅を転売する人たちもいる。フィリップは絵画を転売する」

サラは客室乗務員からシャンパンのグラスを受けとり、ガブリエルにも受けとるよう強く勧めた。

「何に乾杯するんだい？」

「惨事の回避を願って」

「そう願いたいものだ」ガブリエルは言った。グラスには口をつけなかった。

雲ひとつない空から飛行機が舞いおりてシャルル・ド・ゴール空港の滑走路に着陸したのは、翌朝の九時を数分過ぎたときだった。入国審査場と税関を通過したあと、ガブリエルとサラはタクシーに乗ってパリの中心部へ向かった。最初に立ち寄ったのはシャンゼリゼ通りの〈ブラッスリー・ラルザス〉。ガブリエルは午前十時四十五分にそこから〈ジョルジュ・フルーリ画廊〉に一回目の電話をかけた。応答はなかった。二回目の電話も応答なしだった。しかし、三回目にかけたところ、受付係のブルーノが出た。ガブリエルはふたたび、スイスの有名なバイオリニスト、アンナ・ロルフのアート・アドバイザーをしているルートヴィヒ・ツィーグラーのふりをして、いますぐムッシュー・フルーリと電話をかわるよう要求した。

「申しわけございませんが、フルーリは別のお客さまと商談中です」

「とにかく、ただちに会う必要がある」

「どのようなご用件か伺ってもよろしいでしょうか？」

「《遠くに風車が見える川の風景》」

「たぶん、わたしでお役に立てると存じますが」

「ぜったい無理だ」

受付係は電話を保留にした。二分たったころ、電話口に戻ってきた。「フルーリが二時にお目にかかるそうです」そう言って電話を切った。

おかげで、ガブリエルとサラは三時間も延々と時間をつぶさなくてはならなくなった。〈ブラッスリー・ラルザス〉で正午までコーヒーを飲み、それからシャンゼリゼ通りを〈フーケ〉まで歩いてゆっくりランチをとった。食後は通りの向かい側へ渡り、スーツケースをころがしてウィンドー・ショッピングをしながらラ・ボエシ通りへ向かった。二人た右手をインターホンのほうへ伸ばしたが、人差し指を呼出しボタンの上に置く前にオートロックが解除された。ガラスのドアを押し開いてサラのあとから画廊に入った。

入口ホールは無人で、黒大理石の台座にのった古代ギリシャかローマの若者の等身大のブロンズの胸像が飾ってあるだけだった。フルーリの名前を呼んでみたが、返事がないので、サラを連れて一階の展示室へ行った。ここも無人だった。裸身のヴィーナスと三人の乙女を描いたロココ様式の大きな絵がなくなっていた。カナレットの弟子の作とされるヴェネツィアの風景画も消えていた。かわりの新しい絵はかかっていなかった。

「ムッシュー・フルーリは商売繁盛のようね」サラが言った。

「消えた絵はどちらも贋作だった」ガブリエルはそう答え、フルーリのオフィスへ向かった。デスクの前にすわっているフルーリを見つけた。のけぞった顔が天井を仰ぎ、口が開いている。背後の壁に血液と脳組織が飛び散り、まだじっとり濡れている。額の真ん中に至近距離から弾丸が二発撃ちこまれた結果だ。床に倒れた年下の男性もやはり至近距離から撃たれていた——胸に二発、頭部に少なくとも一発。ジョルジュ・フルーリと同じく、間違いなく絶命していた。

「なんてこと……」開いたドアのところでサラがつぶやいた。

ガブリエルは返事をしなかった。彼の電話が鳴っていた。ユヴァル・ガーションからで、テルアビブ郊外にある八二〇〇部隊の本部からかけてきていた。挨拶は抜きだった。

「何者かが現地時間で一時半に、亡くなった女性の電話の電源をオンにした。二分前にわれわれが電話のなかに入りこんだ」

「電話はいまどこに？」

「パリ八区。ラ・ボエシ通り」

「わたしも同じ場所にいる」

「わかってる」ユヴァルは言った。「それどころか、われわれの見たところ、同じ部屋にいるようだ」

ガブリエルは電話を切って、最近の通話履歴からヴァレリー・ベランガールの番号を見つけだした。数字をタップしようとしたが、プロとして鍛えられた彼の目がアルミニウム素材で作られた〈トゥミ〉のスーツケース（五二×七七×二八センチ）をとらえた瞬間、手を止めた。亡くなる前のムッシュー・フルーリが旅に出る予定だったと考えられなくもない。しかし、スーツケースに入っているのは爆弾だと考えたほうが自然だ。

マダム・ベランガールに電話をかければ爆発する仕掛けになっている爆弾。

サラに説明している暇はなかった。かわりに彼女の腕をつかんで展示室を抜け、画廊の入口までひきずっていった。ガラスのドアはロックされ、受付デスクにあるはずのリモコンが消えていた。計画立案も処刑法も最高傑作であることは、ガブリエルも認めざるをえなかった。だが、これぐらいのことは予測しておくべきだった。なんといっても相手はプロだ。

しかし——不意に思った——いくらプロでもミスはする。今回のミスは、黒大理石の台座にのった古代ギリシャかローマの若者の等身大のブロンズの胸像だった。ガブリエルは重い胸像を頭上にかざし、焼けつくような痛みに耐えて〈ジョルジュ・フルーリ画廊〉のガラスのドアに叩きつけた。

第二部

下絵

25

オルフェーヴル河岸

　たぶん、意外なことではないだろうが、うららかな春の午後の二時一分過ぎにエレガントなパリ八区が爆発の轟音で揺れた瞬間、フランスの警察は最悪の事態を予想した。爆発のすぐあとで現場に到着した警官隊の第一陣は、巨匠絵画を専門に扱う画廊が炎に包まれているのを目にした。それでも、狂信的なイスラム主義者のテロ攻撃につきものの大量の死亡者が出ていない様子なので、胸をなでおろした。じっさい、一見したかぎりでは、犠牲となったのは歩道にころがっている古代ギリシャかローマの若者の等身大のブロンズの胸像だけのようだ。周囲には、青みがかったグレイを帯びた強化ガラスのキューブ状の破片が散らばっていた。あるベテラン刑事が、重量のある美術品が画廊から放りだされたときの状況を知ったあとで、次のように断言することになる——賊がガラスを割って画廊に侵入するかわりに飛びだしたのは、フランスの犯罪史上初めてのケースだ、と。

　爆発から何分もしないうちに、この異例の犯罪の実行犯たち——中年後期の男性と四十代初めの魅力的な金髪の女性——が警察に出頭してきた。そして、午後二時四十五分、フランスの情報・保安機関の上層部のあいだで懐疑的な電話があたふたと飛び交ったのちに、二人はなんの目印もついていないプジョーのうしろに乗せられ、オルフェーヴル河岸三十六番地へ連れていかれた。フランス国家警察の刑事部門の本部、すなわち、パリ警視庁のあるところだ。

二人はここで別々にされ、所持品をとりあげられた。女性のハンドバッグとスーツケースには不審なものは入っていなかったが、連れの男性のほうは注目に値する品をいくつか所持していた。ドイツの偽造パスポート、イスラエル製のソラリスの携帯電話、イタリアの滞在許可証（ペルメッソ・ディ・ソッジョルノ）、額縁も木枠もついていない絵、〈ジョルジュ・フルーリ画廊〉と〈エクウス・アナリティクス〉の名前が入った書類、ヴァレリー・ベランガールという人物からジュリアン・イシャーウッドに宛てた手書きの手紙。イシャーウッドは、ロンドン、セント・ジェームズ、メイソンズ・ヤード七-八にある〈イシャーウッド・ファイン・アーツ〉のオーナー経営者である。

三時半、それらの品が取調室のテーブルに並べられ、中年後期の男性が部屋に連れてこられた。銀行幹部が着るようなスーツに身を包んだ五十歳ぐらいの洗練された男性もそこに加わった。男性は握手の手を愛想よく差しだして、文化財産不正取引取締中央部の部長、ジャック・メナールだと自己紹介した。笑みを浮かべて椅子にすわった。フランス語で言うと、やはりすてきな響きだ。

ジャック・メナールはドイツのパスポートを開いた。「ヨハンネス・クレンプ？」

「小柄な男で、すぐ喧嘩腰になるろくでもないやつだ」ガブリエルは言った。「コペンハーゲンからカイロまでのホテル経営者とレストラン経営者に大いに嫌われている」

「きみがドイツの偽造パスポートを使っていることを、ドイツ側は知っているのか？」

「わたしの見たところ、わたしがドイツのパスポートでたまに旅行するのを黙認するのがホロコーストに対するせめてもの償いのようだ」

メナールはソラリスの電話を手にとった。「噂どおりの安全な機種なのか？」

「そちらでロック解除を試みたりしていなければいいが。連絡先を入力しなおすのは大変なんだぞ」

メナールは〈ジョルジュ・フルーリ画廊〉作成の売買契約書に手を伸ばした。「あのアンナ・ロルフ？」

「先週末、彼女がこの街に来ていた。そこで、二、三時間ほどつきあってもらった」

「アンナ・ロルフはカイプが好みなのか？」

「それはカイプではない」ガブリエルは〈エクウス・アナリティクス〉の報告書をテーブル越しに押しやった。「贋作だ。わたしがそれを買ったそもそもの理由はそこにある」

「見ただけで贋作がどうかわかるというのか？」

「きみは？」

「無理だ」メナールは正直に答えた。「わからん。だが、ここから始めるとしよう」手書きの手紙を示した。「マダム・ベランガール」

「うん、それがいい。考えてみれば、《見知らぬ女性の肖像》に関する彼女の訴えをそちらで真剣にとりあげてくれていれば、彼女はいまも生きていたはずだ」

「マダム・ベランガールは車の自損事故で亡くなったんだぞ」

「あれは事故ではなかった、メナール。殺人だった」

「どこに証拠が？」

「彼女の電話だ」

「電話がどうした？」

「爆弾を作った人物がその電話を使って起爆装置を作動させようとした」

「最初から始めたほうがいいかもしれないな」メナールが提案した。

そうだな——ガブリエルは同意した。そのほうがいいかもしれない。

《見知らぬ女性の肖像》の来歴と真贋の調査に関するガブリエルの説明は、時間の流れに沿って進められ、内容もほぼ正確だった。ジュリアンの不運なボルドー訪問に始まって、

〈ジョルジュ・フルーリ画廊〉の爆破および画廊オーナーと受付係の惨殺事件で終わった。ガブリエルの説明から省かれたのは、ミロメニル通りにあるアンティーク・ショップを訪ねたことと、八二〇〇部隊のユヴァル・ガーションの協力を仰いだことだった。また、〈イシャーウッド・ファイン・アーツ〉から《見知らぬ女性の肖像》を購入した裕福なアメリカ人のヘッジファンド経営者の名前も伏せておいた。絵がその後、別の正体不明の買手に転売された、ということだけ話しておいた。

「ファン・ダイクなのか、違うのか、どっちなんだ？」メナールが訊いた。

「売買の仲介をしたオークション・ハウスはファン・ダイクだと言っている」

「すると、きみの調査は時間の無駄だった？　そう言いたいわけか？」

「ヴァレリー・ベランガールの死と、今日の午後の騒動から考えると、ファン・ダイクではなさそうだ」ガブリエルは《遠くに風車が見える川の風景》の贋作に視線を落とした。

「この絵からもそう推測できる」

「たった一人の専門家の鑑定に基づいて〈ジョルジュ・フルーリ画廊〉が返金に応じるなどと、本気で思っていたのか？」

「問題のその専門家は業界最高峰とみなされている。鑑定を受け入れて返金するよう、わたしのほうでフルーリを説得できる自信は充分にあった」

「脅迫する気だったのか？」

「わたしが？　とんでもない」

メナールは思わず笑みを浮かべた。「では、きみとマダム・バンクロフトが画廊に着いたとき、フルーリはすでに死んでいたと断言できるかね？」

「できるとも」ガブリエルは答えた。「それから、受付係のブルーノ・ジルベールも死んでいた」

「だったら、誰がきみたちを画廊に入れたんだ？」

「暗殺者だ。言うまでもない。そいつは受付デスクに置いてあるキーレスリモコンを使ってドアのロックをはずした。幸い、ヴァレリー・ベランガールの携帯に電話をかける前に、そいつは十五秒ほど時間を置きすぎた」

「どうしてそれを――」

「わたしがどうしてそれを知ったかは重要ではない」ガブリエルは相手の言葉をさえぎった。「重要なのは、マダム・ベランガール殺害と画廊の爆破を結びつける証拠を、きみがいま手に入れたということだ」

「電話の識別番号とＳＩＭカード？」

ガブリエルはうなずいた。

「爆破で破壊されていなければな。それにしても、犯人はずいぶん大胆だったと思わないか？」

「大胆すぎて、ブロンズの胸像をドアのそばに置いたままにしておいたほどだ。そいつを雇った人物はたぶん、胸像が消えていたらわたしが怪しむと思ったのだろう。なにしろ、あの展示室に入って数分もしないうちに、贋作を三点も見つけたのだから」ガブリエルは声をひそめた。「そのせいで、わたしは命を狙われることになった」

「贋作者一味を脅かす存在だったから？」疑いの口調でメナールが訊いた。

「そいつらは昔ながらの贋作組織とは違う。洗練された企業なんだ。美術市場にレベルの高い贋作を大量に送りこんでいる。そして、その中心にいる人物は莫大な利益を上げていて、自分を脅かす相手を排除するためにプロを雇うことだってできる」

　メナールはじっと考えている様子だった。「興味深い説だ、アロン。しかし、証拠がない」

「おたくでヴァレリー・ベランガールの話に真剣に耳を傾けていれば、必要な証拠はすべて手に入ったはずだ」

「傾けたとも」メナールは強く言った。「だが、フルーリが断言したんだ――ムッシュー・イシャーウッドに売却した絵にはなんの問題もない、同じ肖像画の模写が二点あっただけのことだ、と」

「で、その言葉を信じたのか？」

「ジョルジュ・フルーリはパリの美術業界で尊敬されていた人物だ。彼に関する苦情がうちの部署に寄せられたことは一度もない」

「なぜなら、フルーリの売っている贋作が美術界の最高の目利きですらだまされるほどレベルの高いものだからだ。わたしが贋作者の作品を見た感想を言わせてもらうと、巨匠と肩を並べられるほどの腕前だ」

「わたしが耳にした噂からすると、きみの腕もそう悪くないようだが、アロン。世界でもっともすぐれた美術修復師の一人。とにかく、そういう噂だ」

「だが、わたしは現存する絵画の傷を治すために自分の才能を使っている」ガブリエルは贋作の表面を軽く叩いた。「この贋作者は完全に新しい作品を創りだし、かつてこの世に存在したなかでもっとも偉大な画家たちが描いたもののように見せかけている」

「いったい誰なのか、何か心当たりはないかね?」

「きみは刑事だ、メナール。捜査に集中すれば、かならず見つけだせる」

「では、最近のきみは何者なんだ、アロン」

「〈ティエポロ美術修復〉の絵画部門の責任者だ。そして、そろそろ家に帰りたいと思っている」

メナールは贋作と書類の原本――ヴァレリー・ベランガールの手紙も含む――を預からせてほしいと強硬に言った。ガブリエルは自分から何か要求できる立場にはないため、匿名性だけを求めた。彼自身と〈イシャーウッド・ファイン・アーツ〉のために。

フランス人刑事はイエスともノーとも言わずに顎をこすった。「こういう場合の展開というものを、きみなら心得ているはずだ、アロン。刑事事件の捜査は思いどおりには進まないものだ。だが、ドイツのパスポートについては心配しなくていい。ここだけの小さな秘密にしておこう」

時刻はすでに夜の八時近くになっていた。メナールがガブリエルを連れて階段を下り、中庭に出ると、さっき乗ったのと同じプジョーのリアシートでサラが待っていた。それでパリ北駅まで送ってもらい、ロンドン行きのユーロスターの最終電車にどうにか間に合った。

「全体として見ると」サラが言った。「ずいぶん悲惨な展開だったわね」

「下手をすれば、もっとひどかったかもしれん」

「はるかにね」サラは同意した。「それにしても、わたしがあなたと一緒にいるとかならず爆発が起きるって、どういうこと？」

「わたしはどうも、人を怒らせてしまうようだ」

「でも、ジャック・メナールのときは大丈夫だったのね？」

「うん。和気藹々（わきあいあい）だった」

「内密に対処するのはもうあきらめないと。でも、あなた、最終的には自分の望むものを手に入れたじゃない」

「何を?」

「フランスの警察による正式な捜査」

「誰一人見逃してもらえないだろうな」

「そうね」サラはそう言って目を閉じた。「たとえあなたでも」

26

サン・ポーロ区

そのうららかな四月の残りの日々は、フランスの警察と検察が〈ジョルジュ・フルーリ画廊〉の残骸を詳しく調べ、美術界全体が息を止めて恐怖の目でそれを見守るうちに過ぎていった。フルーリと親しかった者たちは、プライベートな場ではなかなか意見を述べようとせず、新聞記者にはとくに用心していた。また、彼と取引のあった者たちはほぼ口をつぐんだままだった。オルセー美術館の館長は、この四月のことを、一九四〇年六月のドイツ軍のパリ入城以来、フランスの美術界にとってもっとも不穏な月だったと言った。この発言を無神経だと批判したコメンテーターが何人かいたが、そこにこめられた思いに異を唱えた者はほとんどいなかった。

フルーリ事件（ラフエール・フルーリ）には爆発物と死者二名が含まれていたため、捜査はフランス国家警察の重大犯罪担当部署――いわゆる司法警察中央局――主導で進められ、ジャック・メナールのもとで働く〝美術探偵〟たちは補助的な役目に甘んずることになった。ベテランの事件記者たちはすぐさま、きな臭いものを感じとった。なにしろ、捜査に関するもっとも基本的な質問にすら、オルフェーヴル河岸のパリ警視庁は答えることができない様子だったのだ。

爆破犯の現在の居場所について、司法警察中央局では何かつかんでいるのでしょうか？

パリ警視庁から回答が来た——つかんでいれば、すでに犯人を逮捕しているはずです。

フルーリと受付係が爆発の前に殺害されていたというのは本当ですか？

パリ警視庁はコメントできる立場にありません。

窃盗が動機だったのですか？

パリ警視庁のほうで複数の手がかりを追っているところです。

ほかに共犯者がいるのでしょうか？

パリ警視庁はいかなる可能性も排除しておりません。

では、爆発の数秒前に画廊から飛びだしたという、中年後期の男性と四十代初めの魅力的な金髪の女性は何者でしょう？　この質問に対しても、パリ警視庁は答えをはぐらかすばかりだった。はい、こちらでそうした目撃者証言を把握し、調べているところです。いまのところ、これ以上は申しあげられません。現在継続中の捜査に関わることですので。

マスコミは徐々に苛立ちを募らせ、もっと緑豊かな牧草地へ移ることにした。新事実のすっぱ抜きという流れは徐々に細くなり、やがて完全に干上がってしまった。美術界に生息する者全員がひそかに安堵の息をついた。評判もキャリアも傷つかずにすんだので、何事もなかったような顔で日常に戻っていった。

中年後期の男性の場合も、美術界より小規模ではあったが、似たようなものだった。ヴェネツィアに戻って数日のあいだは、今回またしても死に瀕したときの詳細を妻に内緒にしておこうとした。本当のことを話したのは、金色の斑点が散ったカラメル色の妻の目をカンバスに再現しようとして、うまくいかずに苦労していたときだった。遅い午後の日差しが妻の左の乳房の下側にあたるせいで、絵を描くのがますます困難になっていた。

「あなたったら、スパイ稼業の基本ルールをひとつも守れなかったのね」キアラは彼をたしなめた。「工作員はつねに周囲の状況をコントロールしなきゃいけないのよ。それに、標的と会う時刻を相手に決めさせるなんてありえない」

「西ベイルートの裏通りで、長期潜入スパイから報告を受けようとしたわけではない。パリ八区で悪徳美術商に贋作を突き返そうとしただけなんだ」

「もう一度やろうとするかしら」

「わたしを殺そうとするかって？　ありえない」

「どうして？」

「知るかぎりのことをフランス側に話しておいたから。いまさらわたしを殺してなんになる？」

「あなたを殺そうとした理由はそもそもなんだったの？」

「わたしの存在を恐れたからだ」

「誰が？」

「頼むから黙っててくれ」ガブリエルは絵筆に絵具をたっぷりつけてカンバスに置いた。

「きみが口を開くと目の形が変わってしまう」

キアラは聞いていない様子だった。「お留守のあいだに、あなたの娘がね、パパが死んだ夢を見たんですって。とんでもない悪夢でしょ。あの子、予言者になれるかも」

「どういうことだい？」

「あなたが歩道に倒れて死んでたそうなの」

「きっと、ワシントンの件が夢になったんだ」

「それとは違う夢だったそうよ」

「どんなふうに？」

「あなたには腕も脚もついていなかった」


その夜、ガブリエルも同じ夢を見た。あまりに生々しかったため、ふたたびその夢を見るのが怖くて目を閉じることができなくなった。アトリエへ行き、誰にも邪魔されずに何時間か作業に没頭してキアラの絵を完成させた。キアラは朝の明るい光のなかで、彼がここ何年間かに描いた絵のなかではこれが最高だと断言した。

「モディリアーニを思わせるタッチね」

「褒め言葉と受けとっておこう」

「モディリアーニに影響されたの？」

「されずにいるほうがむずかしい」

「一枚描いてくれない？」

「モディリアーニを？　お安いご用だ」

「わたしが好きなのは、二、三年前のオークションのときに一億七千万ドルで落札された作品」

問題のその絵は《横たわる裸婦》だ。ガブリエルは子供たちを学校に送り届けてから絵を描きはじめ、二日後、アンナ・ロルフの最新のCDに耳を傾けながら完成させた。次に二枚目にとりかかった。異なる構図にし、女性のポーズをわずかに変えた。カンバスの右上の角にモディリアーニ独特のサインを入れた。

「あなたの手、永遠のダメージを受けずにすんだようね」

「左手で描いた」

「みごとだわ。モディリアーニそっくり」

「モディリアーニそのものだよ。本人が描いたんじゃないというだけで」

「誰だってだまされる？」

「現代のカンバスと木枠を使ってるから無理だ。しかし、モディリアーニが一九一七年にモンマルトルで使ったのと似たタイプのカンバスを見つけて、もっともらしい来歴をこしらえることができれば……」

「失われていたモディリアーニとして市場に出せる?」

「そのとおり」

「いくらで売れそう?」

「二百かな」

「それにゼロが三個つくの?」

「六個だ」ガブリエルは自分の顎に反射的に手をあてた。「問題はその金でわれわれが何をするかだ」

「燃やしなさい。それから、二度と描いちゃだめ」

燃やしなさいとキアラに言われたにもかかわらず、ガブリエルは二点のモディリアーニを寝室にかけ、それからふたたび、静かでゆったりしたセミリタイアの暮らしに戻った。毎朝八時に子供たちを学校まで送り、三時半に迎えに行く。リアルト市場へ出かけて一家の夕食の材料を買ってくる。分厚い本を読み、英国製の新しいオーディオ・システムで音楽を聴く。そして、気が向けば絵を描く。今日はモネ、明日はセザンヌ。ゴッホの《耳に包帯をした自画像》に新たな解釈を加えたみごとな絵は、ガブリエルが現代のカンバスとパレットを使っていなければ世界を震撼させたことだろう。

また、パリからのニュースを複雑な思いで追っていた。あの事件で彼が果たした役割については伏せておくほうがいいとパリ警視庁が言ってくれたし、古い友人であるサラ・バンクロフトとジュリアン・イシャーウッドの評判に傷がつかずにすんだので、胸をなでおろしていた。しかし、三週間たっても誰一人逮捕されず、史上最高の贋作者の一人が生みだした絵を〈ジョルジュ・フルーリ画廊〉が市場に次々と送りこんでいたという記事が新聞に出ることもなかったため、ガブリエルはフランスの司法の天秤を政府が傾けたのだろうという穏やかならざる結論に達した。

バヴァリア社のクルージングヨットC42が届いたのがいい気晴らしになった。荒波から守られたラグーナで二回、試験航海をおこなった。そのあと、五月の第一土曜日にアロン一家はヨットでトリエステまで食事に出かけた。星の光を受けてヴェネツィアに戻るあいだに、ささやかながらも儲けになる修復をサラ・バンクロフトから依頼されたことをキアラに打ち明けた。キアラはかわりにオリジナルの絵を描いてはどうかと提案した。そこでガブリエルはピカソ風の静物画に挑戦し、次にその上からティツィアーノの《ヴィンチェンツォ・モスティの肖像》をまねて描いてみた。フランチェスコ・ティエポロは傑作だと褒め称え、これ一作にとどめておくようアドバイスした。

ティエポロの絶賛の言葉にガブリエルは同意できなかった——どう見ても傑作とは思えない。偉大なティツィアーノのレベルには及ぶべくもない——そこで、木枠をはずしてカンバスを燃やしてしまった。翌朝、子供たちを学校に送り届けたあとで〈バール・ドガーレ〉に立ち寄り、今日の残り時間をどうやってつぶすのがいちばんいいかを考えることにした。ヴェネツィアっ子が朝食のときに飲む小さなグラス入りの白ワインを飲んでいたとき、彼のテーブルに影が落ちた。影の主は誰あろう、美術班のルカ・ロセッティだった。六週間ほど前に負った顔の傷は、ごくわずかな痕跡をとどめる程度になっていた。国家警察のジャック・メナールからの伝言を届けに来たのだった。

「パリに来てもらえるかどうか、訊いてくるように言われました」

「いつ？」

「エールフランスの十二時四十分の便に予約が入っています」

「今日？」

「急ぎの予定でもあるんですか？」

「わたしが飛行機を降りたとたん、メナールが逮捕する気でいるかどうかによる」

「残念ながら、逮捕はできません」

「だったら、メナールはなぜわたしに会いたがっている？」

「見せたいものがあるとか」

「なんなのか、メナールから聞いてるか？」

「いえ。しかし、あなたが銃を持ってきたがるかもしれないと言っていました」

27

ルーブル美術館

肩にカバンをかけ、ウェストのくびれに差しこんだベレッタの九ミリを心強く思いながら、ガブリエルがボーディングブリッジを出ると、シャルル・ド・ゴール空港の到着ゲートでジャック・メナールが待っていた。入国審査を手早く終えたあと、二人はなんの印もついていないセダンのリアシートに乗りこんでパリ中心部へ向かった。メナールは目的地を明かそうとしなかった。

「この前、誰かがパリでわたしを驚かせたときは、いい結果にならなかったぞ」

「心配するな、アロン。きっと楽しめるはずだ」

車はA1道路を走ってスタッド・ド・フランスを過ぎ、次に、パリをとりまく環状高速道路のブルヴァール・ペリフェリックを西へ向かった。五分後、前方にエリゼ宮が見えてきた。

「教えてくれればよかったのに」ガブリエルは言った。「そうすれば、その場にふさわしいものを着てきただろう」

　メナールが微笑するあいだに、運転手は大統領官邸の前を猛スピードで通り過ぎ、次に左折してシャンゼリゼ通りに出た。コンコルド広場まで行く前にトンネルに入り、テュイルリー通りを走ってカルーゼル橋まで行った。右に曲がれば、セーヌ川を渡った先にカルチェ・ラタンがある。だが、車は左に曲がり、華麗なアーチをくぐってから、世界一有名な美術館の広々とした中庭で停止した。

「ルーブル？」

「そう、もちろん。どこへ連れていかれると思ったんだ？」

「もう少し危険な場所」

「危険をお望みなら」メナールは言った。「ここがまさにその場所だ」

　I・M・ペイ設計のガラスと鋼鉄でできた有名なピラミッドの外で、ドガが描いた踊り子のように長い手足をした若い女性が待っていた。女性は無言で二人を案内して広大なナポレオン広場を横切り、美術館スタッフ専用のドアを通り抜けた。ドアの向こう側で制服姿の警備員二人が待っていた。金属探知機がガブリエルに反応して鳴りだしたが、二人とも気づかないふりをした。

「こちらへどうぞ」女性は言い、メナールとガブリエルの先に立って、蛍光灯の光がまぶしい廊下を歩いていった。五百メートルほど歩いたかと思われるころ、リサーチ&修復ナショナル・センターの入口に到着した。美術品の保存と認証を目的とした、世界でもっとも高度な科学技術を誇る施設だ。ここで使われている最先端テクノロジー機器のひとつに静電式粒子加速器があって、リサーチスタッフは標本にダメージを与えずに物質の化学組成を測定することができる。

女性がキーパッドにパスコードを打ちこみ、メナールがガブリエルを連れてなかに入った。大聖堂に似たたたずまいのラボには、急に見捨てられたような雰囲気が漂っていた。

「館長に頼んで早めに閉めてもらった。誰にも邪魔されずに作業できるように」

「作業というのは?」

「絵を見てもらいたい、アロン。ほかに何がある?」

その絵はラボのイーゼルに立てかけられ、黒い布で覆ってあった。メナールが布をはずすと、等身大の肖像画が現れた。裸のルクレツィアが胸に短剣を突き立てようとしている。

「ルーカス・クラナッハの父のほうか?」ガブリエルは尋ねた。

「説明文にはそう書いてある」

「どこで購入した?」

「〈ジョルジュ・フルーリ画廊〉?」

「きみはできる男だといつも噂に聞いていた、アロン」

「で、ムッシュー・フルーリはどこでこれを見つけたんだ？」

「きわめて古く、卓越した、フランスのとあるコレクションのなかから」メナールは疑わしいと言いたげに答えた。「フルーリはこれをルーブルのキュレーターに見せたときに、たぶん後世の模倣者の作品だろうと言った。キュレーターには別の考えがあったので、絵をこのセンターに持ってきて、鑑定を依頼した。あとは想像がつくはずだ」

「美術品の保存と認証を目的とした、世界でもっとも高度な科学技術を誇る施設では、この絵はルーカス・クラナッハ（父）の模倣者ではなく、クラナッハ（父）本人の真作と断定した」

メナールはうなずいた。「だが、待ってくれ、話はさらにおもしろくなる」

「まさか。どんなふうに？」

「ルーブルの館長がこの絵を国宝級と宣言し、フランス国内に永遠にとどめておくため、九百五十万ユーロを支払った」

「ところが、館長はいまになって、本当にクラナッハ（父）なのか、それとも屑なのかと悩んでいるわけだな」

「まさにそのとおり」メナールは床置き型ハロゲンランプのスイッチを入れた。「ちょっと見てくれないか？」

ガブリエルは道具が並んだ手近のステンレス製カートのところへ行き、しばらく捜したあとで、プロ仕様の拡大鏡を見つけだした。それを使って筆遣いとクラクリュールをじっくり調べた。次にあとずさって絵から離れ、片手を顎にあてて考えこんだ。

「どうだね？」メナールが尋ねた。

「これまでに見たルーカス・クラナッハ（父）のなかで最高だ」

「よかった」

「よくない」ガブリエルは言った。

「なぜだ？」

「描いたのはルーカス・クラナッハ（父）ではないからだ」

「あと何点ある？」

「三点」メナールは答えた。「すべて〈ジョルジュ・フルーリ画廊〉から来ている。来歴が似ていて、帰属がはっきりしない点も同じだ。そして、リサーチ＆修復ナショナル・センターの専門家たちは慎重な鑑定ののちに、三点とも巨匠自らが描いた作品で、今回新たに発見されたのだと断言した」

「いい絵か？」

「フランス・ハルスが一点、ジェンティレスキが一点、見たこともないほど甘美なロヒール・ファン・デル・ウェイデンが一点」

「きみ、ロヒールのファンなのか？」

「そうでない者がどこにいる？」

「本当のことを知ったら驚くぞ」

　二人はルーブルに併設されたスタイリッシュな〈カフェ・マルリー〉のテーブルについていた。沈みゆく夕日がピラミッドのガラスの壁面を燃えあがらせている。光がガブリエルの目をくらませた。

「きみは正規の教育を受けているのか？」ガブリエルは尋ねた。

「美術史家として？」メナールは首を横にふった。「だが、わたしの部下にはソルボンヌで修士号や博士号を取得した者が四人いる。わたしの専門は詐欺と資金洗浄だ」

「フフン、美術界には詐欺も資金洗浄もいっさい存在しないからな」

　メナールは微笑すると、茶封筒から写真を三枚とりだした――一枚はフランス・ハルス、一枚はジェンティレスキ、そして、もう一枚はロヒール・ファン・デル・ウェイデンの優美な肖像画。「ここ十年のあいだにルーブルが手に入れたものだ。ファン・デル・ウェイデンとクラナッハは現在の館長になってから購入。フランス・ハルスとジェンティレスキは、その館長が絵画部門の主任だった時代に彼の推薦により取得している」

「つまり、四点すべてに館長が関与していたわけか」

「館長とムッシュー・フルーリがきわめて親しかったことは明らかだ」声をひそめて、メナールはつけくわえた。「親しすぎたため、噂が渦巻いている」

「リベート？」

メナールは肩をすくめただけで、何も言わなかった。

「事実か？」

「わたしにわかるわけがない。なにしろ、この件の捜査は控えるようにと、文化財産不正取引取締中央部に命令が来ているのだから」

「四点とも贋作と判明したらどうなる？」

「美術品の保存と認証を目的とした、世界でもっとも高度な科学技術を誇る施設が、真作と断定したんだ。従って、贋作者の自白を録画したビデオがないかぎり、ルーブルはその鑑定結果を守り抜くだろう」

「だったら、なぜパリに来てほしいとわたしに頼んだ？」

メナールは封筒からもう一枚写真をとりだし、テーブルに置いた。

28

〈カフェ・マルリー〉

写真に写った男のどこを見ても、エレガントなパリ八区の巨匠絵画専門の画廊と関わりのありそうな点は見受けられなかった。目深にかぶったロゴのない帽子にも。目を隠しているラップアラウンド型のサングラスにも。顔に貼りつけた付け髭(ひげ)にも。そして、もちろん、男がラ・ボエシ通りの歩道をガラガラひいていく、アルミニウム素材で作られた〈トゥミ〉のスーツケース（五二×七七×二八センチ）にも。がっしり体型、小柄だがひきしまっていて、自信に満ちた態度だ。若いころはスポーツ万能だっただろうし、軍隊経験もありそうだ。早春の冷えこみに備えてくすんだ色のオーバーをはおり、革手袋をはめている。おそらく、スーツケースの取っ手や、歩道の脇から走り去ったタクシーのなかに指紋を残さないためだろう。

写真の時刻表示は13：39：35となっている。ジャック・メナールはガブリエルに二枚目の写真を渡した。同じ時刻に撮られたものだ。「一枚目は通りの向かいの煙草屋(たばこや)に設置されている防犯カメラがとらえたもの。二枚目は二軒先の〈モノプリ〉のもの」

「警察の監視カメラのほうは収穫なしか？」

「ここはパリだぞ、アロン。ロンドンとは違う。交通量の多い観光エリアと警戒の必要な政府関係の建物のまわりには約二千台のカメラが設置されている。しかし、撮影範囲からはずれてしまう箇所もある。写真の男はその盲点を突いたんだ」

「男がタクシーに乗った場所はどこだ？」

「パリの東側に位置する小さな村で、セーヌ＝エン＝マルヌ県のなかにある。男がどうやってそこまで行ったのか、パリ警視庁のほうではまだ把握していない」

「タクシーの運転手は見つかったのか？」

「コートジボワール出身の移民だった。そいつの話だと、客は流暢なフランス語を話し、タクシー代は現金で支払ったそうだ」

「そいつに怪しい点はないのか？」

「運転手に？」メナールはうなずいた。「問題なし」

ガブリエルは二枚目の写真に視線を落とした。時刻表示は同じ。アングルがやや違う。モディリアーニの《横たわる裸婦》を自分流に描きなおしたときとちょっと似ている——ガブリエルは思った。「男が画廊のなかにいた時間はどれぐらいだ？」

メナールは封筒からさらに一枚の写真を出した。一枚目には、13：43：34に画廊から出てくる男の姿。二枚目には〈ブラッスリー・バロシュ〉のテーブル席にすわった男。ラ・ボエシ通りとポンテュー通りの角にある店で、画廊から四十メートルほど離れている。時刻表示は13：59：46。暗殺者は手のなかの物体に視線を落としている。ブルーノ・ジルベールのデスクからとってきたキーレスリモコンだ。

「きみとマダム・バンクロフトは逆方向から画廊にやってきた」メナールはその点を証明しようとするかのように、ガブリエルとサラの到着場面の写真を出してきた。「そうでなければ、男のすぐそばを通っていただろう」

「男は次にどこへ？」

「タクシーで十六区へ。ブーローニュの森ですてきな長い散歩。そして、そのあとはヒュッ。消えてしまった」

「まさにプロだな」

「うちの爆発物担当の専門家たちも、そいつの爆弾に深い感銘を受けていた」

「爆発をひきおこすのに使われた電話は見つかったのか？」

「まだのようだ」

「ヴァレリー・ベランガールの電話があの画廊のなかにあるのは間違いない」

「警視庁のわが同僚たちはその点に疑問を持っている。さらに言うなら、ヴァレリー・ベランガールは不運な交通事故によって死亡した、という地元の憲兵隊の結論を受け入れる気でいる」

「その点を明らかにしてもらって感謝する。警視庁はほかにどんな結論を出したんだ?」

「ムッシュー・イシャーウッドのアタッシェケースを奪おうとした二人の男はたぶん、ただのひったくりだろう、と」

「ジュリアンが泊まっていたインターコンチネンタルの部屋を荒らした連中については?」

「ホテルの警備主任に言わせると、そんな連中は存在しないそうだ」

「館内の防犯ビデオをチェックした者はいるのか?」

「消去されていたそうだ」

「誰の手で?」

「警視庁にはわからない」

「どんなことならわかるんだ?」

メナールは深く息を吸ってから答えた。「警視庁が出した結論は次のとおりだ——ジョルジュ・フルーリ殺害事件と画廊の爆破事件は、ブルーノ・ジルベールとスーツケースの男による横領犯罪の結果である」

「その荒唐無稽な説を裏づける証拠がひとつでもあるのか?」

「きみとマダム・バンクロフトが画廊に到着する数時間前に、ソシエテ・ジェネラル銀行にある画廊の口座の金がすべて、何者かの手でチャネル諸島にある匿名のペーパーカンパニーの口座へ移されている。次に、匿名のペーパーカンパニーはバハマ諸島にある別の匿名ペーパーカンパニーへ金を移し、今度はその会社がケイマン諸島にある別の匿名ペーパーカンパニーへ金を移した。そのあと……」

「ヒュッと消えた？」

　メナールはうなずいた。

「われわれが話題にしている金の額は？」

「千二百万ユーロ。警視庁では、爆破犯が金を独り占めしようとしたと見ている」

「シンプルですっきりしている」ガブリエルは言った。「それに、世界でもっとも有名な美術館に何百万ユーロも支払って購入した贋作が展示されているというスキャンダルに比べれば、はるかに口あたりがいい」

「正確に言うと、購入金額は合計三千四百万ユーロだ。すべて外部の協力を仰いで調達しなくてはならなかった。これが表沙汰になれば、フランスでもっとも大切にされている施設のひとつの評判が地に堕ちてしまう」

「なんとしても避けなくてはならない」ガブリエルは言った。

「そのとおり」メナールも同意した。

「しかし、サラとわたしは警視庁のその説のどこにはめこまれるんだ？」

「あの現場にきみとマダム・バンクロフトはいなかった。わかるね？」

ガブリエルは画廊に到着した自分たち二人の写真を見せた。「で、これが表沙汰になったらどうなる？」

「心配ご無用、アロン。その可能性はゼロだ」

ガブリエルはその写真をほかの写真のいちばん上に置いた。「どれほど高くまで行きそうだね？」

「なんのことだ？」

「隠蔽工作」

「隠蔽とは醜悪な言葉だな、アロン。ひどくアメリカっぽい」

「沈黙の陰謀」

「そのほうがずっといい」

「国家警察長官まで？　知事まで？」

「いやいや」メナールは言った。「それよりはるかに高い。内務相と文化相も関わっている。おそらく、エリゼ宮も」

「きみは眉をひそめるわけか？」

「わたしはフランス共和国の忠実な公僕だ。だが、良心も持っている」

「きみの良心の声に耳を傾けるとしよう」

「自分の良心を踏みにじったことはないか？」

「諜報活動に従事していたので」ガブリエルはそう答えただけで、詳しいことは省略した。

「わたしは国家警察の上級官僚で、上からの命令にはぜったい服従の義務がある」

「もし反抗したら？」

「一巻の終わりだ。断頭台で」メナールは西のほうへ首を傾けた。「コンコルド広場において」

「『ル・モンド』紙の仲良し記者にリークしたらどうだ？」

「何をリークすればいい？　ロンドンの美術商がパリの画廊でファン・ダイクの肖像画の贋作を購入し、次にアメリカのヘッジファンド経営者に売却したことを？」

「リークの範囲をもっと狭めてもいいかもしれない」

「どんなふうに？」

「クラナッハ、ハルス、ジェンティレスキ、そして、見たこともないほど甘美なファン・デル・ウェイデン」

「大スキャンダルになってしまう」メナールはいったん言葉を切った。「それに、われわれの共通のゴールに到達できなくなる」

「なんのことだ？」ガブリエルは警戒しつつ尋ねた。

「美術業界から贋作を追放することだ」メナールは何枚もの写真をガブリエルのほうへ何ミリか押しやった。「こんなところでぐずぐずしてないで、きみとマダム・バンクロフトを殺そうとした男を追い詰めたらどうなんだ？」

「どうすればそんなことができる？」

メナールは笑みを浮かべた。「きみはかつて諜報活動に従事していた男だ、アロン。本気を出せば、そいつを見つけだせるのは間違いない」

ジャック・メナールが次に提案したのは小さな共同作業（ユヌ・プティット・コラボラシヨン）で、テュイルリー庭園の小道を歩きながら、内容をガブリエルにざっと説明した——二人の関係は極秘にしておき、メナールが担当官として、ガブリエルが情報屋兼協力者として動く。自分たちが見つけたものをどう使うのがいちばんいいかを決めるのはメナールの役目。しかも、彼一人の役目だ。メナールとしては、もし可能であれば、今回の騒ぎを秘密裡（ひみつり）に解決し、事件に巻きこまれた者たちの評判が不当に傷つけられることのないようにしたいと願っている。

「しかし、卵を何個か割る必要があるなら、まあ、それも仕方のないことだ」

ガブリエルの側からの要求はひとつだけだった——こちらの動きに注目するのも、行動を監視するのもやめてもらいたい。目を背けておくことを、メナールはすぐさま承知した。

「不要な暴力は避けてほしい。とくに、フランス共和国の国境の内側では」と、ガブリエルに頼んだだけだった。

「わたしを殺そうとした男が見つかったら、どうすればいい？」

メナールは唇をきつく結んで、フランス人っぽく、無関心な表情を作ろうとした。「好きなように料理するがいい。血が少しぐらい流れても、わたしは嘆いたりしないから。ただ、わたしに跳ねかからないよう気をつけてくれ」

話がまとまると、パートナーになったばかりの二人は別々の場所へ向かうことにした。メナールはオルフェーヴル河岸の警視庁へ、ガブリエルはリヨン駅へ。午後五時少し過ぎに電車がすべるように駅を出ると、電話をふたつかけた。ひとつはヴェネツィアの妻に、もうひとつはサラに。彼の報告にも、旅行プランにも、二人はいい顔をしなかった。とくにサラのほうが。それでも、別の回線で夫と相談したあと、しぶしぶガブリエルの頼みに応じることにした。

「どうやって海を渡る予定？」サラが尋ねた。

「明日の朝マルセイユを出るフェリーに乗って」

「ダサい」サラは嘲り、電話を切った。

29

アジャクシオ

翌朝七時十五分、クリストファー・ケラーはコルシカ島の港のアジャクシオで海辺のカフェにいた。テーブルに空っぽのワイングラスが置かれ、ハンマーみたいな右手の人差し指と中指にはさまれて、火をつけたばかりのマールボロが燃えていた。今日の彼の装いはロンドンのサヴィル・ロウにある〈リチャード・アンダーソン〉で誂えた淡いグレイのスーツ、白の開襟シャツ、そして、職人手作りのオックスフォード・シューズ。髪は太陽に漂白され、肌はハリがあって浅黒く、目は鮮やかなブルーを帯びている。がっしりした顎の中央の刻み目はノミで彫ったみたいに見える。唇には皮肉っぽい薄笑いが永遠に浮かんでいるかのようだ。

カフェのウェイトレスは彼のことを本土から来たヨーロッパ人だろうと思い、それにふさわしい挨拶をした。つまり、軽蔑すれすれの無関心な態度をとった。ところが、彼が流暢なコルス——島の北西の端で使われている方言——で答えたので、ウェイトレスはたちまち打ち解けた。コルシカ流のやりとりが始まって、家族、外国人、春の嵐が残した被害といったことが話題になり、彼が一杯目のロゼを飲み終えると、ウェイトレスはおかわりがほしいかどうか尋ねもせずに二杯目を彼の前に置いた。

　二杯目のワインも、カフェに入ってから四本目の煙草も、彼の気分を高揚させる役には立たなかった。煙草を吸うようになったのは、カトリック教徒の多い西ベルファストに英国の秘密情報部のスパイとして潜入していたころで、当時は〈トラブル〉と呼ばれる紛争真っ盛りの時期だった。現在の彼は情報部の極秘作戦ユニットに所属している。ときとして、世間で〝インクレメント〟などといういい加減な呼び方をされることもある部署だ。しかしながら、彼が今回コルシカにやってきたのは完全に個人的な用件を片づけるためだった。ケラーの友人が、かつて彼の雇い主だった人物の助力を求めている。その雇い主とはドン・アントン・オルサーティといって、島でもっとも悪名高きファミリーのボスである。友人が助力を求めてきた背景には、ケラーの妻が殺されそうになった騒ぎがからんでいるため、彼自身も協力できるのは大歓迎だった。

　ちょうどそのとき、到着した〈コルシカ・リネア〉のフェリーの船首が内港を進み、古(いにしえ)の要塞の塁壁を通り過ぎた。ケラーは空(から)になったワイングラスの下に二十ユーロ紙幣をすべりこませると、レピュブリック河岸を渡って、港の現代的なターミナルの向かいにある駐車場まで行った。おんぼろルノーのステーション・ワゴンの運転席にすわって、新たに到着した船客が続々とステップを下りてくるのを見守った。大きな荷物を持った観光客たち。島に戻ってきたコルシカ人たち。本土のフランス人たち。中肉中背で、上等な仕立てのイタリア製スポーツコートにギャバジンのズボンという装いの男性。

男性は一泊用のカバンをルノーの後部に投げこむと、助手席に乗りこんだ。灰皿で煙草が燃えているのを、エメラルドグリーンの目が非難がましく見つめた。

「吸わずにいられないのか?」男性はうんざりした口調で言った。

「そうなんだ」ケラーはエンジンをかけながら答えた。「吸わずにはいられない」

車はアジャクシオの北に広がる丘陵地帯のごつごつした尾根を越え、曲がりくねった道路を下ってリーシャ湾まで行った。三日月形の小さな砂浜に打ち寄せる波は、近づきつつある季節風(マエストラーレ)の影響なのか、いつになく大きかった。冬から春にかけてローヌ渓谷から吹いてくる歓迎されざる荒々しい季節風のことを、コルシカの人々はマエストラーレと呼んでいる。

「ぎりぎりセーフだったな」あけた窓から肘を突きだして、ケラーは言った。「もう一日遅かったら、フェリーのなかで地獄のような目にあってたはずだ」

「今日だってけっこうひどかったぞ」

「パリから飛行機で来ればよかったのに」

ガブリエルはウェストのくびれに隠してあるベレッタをとりだし、センターコンソールに置いた。

「世の中には不変のものがあるとわかってホッとした」ケラーはガブリエルを横目でちらっと見た。「散髪の必要があるぞ。それを別にすれば、高齢の男にしちゃきわめて元気そうだな」

「新しいわたしだ」

「古いあんたのどこが不満だったんだ？」

「余分な荷物を背負っていたから捨てる必要があった」

「あんたも、おれも」ケラーは首をまわし、西のほうから寄せてくる波を見つめた。「だが、いまこの瞬間、急に以前のおれを思いだした」

「〈オルサーティ・オリーブオイル・カンパニー〉で北ヨーロッパ市場を担当してた営業部長のころを？」

「ま、そんな感じかな」

「きみが島に舞い戻ったことを聖下はご存じなのか？」

「二人ともディナーに招待されてる。あんたにも想像がつくと思うが、大いに盛り上がるだろう」

「きみ一人で行ったほうがいい」

「この前ドン・アントン・オルサーティの招待を拒絶した人物は、あのどこかにいる」ケラーは地中海のほうを手で示した。「コンクリート製の棺に入れられて」

「わたしがきみを盗んだことを、ドンはもう許してくれたかな?」

「英国側を非難している。許したかどうかとなると、ドン・オルサーティはその言葉になじみがない」

「わたし自身もあまり人を許したい気分ではない」ガブリエルは静かに言った。

「おれはどういう気分だと思う?」

「きみの奥さんを殺そうとした男の写真を見たくないか?」

「運転中はやめとこう。事故で二人とも命を落としかねない」


車がポルトの町に着くころには、太陽はオレンジ色の円盤となり、暗い色を帯びた水平線にいまにも沈もうとしていた。ケラーはラリチオ松に縁どられた道路を通って島の奥へ向かい、山中に通じる長い坂をのぼりはじめた。マッキアの香りがした。マッキアというのは、ハリエニシダ、イバラ、ハンニチバナ、ローズマリー、ラベンダーが作りだす豊かな茂みのことで、これが島の内陸部の大半を覆っている。コルシカ人は料理の風味づけにマッキアを使い、冬にはマッキアを家の暖房に使い、戦争や血の復讐が始まるとマッキアの茂みに逃げこんだものだ。よく口にされるコルシカの諺のひとつにこういうのがある

――マッキアは目を持たないが、すべてを見ている。

キダッツ、マリニャーナなどの小さな村を過ぎ、あと数分で十時になるというころ、車はオルサーティ一家が住む村に着いた。ヴァンダル族が侵入してきた時代から村はここにあり、というか、あったと言われていて、当時、海辺の島民は安全を求めてこちらの丘に逃げてきたそうだ。丘を越えると、島で最高のオイルを生みだすオリーブが茂る小さな峡谷が広がり、そこに広大な屋敷がある。厳重に武装した男が二人、門の前で見張りに立っていた。門を通り抜けるケラーに、男たちはそれぞれ、コルシカ特有の形をした帽子に恭しく手をあてた。

宮殿のような屋敷の投光照明に照らされた前庭に、さらに数人の用心棒が彫像のごとく立っていた。ガブリエルはベレッタをルノーに残し、ケラーのあとから石の階段をのぼってドン・オルサーティの仕事部屋まで行った。二人が部屋に入ると、オーク材の大きなデスクの前にドンがすわっていた。ページを開いた革表紙の元帳がデスクに置いてある。ドンはいつものように、真っ白なシャツにゆったりしたコットンのズボンという装いで、地元の露店市で買ったかに見える土埃（つちぼこり）で汚れた革のサンダルをはいている。肘のそばにオルサーティのオリーブオイルが入った華美なボトルが置いてある。オリーブオイルはこの一家の合法的なビジネスで、ドンはこれを隠れ蓑（かくれみの）にして、暗殺で得た金をロンダリングしている。

ドンが苦労して立ちあがった。コルシカ人の標準からすると大柄で、身長は百八十センチを優に超え、背中も肩もがっしりしている。髪は真っ黒。豊かな口髭、そして、茶色の筋の入ったオオカミのような目をしている。その目がまずケラーのほうへ不愛想に向けられた。島の方言で話しかけた。

「あんたの謝罪を受け入れるとしよう」

「なんの謝罪だ？」

「結婚式だよ」ドンは答えた。「あれほど侮辱されたのは生まれて初めてだ。しかも、よりによって、あんたに侮辱されるとはな」

「ドンが顔を出したら、おれの新しい雇い主たちが変に思ったかもしれん」

「ケンジントンで購入した八百万ポンドのフラットのことはどう説明するんだ？」

「正確に言うと、あれはメゾネットだ。それから、値段は八百五十万だった」

「すべて、うちの仕事の報酬ではないか」ドンは顔をしかめた。「せめて結婚祝いの品は受けとってくれただろうな？」

「五万ポンドもするバカラのクリスタルグラス？　手書きのかなり長い礼状を送らせてもらった」

ドン・オルサーティはガブリエルのほうを向き、フランス語で言った。「あんたは参列したんだろう？」

「花嫁を花婿にわたす役目の者が必要だったので」

「花嫁がアメリカ人だというのは本当か?」

「いちおう」

「どういう意味だ?」

「子供時代の大半をイングランドとフランスで過ごした人なんです」

「それでわしの機嫌がよくなるとでも?」

「少なくとも、イタリア人ではありません」ガブリエルは心得顔に言った。

「数多くの惨劇の終わりには」ドンはコルシカの諺を引用した。「つねにイタリア人がいる。だが、あんたの美人の奥さんは明らかに例外のようだな」

「ドンがサラに会えば、きっと同じ感想を持つはずです」

「頭のいい女か?」

「ハーヴァードで博士号をとっています」

「魅力的か?」

「絶世の美女です」

「母親に孝行しているかね?」

「口も利かない状態でないときは」

ドン・オルサーティは恐怖の目でケラーを見た。「実の母親と口も利かんとは、いったいどういう女だ？」

「母子の仲にも浮き沈みがあるんでね」

「それに関しては、わしからあんたの妻に一刻も早く言ってやりたいことがある」

「今年の夏は、この島で妻と一週間か二週間過ごそうと思っている」

「希望にすがって生きる者は糞にまみれて死ぬ」

「雄弁なお言葉だ、ドン・オルサーティ」

「島の諺は」ドンは重々しく言った。「神聖にして間違いがない」

「しかも、あらゆる状況に応じて諺がある」

ドン・オルサーティは花崗岩のような手をケラーの頬にそっと置いた。「鍋の悲しみを知るのはスプーンのみ」

「祭壇に立つ司祭にも過ちはある」

「何もないより、わずかでもあるほうがいい」

「しかし、何もない人間は食べていけない」

「なら、食事にするか？」ドン・オルサーティは尋ねた。

「われらが共通の友人の問題について、先に議論したほうがいいかもしれない」ケラーが提案した。

「パリの画廊の件か？」

「そう」

「あんたの美しいアメリカ人の妻が巻きこまれたというのは本当かね？」

「そのようだ」

「だったら、あんたの問題でもあるわけだ」

30

ヴィラ・オルサーティ

ガブリエルは二枚の写真をドン・オルサーティのデスクに置いた。同じ時刻表示、わずかに違うアングル。ドンはその写真が巨匠の絵画でもあるかのように、じっと見つめた。ドンは死の鑑定家であり、死を供給して生計を立てる男たちの鑑定家なのだ。

「この男に見覚えはありませんか？」

「こんなばかげた変装をしていては、実の母親が見てもわかるまい」ドンはケラーのほうへ視線を上げた。「あんただったら、こんな格好で写真を撮られることはぜったいないだろう？」

「もちろんだ」ケラーはうなずいた。「ある程度の水準は維持する必要がある」

ドン・オルサーティは笑みを浮かべて写真に視線を戻した。「この男に関して何か情報はないかね？」

「タクシー運転手の話だと、フランス語を流暢にしゃべったそうです」ガブリエルは答えた。

「その運転手はクリストファーを乗せたとしても、同じことを言っただろう」ドンの目が細くなった。「軍隊経験があるように見える」

「わたしもそう思いました。もちろん、爆発物にも詳しいようだし」

「ほかの誰かがかわりに爆弾を作ったのでなければな。わしらの世界には爆弾作りの名人がずいぶんいる」オルサーティはふたたびケラーのほうを向いた。「そう思わんか？」

「昔に比べると減ってきたけどな。だが、過去をなつかしむのはやめよう」

「なつかしんだほうがいいかもしれない」ガブリエルは言った。それから、静かにつけくわえた。「ほんのしばらくのあいだ」

ドンは両手を顎の下にあてた。「わしに尋ねたいことが何かあるかね？」

「二十年ほど前にパリで似たような事件がありました。その画廊は戦時中ナチスに略奪された絵画を売買するスイス人の美術商がオーナーでした。爆弾を運んだのはかつて英国の特殊部隊にいた男で――」

「よく覚えておる」ドン・オルサーティが口をはさんだ。

「わたしもです」

「そして、あんたは目下、この写真の男がわしの組織で働いておるのではないかと疑っているわけだな」

「ええ、まあ」

オルサーティの表情が暗くなった。「安心するがいい、わが旧友よ。わしに金を払ってあんたの暗殺を依頼するやつがいたら、そいつが生きてこの島を出ることはない」

「わたしをほかの誰かと間違えたのかもしれません」

「僭越ながら言わせてもらうと、わしにはそうは思えん。秘密の世界の住人にしては、あんたの顔はずいぶん有名だ」ドン・オルサーティはケラーを見て大きなため息をついた。

「かつて英国の特殊部隊にいた男について言っておくと、金髪、ブルーの目、完璧な英語、エリート軍人として受けた訓練のおかげで、うちにいるコルシカ生まれの殺し屋連中にはとうてい歯が立たんような依頼でも、みごとにこなすことができた。言うまでもないが、そいつが国に帰る決心をしたせいで、わしの商売は大きな打撃を受けた」

「露見する危険が大きすぎる場合、あなたのほうから依頼を断るようになったから？」

「数えきれんほど断ってきた」オルサーティは革表紙の死の元帳を軽く叩いてみせた。

「その結果、わしの利益は急激に減っておる。いやいや、心配はいらん。犯罪や復讐関係の仕事はいまもどっさり入ってくる。ただ、上得意だった連中はよそへ行ってしまった」

「どこか特定のところへ？」

「高級志向の新しい組織がのしてきて、コンシェルジュ並みの行き届いたサービスを提供しておる。顧客は自家用ジェットで飛びまわり、クリストファーみたいな服装をした男どもだ」

「裕福な実業家たち？」

「そういう噂だ。その組織は事故や自殺に見せかけた殺しを専門にしておる。〈オルサーティ・オリーブオイル・カンパニー〉では手がけたことがないものだ。犯行現場を演出するのはお手のものだと噂されている。たぶん、元警官を何人か雇っているのだろう。また、テクノロジー関係にも秀でているという噂だ」

「電話の盗聴とコンピュータのハッキング？」

ドンはがっしりした肩をすくめた。「あんたの専門分野だ。わしではない」

「その組織に名前はあるのですか？」

「あるとしても、わしは知らん」オルサーティは写真に視線を落とした。「それよりも、重要な質問がある。あんたを殺すようその組織に依頼したのは誰なんだ？」

「高度な技術を持つ贋作組織のリーダー」

「絵か？」

ガブリエルはうなずいた。

「きっと大儲けだろうな」

「ルーブル美術館だけで三千四百万ユーロも儲けています」

「わしは職業を間違えたかもしれん」

「わたし自身もよくそう考えました、ドン・オルサーティ」

「あんたの最近の仕事はなんだね？」

「〈ティエポロ美術修復〉の絵画部門の責任者を務めています」ガブリエルはいったん言葉を切った。「現在、フランスの国家警察に出向中です」

「控えめに言っても、厄介な要素だな」オルサーティは顔をしかめた。「しかし、どうすればわしがあんたとフランス警察の友人たちの力になれるのか、どうか教えてもらいたい」

「写真の男を見つけてほしいんです」

「で、見つかったら？」

「簡単な質問をするつもりです」

「あんたを殺すためにそいつを雇った人物の名前か？」

「暗殺に関する格言をご存じですよね、ドン・オルサーティ。重要なことは、誰が銃を撃ったかではなく、誰が弾丸の代金を出したかである」

「そう言ったのは誰だね？」興味をそそられて、オルサーティは尋ねた。

「エリック・アンブラー」

「まことに賢明な言葉だ。だが、パリであんたを殺そうとした男は、十中八九、依頼主の名前を知らんはずだ」

「ええ、たぶん。しかし、そいつを追えば、間違いなく正しい方向へ行けると思います。いずれにしろ、ドンの競争相手に関して貴重な情報をひきだせるでしょうし」ガブリエルは声を低くした。「おそらく、あなたの利益になると思いますよ、ドン・オルサーティ」

「片手はもう一方の手を洗い、両手は顔を洗う」

「とても古いユダヤの諺です」

オルサーティは、話はここまでというように巨大な手をふった。「これらの写真を明日の朝いちばんに仲間内にまわすことにする。何かわかるまで、あんたとクリストファーはこの島でしばらくゆっくりするといい」

「かつて自分を殺そうとした男と休暇を過ごすほど楽しいことはありません」

「クリストファーが本気であんたを殺そうとしたなら、あんたは死んでたはずだ」

「弾丸の代金を出した男と同じように」ガブリエルは言った。

「エリック・アンブラーは暗殺に関してほんとにそう言ったのか？」

「『ディミトリオスの棺』の一節です」

「興味深い。アンブラーがコルシカ人とは知らなかった」

ドン・オルサーティの屋敷の庭でガブリエルたちを待っていた数々の豪華な料理から、マッキアの強い香りが立ちのぼっていた。だが、庭に長くはいられなかった。三人が腰を下ろして五分もしないうちに、ナイフのように鋭いマエストラーレの第一陣が北西から吹いてきたのだ。ドンの用心棒たちに助けられて、三人は大急ぎでダイニングルームに避難し、食事が再開された。もっとも、今度は海の向こうからやってきた大迷惑な侵入者のうなりと軋み(きし)の伴奏つきだった。

ドン・オルサーティがようやくナプキンをテーブルに放って、夜が終わったことを示したのは、真夜中を過ぎてからだった。ガブリエルはドンのもてなしに礼を言い、調査は極秘に進めてほしいと頼んだ。オルサーティはもっとも信頼のおける手下だけを使うことにすると答えた。首尾よく見つけだせるだろうと自信満々だった。

「あんたが望むなら、手下どもに命じてそいつをこのコルシカに連れてこさせてもいいぞ。そうすれば、あんたは自分の手を汚さずにすむ」

「手を汚すのを気にしたことは一度もありません。それに」ガブリエルはケラーのほうをちらっと見て言った。「あの男もいることですし」

「いまのクリストファーは英国の立派な情報部員だ。優秀な男で、ロンドンの最高級住宅地のひとつに住んでいる。こういう厄介な件にひきずりこむわけにはいかん」

それをしおに、ガブリエルとケラーは風の吹き荒れる戸外に出てルノーに乗りこんだ。屋敷をあとにして東へ向かい、次の峡谷に入った。高く生い茂るマッキアに左右を縁どられた未舗装の砂利道の突き当たりに、ケラーのヴィラがひっそりと建っている。車のヘッドライトが三本のオリーブの古木を照らしだすと、ケラーはアクセルから足を離して、ハンドルの上に不安そうに身を乗りだした。

「きっと、とっくに死んでるさ」ガブリエルは言った。

「もうじきわかる」

「ドンに尋ねなかったのか？」

「そんなことで心地よい一夜を台無しにしろというのか？」

ちょうどそのとき、マッキアの茂みのなかから、体重が百キロを超えそうな、角のある家畜化した野山羊（やぎ）が出てきて、道の真ん中に立った。パロミノ種の馬に似た淡い栗（くり）色の毛に覆われ、赤い顎鬚（あごひげ）を生やした山羊で、戦いの古傷がいくつもある。まばゆいヘッドライトを受けて、その目が挑戦的に光った。

「きっと別の山羊だ」

「いや」ブレーキを踏みながらケラーが答えた。「前と同じ、くそったれの山羊だよ」

「気をつけろ。山羊に聞こえるぞ」

ばかでかい山羊は三本のオリーブの古木と同じく、ドン・カサビアンカの所有物だ。この道を自分の私有地とみなしていて、通りかかる者たちに貢物を要求する。コルシカ人の血が一滴も流れていない英国人のケラーのことはとくに気に食わないらしい。

「おれのかわりに、あいつと話をつけてくれないか」ケラーは言った。

「前回の山羊との会話はあまりうまくいかなかった」

「あんた、なんて言ったんだ？」

「そのう、先祖を侮辱する言葉を少しばかり……」

「コルシカで？　何考えてたんだよ？」ケラーは車をじりじりと進めたが、山羊は頭を低くして自分の陣地を死守しようとした。クラクションを鳴らしても効果はなかった。「サラに告げ口したりしないよな？」

「夢にも思っていない」ガブリエルは誓った。

ケラーはギアをなめらかにパークに入れ、重いため息をついた。それからドアを乱暴にあけると、オーダーメイドの〈リチャード・アンダーソン〉のスーツ姿で両手を狂ったようにふりまわしながら、山羊に向かって突進した。ふだんなら、この戦術で山羊はただちに降伏する。ところが、今夜はマエストラーレが初めて吹いたせいなのか、一分か二分ほど果敢に戦い、そののちにようやくマッキアの茂みに逃げこんだ。幸い、ガブリエルは対決のすべてを録画していて、すぐさまロンドンのサラに送った。全体として、なかなか幸先のいいコルシカの休日のスタートだ、と思った。

31

オート＝コルス県

そのヴィラは赤い瓦屋根で、ブルーの大きなプールがあり、広いテラスがついていた。朝はそこに太陽がさんさんと降りそそぎ、午後はラリチオ松が日陰を作ってくれる。翌朝ガブリエルが起きたときには、木の枝やその他さまざまな植物が花崗岩の敷石の上に散乱していた。設備の整ったキッチンへ行くと、ハイキングブーツと防水アノラック姿のケラーがいて、ブタンガス式キャンプストーブでカフェオレを用意しているところだった。ポータブルラジオからローカルニュースが流れていた。

〝午前三時ごろに停電が起きました。ゆうべの風速は三十三メートルに達しています。春のマエストラーレとしては史上最悪とのことです〟

「英国人と年寄り山羊をめぐる事件はニュースになってないのか？」

「まだだ。しかし、きみのおかげで、ロンドンはその噂で持ちきりだ」ケラーはガブリエルにコーヒーカップを渡した。「少しは眠れたか？」

「一睡もできなかった。そっちは？」

「おれは元特殊部隊の隊員だぞ。どんな状況に置かれても熟睡できる」

「どれぐらい続きそうだ？」

「三日かな。もしかしたら四日」

「ウィンドサーフィンは無理みたいだな」

「だが、モンテ・ロトンドの山歩きならできるぞ。一緒にどうだ？」

「心惹かれるお誘いだが、楽しい本をお供にして、暖炉の前で午前中を過ごそうと思う」

ガブリエルはコーヒーを手に、趣味のいい家具が置かれたリビングへ移った。本棚に小説や歴史関係の本が何百冊も並び、壁には現代アートと印象派のささやかなコレクションがかかっている。いちばん高価なのはモネの風景画で、ケラーはパリの〈クリスティーズ〉で人を介してこれを購入した。しかしながら、この日の朝、ガブリエルの目をとらえたのは、そのとなりにかけられた絵だった――これも風景画で、描いたのはポール・セザンヌ。

ガブリエルは絵を下ろすと、額縁からとりだした。木枠は一八八〇年代半ばのセザンヌが使っていたものと似たような感じだし、カンバス自体もそうだ。署名はなし――珍しいことではない。満足な仕上がりでなければ、セザンヌは署名を入れようとしなかった――ニスが変色してニコチンの色になっていた。それを別にすれば、絵の状態はよさそうだ。

とはいうものの……。

フレンチドアから斜めに差しこむまぶしい朝日を浴びながら、絵を立てかけ、彼の電話を使って拡大写真を撮った。その写真を親指と人差し指でさらに拡大して筆遣いを調べた。絵に注意を奪われていたため、天才的な監視係であるケラーが忍び足で入ってきたことに気づきもしなかった。

「何をやってるのか尋ねてもいいか?」

「読む本を探してた」ガブリエルはうわの空で答えた。

ケラーはベン・マッキンタイアーが書いたキム・フィルビーの伝記を手にとった。「こっちのほうがおもしろいんじゃないかな」

「ただ、いささか未完成だ」ガブリエルはふたたび絵に視線を落とした。

「何か問題でも?」

「どこで買った?」

「ニースの画廊」

「画廊の名前は?」

「〈エドモン・トゥサン画廊〉」

「専門家の意見は尋ねてみたか?」

「ムッシュー・トゥサンから鑑定書をもらっている」

「見せてくれないか？ ついでに、来歴を記したものも」

ケラーは二階の書斎へ行った。戻ってくるとガブリエルに大判の商用封筒を渡し、それから、ナイロンのリュックをたくましい右肩にかけた。

「最後のチャンスだぞ」

「楽しんでこい」一陣の風がフレンチドアをガタガタ鳴らした。「それから、山羊科のお友達にくれぐれもよろしくな」

ケラーは覚悟を決めて外に出ると、ルノーに乗りこんだ。しばらくするとクラクションの大きな音が響き、そのあとに、口にするのもおぞましい暴力行為で脅そうとするどなり声が続いた。ガブリエルは苦笑しながら、封筒の中身をとりだした。

「愚か者」しばらくしてからつぶやいた。その声は彼自身にしか聞こえなかった。

マエストラーレは十一時ごろいったんやんだが、夕方近くにまたひどくなり、ケラーのヴィラの屋根瓦が何枚かゆるんでしまった。ケラーは夕暮れどきに戻ってきて、モンテ・ロトンドの北壁で風速が三十七メートルに達したことをガブリエルに自慢そうに報告した。それに対してガブリエルのほうは、セザンヌが本物かどうか懸念されると答えた。ケラーがプロの殺し屋として働いていた当時、フランスの偽名を使って購入した作品だ。

「贋作だとしても、警察に訴えるわけにはいかないな。ついでに言うと、相手の倫理観に訴えるのも無理だし」

「ドンの手下のなかでいちばん凶暴なのを一人か二人選んで、おれのかわりにムッシュー・トゥサンと話をしてもらったほうがいいかもな」

「いや」ガブリエルは反対した。「わたしの言ったことは忘れてくれ。このままそっとしておこう」

翌日も、その翌日も、風は衰えることなく吹きつづけた。ガブリエルはヴィラに閉じこもり、いっぽう、ケラーはさらにふたつの山に挑戦した――まずレノゾ、次はドーロ。ここでは彼の携帯風速計が四十メートルを記録した。その夜、二人はヴィラ・オルサーティで食事をした。食後のコーヒーのときに、ドンは〈ジョルジュ・フルーリ画廊〉に爆弾を運んだ男の正体と居所に関して、手下たちがまだなんの情報もつかんでいないことを認めた。次に、先日ドン・カサビアンカの山羊と対決したときのケラーの態度と口調を叱責した。

「けさ、カサビアンカから電話があった。激怒しておったぞ」

「ドンが？　それとも、山羊が？」

「冗談ですむことではない、クリストファー」

「事態がますます悪くなったことが、なぜドンにばれたんだろう？」

「噂が野火のごとく広がっておる」

「誰にも言ってないのに」

「マッキアのせいだな」ガブリエルはそう言って、香り高きこの植物たちにはすべてを見通す力があるという意味の、古くからの諺をくりかえした。ドンもこの意見に同意して重々しくうなずいた。説明をつけるとしたらそれしかないと結論した。

この日は夜通し風が吹き荒れたが、夜明けごろには治まっていた。ガブリエルはこわれた屋根を修理したり、テラスとプールのゴミを片づけたりするケラーの手伝いをして午前中を過ごした。それから、午後の遅い時間に車で村へ出かけた。教会の鐘楼のまわりに砂岩の色をしたコテージが寄り集まっていて、教会の前に土埃の立つ広場がある。アイロンをかけたばかりの白いシャツを着た男が数人、ペタンクに興じて接戦をくりひろげていた。以前だったら、みんなでガブリエルを胡散臭（うさんくさ）そうに見るか、〝邪眼（オッキユ）〟の呪いを撃退しようとして、コルシカ流に人差し指と小指をガブリエルに向けたりしていただろう。だが、いまでは温かく挨拶してくれる。彼がドン・オルサーティと、そして、長い不在のあとで喜ばしくも島に戻ってきたケラーという名の英国人と仲がいいことを、村じゅうの者が知っているからだ。

「ケラーが結婚したって本当かい？」男たちの一人が訊いた。

「そういう噂だ」

「ケラーのやつ、あの山羊を殺したのか？」別の男が訊いた。

「いや、まだだ。しかし、時間の問題だな」

「あんたが説得すれば、ケラーも思いとどまるかもしれん」

「すでにやってみた。だが、後戻りできないところまで来ているようだ」

ペタンクの仲間がもう一人必要なので、ガブリエルもゲームに加わるよう、男たちが執拗に誘った。だが、ガブリエルは断って広場の向こうの角にあるカフェへ行き、コルシカ産のロゼをグラスで頼んだ。教会の鐘が五時を告げたとき、司祭館のとなりにあるゆがんだ小さな家の玄関ドアを七歳か八歳ぐらいの少女がノックした。ドアが数センチ開いて、ブルーの紙片を握った青白い華奢な手が現れた。少女はその紙片をカフェに持ってきてガブリエルのテーブルに置いた。アイリーンに薄気味悪いほどよく似た少女だった。

「なんて名前？」ガブリエルは尋ねた。

「ダニエル」

亡くなった息子と同じ名前だ――ガブリエルは思った。「アイスクリーム、食べる？」

少女は椅子にすわり、ブルーの紙片をテーブルの向こうへ押した。「読まないの？」

「読まなくてもいいんだ」

「どうして？」

「なんて書いてあるかわかってるから」

「なんでわかるの？」

「おじさんにもパワーがあるから」

「あの人のパワーとは違うよね」少女は言った。

そうだね――ガブリエルは同意した。あの人のパワーとは違う。

32

オート＝コルス県

老女が挨拶のためにガブリエルに差しだした手は温かく、重さがなかった。ガブリエルは鳥籠の小鳥に触れるかのように、その手をそっと握った。

「あんた、わたしから身を隠してたね」老女は言った。

「あなたからではなくて」ガブリエルは答えた。「マエストラーレから」

「わたしは昔から風が好きだった」老女は内緒話をするみたいにつけくわえた。「商売の役に立つ」

老女は霊能者（シニャドーラ）。邪眼に呪われた者を救う力がある、とコルシカの人々は信じている。以前のガブリエルは彼女のことを、ただの手品師で、言葉巧みに運勢占いをしているに過ぎないと思っていたが、いまでは見る目が変わっている。

老女がガブリエルの頬に片手をあてた。「燃えるように熱い」

「あなたはいつもそう言う」

「火に焼かれるような感覚があんたにつきまとってるせいだよ」老女の手がガブリエルの胸の上部へ移った。左側。心臓の少し上。「ここにあの血迷った女の弾丸が命中したんだね」

「クリストファーから聞いたんですか?」

「クリストファーが島に戻ってきたあと、わたしは一度も話をしていない」老女はガブリエルのシャツの前身頃を持ちあげて傷跡を調べた。「あんたはしばらく死んでいた。そうだね?」

「二分か三分ほど」

老女は顔をしかめた。「なんでわたしに嘘をつこうとする?」

「自分が十分間も死んでいたという事実をひきずりたくないので」ガブリエルはブルーの紙片をかざした。「あの子をどこで見つけたんです?」

「ダニエルのこと? なんでそんなことを訊くんだね?」

「あの子を見ると、誰かを思いだすから」

「あんたの娘を?」

「娘がどんな顔か、どうしてあなたにわかるんです?」

「あんたはたぶん、自分の見たいものを見てるだけさ」

「謎めいた言い方はやめてください」

「あんたは自分の母親の名前をもらって、娘をアイリーンと名づけた。娘に見られるたびに、あんたの胸には、母親の顔と、木々にちなんだ名前を持つ収容所で母親の腕に刻まれた数字が浮かんでくる」

「どうしてそんなことがわかるのか、いつか説明してください」

「神さまの贈物だよ」老女はガブリエルのシャツの前身頃を放して、底知れぬ黒い目で彼をじっと見つめた。その目がはめこまれている顔はパン作りに使われる小麦粉のように白い。「あんたは邪眼の呪いを受けている。火を見るより明らかだ」

「きっと、ドン・カサビアンカの山羊のせいです」

「あの山羊は悪魔だからね」

「百も承知です」

「冗談で言ったんじゃないんだよ。あの山羊は悪霊にとりつかれてる。近づいちゃだめだ」

シニャドーラは狭い家の居間に彼を連れて入った。ろうそくと、水の入った浅い皿と、オリーブオイルの容器が小さな丸テーブルにのっていた。これが老女の商売道具だ。ろうそくに火をつけて、いつもの席にすわった。ガブリエルはしばらく躊躇したのちに、テーブルについた。

「邪眼なんて存在しませんよ。古代の地中海民族のあいだに広まっていた、ただの迷信です」

「あんただって古代の地中海民族の一人だ」

「古い民族であることはたしかですね」ガブリエルはうなずいた。

「あんたが生まれたのはガリラヤの地。イエスが暮らした町からそう遠くないところだ。あんたの祖先はエルサレム攻囲戦のとき、ローマ軍にほぼ皆殺しにされたが、わずかに生き残った者がヨーロッパへ逃れた」老女はオリーブオイルの容器をテーブルの向こうへ押しやった。「やってごらん」

ガブリエルは容器を老女のほうへ押し戻した。「お先にどうぞ」

「まやかしじゃないことを、わたしに証明させようというのかい？」

「そう」

老女は人差し指をオイルに浸けた。次にその指を皿の上に持っていき、オイルを三滴、水に落とした。オイルは寄り集まってひとつになった。

「あんたの番だよ」

ガブリエルは同じように儀式をおこなった。すると、オイルは無数の小さな粒に分かれて、ほどなく消えてしまった。

「邪眼だ」老女はつぶやいた。

「手品と錯覚ですよ」ガブリエルは答えた。

老女は笑みを浮かべて尋ねた。「手の具合はどうだね？」

「どっちの手です？」

「片目の生きものの下で働いてる男をやっつけたときに、あんたが怪我したほうの手だよ」

「やつがわたしを尾行してきたのが間違いだったんだ」

「男と仲直りしておおき」シニャドーラは言った。「あんたが女を見つけるときに、その男が役に立つ」

「女というのは？」

「スペインの女」

「わたしが捜してるのは男なんですが」

「画廊であんたを殺そうとした男だね？」

「そう」

「ドン・オルサーティはその男をまだ見つけられずにいる。だが、心配しなくていい。あんたが捜してる男のとこへ、そのスペイン女が連れてってくれる。ドン・オルサーティが女のことを知っている」

「どんなふうに？」

「そこまで教える力はわたしにはない」

シニャドーラはそれ以上何も言わずにガブリエルの手をとると、おなじみの儀式を始めた。古くから伝わるコルシカの祈禱の文句を唱えた。悪魔がガブリエルの身体から老女の身体へ移ると同時に、老女は泣きだした。目を閉じ、深い眠りに落ちた。ようやく目をさますと、オイルと水の占いをもう一度やるようガブリエルに言った。今度はオイルが集まってひとつになった。

「次はあなただ」ガブリエルは言った。

老女はため息をつき、ガブリエルの言うとおりにした。オイルは小さな粒に分かれた。

「粉々になった画廊のドアと同じだ」老女は言った。「心配しなくていい。邪眼がわたしのなかに長く居すわることはないから」

ガブリエルはテーブルに紙幣を何枚か置いた。「ほかに何か言ってもらえることはないでしょうか？」

「絵を四枚描くといい」老女は言った。「そうすれば、女があんたのもとに来る」

「それだけですか？」

「いや。あんたの邪眼はドン・カサビアンカの山羊から来たものではない」

ヴィラに戻ったガブリエルは、ドンの人捜しが実を結びそうにないことと、ドン・カサビアンカの山羊が悪魔の化身であることをケラーに伝えた。ケラーはどちらの主張の正しさにも疑念を持たなかった。なにしろ、シニャドーラがそう言っているのだから。それでもガブリエルに対しては、人捜しを早々と打ち切るなどとドンに言うのはやめておくよう助言した。車輪が自然に止まるのを待つほうがはるかにいい、というのだ。

「車輪がさらに一週間か二週間まわりつづけたりしなければな」

「大丈夫さ」

「ほかにも困ったことがある」

ガブリエルはスペイン人の女に関する老女の予言を伝えた。

「ドンがなんでその女を知ってるのか、シニャドーラから聞いたかい？」

「そこまで教える力は自分にはないと言ってた」

「当人がそう言ってるだけだろ。シニャドーラ流の〝ノーコメント〟ってことさ」

「きみがドンの仕事をしてたとき、スペイン人の女と顔を合わせたことはあったか？」

「一度か二度」ケラーは声をひそめた。

「女の件をどうやってドンに切りだせばいい？」

「細心の注意が必要だ。聖下は過去をかきまわされるのを好ましく思っていない。相手がシニャドーラとなればとくに」

というわけで、二日後の夜、雲に少し隠れた月の光を浴びながらヴィラ・オルサーティの庭で腰を下ろしていたとき、精巧に作られた爆弾を〈フルーリ画廊〉に運んだ男をドンの手下たちが捜したものの、男は結局見つからなかったとドンに聞かされて、ガブリエルは信じられないという顔をしてみせた。次に、心地よい沈黙をしばらく続けたあとで、美術犯罪の世界と関わりがありそうなスペイン人女性と顔を合わせたことがないかどうか、ドン・オルサーティに慎重に訊いてみた。

瞳に茶色い筋の入ったドンの目が疑わしげに細められた。「彼女といつ話をした？」

「スペイン人の女性と？」

「シニャドーラだよ」

「マッキアはすべてを見ていると思いましたが」

「スペイン女のことを知りたいのか、知りたくないのか？」

「二日前でした」ガブリエルは白状した。

「シニャドーラはたぶん、わしの力ではあんたの捜しとる男は見つからんことも見抜いておったろうな」

「あなたに報告したかったが、それは間違いだとクリストファーに止められました」

「こいつに？」ドン・オルサーティはケラーをにらみつけ、それからガブリエルに視線を戻した。「何年か前、たぶん、五、六年前だったと思うが、一人の女がわしに会いにやってきた。フランスのリュベロン地方のルシヨン村から来たという。三十代後半の落ち着き払った女だった。犯罪者を前にしても平気でいられるタイプだな」

「名前は？」

「フランソワーズ・ヴィオネ」

「本名ですか？」

ドン・オルサーティはうなずいた。

「で、彼女の話というのは？」

「一緒に暮らしておった男がある日の午後、エクス＝アン＝プロヴァンスの田園地帯を散歩中に姿を消した。二、三週間後、モン・ヴァントゥの近くで警察が男の遺体を発見した。後頭部を二発撃たれていた」

「復讐の依頼だったのですか？」

ドンはうなずいた。

「で、ひきうけたんですね？」

「歌をうたうだけじゃ、金は入ってこんからな、わが友よ」これはドンがいちばん大切にしているコルシカの諺で、〈オルサーティ・オリーブオイル・カンパニー〉の非公式の社訓ともなっている。「契約書を交わし、契約を履行することで、金が入ってくる」

「その契約書に書かれた復讐相手の名前は？」

「ミランダ・アルバレス。ヴィオネという女は、それは偽名に違いないと言っておった。外見と職業だけは伝えてくれたが、それ以外のことはほとんど知らんようだった」

「では、外見から教えてください」

「長身、黒髪、すばらしい美貌」

「年齢は？」

「当時は三十代の半ばだった」

「では、職業は？」

「美術商だった」

「商売の拠点は？」

「バルセロナかもしれん」ドンはがっしりした肩をすくめた。「マドリードかもしれん」

「たいした手がかりにはなりませんね」

「もっとわずかな情報で契約を結んだことも何回かある。ただし、こっちがターゲットを見つけた時点で、その人物で間違いないかどうかを依頼主に確認してもらうという条件をつけて」

「そうやって不要な流血沙汰を回避するわけですね」

「わしのような商売では、ミスをすれば永遠の傷になる」

「結局、その女を見つけることはできなかった」

ドンはうなずいた。「フランソワーズ・ヴィオネからは捜索を続けるよう懇願されたが、それ以上は無駄だと言って聞かせた。預かっていた前金から手付金と捜索にかかった費用を差し引いて、残りを返金し、それで終わりにした」

「一緒に住んでいた男が殺された理由について、ヴィオネという女性は何か言っていましたか？」

「商売上のゴタゴタだったそうだ」

「その男も美術商だったんですか？」

「絵描きだった。まあ、三流どころだろう。だが、彼女はそいつの作品をべた褒めだった」

「男の名前を覚えてますか？」

「リュシアン・マルシャン」

「では、ケラーとわたしはどこへ行けばフランソワーズ・ヴィオネに会えるでしょう？」

「ルシヨンのシュマン・ドゥ・ジュカ。よかったら、住所を調べてやろう」

「お手数でなければ」

「なんのなんの」

　上の階の仕事部屋へ行けばわかる、とドン・オルサーティは言った。革表紙の死の元帳に記してある。

33

リュベロン地方

本土行きの次のカーフェリーは翌日の夜八時半にアジャクシオを出港し、夜明けから少したったころ、マルセイユに到着した。となりあった船室で一夜を明かしたガブリエルとケラーはレンタカーのプジョーで船を降り、オートルートA7号線へ向かった。北へ走り、サロン＝ドゥ＝プロヴァンスを抜けてカヴァイヨンまで行き、それから観光バスの列のあとについてリュベロン地方に入った。峡谷を見下ろす石灰岩の丘の頂（いただき）にへばりつくようにして、ゴルド村の蜂蜜色の家々が立ち並び、水晶のような朝の光を受けてきらめいていた。

「あそこにマルク・シャガールがいたんだよな」ケラーが言った。

「ラ・フォンテーヌ・バス通りの古い女学校に住んでいた。ドイツ軍が侵攻してきたあとも、シャガールと妻のベラはフランスを離れるのを渋っていた。一九四一年になってようやく、ジャーナリストで学者でもあったヴァリアン・フライと緊急救助委員会の助けを得てアメリカへ脱出した」

「おれは雑談しようとしただけなんだが」

「かわりに景色を楽しむとしよう」

ケラーはマールボロに火をつけた。「どうやってアプローチするか、少しは考えたかい？」

「フランソワーズ・ヴィオネに？　まず〝ボンジュール〟と挨拶し、あとはうまくいくよう祈るつもりだった」

「なんとまあ、巧妙な作戦だろう」

「わたしを邪眼(オッキュ)から救ってくれたコルシカ島の謎めいた女性に言われてやってきた、と彼女に言うことにしようか。いや、もっといい考えがある。彼女がスペインの美術商を殺すために雇ったコルシカの犯罪組織のボスと仲良くしている者だ、と言ってやろう」

「それなら向こうも気を許すだろう」

「ドンは彼女にいくら請求したと思う？」ガブリエルは尋ねた。

「ああいう仕事に？　そう多くないだろう」

「どれぐらいだ？」

「たぶん、十万ほど」

「わたしの命を狙ったときの額は？」

「七桁」

「光栄だ。では、アンナは?」

「あんたたち二人はセット販売だった」

「そういうときは割引があるのか?」

「ドンは割引という言葉にもなじみがない。だが、何年もたってからあんたたち二人の関係にふたたび火がついて、おれの心はほのぼのとしている」

「火なんかついてない。それに、アンナとはなんでもない」

「カイプの川の風景画の贋作を買うのに、彼女から百万ユーロ借りたのか、借りてないのか、どっちだ?」

「金は三日後に返した」

「おれの妻からな」ケラーは言った。「さっき言ったフランソワーズへのアプローチ法だが、偽旗作戦をお勧めしたい。おれの経験からすると、リュベロンで暮らすまっとうな人間なら、現金を詰めこんだアタッシュケースをドン・アントン・オルサーティ聖下のような人間に手渡しするようなことはしないものだ」

「つまり、フランソワーズ・ヴィオネと、売れない無名の画家リュシアン・マルシャンは、犯罪がらみのことに関わっていたかもしれないというのか?」

「おれのセザンヌを賭けてもいい」

「あれはセザンヌじゃない」

車が道路のカーブを曲がると、リュベロン峡谷が見えてきた。ブドウ畑と果樹園と花の咲き乱れる野原がまるでパッチワークのようだ。峡谷の南側にあるオークル系の色合いが強い丘の頂を、古くからルシヨン村の中心となっているレンガ色のいくつもの建物が占領している。ケラーは狭いシュマン・ドゥ・ジュカを通って村の近くまで行き、丘の斜面と谷底が出会う地点に広がる草地にゆっくりと車を入れた。道路の脇は土を掘り起こしたばかりの耕作地になっていた。反対側には、手入れされていない草木の壁に部分的に隠れるようにして、平屋建ての小さなヴィラがあった。低く抑えたバリトンで吠える大型犬の声がどこからか聞こえてきた。

「やれやれ、そういう運命か」ガブリエルはつぶやいた。

「ヤギ科よりイヌ科のほうがいい」

「ヤギ科の動物は咬みついたりしないだろ」

「どこでそんな考えを吹きこまれた?」ケラーはそう尋ねながら、ヴィラの車道に入った。そのとたん、樽のような体型とロットワイラー犬並みの頑丈そうな顎をした犬が玄関から飛びだしてきた。次に、物憂げな雰囲気を漂わせる二十代初めの裸足の女性が出てきた。レギンスにしわだらけのコットンのシャツ。プロヴァンスの陽光を受けて、淡い茶色の長い髪がさらさらと揺れた。

「若すぎるな」ガブリエルは言った。

「あっちはどうだ?」彼女を年上にした感じの女性がヴィラから姿を現したのを見て、ケラーが訊いた。

「わたしの目にはフランソワーズのように見える」

「賛成。だが、どんなふうに進める?」

「二人のどちらかが犬をおとなしくさせてくれるのを待とうと思う」

「それから?」

「まず〝ボンジュール〟と挨拶し、あとはうまくいくよう祈るつもりだった」

「名案だ」ケラーは言った。


助手席のドアをあけて片手を差しだしたときには、ガブリエルの表情も言葉のアクセントもふたたび、ベルリンから来たルートヴィヒ・ツィーグラーのものになっていた。ただ、このときのヘル・ツィーグラーは有名な顧客を一人だけ抱えているアート・アドバイザーではなかった。ランナーと呼ばれる、画廊も在庫品も持たない美術商になっていた。評価の低い現代の画家たちの作品を見いだして市場に出すのを専門とする美術商だ。商売仲間からリュシアン・マルシャンのことを訊き、失踪して殺されたという悲劇的な話に胸を痛めたのだと、ガブリエルは語った。ケラーのことは、ロンドンで自分の代理人をしているベンジャミン・レックレスだと紹介した。

「レックレス？」フランソワーズ・ヴィオネが疑わしげに訊いた。

「イングランドの古い名字です」ケラーは説明した。

「フランス語を母国語みたいに話す方ね」

「母がフランス人だったので」

　ヴィラの田舎風のキッチンで、四人はタールみたいに濃いコーヒーとスチームドミルクのピッチャーのまわりに集まった。フランソワーズ・ヴィオネと裸足の娘は同じジタンの箱から煙草を抜いて、それぞれに火をつけた。どちらもまぶたが腫れぼったい感じの物憂げな目をしている。娘の目の下には、しわひとつないふっくらした頰がある。

「娘のクロエよ」まるで娘に話す能力がないかのように、フランソワーズ・ヴィオネが言った。「父親はラコスト出身の売れない彫刻家で、この子が生まれてしばらくすると出ていったの。幸い、リュシアンが一緒に暮らそうと言ってくれた。伝統的な家族とはとうてい言えないけど、幸せな一家だったのよ。リュシアンが殺されたのはクロエが十七のときだった。彼の死でこの子はとても辛い思いをしたわ。この子にとって父親はリュシアンだけだったから」

　娘はあくびをし、わざとらしく伸びをしてから出ていった。しばらくすると、ほっそりした身体がプールに飛びこむ音が聞こえてきた。フランソワーズ・ヴィオネは眉をひそめて煙草を揉み消した。

「娘の不作法を許してね。リュシアンが亡くなったあと、わたしはパリへ越したかったんだけど、クロエがリュベロンを離れるのをいやがったの。ここであの子を育てたのが大きな間違いだったわ」

「すばらしくきれいなところですね」ガブリエルはヘル・ツィーグラーっぽく、ドイツ訛りのフランス語で言った。

「ウィ」フランソワーズ・ヴィオネは言った。「観光客とリッチな外国人はプロヴァンスが大好き。とくにイングランドの人たちは」ケラーをちらっと見てつけくわえた。「でも、大学で学んだことがなく、野心もないクロエのような女の子にとって、リュベロンは逃げ道のない罠になってしまう。あの子、夏は村の中心部にあるレストランでウェイトレスをやり、冬はシャモニーのホテルで働いてるの」

「では、あなたは？」ガブリエルは尋ねた。

彼女は肩をすくめた。「リュシアンが遺してくれたわずかなお金でなんとか暮らしてるわ」

「お二人は結婚されてたんですか？」

「〝連帯市民協約〟と呼ばれる契約を交わしただけ。事実婚のフランス版ね。リュシアンが殺害されたあと、ヴィラはクロエとわたしが相続したわ。もちろん、彼の絵も」彼女はいきなり立ちあがった。「何点か見てくださる？」

「願ってもないことです」

三人はぞろぞろとリビングへ行った。額縁のない絵が何点か――シュールレアリスム、キュービズム、抽象表現主義などが――壁にかかっていた。

「この人、絵の勉強はどこで？」ガブリエルは尋ねた。

「パリの国立美術学校」

「なるほど」

「デッサンに秀でた人だったわ」フランソワーズ・ヴィオネは言った。「でも、不運なことに、大きな成功を収めることができなかった。絵の模写でどうにか生計を立てていた」

「え、いまなんて？」

「印象派の絵を模写してリュベロンのギフトショップで売ってたの。それから、模写をネットで売る会社の仕事も請けてたわ。そっちのほうがお金になったけど、それでもたいした額じゃなかった。たぶん、二十五ユーロぐらいね。描くのはすごく速かったわ。モネの絵なら十五分か二十分で描きあげられる人だった」

「何か残っていませんか？」

「ノン。リュシアンはその仕事をすごく恥じてたわ。絵具が乾くと、すぐさま客に渡してしまうの」

外では、娘がプールから上がって長椅子(シェーズロング)に身を横たえていた。彼女が何か身につけているのかどうか、ガブリエルにはわからなかった。部屋にかかっているなかで明らかに最高と思われる絵に目を奪われていたからだ。その絵は、一時期ゴルドのラ・フォンテーヌ・バス通りに住んでいたフランス系ロシア人が描いた《恋人たちとヒナゲシ(レ・ザムルー・オ・コクリコ)》によく似ていた。正確な模写というより、そのタッチをまねたという感じだ。オリジナル作品は右下にサインが入っている。リュシアン・マルシャンの絵にはサインがなかった。

「リュシアンはシャガールの熱烈な崇拝者だったの」フランソワーズ・ヴィオネは言った。

「わたしもです。わたしが絵に詳しくなければ、これを見てシャガールの真作だと思いこんだでしょう」ガブリエルはいったん言葉を切った。「もしかしたら、それが絵を描いた目的だったのかもしれない」

「リュシアンがシャガールを描いたのは、純粋に楽しみのためだったのよ。だからサインが入ってないでしょ」

「高額で買いとらせてもらう用意があります」

「悪いけど、売るつもりはないわ、ムッシュー・ツィーグラー」

「理由をお尋ねしてもいいですか？」

「感傷的な理由からよ。これはリュシアンが最後に描いた絵なの」

「すみません、マダム・ヴィオネ、亡くなられた日がいつだったか思いだせなくて」

「九月十七日でした」

「五年前の？」

「ウィ」

「変ですね」

「なぜかしら、ムッシュー？」

「この絵はもっと古い感じですよ。具体的には、一九四〇年代後半に描かれたもののように見えます」

「リュシアンは絵をじっさいより古く見せるための特別なテクニックを使っていたの」

ガブリエルは絵を壁から下ろして裏返した。カンバスは少なくとも半世紀前のものだ。木枠もそう。上部の桟に〝6〟と〝F〟のスタンプが押してある。中央の桟には古い接着剤の残りがついている。

「で、リュシアンには、カンバスと木枠を古く見せるための特別なテクニックもあったのでしょうか？　それとも、価値のない古い絵を供給する業者を使っていたのでしょうか？」

フランソワーズ・ヴィオネは腫れぼったいまぶたの目で静かにガブリエルを見た。「この家から出てって」怒りの声で言った。「いやなら、犬をけしかけるわよ」

「あの犬がそばに来たら、わたしが銃で撃ちます。そのあとでフランスの警察に電話して、あなたとお嬢さんはリュシアン・マルシャンが贋作を描いて儲けた金で暮らしていると言うことにします」

彼女のふっくらした唇がゆがんでかすかな微笑が浮かんだ。簡単に震えあがるタイプではなさそうだ。「あなた、何者なの？」

「正直に答えたところで、信じてもらえないでしょう」

彼女はケラーを見た。「じゃ、そっちの人は？」

「そいつは無謀(レックレス)以外の何者でもありません」

「何が望みなの？」

「ミランダ・アルバレスと名乗っている女を見つけるのに協力してもらいたい。また、ほかにも贋作をお持ちなら渡していただきたい。リュシアンがこれまでに売ったすべての贋作の完全なリストと一緒に」

「無理よ」

「なぜ？」

「ものすごい数だから」

「売買を担当したのは誰ですか？」

「リュシアンは贋作の大部分をニースの美術商に売ってたわ」

「その美術商の名前は？」

「エドモン・トゥサン」

ガブリエルはケラーを見た。「これでつながったようだ」

34

ルシヨン

「どうして最初から正直に話してくれなかったの、ムッシュー・アロン？」

「あなたが社交辞令を省略して、いきなり犬をけしかけるんじゃないかと心配だったので」

「そうなったら、ほんとに犬を撃ってた？」

「ノン」ガブリエルは答えた。「わたしのかわりにミスター・レックレスが撃ってくれたでしょう」

フランソワーズ・ヴィオネは新しく火をつけたジタン越しにケラーを見つめ、やがて、同意のしるしにゆっくりうなずいた。三人はすでに田舎風キッチンのテーブルに戻っていた。ただし、三人がいま囲んでいるのはバンドール産のロゼの冷えたボトルだった。

「さっきの話のどこまでが真実なんです？」

「大部分よ」

「作り話が始まるのはどこから？」

「クロエがシャモニーで冬を過ごすというのは嘘」

「では、どこで？」

「サン＝バルテルミー島」

「そちらで働くわけですか？」

「クロエが？」フランソワーズ・ヴィオネはいやな顔をした。「あの子が働いたことなんて一度もないわ。わたしたち、ロリアンにヴィラを持ってるの」

「そんなヴィラが買えるほどだから、リュシアンはきっと、二十五ユーロの模写でずいぶん儲けたのでしょうね」

「模写の手を止めたことは一度もなかったわ。合法的な収入も必要だったから」

「贋作作りを始めたのはいつごろから？」

「クロエとわたしがあの家に越して二年ほどたったころね」

「あなたの考えだったんですか？」

「多少は」

「多少というのは？」

「リュシアンの模写がみごとな出来なのは明らかだった。ある日、わたしは彼に訊いてみた――どんな相手でもだませると思うかって。一週間後、彼が初めての贋作をわたしに見せてくれた。フランスのキュービズムの画家、ジョルジュ・ヴァルミエの《村の広場》にそっくりの絵だった」

「それをどうしたんです?」

フランソワーズはその絵をパリへ持っていき、六区に住む友達のシックなアバルトマンの壁にかけた。それから、オークション・ハウスのひとつに電話をすると——どこのオークション・ハウスなのか、彼女は頑として言おうとしなかった——ハウスのほうから、鑑定のために、いわゆる専門家を送りこんできた。専門家は絵の来歴について二、三質問してから、真作と断定し、フランソワーズに四万ユーロを支払った。彼女はシックな友達に二千ユーロを渡し、あとはリュシアンに渡した。その金の一部を使ってヴィラのプールを広げ、リュシアンがアトリエにしていた小さな納屋を改装した。残った金はジュネーヴのクレディ・スイス銀行の口座に入れた。

「ジョルジュ・ヴァルミエの《村の広場》にそっくりの絵は、最近ニューヨークのオークションにかけられ、九十万ドルで落札されたわ。つまり、オークション・ハウスはリュシアンが描いた絵に払った以上の報酬と手数料を得たわけね。犯罪者は誰なの、ムッシュー・アロン?　オークション・ハウスは本当に何も気づかずに贋作を売ったの?　そんなことがあると思う?」

フランソワーズは贋作をさらに数点、パリの同じオークション・ハウスに売った——あまり知られていないキュービズムとシュールレアリスムの作品ばかりで、代金はどれも五桁止まりだった。そして、二〇〇四年の冬、〈エドモン・トゥサン画廊〉にマティスを売った。二、三カ月後、画廊は二点目のマティスを買い、そのあとに、ゴーギャン、モネ、セザンヌのサント＝ヴィクトワール山の風景画、と矢継ぎ早に続いた。「あなたがお持ちになった絵はすべて贋作ですね」と、トゥサンが彼女に言ったのはそのときだった。

「トゥサンが絵を買ったそもそもの理由がそれだったわけか」ガブリエルは言った。

「ウィ。ムッシュー・トゥサンは独占契約を求めてきた。パリのオークション・ハウスやよその画廊を通じて個人的に絵を売るのはやめるようにって言うの。危険すぎるからって。リュシアンがお金に困らないよう、ちゃんと面倒をみると約束してくれた」

「約束どおりになりましたか？」

「リュシアンに不満はなかったわ」

「どれぐらい稼いだんです？」

「契約していたあいだに？」フランソワーズ・ヴィオネは肩をすくめた。「六百万か七百万」

「ごまかさないで」

「三千万ぐらいかもしれない」

「ぐらいというのは？　三千万より上？　それとも下？」

「上よ。間違いなく上」

「では、ムッシュー・トゥサンは？　彼の取り分はどれぐらいでした？」

「少なくとも二億」

「すると、リュシアンは搾取されていたことになる」

「スペイン人の女もリュシアンにそう言ったわ」

「ミランダ・アルバレス？」

「本人が名乗った名前はそうだった」

「その女にどこで出会ったんです？」

「このルシヨンで。あなたがいま腰かけてるのと同じ椅子に彼女もすわってた」

「美術商だったんでしょうか？」

「たぶんね。自分のことを話すときはひどく用心してたわ」

「向こうの望みは？」

「リュシアンがトゥサンのかわりに彼女と手を組むこと」

「リュシアンが贋作を作ってることを、彼女はどうやって知ったんだろう？」

「それについては何も言おうとしなかった。でも、この業界のダーティな面をよく知ってるのは明らかだったわ。〝トゥサンは美術市場が吸収しきれないほど大量の贋作を売りさばいている。リュシアンとあなたが逮捕されるのは時間の問題よ〟と、女は言った。自分は精巧な贋作組織の一員で、その組織は贋作であることを見破られずに売る方法を心得てるって言うのよ。わたしたちにトゥサンの二倍の代金を支払うことを約束したわ」

「リュシアンはどう反応しました？」

「興味を惹かれたようだった」

「あなたは？」

「それほどでも」

「しかし、向こうの提案を検討することは承知したんですね？」

「三日後にもう一度来てほしいと彼女に言っておいたわ」

「で、彼女がふたたび訪ねてきたときは？」

「取引に応じると返事をした。彼女は現金で百万ユーロよこして、また連絡すると言った」

「契約が崩れたのはいつでした？」

「縁を切りたいとわたしがトゥサンに言ったあとで」

「あなたたちをひきとめておくために、トゥサンはいくら払ったんです？」

「二百万」

「スペイン人の女に渡された百万はたぶん銀行口座に入れたのでしょうね」

「ウィ。そして、半年後にリュシアンは死んだ。殺されたのはセザンヌをもう一点描いてたときだった。その絵を警察はどうしても見つけることができなかった」

「リュシアンが贋作を描いていることも、ミランダ・アルバレスと名乗る謎めいたスペイン人の女が訪ねてきたばかりだということも、あなたは警察に伏せておいたのでしょうね」

「話せばやぶ蛇だもの」

「ジュネーヴのクレディ・スイスの口座に入っている三千万ユーロのことは、どう説明したんです？」

「一時は三千四百万あったのよ」フランソワーズ・ヴィオネは正直に言った。「しかも、警察はぜんぜん気づかなかった」

「サン＝バルテルミーのヴィラのことも？」

「あれはバハマで登録されたダミー会社のものなの。クロエもわたしもこのリュベロンでは目立たないように暮らしてるわ。でも、島に渡れば……」

「リュシアンの贋作の収入で贅沢に過ごすわけですね」

フランソワーズは新しいジタンに火をつけただけで、何も言わなかった。

「あと何点残っています？」

「贋作が？」フランソワーズは天井に向かって煙草の煙を吐いた。「シャガールだけよ。あとは全部売ってしまった」

ガブリエルはテーブルに電話を置いた。「何点残ってるんです、フランソワーズ？」

家の外では、クロエがプールのそばの太陽に焼かれた石畳の上で、モディリアーニの裸体画のごとく寝そべっていた。「ああいうクロエに誰かがお金を出してくれれば」フランソワーズは非難がましく言った。「あの子、フランスでいちばんリッチな女になれるのに」

「あなたは贋作者の代理人を務めていた」ガブリエルは言った。「娘さんにとっていい手本とは言いがたい」

フランソワーズは二人を連れて砂利の小道をリュシアンのアトリエへ向かった。瓦屋根がついた黄土色の小さな建物だった。ドアに頑丈そうな南京錠（なんきんじょう）がついていた。木製の鎧戸（よろいど）にも錠がついていた。

「リュシアンが殺されたあとしばらくして、侵入しようとした者がいたの。犬を飼うことにしたのはそのときよ」

フランソワーズはドアの錠をはずしてガブリエルとケラーをなかに入れた。よどんだ空気のなかにカンバスと埃と亜麻仁油の匂いがこもっていた。天窓の下に古めかしいイーゼルが置かれ、画材用の棚と引出しつきの古い作業台があって、雑然とものが並んでいた。壁に絵が何列にも立てかけてある。ひとつの列につき二十枚ぐらいありそうだ。

「これで全部？」ガブリエルは尋ねた。

フランソワーズ・ヴィオネはうなずいた。

「どこかに倉庫や保管庫があるのでは？」

「ノン。全部ここに置いてあるわ」

フランソワーズはいちばん近くの列まで行き、レコードのアルバムをめくるような調子で絵を調べていった。なかの一枚をしぶしぶ抜きだし、ガブリエルにかざしてみせた。

「フェルナン・レジェか」

「いい目をお持ちね、ムッシュー・アロン」

フランソワーズは次の列へ移った。そこから、ジョルジュ・ブラックの《レスタックの家》を模倣した絵をとりだした。その次の列からはピカソと別のレジェが出てきた。

「殺人事件のあとで警察がここを捜索したはずですね」ガブリエルは言った。

「ええ、もちろん。でも、運のいいことに、警察が送りこんできたのはクルーゾー警部みたいなダメ刑事だった」フランソワーズは別の絵をとりだした。ロジェ・ビシエールの《青のコンポジション》の複製。「昔から好きだった絵よ。ほんとに手放さなきゃいけないの？」

「そのまま続けて」

次の絵はマティスだった。そのあとにモネ、セザンヌ、デュフィと続き、最後に二点目のシャガールが出てきた。

「これで全部？」

フランソワーズはうなずいた。

「わたしがほかに何か見つけたらどうなるかわかりますか？」

彼女はため息をついて、さらに二枚の絵を出してきた――マティスがもう一点と、アンドレ・ドランのみごとな作品。全部で十二点、推定市場価格は二億ユーロを超える。ガブリエルは彼のスマートフォンで写真を撮り、ついでにリビングのシャガールも撮影した。それから、十三枚のカンバスの木枠をすべてはずして、絵を木箱の上に積んだ。ケラーがダンヒルの金のライターを差しだした。

「お願い、やめて」フランソワーズ・ヴィオネが言った。

「わたしからフランスの警察に渡してほしいというんですか？」ガブリエルはライターをつけ、カンバスに炎を移した。「銀行に預けてある三千四百万ユーロでなんとか暮らしてもらうしかない」

「二千五百万しか残ってないわ」

「わたしがここに来たことを誰にも言わなければ、それだけは失わずにすむ」

フランソワーズ・ヴィオネはガブリエルとケラーを玄関まで送り、二人がルノーに乗りこもうとするまで待ってから犬を放した。二人は暴力に頼らずに逃げだすことができた。

「ひとつ教えてくれ」絵のように美しい峡谷を猛スピードで走り抜けながら、ケラーが言った。「ヘル・ツィーグラーの路線で行こうと決めたのはいつだったんだ？」

「フランソワーズ・ヴィオネとリュシアンは犯罪がらみのことに関わっていたかもしれないなどと、きみがわたしにくどくど言っていたときに、ふと思いついたんだ」

「ひとつ言っておくと、なかなか達者な演技だったぞ。ただし、戦略上の重大なミスがひとつあった」

「なんだ？」

「せっかくの証拠品をあんたが燃やしてしまった」

「全部ではない」

「セザンヌは？」

「愚か者」ガブリエルはつぶやいた。

35

〈ル・トラン・ブルー〉

二人はレンタカーのプジョーをマルセイユで乗り捨てて、サン゠シャルル駅発パリ行きの二時のTGVに乗った。到着時刻の一時間前に、パリのミロメニル通りにある〈アンティーク理化学機器専門店〉にガブリエルから電話を入れた。応答がなかったので、時刻をたしかめてから、アンティークのガラス製品や磁器人形(フィギュリン)を売っている近くの店にかけてみた。電話に出たのはオーナーのアンジェリク・ブロサールという女性で、わずかに息を切らしている様子だった。モーリス・デュランにかわってほしいと頼んだガブリエルに対して、彼女からは驚きの言葉もごまかしの言葉もなかった。長きにわたる二人の昼下がりの情事はパリ八区でもっとも有名な秘密のひとつになっている。

「楽しんでるか?」電話に出たデュランにガブリエルは言った。

「楽しんでた」デュランは答えた。「重大な用件でないと承知せんぞ」

「一杯つきあってもらえないかと思ってね。時間は、そうだな、五時半に」

「その時間は心臓切開手術の真っ最中だ。予定表をチェックしてみる」

「〈ル・トラン・ブルー〉で会おう」

「あんたがどうしてもというなら」

　その店はパリを代表するレストランのひとつで、金箔仕上げの豪華な鏡や天井画に飾られていて、リヨン駅のチケット売場を一望できる。五時半、モーリス・デュランはラウンジエリアでロイヤルブルーのビロード張りの椅子にすわり、栓を抜いたシャンパンのボトルを前にしていた。立ち上がると、ためらいがちにケラーと握手をした。

「わが旧友ムッシュー・バーソロミューではないか。いまも未亡人と孤児の依頼に応じているのか？　それとも、堅気の仕事を見つけることができたかね？」そう言ってから、ガブリエルのほうを向いた。「さて、なんの用でパリに舞い戻ってきたんだ、ムッシュー・アロン？　またしても爆弾を準備中か？」微笑した。「たしかに、ダーティな画廊を業界から閉めだすにはいい方法だ」

　ガブリエルは腰を下ろし、自分の携帯電話をデュランに渡した。小柄なフランス人は金縁に半月形のレンズという読書用眼鏡をかけ、電話の画面に目を凝らした。「ブラックの《レスタックの家》のなかなか興味深い再解釈だな」

「スワイプして次を見てくれ」

　デュランは言われたとおりにした。「ロジェ・ビシエールか」

「はい、次」

デュランは人差し指の先端を画面の上で水平にドラッグし、笑みを浮かべた。「おれはフェルナン・レジェに昔から弱くてね。最初に惚れこんだ画家の一人だ」

「次のはどうだ？」

「わが旧友ピカソ。かなりいい出来だな」

「シャガールのほうがさらにいい。モネ、セザンヌ、マティス二点もそう悪くない」

「どこで見つけた？」

「ルシヨン」ガブリエルは答えた。「不遇の画家のアトリエで。名前は――」

「リュシアン・マルシャン？」

「知り合いか？」

「知り合いではなかったが、リュシアンの仕事のことは知っていた」

「どういうわけで？」

「リュシアンもおれもニースの同じ画廊と取引があった」

「〈エドモン・トゥサン画廊〉？」

「ウィ。フランスでもっともダーティな画廊と言っていいだろう。〝西側世界で〟とまではいかんかもしれんが。あんな画廊で絵を買うのは馬鹿だけだ」

ガブリエルはケラーとちらっと目を合わせ、それからデュランに視線を戻した。「きみはコレクターとじかに取引する人だと思っていたが」

「たいていそうだ。しかし、ときたま、ムッシュー・トゥサンの特別な注文に応じたことがある。あの男、盗難絵画でガンガン儲けてたが、リュシアン・マルシャンという金の卵を生むガチョウも持っていた」

「だから、ライバル関係にあった贋作組織の手先の女がリュシアンを奪おうとしたとき、トゥサンのほうは手放すまいと必死になったわけだ」

デュランはシャンパングラスの縁からガブリエルに笑いかけた。「ずいぶん腕を上げたじゃないか、ムッシュー・アロン。おれの助けはもうじき不要になるだろう」

「その女は何者なんだ？」

「ミランダ・アルバレスのことか？　質問をよこす相手によって答えは違ってくる。まあ、カメレオンみたいな女だな。ピレネー山脈の辺鄙(へんぴ)な村に住んでるという噂だ。また、贋作者と恋人関係にあるとか、もしかしたら夫婦じゃないかと言う者もいる。だが、噂に過ぎん」

「噂をしてるのは誰だ？」

「美術業界のダーティな末端に生息する連中」

「きみのような連中という意味か？」

デュランは無言だった。

「贋作者もスペイン人なのか？」

「そう噂されている。だが、やはりただの推測だ。悪名を馳せるのが好きな一部の贋作者と違って、その人物はプライバシーを厳重に守っている。正体を知ってるのは二人だけで、一人がその女だと言われている」

「では、もう一人は？」

「組織のビジネス面を担当している男性。その三人のことは〝聖ならざる三位一体〟と考えてくれ」

「スペイン人の女の役目は？」

「売買を担当する画廊に絵を届ける係だ。大部分が中流どころの絵で、地味な取引ではあるが、巨額の現金を生みだしてくれる。しかし、二、三カ月ごとに、いわゆる失われた巨匠の作品が魔法のように登場する」

「画廊の数はどれぐらいだ？」

「さあ、わからん」

「そこをなんとか」

「ベルリンの画廊や、ブリュッセルの画廊の噂を聞いた者がいる。また、最近になってアジアと中東に進出したという話を聞いた者もいる」

「不思議だな」ガブリエルは辛辣に言った。「前に話をしたとき、きみがそういう情報を伏せていたのはなぜだろう」

「あんたが〈フルーリ画廊〉で絵を買うつもりだと言ってくれれば、おれだってもっと協力したかもしれん」デュランは微笑した。「《遠くに風車が見える川の風景》。断じてオランダの黄金時代の画家アルベルト・カイプの作品ではない」

「なぜあの売買のことを知っている？」

「フルーリという男は口が堅いわりに、べらべらしゃべることもあってね。何人かの商売敵に売買のことを自慢してたぞ。マダム・ロルフのアート・アドバイザーが輸出許可書なしにその絵をフランスから持ちだすのを許したくせに」

「わたしのことを怪しんでなかったか？」

「その点は大丈夫だったようだ」

「ならば、わたしが四日後にふたたび画廊を訪ねたとき、暗殺の標的にされたのはなぜなんだ？」

「爆弾を運んできた男に訊くがいい」

ガブリエルは彼の電話をふたたびデュランに渡した。「こいつに見覚えは？」

「ない。幸いなことに」

「こいつはしばらく前に、ボルドーでも女性を殺してるはずだ」

「ベランガールって女か？」

ガブリエルは大きく息を吐いた。「きみの知らないことが何かあるのか、モーリス？」

「情報こそがおれの長寿の鍵なんでね、ムッシュー・アロン。ついでに、あんたの長寿の鍵でもあると思う」デュランは電話に視線を落とした。「そう考えないことには、あんたがこの写真を持ってるという事実の説明がつかん」

「国家警察の美術犯罪を担当するユニットの部長にもらった」

「ジャック・メナール？」

ガブリエルはうなずいた。

「で、あんたたちの間柄というのはどんな感じだ？」

「きみとの関係とちょっと似ている」

「威圧的で侮辱的？」

「思慮深くて非公式」

「おれたちの過去の協力関係をメナールは知ってるのか？」

「ノン」

「安心した」デュランは電話をガブリエルに返した。「さて、あんたと会うのは当分のあいだ、これが最後になるだろう」

「あいにく、それは無理だと思う」

「なぜだ？」

「調べてもらいたいことがあるから」

「ベルリンとブリュッセルの画廊の名前か?」

「迷惑でなければ」

デュランは眼鏡をはずして立ちあがった。「ひとつ訊きたいんだが、ムッシュー・アロン。リュシアンのアトリエで見つかった絵はどうなった?」

「煙になって消えた」

「ピカソも?」

「ひとつ残らず」

「残念だ」デュランはため息をついた。「おれがいい落ち着き先を見つけてやれたのに」


翌日の午前十時半、ルーブル美術館の〈カフェ・マルリー〉のテーブルについたガブリエルは、ジャック・メナールに一回目の報告をおこなった。詳細で完璧な報告だったが、情報源や調査法についてはぼかしておいた。近くのテーブルを占領しているクリストファー・ケラーと同じく、メナールも、ルシヨンのリュシアン・マルシャンのアトリエで見つかった贋作を燃やそうと決めたガブリエルを非難した。とはいえ、ガブリエルの調査の成果には舌を巻いていた。

「正直なところ、なるほどと納得できることばかりだ」メナールはナポレオン広場できらめくガラスと鋼鉄の建造物のほうを身ぶりで示した。「美術犯罪の世界はあのピラミッドにちょっと似ている。違法なマーケットに関わりを持つ者は何万人もいるが、それを支配するのは頂点に立つわずかな大物たちだ」いったん言葉を切った。「そして、きみが少なくともその一人か二人をよく知っているのは明らかだ」

「おたくだって。そうだろう？」

「ウイ。ただ、わたしの知り合いはあまり大物ではないようだ。これだけの情報をあっというまに集めたきみの能力には脱帽するしかない」

「エドモン・トゥサンはそちらのレーダーに一度もひっかからなかったのか？」

メナールは首を横にふった。「それと、リュシアン・マルシャンも。きみがヴィオネという女に何を約束しようと、わたしには関係ない。女を追及し、資産を没収してやる。サン＝バルテルミー島のヴィラも含めて」

「大事なことから片づけていこう、メナール」

「あいにく何も変わってないぞ」メナールは言った。「わたしの両手は縛られたままだ」

「だったら、強引に進めるしかないな」

「どんなふうに？」

「わたしが見つけた情報をヨーロッパのほかの捜査機関に渡す」

「どこの機関だ？」

「ピレネー山脈の辺鄙な村に住んでいるかもしれないし、いないかもしれないスペイン人の女を捜している以上は、治安警察（グアルディア・シビル）がもっとも理に適った選択と言えよう」

「あそこは信用できん」

「向こうもきっと同じ思いだろう」

「そのとおり」

「英国はどうだ？」

「ロンドン警視庁は数年前に美術品&古代遺物班を廃止した。美術品の盗難や詐欺事件を一般的な不動産犯罪や金融犯罪と同じように扱っている」

「となると、残るはイタリアだな」

「美術犯罪に関してはイタリアがもっとも優秀だ」メナールも認めた。「しかし、イタリアとの結びつきは？」

「いまのところ、ひとつもない。だが、フェラーリ将軍とわたしとで何か考えよう」

「きみのことを高く評価しているぞ、将軍は」

「そりゃそうさ。何年か前に、古代遺物の密輸団を壊滅させる手伝いをしたからな。また、行方不明の祭壇画を見つけだす手伝いもした」

「まさか、カラヴァッジョじゃあるまいな？」

ガブリエルはうなずいた。

「誰もが捜しつづけてたんだぞ」メナールはつぶやいた。

「どうやって見つけだした？」

「フランスの絵画窃盗団を雇って、アムステルダムのファン・ゴッホ美術館から《ひまわり》を盗ませた。次に、パリのマリー橋を見渡せる安全なフラットで絵を模写して、サムという名のシリア人をパリ郊外の農家へ連れていき、二千五百万ユーロで売りつけた」ガブリエルは声を低くした。「すべて、おたくに知られないようにして」

ジャック・メナールの顔がテーブルクロスのごとく真っ白になった。「今回は何も盗まずにいてくれるだろうな？」

「大丈夫。しかし、絵を少し偽造するかもしれない」

「何点ぐらい？」

ガブリエルは微笑した。「四点かな。たぶん」

36

メイソンズ・ヤード

オリヴァー・ディンブルビーはあとになって、自分はすばらしく幸運な人間だとしみじみ思った。彼の画廊が浮き沈みに耐えてきたことは事実だ――リーマン・ショックに端を発した深刻な景気後退時期には危うく倒産するところだった――しかし、どういうわけか、どんなときでも運命の手が差し伸べられて彼を破滅から救ってくれた。私生活についても同じことが言える。ロンドンの美術界では彼の私生活がいちばん乱れているというのが万人の意見だ。年をとるいっぽうだし、メタボ腹が膨らみつづけているにもかかわらず、オリヴァーが交際相手に不自由したことは一度もない。なんと言っても、彼は栄光に輝くセールスマンだ。魅力とカリスマ性にあふれ、彼の好む言い方をするなら、サウジの人間に砂を売りつけることだってできる。しかしながら、女たらしではない。というか、目がさめて見知らぬ女が横に寝ていることに気づくたびに、自分にそう言い聞かせている。オリヴァーは女たちを愛している。すべての女を。そして、それが彼に降りかかる災難の根本的な原因なのだ。

今夜の彼は何も予定がなくて、〈ウィルトンズ〉で仕事のあとの一杯をやり——ジュリアン・イシャーウッドをだしにして少し笑ってやろうと思っているだけだった。〈ウィルトンズ〉へ行くには、経営する画廊を出て左に曲がり、ベリー通りのゴミひとつ落ちていない歩道を百十四歩行くだけでいい。途中で十軒以上の競争相手の前を通らなくてはならず、そのなかには〈P&Dコルナギ&Co.〉という世界最古の画廊も含まれている。この画廊のとなりは〈ターンブル&アッサー〉の旗艦店で、ここでのオリヴァーの赤字支出はアメリカの赤字レベルに近づいている。

〈ウィルトンズ〉に入ったオリヴァーは、サラ・バンクロフトがいつものテーブルに一人ですわっているのを見てほくそ笑んだ。カウンターに寄ってプイイ゠フュメをグラスでもらい、サラのテーブルへ行った。思いもよらずサラから温かな笑みを向けられて、心臓が止まりかけた。

「オリヴァー」猫なで声でサラが言った。「なんてうれしい驚きかしら」

「本気かね？」

「本気でないわけがあって？」

「きみに嫌われてるとばかり思ってたが」

「馬鹿なこと言わないで。崇拝してるのに」

「すると、希望を持ってもいいのかい？」

サラは左手を上げて、三カラットのダイヤの指輪と同じ指にはまっている結婚指輪を見せた。「夫のいる身なの。残念ながら」

「離婚する気は？」

「いまのところゼロ」

「だったら」オリヴァーは芝居がかったため息をついた。「きみの性的玩具という立場に甘んじるしかなさそうだ」

「そういうお相手ならすでに山ほどいるでしょ。それに、わたしの夫が許してくれそうもないし」

「ピーター・マーロウのことかい？　プロの殺し屋の？」

「いまはビジネス・コンサルタント」

「暗殺を請け負ってたころのほうが、わたしは好きだったな」

「わたしも」

ちょうどそのときドアが開いて、サイモン・メンデンホールとオリヴィア・ワトソンが入ってきた。

「あの二人の噂、聞いてる？」サラは声をひそめた。

「灼熱（しやくねつ）の情事のことかね？　ジェレミー・クラブがそう言ってたかもしれん。いや、二ッキー・ラヴグローヴだったかな。誰もが噂している」

「破廉恥ね」

「われわれ二人にも同じ噂が立てばいいんだが」オオカミのような笑みを浮かべて、オリヴァーはグラスのワインを飲んだ。「最近、何か売れたかね？」

「レオナルドが二点とジョルジョーネが一点。そちらは？」

「正直に言うと、ちょっとスランプ気味だ」

「あなたのところが？　まさか」

「信じられんだろう？」

「キャッシュフローはどんな感じ？」

「水漏れする蛇口にちょっと似ている」

「アルテミジアの売買のときに、わたしがこっそり渡してあげた五百万はどうなったの？」

「きみが言ってるのは新たに見つかったあの絵のことかね？　スイスの投資家に高値で売りつけたが、ロシア大統領の財政をめぐるスキャンダルに巻きこまれてしまった」

「でも、大いに楽しんだんじゃない？」

「五百万は楽しめた。あとの部分はなくてもよかった」

「嘘ばっかり、オリヴァー。あなたが何よりも好きなのは注目の的になることでしょ。美女がからめば、さらにご機嫌のはずよ」サラは言葉を切った。「とくに、スペインの美女なら」

「どこでそんな噂を耳にしたんだ？」

「たまたま知ったんだけど、あなた、何年も前からペネロペ・クルスに片思いだそうね」

「ニッキーだな」オリヴァーはつぶやいた。

「ジェレミーに聞いたの」

オリヴァーは一瞬、サラに視線を据えた。「何か頼まれごとをされそうな気がするのはなぜだろう？」

「そういう展開になるからよ」

「いかがわしいことかね？」

「ものすごく」

「だったら、全身を耳にしよう」

「ここじゃだめよ」

「わたしの画廊で？　それとも、きみのところ？」

サラは微笑した。「うちの画廊にしましょう、オリー」

二人は目立たないようにこっそり〈ウィルトンズ〉を出ると、デューク通りを歩いてメイソンズ・ヤードへ続く路地にやってきた。この中庭の北東の角に〈イシャーウッド・フファイン・アーツ〉があって、かつて〈フォートナム&メイソン〉が所有していた古びた倉庫の三フロアを占めている。倉庫の外に銀色のベントレー・コンチネンタルが止まっていた。オリヴァーが光り輝くボンネットに触れると、まだ温もりがあった。

「きみの夫の車じゃないかね?」オリヴァーが尋ねたものの、サラは笑みを浮かべて画廊のドアのロックをはずしただけだった。

なかに入った二人はカーペット敷きの階段をのぼり、それから狭苦しいエレベーターでジュリアンの展示室がある上の階まで行った。薄明かりのなかに、シルエットとなった人影がふたつ浮かんでいた。片方はパリス・ボルドーネの《キリストの洗礼》をじっと見ている。もう一方はオリヴァーをじっと見ている。ダークな色合いのシングルのスーツを着ている。サヴィル・ロウで誂えたもののようだ。たぶん〈リチャード・アンダーソン〉だろう。髪は太陽に漂白されている。目は鮮やかなブルー。

「やあ、オリヴァー」彼が物憂げな口調で言った。次に、あとから思いついたかのようにつけくわえた。「おれはピーター・マーロウ」

「殺し屋の?」

「殺し屋は昔の話だ」皮肉っぽい笑みを浮かべて、彼は言った。「いまのおれは大繁盛のビジネス・コンサルタント。だから、ベントレーを乗りまわし、サラのような美人妻を持っている」

「サラには指一本触れてないぞ」

「そりゃそうだろう」

彼はオリヴァーの肩に手をかけてボルドーネのほうへ連れていった。カンバスの前に立つ男性がゆっくりふりむいた。薄明かりを受けて、緑色の目がきらめいているように見えた。

「マリオ・デルヴェッキオ！」オリヴァーは叫んだ。「こりゃ驚きだ！　それとも、ガブリエル・アロンかね？　ときどき、二人の区別がつかなくなる」返事がなかったので、オリヴァーはピーター・マーロウと名乗っている男を見て、次にサラを見た。少なくともそれが彼女の名前だとオリヴァーは思っている。いまの彼は足元の地面も信じられない気分だった。「イスラエルの諜報機関の元長官、かつて殺し屋だった男、そして、ＣＩＡの仕事をしていたかもしれないし、していなかったかもしれないアメリカ人の美女。太っちょオリヴァー・ディンブルビーにいったい何をお望みだ？」

その問いに答えたのはイスラエルの諜報機関の元長官だった。「尽きることなきその魅力、ほぼどんな状況でも巧みな話術で切り抜ける才能、そして、ときたま手抜きをするという評判」

「わたしが？」オリヴァーは義憤に駆られたふりをした。「ずいぶんな言われようだ。ダーティな美術商が必要なら、ロディ・ハッチンソンがご希望にぴったりだ」

「ロディにはおたくのようなスター性がない。わたしが求めているのは、大きなことをやってのけられる人物なんだ」

「なんのために？」

「わたしのために絵を何点か売ってもらいたい」

「いいものか？」

「ティツィアーノ、ティントレット、そして、ヴェロネーゼ」

「どこで見つかった？」

「ヨーロッパの古いコレクション」

「主題は？」

「わたしが描き終えたら、すぐ知らせる」


どんな贋作者でもまずぶつかる問題は、絵にふさわしい古さと寸法と状態を備えたカンバスおよび木枠を手に入れることだ。ゴッホの《ひまわり》の贋作を描いたときのガブリエルは、リュクサンブール公園の近くの小さな画廊へ出かけ、街の風景を描いた三流の印象派の作品を買ってきた。今回はそういう方法に頼る必要もなかった。ジュリアンの倉庫がある一階にエレベーターで下りるだけでよかった。倉庫には大惨事の到来かと言いたくなるほど大量の在庫品が詰めこまれていて、こうした在庫を美術業界では愛情こめて〝デッドストック〟と呼んでいる。ガブリエルは十六世紀に描かれたヴェネツィア派の凡作を六点選びだし――誰それの模倣者、かくかくしかじかの画風、そう有名ではない画家の工房――ヴェネツィアのサン・ポーロ区にある彼の住まいへ大至急送るようサラに頼んだ。

「どうして三点じゃなくて六点も?」

「不測の事態に備えて予備が二点必要だ」

「残りの一点は?」

「フィレンツェにいるわたしの代理人にジェンティレスキを預けようと思っている」

「なるほど」サラは言った。「でも、倉庫から消えた絵のことはジュリアンにどう説明するつもり?」

「運がよければ、ジュリアンは何も気づかないだろう」

サラは翌朝九時前に来るよう運送業者に指示して、ジュリアンには一日休みをとるように勧めた。それにもかかわらず、ジュリアンはいつもの時刻にメイソンズ・ヤードにふらっと入ってきた。その時刻とは十二時十五分、木箱に収められた絵がフォードのトランジット・バンに積みこまれていたときだった。そのあとに続いた悲喜劇には、生命なき物体とまたしても衝突というひと幕も含まれていた。今回の衝突相手はサラのシュレッダーで、自己憐憫(れんびん)に駆られたジュリアンがそこへ身を投げようとしたのだ。

ガブリエルはそのひと幕を見損ねた。なぜなら、フィウミチーノ空港からローマの聖イグナツィオ広場へ向かうタクシーに乗っていたからだ。広場に到着すると、旧市街にあるお気に入りのレストランのひとつ〈ル・カーヴ〉のテーブルについた。そのすぐ先に、黄色と白の華麗なパラッツォがある。美術遺産保護部隊、通称〝美術班〟の本部がここに置かれている。

一時半、パラッツォの扉が勢いよく開いて、勲章に飾られたブルーと金色の制服姿のチェーザレ・フェラーリ将軍が出てきた。灰色の石畳の広場を渡ると、挨拶の言葉は抜きでガブリエルのテーブルについた。たちまち、キンキンに冷えたフラスカーティのボトルとリゾットのコロッケの皿をウェイターが運んできた。

「わたしがレストランに着いたときにこういうことが起きなかったのはなぜなんだ？」ガブリエルは尋ねた。

「制服がものを言っただけさ」将軍はリゾットのコロッケを一個、皿からとった。「ヴェネツィアの妻子のそばにいなくていいのか？」

「たぶん、いるべきだろう。だが、その前にあなたと話をする必要があった」

「どんな話だ？」

「犯罪の世界に足を踏み入れることを考えてるんだ。それで、ある行動にあなたが興味を持つんじゃないかと思って」

「今回はどんな悪事を計画中だね？」

「絵画の贋作作り」

「ふむ、きみはたしかにその才能に恵まれている。だが、わたしにどんな得がある？」

「派手な事件が起きて美術界を根底から揺さぶり、美術班の豊富な予算と人材のレベルが今後何年間も変わらぬことを保証してくれる」

「犯罪はイタリア国内で起きたのか？」

「いや、まだだ」微笑を浮かべてガブリエルは言った。「だが、もうじき起きる」

37

ため息の橋

二十世紀最高の美術修復師として世界的に知られていたウンベルト・コンティは、ヴェネツィアのいかなるドアでも開くことのできる魔法の鍵束をフランチェスコ・ティエポロに遺贈した。フランチェスコは〈ハリーズ・バー〉で一杯やりながら、ガブリエルにそれを渡した。ガブリエルはその夜遅く、サン・ロッコ大同信会にこっそり入りこみ、ティントレットのもっとも偉大な作品のいくつかと一人で向かいあった。次に、近くのフラーリ教会の警備体制を突破して、ティツィアーノの威厳に満ちた《聖母昇天》の前に立ちつくした。洞穴のような身廊の深い静けさのなかで、打ちひしがれて髪の一部が白くなってしまった二十五歳の若者だったころにウンベルトから言われた言葉を思いだしていた。

〝破損した自分自身のカンバスを持つ者だけが、本当に偉大な修復師になれる……〟

ウンベルトだったら、才能あふれる彼の生徒の新たな仕事には賛成してくれなかっただろう。ついでに言っておくと、フランチェスコも賛成ではなかった。だが、今回のプロジエクトのコンサルタントを務めることは承知してくれた。なんといっても、ヴェネツィア派の画家たちに関しては、彼が世界最高の権威の一人だ。ガブリエルがフランチェスコ・ティエポロをだませれば、どんな相手でもだますことができる。

フランチェスコはそのうえ、夜ごとヴェネツィアの街を徘徊(はいかい)するガブリエルにつきあうことを承知した。不運なロセッティ大尉を巻きこんだときのような惨事がくりかえされるのを防ぐためでもあった。二人はあちこちの教会と同信会に忍びこみ、アカデミア美術館とコッレール博物館のなかをうろつき、さらには、ヴェネツィア総督の政庁だったドゥカーレ宮殿にまで押し入った。ため息の橋の石格子つきの窓から外を眺めながら、いまからとりかかる仕事の困難さをフランチェスコが要約した。

「史上もっとも偉大な四人の画家による四点の別々の作品。そんなものに挑戦しようとするのは、常軌を逸した人間だけだ」

「あの男にできるのなら、わたしだってできる」

「贋作者のことか？」

ガブリエルはうなずいた。

「競争じゃないんだぞ」

「競争に決まってるだろ。わたしが贋作組織に加わる価値を持つ人間であることを、連中に証明しなきゃならん。さもないと、向こうから言い寄っては来ないからな」

「この件に関わろうとした理由はそこにあったのか？　挑戦のため？」

「これがわたしにとって挑戦だなんて考えがどこから浮かんできた？」

「ずいぶん自信があるんだな」

「例の贋作者もそうさ」

「みんな同じだな。きみたち贋作者というのは。何かを証明したがっている。その男はたぶん、売れない画家だったため、鑑定家やコレクターをだますことで美術界に復讐しているのだろう」

「鑑定家やコレクターはまだ何も目にしていない」

ガブリエルはそれから何日か自宅のアトリエに閉じこもり、彼が書いた小論文と、画家たちの作品総目録と、過去の修復時の写真（フランチェスコの依頼で自らがおこなった修復もいくつか含む）を前にして過ごした。フランチェスコと二人で議論を重ね、ときに声を荒らげることもあったが、やがて四点の贋作の主題と図像を決定した。準備段階としてデッサンを何枚も描き、そのデッサンをもとにして、四点の絵を試しに手早く描いてみた。フランチェスコは、ジェンティレスキの《ダナエと黄金の雨》のリメイクが最高の出来で、ヴェロネーゼの《水浴するスザンナ》が僅差で二番目という意見だった。ガブリエルはジェンティレスキに対するフランチェスコの感想には同意したが、彼自身が気に入っているのはティントレットの《ヴィーナスとアリアドネとバッカス》を再解釈した絵だった。ティツィアーノの《恋人たち》の模写も悪くなかった。ただ、筆遣いがおずおずした感じだった。

「ティツィアーノの贋作を描こうというとき、おずおずせずにいられる者がどこにいる？」

「動かぬ証拠になってしまう、フランチェスコ。わたし自身がティツィアーノになりきらなくては。さもないと、われわれの負けになる」

「その絵はどうする気だ？」

「焼却する。ほかもすべて」

「血迷ったか？」

「そのようだ」

　翌朝早く、ガブリエルはジュリアンの倉庫からくすねてきた絵画のひとつを木箱から出した。十六世紀の初めに描かれたヴェネツィア派の敬虔な絵で、価値はゼロ、見るべき点もほとんどなし。とはいえ、無名の画家の作品をカンバスからこすり落としてゲッソで覆い、煤と黄土がわずかに交じった鉛白で下塗りをするあいだ、ガブリエルは罪悪感に胸をえぐられる思いだった。次は下絵描き――ティツィアーノならこうしただろうと想像しつつ絵筆を走らせ――そして、細心の注意を払ってパレットの準備をした。鉛白、本物の群青、アカネの根からとったマダーレーキ、代赭、孔雀石、黄土、紅土、石黄、アイボリーブラック。制作にとりかかる前に、ガブリエルは波乱に富んだ自分の経歴をあらためてふりかえった。いまの彼はもはや強大な諜報機関のリーダーではなく、世界有数の美術修復師の一人ですらなかった。

小さな星々に囲まれて輝く太陽になっていた。

ティツィアーノになっていた。


それから一週間、キアラと子供たちがガブリエルの顔を見ることはほとんどなかった。たまにアトリエから出てきても、神経を尖らせていて、心ここにあらずという様子で、ふだんのガブリエルとは別人のようだった。一度だけ、キアラのランチの誘いに応じた。キアラの胸とおなかに絵具の汚れがついた。

「知らない男と愛し合ったような気分だわ」

「そうだよ」

「あなた、誰なの?」

「一緒においで。見せてあげよう」

キアラはシーツを身体に巻きつけて彼のあとからアトリエに入り、カンバスの前に立った。ようやく、つぶやくように言った。「とんでもない人ね」

「気に入った?」

「呆然としてる――」

「すばらしすぎるからだな、たぶん」

「ジョルジョーネっぽいものも感じるんだけど」

「一五一〇年にわたしがこれを描いたときは、依然としてジョルジョーネの影響下にあったせいだろう」

「次は誰になるの？」

ヤコポ・ロブスティ。ティントレットという名で知られるこの画家は笑顔を見せたことのない博識な男で、ヴェネツィアの外へ出ることはめったになく、仕事場に人を入れることもほとんどなかった。特徴をひとつ挙げるとすれば、描くスピードがヴェネツィア共和国でもっとも速い画家の一人だった。ガブリエルは彼の《ヴィーナスとアリアドネとバッカス》を、《恋人たち》のときの半分の時間で描きあげた。それにもかかわらず、どこから見てもティツィアーノよりいい出来だとキアラが断言した。フランチェスコの意見も同じだった。

「どうやら、奥さんが正しいようだ。きみはたしかにとんでもない男だ」

ガブリエルは次に、パオロ・ヴェロネーゼになりきって、非凡な色彩に満ちたパレットを用意した。《水浴するスザンナ》を描くには、〈イシャーウッド・ファイン・アーツ〉からくすねてきた六枚のカンバスのうち最大のものが必要で、完成までに数日かかった。主な原因は、ガブリエルが絵にわざとダメージを与えて、そののちに修復することにあった。

絵の制作中、ルカ・ロセッティが三回訪ねてきた。ガブリエルは絵筆を手にしたまま、自分が描こうとしている四点の贋作の芸術的な長所と偽りの来歴についてカラビニエリの若き大尉に説明した。ロセッティのほうは、今後の作戦の準備状況をガブリエルに報告した。その準備には二箇所の不動産の取得も含まれていた――隠遁生活を送る贋作者のための人里離れたヴィラと、その代理人のためのフィレンツェのアパートメント。

「アパートメントはアルノ川の南側にあり、ルンガルノ・トッリジャーニ通りに面しています。美術班の証拠保管室から絵画と古代遺物を大量に運びこみました。まさに美術商の住まいという感じです」

「では、ヴィラのほうは？」

「あなたの仲良しの教皇聖下がガスパッリ伯爵に電話をしました。すべて手配済みです」

「きみがフィレンツェのアパートメントに移って新たな人生を始めるのに、どれぐらいかかる？」

「あなたから準備オーケイの連絡があればすぐに」

「きみの準備のほうは？」

「自分のセリフは覚えました」ロセッティは答えた。「また、ヴェネツィア派の画家たちに関して、自分にそんなことが可能だとは思わなかったほど詳しくなりました」

「ヴェロネーゼの若かりし日の名前は？」ガブリエルは尋ねた。

「パオロ・スペーザプレーダ」

「では、なぜそう名乗ったのだ？」

「父親が石工でした。父親の職業を名字として使うのが当時の伝統だったのです」

「パオロ・カリアーリと名乗るようになったのはなぜだ？」

「母親はアントニオ・カリアーリという貴族の婚外子でした。若きパオロは石工より貴族の名前のほうがいいと思ったのです」

「悪くないな」ガブリエルはズボンのウェストからベレッタを抜いた。「だが、誰かがこういうのをきみの頭に向けたとしても、いまみたいに自信たっぷりに自分のセリフを言うことができるかな？」

「わたしはナポリ育ちです」ロセッティは言った。「幼なじみのほとんどがいまでは犯罪組織に入っています。誰かが銃をふりまわしたところで、わたしが気絶するようなことはありません」

「このあいだの夜、年配のヴェネツィア派の画家がサン・ポーロ区できみをぶちのめしたという噂を聞いたぞ」

「年配の画家はいきなり襲いかかってきたんです」

「現実の世界とはそういうものだ。暴力をふるう前に犯罪者が断りを入れることはあまりない」ガブリエルは銃をウェストに戻し、高くそびえるカンバスを見つめた。「どう思う、シニョール・カルヴィ?」

「年長者二人の衣装の色を暗くする必要があります。でないと、十六世紀の終わりごろに描かれたものであることを、わたしがオリヴァー・ディンブルビーに納得させるのは無理でしょう」

「きみが直面する問題のなかで、オリヴァー・ディンブルビーなどいちばん楽なものだ」

ジェンティレスキの作品にとりかかるころには、ガブリエルはもう疲労困憊で絵筆も持てないほどだった。幸い、キアラが彼のためにポーズをとることを承知してくれた。というのも、彼がその役になりきろうとしている画家は、生身のモデルを絵にするというカラヴァッジョ方式を好んでいたからだ。ガブリエルはダナエにキアラの肉体と目鼻立ちを与えた。ただ、妻の鳶(とび)色の髪は金色に変え、オリーブ色の肌はきらめく雪花石膏(せっこう)の色に変えた。制作作業には必然的に、寝室での間奏曲が含まれた――あわただしく。というのも、ガブリエルの時間がかぎられていたからだ。二人の共同作業から生まれたのは、圧倒的な美とひそやかなエロティシズムを備えた絵だった。四点のうちではこれが最高ということで、二人の意見が一致した。

あと三点の絵と同じく、これにもクラクリュールがなかった。現代の贋作であり、巨匠の作品ではないことを示すたしかな証拠だ。この問題を解決してくれたのが、業務用の大型オーブンだった。マフィアが所有するキッチン用品メーカーから押収した品々をフェラーリ将軍が調べて、オーブンを一台手に入れ、本土にある〈ティエポロ美術修復〉の倉庫のほうへ送ってくれた。ガブリエルは四点の絵を木枠からはずしたあと、一〇〇℃のオーブンで三時間焼いた。それから、フランチェスコに手伝ってもらい、長方形の作業台に絵をのせてひきずった。まず上下方向へ。次に左右方向へ。その結果、絵の表面にイタリア絵画っぽい細かなひび割れが生じた。

その夜、アトリエで一人になったガブリエルは絵にニスを塗った。そして、翌朝ニスが乾くと、三脚にのせたニコンで写真を撮った。アパートメントのリビングの壁にティツィアーノとティントレットをかけ、ジェンティレスキをフェラーリ将軍に渡し、ヴェロネーゼをロンドンのサラ・バンクロフトに送った。写真はオリヴァー・ディンブルビーにメール添付で送った。オリヴァーはベリー通りの〈ディンブルビー・ファイン・アーツ〉のオーナーにして唯一の経営者。今回の冒険のすべてが彼の丸々とした肩にかかっている。もうじき真夜中というころ、画像のひとつが『アートニュース』誌のウェブサイトに掲載された。その上にアミーリア・マーチの署名入りの記事が出ていた。ガブリエルは鳶色の髪とオリーブ色の肌をした彼のダナエに、その独占記事を読んで聞かせた。彼女は黄金の雨のなかで彼と愛を交わした。

38

クアフュルステンダム通り

その記事はある匿名希望の人物からの情報に基づくものとされていた。まず、それが不正確だった。最初に情報を提供したのはサラ・バンクロフトで、その証拠と写真をオフレコで提供したのはオリヴァー・ディンブルビーだったのだから――つまり、じっさいには、二人の人物の情報に基づいていたわけだ。

問題の絵は縦九二センチ、横七四センチとのこと。少なくともそれだけは正確だった。しかしながら、ティツィアーノという著名なルネサンス後期の画家の手になる失われた作品ではなかったし、名前を伏せておきたいという著名なコレクターにひそかに売却されたわけでもなかった。本当のことを言うと、著名か否かにかかわらずコレクターなどいなかったし、金のやりとりもなかった。絵は現在、ヴェネツィアの大運河を一望できる邸宅の豪華な主階（ピアノ・ノビーレ）に飾られ、その絵を描いた新進贋作者の妻と幼い子供二人を大いに楽しませていた。

ロンドンの美術界の美術商、キュレーター、オークショニアたちは、驚きと少なからぬ嫉妬をもってこのニュースを受け止めた。なんといっても、オリヴァーは依然として前回の大成功の栄光に包まれていたのだから。セント・ジェームズとメイフェアのオークション会場でも、酒場でも、疑問が飛び交った。たいていの場合、怪しいと言わんばかりのささやき声で。今回新たに見つかったそのティツィアーノにはちゃんとした来歴があるのか？　それとも、トラックの荷台からころげ落ちたのか？　太っちょオリーはティツィアーノの作品だと確信しているのか？　オリーよりも博識な者たちは同意しているのか？また、その売買にオリーはどう関わったのか？　匿名の買手にじっさいに絵を売ったのか？　それとも、仲介者として手数料をたっぷりポケットに入れただけなのか？

三日間がだらだらと過ぎていくあいだ、オリヴァーは問題の絵を扱ったことを認めもしなければ、否定もしなかった。最後にようやく、売買を認める短い声明を出したが、アミーリア・マーチの最初の記事と同じく、ほとんど中身のないものだった。声明に含まれていた新たな情報はふたつだけ。絵はヨーロッパの古いコレクションから見つかったものであること、そして、ヴェネツィア派の権威とされる四人もの一流専門家が鑑定をおこなったということ。四人とも、その絵はティツィアーノ自身が描いたものであり、工房の弟子や後世の模倣者によるものではないことを無条件で断言した。

その夜、オリヴァーは彼の画廊から〈ウィルトンズ〉のバーカウンターまでの百十四歩を歩き、この界隈の伝統に従って、ただちにシャンパンを六本注文した。店のワインリストでいちばん高いテタンジェ・コント・ブラン・ド・ブランだったので、みんな大喜びだった。それでも、美術界で何年ぶりかの大偉業をなしとげた男にしてはオリヴァーが沈んだ様子だったことを、この場に居合わせたすべての者があとで噂することになる。ティツィアーノについた価格を明かそうとせず、絵の来歴をもっと詳細に説明するようジェレミー・クラブに迫られたときは聞こえないふりをした。八時ごろ、ニッキー・ラヴグローヴを脇へ連れていき、二人でひそひそ話を始めたため、オリヴァーの絵を購入した正体不明の人物とはニッキーの超富裕層の顧客の一人ではないかとの憶測が広まった。ニッキーは違うと断言したが、オリヴァーは慎重にコメントを拒否した。やがて、サラ・バンクロフトが差しだした頬にキスをしてから、ジャーミン通りへよたよた出ていき、姿を消した。

翌日、『アート・ニュースペーパー』紙に長い記事が出た。正体不明の買手がオリヴァーの画廊へ特別内覧会に招かれたあと、その場でティツィアーノの購入を希望したという内容だった。『インディペンデント』紙によると、買手の付け値は二千五百万ポンドだったとのこと。ナショナル・ギャラリーにいる巨匠絵画の専門家ナイルズ・ダナムは、絵が本物であることをオリヴァーのかわりに彼が認めたという報道を否定した。妙なことに、英国に住むイタリア絵画の鑑定家たちもみな、ダナムと同じく否定した。

しかし、ほとんどの者の――少なくとも陰口好きなセント・ジェームズ界隈の連中の

——眉を吊り上げさせたのは、絵の写真だった。オリヴァーは長年にわたって、一人の美術写真家——ドーヴァー通りにスタジオを持つ有名なプルーデンス・カミング——だけを使ってきた。ところが、発見されたばかりのティツィアーノについては、カミングの撮影ではなかったことが判明した。さらに大きな疑惑を招いたのが、写真は自分で撮影したというオリヴァーの言葉だった。上等のウィスキーを注いだタンブラーや、形のいいお尻の扱いならオリーはお手のものだが、カメラを使えるわけはない、と誰もが口をそろえて言った。

それなのに、オリヴァーの不正行為を疑った者は一人もいなかった。節操のないロディ・ハッチンソンですらそうだった。オリーはせいぜい情報源の身元を秘匿しているだけで、それ以上の不正行為には手を染めていない、美術商にはよくあることだ、ということでみんなの意見が一致していた。論理的な結論として、ティツィアーノのときと同じヨーロッパのコレクションから別の名画が見つかるのも時間の問題だろうということになった。

時間の問題と言われていたことがついに現実となったとき、それを記事にしたのはまたしても『アートニュース』のアミーリア・マーチだった。今回見つかったのはヴェネツィア生まれの画家ティントレットの《ヴィーナスとアリアドネとバッカス》で、売買は極秘のうちにおこなわれ、価格はけっして明かされなかった。そのわずか十日後、驚く者はもう誰もいなかったが、〈ディンブルビー・ファイン・アーツ〉が新しく売りに出す作品を

発表した。パオロ・ヴェロネーゼの《水浴するスザンナ》、油彩・画布、一九四センチ×
一九四センチ。〈ディンブルビー・ファイン・アーツ〉はドーヴァー通りにスタジオを持
つプルーデンス・カミングに絵の撮影を依頼した。美術界は恍惚となった。
ただし、例外的な人物もいた。それはフィレンツェのウフィツィ美術館の大物館長で、
イタリアの巨匠の絵画が急に三点も見つかったことを、控えめに言っても怪しんでいた。
カラビニエリの美術班のトップであるフェラーリ将軍に電話をかけ、ただちに調査にとり
かかるよう求めた。電話のあいだにわめき散らした——それらの絵はわが国の厳格な文化
遺産保護法に違反してイタリア国外へ持ちだされたに違いない、と。将軍は調査を約束し
たが、約束を守るつもりなどなかった。言うまでもなく、問題の絵画はすべて現代の贋作
で、将軍自身も贋作者の仲間になっているのだが、館長には内緒にしておいた。
贋作者の架空の代理人——コレクターで、ときには美術商の仕事もしているアレッサン
ドロ・カルヴィという男——は現在、ルンガルノ・トッリジャーニ通りに面した、美術品
が豊富に置いてあるアパートメントに住んでいて、そこからはウフィツィ美術館を見るこ
ともできる。二日後、フェラーリ将軍はたまたま、胡散臭いこの人物に別件で電話をする
ことになった。贋作者がパリの信頼できる情報源——絵画泥棒でアンティークの店もやっ
ているモーリス・デュランという男——から受けとった情報を伝えるためだった。

「ベルリンのクアフュルステンダム通りにある〈コンラッド・ハスラー画廊〉。通りの向かいにコーヒーハウスがある。きみの仲間が明日の午後三時にそこで待っている」

というわけで、架空の代理人――じつはルカ・ロセッティ大尉――は翌朝早く、アルノ川のほとりの贅沢なアパートメントを出て、タクシーでフィレンツェ空港へ向かった。注文誂えのイタリア製のスーツは真新しくて高価だったし、手縫いの靴も、柔らかな革張りのアタッシェケースも同様だった。手首にはめた腕時計はパテックフィリップ。美術品と古代遺物のコレクションと同じく、これもカラビニエリの証拠保管室からの借りものだ。

ロセッティの旅程にはチューリッヒに立ち寄ることも含まれていたので、クアフュルステンダム通りのコーヒーハウスに着いたときには、時刻は三時近くになっていた。プラタナスの木がまだら模様の影を落とすテラス席のテーブルに、ガブリエルの姿があった。ガブリエルは早口のドイツ語でウェイトレスにコーヒーを二杯注文してから、ロセッティに茶封筒を渡した。

写真が二枚入っていた。一枚目に写っているのは、画家のアトリエの壁に並んで立てかけられた額縁なしの三点の絵――ティツィアーノ、ティントレット、ヴェロネーゼ。二枚目はオラツィオ・ジェンティレスキの作品とされている《ダナエと黄金の雨》の高解像度の写真。ロセッティはこの絵をよく知っている。目下、フィレンツェのアパートメントの壁にかけてある。

「わたしはハスラーと何時に会うことになってるんでしょう？」

「三時半。向こうはきみの名前がジョヴァンニ・リナルディで、ミラノから来たと思いこんでいる」

「どんな芝居をすればいいんです？」

「失われた傑作を手に入れる稀有なチャンスをヘル・ハスラーに差しだしてもらいたい。また、ロンドンで見つかった三点の絵の出所はきみであることを、相手にはっきり伝えるんだ」

「贋作だと言うんですか？」

「必要ないと思う。写真を見た瞬間、向こうが気づくはずだ」

「わたしはなぜハスラーに会いに行くんです？」

「きみは商品を流通させる第二の業者を探していて、ハスラーが正直とはほど遠い人間だという噂を耳にしたからだ」

「向こうはどう反応すると思います？」

「きみに取引を持ちかけてくるか、画廊から放りだすかのどちらかだな。わたしはあとのほうに賭ける。出ていくとき、ジェンティレスキの写真をかならず置き忘れていくように」

「ハスラーが警察に電話したらどうなります？」

「犯罪者は警察に電話などしないものだ、ロセッティ。それどころか、警察を避けようと必死になる」

ロセッティは写真に視線を落とした。

「その男が生まれたのは？」ガブリエルは静かな声で尋ねた。

「一五六三年」

「男の名前は？」

「オラツィオ・ロミ」

「父親はどんな仕事をしていた？」

「フィレンツェの金細工師」

「ジェンティレスキとは何者だ？」

「オラツィオのおじで、彼がローマに移り住んだときに居候させてくれた人物」

「オラツィオが《ダナエと黄金の雨》を描いた場所はどこだった？」

「たぶん、ジェノヴァ」

「わたしがわが《ダナエと黄金の雨》を描いた場所は？」

「知りませんよ、そんなこと」

ルカ・ロセッティ大尉は午後三時二十七分にコーヒーハウスを出ると、街路樹に縁どられたエレガントな大通りを渡った。彼が〈コンラッド・ハスラー画廊〉のインターホンのほうへ右手を伸ばした瞬間、ガブリエルは身をこわばらせた。十五秒が過ぎた。美術商のハスラーが訪問者をじっくり観察するのに充分な時間だ。やがて、ロセッティがガラスのドアを押し開き、視界から消えた。

五分後、ガブリエルの電話が振動して着信を知らせた。フェラーリ将軍だった。

「何も爆発してないだろうな？」

「いまのところは」

「やつが出てきたらすぐ知らせてくれ」将軍はそう言って電話を切った。

ガブリエルは電話をテーブルに戻し、画廊のほうへ視線を向けた。すでに最初の挨拶が終わり、二人の男は誰にも邪魔されずに話ができるよう、美術商のオフィスのほうへ移っていた。オフィスのデスクに写真が一枚置いてあることだろう。いや、たぶん二枚。二枚一緒に見てみれば、違法な美術市場に天才的な新人贋作者が登場したことがはっきりするはずだ。まさにそれこそが、ガブリエルが送ろうとしているメッセージだった。

ちょうどそのとき、またしても電話が振動して着信を知らせた。「なかの様子はどうだ？」フェラーリ将軍が訊いた。

「待ってくれ。急いで道路を渡って調べてくる」

今度はガブリエルのほうから電話を切った。二分後、画廊のドアが開いてロセッティが出てきた。鉄灰色の髪に赤ら顔の身なりのいい男性があとに続いた。二言三言、最後の言葉を交わし、激怒のあまり双方が指を突きつけた。やがて、ロセッティがタクシーに乗って走り去り、赤ら顔の男性一人が歩道に残された。大通りの左右を見渡し、それから画廊に戻っていった。

メッセージは伝わった——ガブリエルは思った。

ロセッティの電話番号をタップした。

「きみたち二人、すっかり仲良くなったようだな」

「あなたが予想したとおりの展開でした」

「写真はどこだね？」

「早く画廊を出ようと焦るあまり、ハスラーのデスクに置き忘れてきたかもしれません」

「われらが女のところへやつが写真を送るのに、どれぐらいかかると思う？」

「長くはかからないでしょう」ロセッティは言った。

39

クイーンズ・ゲート・テラス

その週が終わるまで〈ディンブルビー・ファイン・アーツ〉の電話はほぼ鳴りっぱなしだった。画廊で働く忍耐強い受付係のコーディリア・ブレイクが最初の防衛線となった。相手の名前に聞き覚えがあれば――例えば、長年の顧客や有名な美術館の代表者なら――電話をオリヴァーへじかにまわした。さほど重要でない相手には詳細な伝言を残すよう求め、「お問い合わせの件にお返事できるかどうかはわかりかねます」と告げた。次のように説明した。「ヴェロネーゼにふさわしい家を見つけることがディンブルビーの夢ですので。どのような相手でもいいから絵を売ろうという思いは、ディンブルビーにはございません」

コーディリアは何も知らされていなかったが、彼女がオリヴァーに渡したピンクの伝言メモは残らずメイソンズ・ヤードのサラ・バンクロフトに届けられ、次は、メモに記された名前と電話番号がサラからヴェネツィアのガブリエルに送られていた。その週の金曜日の閉店時刻までに、〈ディンブルビー・ファイン・アーツ〉には、ヴェロネーゼ（ただし贋作）を見せてほしいという依頼が二百件以上入っていた――世界でもっとも偉大な美術館の館長たち、著名なコレクターの代理人たち、多数の報道関係者、美術商、イタリアの巨匠絵画に造詣の深い鑑定家たち。これらのなかに、ロサンゼルスのJ・ポール・ゲティ美術館のキュレーターを除いてスペイン系の名前はひとつもなかったし、連絡先の電話番号のなかにスペインの国番号で始まるものもなかった。絵を見せてほしいという女性は四十二人いたが、美術界でその名をよく知られた女性ばかりだった。

女性たちの一人に『ニューヨーク・タイムズ』紙のロンドン支局の記者がいた。オリヴァーがガブリエルの了解を得たうえで翌週月曜日に彼女に絵を見せたところ、水曜日の夜には、彼女の記事とそれに添えられた写真が美術界の話題になっていた。結果として〈ディンブルビー・ファイン・アーツ〉にまたしても電話が殺到した。新たに電話してきた者のうち、女性は二十二人だった。氏名にも、連絡先の電話番号にも、スペインと関わりのあるものはまったくなかった。また、コーディリア・ブレイクの報告によると、言葉にスペイン語訛りのある者もいなかった。

ガブリエルは最悪の事態を覚悟した。贋作組織の表看板となっている女性には、ガブリエルが彼女のために入念に計画したパーティに出るつもりがないのではないか、と。それでもなお、内覧会のスケジュールを組むようオリヴァーに指示した――期間は一週間のみ。

価格帯は千五百万ポンドから二千万ポンドまで。こうしておけば、本気の客とただの冷やかしの客を選り分けられる。最高額をつけた客に売るとはかぎらないという権利がオリヴァーにあることを、客たちにはっきり告げること。

「それから、画廊の展示室の照明を落とすのを忘れないでほしい」ガブリエルはつけくわえた。「そうしないと、鋭い目をした客の一人が、新たに発見されたヴェロネーゼは贋作だと気づくかもしれない」

「心配ご無用。少なくとも表面的には、ヴェロネーゼが十六世紀に描いたように見える」

「間違いなくヴェロネーゼが描いたものだ、オリヴァー。ただ、絵筆を握っていたのがたまたまわたしだったというだけで」

土曜日はキアラと子供たちを連れてアドリア海でセーリングを楽しみ、内覧会が始まる前日の日曜日にロンドンへ飛んだ。到着後すぐに、クイーンズ・ゲート・テラスにあるケラーとサラのメゾネットへ向かった。御影石を使ったキッチンのアイランド・カウンターに、ヒースロー空港の監視カメラの写真、スペインのパスポートをスキャンしたもの、レーンズバラ・ホテルの宿泊者名簿のコピーが並んでいた。

サラが笑みを浮かべて、ボランジェ・スペシャル・キュヴェのグラスをガブリエルに渡した。「タリアテッレのボロネーゼと、子牛のミラネーゼとどっちにする？」

その女性は背が高くほっそりしていて、水泳選手のような角張った肩と、ひきしまったヒップと、長い脚をしていた。着ているパンツスーツはダークな色合いで、かっちりしたビジネスウェアだが、白いブラウスの大きくあいた襟元から、つんと上を向いた優美な胸の豊かな膨らみがのぞいている。髪は漆黒で、長いその髪が背中の中央にまっすぐ垂れている。ヒースロー空港のターミナル5の不粋な照明のもとで見ても、髪はニスを塗ったばかりの絵のように艶やかだった。

パスポートによると、女性の名前はマグダレーナ・ナバロ。三十九歳、マドリード在住。イベリア航空の七四五九便でヒースローに到着し、午後三時七分にレーンズバラ・ホテルの部屋から〈ディンブルビー・ファイン・アーツ〉に電話をかけた。電話は自動的にオリヴァーの携帯電話に転送された。オリヴァーはメッセージに耳を傾けたあとでサラに電話をかけ、サラは女王陛下の秘密情報部の職員である夫を説得して、スペイン女性の特徴をオフレコで聞きだそうとした。夫は情報部の長官の了解を得たうえでサラに話した。

「MI5の連中がファイルをそろえるのにかかった時間はわずか二十分だった」

「最近の旅行についても調べてある?」

「フランス、ベルギー、ドイツへひんぱんに出かけているようだ。また、香港と東京でかなりの時間を過ごしている」

ケラーはマールボロに火をつけ、優美なしつらえの客間の天井に向かって煙を吐きだした。今日の彼の装いは脚にフィットしたチノパンと高価なカシミアのセーター。サラのほうはもっとカジュアルで、ストレッチジーンズとハーヴァードのロゴ入りスウェットシャツ。ケラーの煙草のパッケージから一本抜きとると、ガブリエルが文句を言う暇もないうちにさっさと火をつけた。

「ほかに興味の持てそうな旅行は?」ガブリエルは尋ねた。

「月イチぐらいの割合でニューヨークへ行っている。二〇〇〇年代半ばに、あの街にしばらく住んでいたようだ」

「クレジットカードは?」

「アメリカン・エキスプレスの法人カード。リヒテンシュタインで登記された会社だが、業務内容ははっきりしない。彼女がそのカードを使うのは海外へ出かけるときだけのようだ」

「そうすれば、スペインの自宅の本当の所在地を隠しておける」ガブリエルはサラのほうを向いた。「電話メッセージで自分のことをどう説明していた?」

「ブローカーだそうよ。でも、ウェブサイトは持ってないし、LinkedInも利用していない。また、オリヴァーもジュリアンも彼女の噂は聞いたことがない」

「われわれの女のようだ」

「そうね」サラも同意した。「問題はどれぐらい彼女を待たせるかってこと」

「長く待たせて、こっちは彼女のことなど歯牙にもかけていないという印象を与える」

「そのあとは？」

「絵を見せてほしいと、彼女のほうからオリヴァーを口説くように仕向ける」

「危ないわね」

「オリヴァーなら大丈夫だ」

「わたしが心配してるのはオリヴァーのことじゃないわ」

ガブリエルは微笑した。「恋と贋作は手段を選ばず」

40

〈ディンブルビー・ファイン・アーツ〉

ナショナル・ギャラリーの館長が翌日の午前十時に〈ディンブルビー・ファイン・アーツ〉にやってきた。信頼のおけるナイルズ・ダナムと、イタリアの巨匠絵画専門のその他三人のキュレーターも同行していた。一同はあらゆる角度から絵を眺め、紫外線を照射してカンバスを調べた。絵の真贋を問う者は誰もおらず、来歴を問題にするだけだった。

「ヨーロッパの古いコレクション？　どうも曖昧だな、オリヴァー。とはいえ、ぜひとも購入したい」

「だったら、付け値を言ってもらおうか」

「入札競争に巻きこまれるのはごめんだ」

「いやいや、競争してもらう」

「次に打席に立つのは？」

「ゲティ」

「きみ、まさかそんなことは……」

「するさ。値段さえ折りあえば」

「悪党」

「お世辞を言っても何も出ないぞ」

「今夜〈ウィルトンズ〉で会えるだろう？」

「もっといいオファーがなければな」

J・ポール・ゲティ美術館の一行が十一時にやってきた。日に焼けた若い連中で、金をたっぷり持っていた。その場で二千五百万ポンドの値をつけた。想定価格帯の上限から五百万ポンドも高い。オリヴァーはきっぱりとはねつけた。

「二度と来るもんか」一行は断言した。

「いや、来るような予感がする」

「なぜそこまで言える？」

「あんたたちの目にその思いが出ているからだ」

オリヴァーがゲティ美術館の一行をベリー通りに送りだしたときは正午になっていた。ランチに出かけるコーディリアが電話の伝言メモの束を彼に渡した。オリヴァーはそれを手早くめくってから、サラに電話をした。

「あの女から午前中に二回電話があった」

「すてきなお知らせね」

「そろそろ彼女を苦悩から救いだしてやろうじゃないか」

「いいえ、あなたにはもうしばらく冷たくしてもらうわ」

「女に冷たくするのは、わたしの主義じゃないんだが」

「わかってるわよ、オリー」

午後の内覧会も午前中のくりかえしだった。メトロポリタン美術館から来た一行は絵に魅了され、ボストン美術館の一行は惚れこんだ。オンタリオ美術館の館長は、彼自身もヴェロネーゼの専門家だが、ほとんど言葉を失った。

「価格はどれぐらいを考えている?」館長はようやく言った。

「ゲティから二千五百万と言ってきた」

「野蛮な連中だ」

「だが、金はある」

「うちは二千万ならなんとか」

「目新しい交渉戦術だな」

「頼む、オリヴァー。焦らさないでくれ」

「ゲティに負けない値をつけてくれ。そしたら、絵はおたくのものだ」

「約束するか?」

「厳粛に誓おう」

オリヴァーの口からこの最後の嘘が出たところで、内覧会の初日は終了した。オリヴァーはオンタリオ美術館の一行を見送ってから、コーディリアのデスクに置いてあったいちばん新しい電話の伝言メモを手にとった。

マグダレーナ・ナバロから四時十五分に電話が入っていた。

「少しムッとした声でしたよ」コーディリアが言った。

「無理もない」

「この人、誰の代理人なんでしょう？」

「彼女をレーンズバラに宿泊させられるぐらいリッチな人物」

コーディリアは自分の持ちものをまとめて帰っていった。一人になったオリヴァーは電話に手を伸ばしてサラの番号にかけた。

「そちらの午後はどうだった？」サラが訊いた。

「わたしが自由に売却できない絵に対して、入札が殺到している。それ以外、たいしたことは起きていない」

「その後、女は何回電話してきたの？」

「一回だけ」

「興味をなくしたのかもね」

「だったらなおさら、わたしから彼女に電話してなんとかしないと」

「〈ウィルトンズ〉で相談しましょう。マティーニが待ってるのを感じるわ」

オリヴァーは電話を切って、彼の画廊を朝まで休息させるため、いつもの儀式にとりかかった。防犯用のスクリーンで窓をふさいだ。警報装置をセットした。《水浴するスザンナ》（油彩・画布、一九四センチ×一九四センチ、ガブリエル・アロン作）に、フェルトに似たウールの布をかけた。

外に出てからドアを三カ所ロックし、ベリー通りを歩きはじめた。本当なら、勝利の行進のはずだった。なにしろ、いまの彼は美術界の称賛の的であり、長いあいだ姿を消していた失われた巨匠たちのコレクションに偶然出会った美術商なのだ。すべて贋作だが、そんなことはどうでもいい。自分がしていることには高貴な目的があるのだ、と自分に言い聞かせた。たとえ何も成果がなくても、いつかこの話で人々を楽しませることができるだろう。

ライダー通りを渡る途中、誰かが背後を歩いてくることに気づいた。スティレットヒールの高価なパンプスをはいた誰か。オリヴァーは〈コルナギ画廊〉の外で立ち止まり、歩道の左のほうへちらっと目を向けた。

背が高くほっそりした女性。金のかかった服装。艶やかな黒髪を片方の肩の前に流している。

危険なほど魅力的。

オリヴァーが驚愕したことに、女性は彼のそばに来ると、ウィンドーに飾られた巨匠の絵に大きな黒い目を向けた。「バルトロメオ・カヴァロッツィ」かすかに訛りのある英語で、女性は言った。「カラヴァッジョの初期の模倣者で、二年間スペインで絵を描き、高く評価されていた。わたしが間違っていなければ、この絵は彼が一六一九年にローマに戻ったあとで描いたものだわ」

「どこのどなたかな？」オリヴァーは尋ねた。

女性は彼のほうを向いてにっこりした。「マグダレーナ・ナバロという者よ、ミスター・ディンブルビー。朝からずっと、あなたに連絡をとろうとしていたの」

〈ウィルトンズ〉にはアメリカとカナダの美術館のキュレーターたちがあふれ、敵対する陣営のどちらかについていた。サラはオーストリア生まれのメットの館長と握手をし、それから人混みをかき分けてカウンターまで行ったが、マティーニを受けとるのに十分も待たなくてはならなかった。カクテルパーティのような喧騒ときたら耳を聾するばかりだったので、自分の電話が鳴っていることにしばらく気づかなかった。オリヴァーが彼の携帯電話からかけてきていた。

「あなた、この騒々しい店のどこかにいるの？」サラは尋ねた。

「予定変更だ。申しわけない。またの機会にしよう」

「何言ってるの？」

「うん、明日の夜なら大丈夫だ。朝のうちにコーディリアに電話させるから、相談してくれ」

その言葉と共に電話が切れた。

サラは急いでガブリエルに電話をかけた。「わたしの勘違いってこともありうるけど、ぜったい、例の女が行動に出たんだわ」

41

ピカディリー

「どこへ連れていく気だね？」

「あなたを独り占めできる場所へ」

「もしかして、レーンズバラの部屋とか？」

「違うわ、ミスター・ディンブルビー」彼女はわざとらしい非難の表情を彼に向けた。

「初めてのデートでそれはないでしょ」

二人はピカディリー通りを歩いてまばゆい陽光のもとに出た。申し分のないロンドンの初夏の夕方で、涼しくて爽やか、そよ風が吹いている。女性のうっとりする香りから、オリヴァーは南スペインを連想した。オレンジの花と、ジャスミンと、かすかな辛口シェリーの香り。彼女の手の甲が二回、オリヴァーの手の甲をかすめた。ゾクッとする感触だった。

彼女が〈ハイド〉の前で足を止めた。ロンドンの最高級レストランのひとつ、グルメで超リッチな連中の神殿で、ロシアの億万長者たち、アラブ首長国連邦のプリンスたちが贔屓にしている。そして、どうやら、美術犯罪に手を染めているスペインの美女たちも。

「わたしはこの店に出入りできるような上流人士じゃないんだが」オリヴァーは文句を言った。

「美術界は今夜、あなたの足元にひれ伏したのよ、ミスター・ディンブルビー。あなたは間違いなく、ロンドンの上流人士のなかでもトップに来る人だわ」

レストランに入った二人は注目の的だった——ピンクの頬をした肥満体の美術商と、背が高くほっそりしていて、エレガントな装いに身を包んだ艶やかな黒髪の美女。彼女はオーク材の螺旋階段を下り、照明の薄暗いバーへオリヴァーを案内した。ろうそくの光に照らされた人目につかないテーブルが二人を待っていた。

「心憎い演出だ」オリヴァーは言った。

「レーンズバラのバトラーに手配してもらったの」

「あそこにはよく泊まるのかね？」

「クライアントが費用を持ってくれれば」

「そのクライアントがヴェロネーゼの購入に関心を持っているわけか？」

「そんなに急がないで、ミスター・ディンブルビー」彼女はろうそくの温かな光のなかに身を乗りだした。「わたしたちスペイン人はゆっくり時間をかけるのが好きなのよ」

ブラウスの胸が大きくあいて、洋梨の形をした乳房の内側の曲線があらわになった。

「噂どおりのすばらしさかね?」オリヴァーは思わず口走った。

「なんのこと、ミスター・ディンブルビー?」

「レーンズバラ」

「いらしたことはないの?」

「レストランだけ」

「わたし、ハイドパークを見渡せるスイートに泊まってるの。すばらしい眺めよ」

いまのこの眺めもすばらしい。オリヴァーはそう思いつつ、カクテルのメニューに無理に視線を落とした。「何かお勧めは?」

「〝カラントの情事〟という名前のカクテルが人生を変えてくれるわ」

オリヴァーはカクテルの材料に目を通した。「ブルーノ・バイヤールのシャンパンにケテルワン・ウォッカ、レッドカラント、そして、グアバ?」

「飲んでみるまで、馬鹿にするのはやめることね」

「シャンパンとウォッカは別々に飲む主義だ」

「シェリーのセレクションもみごとなものよ」

「そのほうがはるかにいい」

彼女は眉を上げてウェイターを呼び、クアトロ・パルマス・アモンティリャードのボトルを頼んだ。

「スペインへいらしたことは、ミスター・ディンブルビー？」

「何回も」

「お仕事で？　それとも、遊び？」

「両方が少しずつ」

「わたしはもともとセビーリャの出身なの。最近はほとんどマドリードで暮らしてるけど」

「英語が流暢だね」

「オックスフォードで一年間、美術史の講座をとったから」ウェイターがふたたび現れたため、彼女は話を中断した。ウェイターは念入りにシェリーの説明をしてから、二個のグラスに注いで立ち去った。彼女が自分のグラスをわずかに上げた。「乾杯、ミスター・ディンブルビー。お気に召すといいけど」

「オリヴァーと呼んでくれ」

「できないわ」

「ぜひ」オリヴァーはそう言って、シェリーを少し飲んでみた。

「いかが？」

「神々の飲みものだ。わたしとしては、きみのクライアントが勘定をもってくれるよう願うだけだ」

「もってくれるわ」

「そのクライアントに名前はあるのかね？」

「ええ、いくつも」

「スパイなのか？　きみのクライアントは」

「貴族の家柄なの。控えめに言っても、すごくめんどくさい名前」

「きみと同じようにスペイン人かね？」

「たぶん」

オリヴァーは重いため息をついてから、グラスをテーブルに戻した。

「ごめんなさいね、ミスター・ディンブルビー。でも、わたしのクライアントは超富裕層で、彼のアート・コレクションの規模を世間に知られるのをいやがってるの。わたしの口からクライアントの身元を明かすことはできないわ」

「だったら、きみの身元を話題にしよう」

「おたくのアシスタントにも申し上げたように、私はブローカーよ」

「きみの噂を一度も聞いたことがないのはなぜだろう？」

「影の世界で活動するほうが好きだから」彼女は言葉を切った。「あなたもそういう方だとお見受けしますけど」

「ベリー通りは影の世界にはほど遠い」

「でも、あなたはヴェロネーゼの出所を――どう言えばいいのかしら――ひどく曖昧にしている。ティツィアーノとティントレットについては言うまでもないし」

「絵画の取引にはあまり詳しくないようだね」

「あら、すごく詳しいわ。わたしのクライアントもそうよ。洗練された抜けめのないコレクターなの。ただし、絵に恋をしてしまったときは別。そうなると、お金なんて問題じゃなくなってしまう」

「わたしのヴェロネーゼにご執心だと思っていいのだね？」

「一目惚れだったわ」

「すでに二カ所から、二千五百万という話が来ている」

「そちらにどんなオファーがあっても、わたしのクライアントなら対抗できるわ。もちろん、カンバスと来歴をわたしのほうで徹底的に調べさせてもらいますけど」

「では、わたしがその人に絵を売るとしたら？　その人は絵をどうするつもりだね？」

「いくつもある家のどれかの目立つ場所にかけることになるでしょう」

「展覧会に貸しだすことに、その人は同意するだろうか？」

「ありえないわ」

「きみの正直さに感服する」

彼女は微笑しただけで、何も言わなかった。

「ロンドンにはどれぐらい滞在の予定だね？」

「明日の夜、マドリードに戻ることになってるの」

「残念だな」

「どうして？」

「水曜の午後、わたしのスケジュールに空きができるかもしれん。遅くとも木曜には」

「かわりに、いますぐどうかしら？」

「あいにく、今夜はもう、わたしの画廊は店じまいだ。それに、長い一日だったから、わたしもクタクタに疲れている」

「残念だわ」彼女はいたずらっぽく言った。「レーンズバラでディナーを一緒にと思ってたのに」

「心をそそられるが、初めてのデートではやめておこう」

　ピカディリー通りの歩道で、オリヴァーは別れの握手をしようと手を差しだしたが、かわりにキスをされた。頰のそばの空気に二回軽くキスをするのではなく、右耳の近くに熱い吐息混じりの愛情が一度だけ示され、彼女がハイドパーク・コーナーとホテルのあるほうへ歩きだしたあとも、オリヴァーの頰には長いあいだその感触が残っていた。彼女が最後にもう一度、肩越しに誘惑の視線をよこしたことで、この夜は完璧なものになった。困った坊やね――彼女が言っていた。ほんとに困った坊や。

オリヴァーは反対方向へ向かい、軽い酩酊気分のまま、スーツの上着の胸ポケットから電話をとりだした。前回チェックしたあとで電話とメッセージがいくつか入っていたが、サラからの連絡はまったくなかった。おかしなことに、履歴から彼女の名前と電話番号が消えていた。連絡先にもサラ・バンクロフトの名前はなかった。ジュリアンの電話番号と〈イシャーウッド・ファイン・アーツ〉の電話番号も同じく消えていた。

ちょうどそのとき、電話が振動して着信を知らせた。見覚えのない番号だった。ジュリアンは応答ボタンをタップして耳元へ持っていった。

「きみの車と運転手がボルトン通りで待っている」男性の声が聞こえ、電話は切れた。

オリヴァーは電話をポケットに戻し、そのまま東へ向かって歩きつづけた。左側のすぐ先にボルトン通りがある。角を曲がると、歩道の脇でアイドリングしている銀色のベントレー・コンチネンタルが目に入った。運転席にすわっているのはサラの夫だった。オリヴァーは丸々とした身体を助手席に沈めた。しばらくすると、車はピカディリー通りを西へ向かって走っていた。

「きみ、ほんとにピーター・マーロウという名前なのか?」

「いけないか?」

「偽名のような響きだ」

「オリヴァー・ディンブルビーもそうだぞ」サラの夫は笑みを浮かべて、艶やかな黒髪の長身の女性が〈アシニーアム・クラブ〉の前を通り過ぎる姿を指さした。「あれがおれたちの女だ」

「わたしは指一本触れてない」

「仕事と遊びは混同しないほうがいい。そう思わないか?」

「いや」スペインの美女が視界から消えていくのを見ながら、オリヴァーは言った。「ぜったい思わん」

42

クイーンズ・ゲート・テラス

ガブリエルは退職の記念品のひとつとして、イスラエル製の携帯電話ハッキング・マルウェア——名前はプロテウス——のコピーを個人的に贈られた。このマルウェアのもっとも油断できない点は、ターゲット側の軽率な行動を待つ必要がないことだ——ターゲットがソフトウェアを無分別にアップデートするのを待つ必要も、なんの害もなさそうな写真や広告をクリックするのを待つ必要もない。ガブリエルのほうでしなくてはならないのは、彼のノートパソコンにインストールしてあるプロテウスのアプリにターゲットの電話番号を打ちこむことだけ。すると、相手のデバイスは数分もしないうちに、完全にガブリエルの支配下に置かれる。ターゲットが受信したeメールや携帯メールを読んだり、ターゲットのネット閲覧履歴や電話のメタデータを調べたり、位置情報サービスを使ってターゲットの動きを追ったりできるようになる。何よりも重宝なのは、たぶん、マイクとカメラ機能が起動して電話がフルタイムの監視機器に変わることだろう。

ガブリエルはオリヴァー・ディンブルビーを今回の作戦にひきずりこんだあとで、用心のため、当人のサムスンギャラクシーの番号をプロテウスに打ちこんだが、この日の午後五時四十二分までは休眠状態にしてあった。ノートパソコンのタッチパッドを指で軽く叩いただけで――クイーンズ・ゲート・テラスにあるサラとケラーの住まいのキッチンで紅茶を飲みながらやったのだが――姿を消していた彼の工作員、すなわちオリヴァーが目下、ピカディリー通りを西へ向かって歩いているところで、横にはスペイン語訛りの英語を流暢に話す官能的な声の女性がいることがわかった。〈ウィルトンズ〉から大急ぎで帰宅したサラは、〈ハイド〉のおしゃれなバーで二人が交わした言葉を最後の数分だけ聞くことができた。

「相手にとって不足はないわね、われらがマグダレーナは。見くびるのは禁物だわ」

「太っちょオリーの手綱をさらにきつく締めておかないと」

そのために、ガブリエルはケラーをメイフェアへ急行させ、気まぐれな協力者をとらえさせたのだ。ケラーとオリヴァーがメゾネットに到着したのはもうじき七時半というところだった。作戦後の任務報告ミーティングは――たいしたものではないが――ガブリエルの側からの申しわけなさそうな告白で始まった。

オリヴァーが顔をしかめた。「サラとジュリアンがわたしの連絡先リストから消えたのは、そういうわけだったのか」

「きみがわれわれに無断で女と一杯やることを承知したため、予防手段として削除しておいたんだ」

「わたしに選択の余地はあまりなかったからな」

「なぜ？」

「身長が百八十センチ近くあって、ゾクッとするほどいい女だ。それだけじゃない。マドリードを発つとき、荷物にブラジャーを入れ忘れたらしい」オリヴァーはサラを見た。「あの酒、いつか飲んでみようかな」

「〝カラントの情事〟？　それとも〝熱帯の雷鳴〟？」

「ウイスキーがあるなら、もらえるかね？」

ケラーが戸棚をあけて、ジョニー・ウォーカーの黒ラベルのボトルとカットグラスのタンブラー二個を出した。グラスの片方にウイスキーを四センチほど注ぎ、アイランド・カウンターの上をオリヴァーのほうへすべらせた。

「バカラか」満足そうにオリヴァーは言った。「きみはやっぱり、大繁盛のビジネス・コンサルタントなのかもしれん」ガブリエルのほうを向いた。「プロテウスというのは、サウジの皇太子に殺されたあのジャーナリストをスパイするために、皇太子が使ってたソフトじゃなかったかね？」

「ジャーナリストの名前はオマール・ナーワフ。そして、イスラエルの首相はわたしが猛反対したにもかかわらず、サウジにプロテウスを売りこむことを認めた。国民を弾圧する政府の手にあのマルウエアが渡ったら、監視と脅迫をおこなう危険な武器になりかねない。口うるさいジャーナリストや民主主義を守ろうとする運動家を黙らせるために、そういう武器が使われるところを想像してみてほしい」

ガブリエルはプロテウスの〝再生〟のアイコンをクリックした。

〝身長が百八十センチ近くあって、ゾクッとするほどいい女だ。それだけじゃない。マドリードを発つとき、荷物にブラジャーを入れ忘れたらしい〟

再生を停止した。

「おやまあ」オリヴァーがつぶやいた。

「では、これはどうだ?」ガブリエルは〝再生〟をふたたびクリックした。

〝きみの噂を一度も聞いたことがないのはなぜだろう?〟

〝影の世界で活動するほうが好きだから。あなたもそういう方だとお見受けしますけど〟

〝ベリー通りは影の世界にはほど遠い〟

ガブリエルは〝停止〟をクリックした。

「レーンズバラのスイートで愛に溺れる一夜の誘いをわたしがはねつけた部分は、再生してくれないのか?」

「あれはディナーの誘いだったと思うが」

「もっと外出したほうがいいぞ、ミスター・アロン」

ガブリエルはノートパソコンを閉じた。

「今度はなんだ？」

「明日の午後遅く彼女に連絡をとり、水曜日の午後六時に内覧会に招待してほしい。ついでに彼女の携帯番号を尋ねる。向こうは教えるのを拒むに決まっている」

「で、彼女が水曜日の夕方、うちの画廊にやってきたら？」

「来ない」

「なぜ？」

「水曜日の午後、きみが彼女のホテルに電話をして、アポイントを木曜日の午後八時に変更するからだ」

「なぜそんなことをしなきゃならん？」

「彼女のことなど眼中にないというところを、向こうに示すためだ」

「本当にそうならどんなにいいか。だが、なぜそんな遅い時刻に？」

「きみが彼女に絵を見せるとき、コーディリア・ブレイクがそばにいたら困るだろ」ガブリエルは声をひそめた。「せっかくの雰囲気がぶちこわしだ」

「向こうは絵の購入に本当に関心があるだろうか？」

「まったくない。絵が消える前に見ておきたいだけさ」

「では、その絵を見て彼女が気に入ったら？」

「来歴を調べたあとで、きみに絵を売った人物の身元を教えてほしいと頼みこむだろう。きみはもちろん拒絶し、何か別の手段で情報をひきだすしかない状況に彼女を追いこむ」

「わたしの耳には音楽のような響きだ」

「彼女がきみを誘惑しようとする可能性はある」ガブリエルは言った。「だが、かわりに、破滅させてやると向こうが脅してきても、がっかりしないでくれ」

「大丈夫、彼女が初めてではないから」

ガブリエルはノートパソコンのキーをいくつか叩いた。「きみの連絡先に新しい名前を入れておいた。アレッサンドロ・カルヴィ。携帯番号のみ」

「何者だね？」

「フィレンツェにいるわたしの代理人だ。スペイン女の前でその番号にかけてくれ。あとはシニョール・カルヴィがうまくやってくれる」


その代理人は本名をルカ・ロセッティといって、翌日の午前十時にフィレンツェを出発し、高速道路(アウトストラーダ)E三五号線で南へ向かった。彼が走らせているのはマセラティ・クアトロポルテのセダン。手首にはめたパテックフィリップと同じく、これもロセッティの勤務先のカラビニエリが保管している品だ。

目的地であるローマのフィウミチーノ空港にロセッティが着いたのは一時半だった。その一時間後、ガブリエルがようやくターミナル3のドアから姿を見せた。一泊用のカバンを車のトランクに放りこみ、助手席に乗りこんだ。

「心配になりはじめたところでした」アクセルを踏んで歩道の縁から離れながら、ロセッティは言った。

「入国審査場を通り抜けるのに、ロンドンからのフライトと同じぐらい時間がかかった」

ガブリエルは豪華な車のなかを見まわした。「ご機嫌な車じゃないか」

「犯罪組織にいたヘロインの売人が乗っていた車です」

「きみの幼なじみとか?」

「その弟と知り合いでした。いまは二人ともパレルモにいます。パリアレッリ刑務所に」

ロセッティはA九〇――ローマの環状高速道路――に入り、北へ向かった。ほんの一瞬、道路から目を離して、ガブリエルが彼の手にのせた監視カメラの写真を見た。

「女の名前は?」

「パスポートとクレジットカードによると、マグダレーナ・ナバロ。ゆうべ、オリヴァー・ディンブルビーを誘惑しようとした」

「よく持ちこたえられましたね」

「あの男にしては上出来だった」ガブリエルは写真をとりもどした。「次はきみの番だ」

「いつです？」

「木曜日の夜。短時間の電話のみ。時間と場所を彼女に告げて、向こうが何も質問できないうちに電話を切る」

「時間は？」

「金曜日の午後九時」

「場所は？」

「レププブリカ広場のアーチの下。彼女を見つけるのはなんの苦労もないだろう」ガブリエルは写真を彼のアタッシュケースにすべりこませた。「彼がイングランドへ行ったのは何年だった？」

「彼というのは？」

「オラツィオ・ジェンティレスキ」

「一六二六年にパリを離れてイングランドへ移りました」

「アルテミジアも一緒に？」

「いいえ。三人の息子を連れていっただけです」

「いつイタリアに帰国した？」

「帰国することはなかった。一六三九年にロンドンで亡くなっています」

「どこに埋葬されている？」

ロセッティは口ごもった。

「サマセットハウスのクイーンズ・チャペルだ」ガブリエルは顔をしかめた。「この車、もっと飛ばせないのか？　日があるうちにウンブリアに着きたい」

ロセッティはアクセルを思いきり踏みこんだ。

「よしよし」ガブリエルは言った。「いまのきみは犯罪者だぞ、シニョール・カルヴィ。警官みたいな運転はやめるんだ」

43

ヴィラ・デイ・フィオリ

テヴェレ川とネーラ川のあいだにあって、千エーカーもの敷地を持つ屋敷、ヴィラ・デイ・フィオリは、ウンブリア州がまだ教皇領だった時代からガスパッリ家のものだった。牧畜業を手広くやって豊かな収入を得ていた。イタリア全土で最高と評価される障害馬を何頭か育てあげた馬の飼育場があり、完全にペット感覚で飼われている人なつっこい山羊の群れもいた。オリーブの木立からはウンブリア州で最高級のオイルが生まれ、小さなブドウ畑からは、毎年数百キロのブドウが地元の協同組合に運ばれた。野原にはヒマワリが咲き乱れていた。

屋敷そのものは、高くそびえるカサマツが日陰を作る土埃のひどい車道の突き当たりにあった。十一世紀には修道院だった。いまでも小さな礼拝堂があり、塀に囲まれた中庭には、修道僧たちが日々のパンを焼いていた石窯の残骸が見られる。屋敷の外にはブルーの大きな水泳プール。プールのとなりはトレリスのある庭になっていて、エトルリア時代の石でできた塀ぎわにローズマリーとラベンダーが茂っている。

当代のガスパッリ伯爵は人生の盛りを過ぎたローマ貴族で、教皇庁と密接なつながりを持つ人物だが、ヴィラ・デイ・フィオリを賃貸物件にすることも、友人や親戚に使わせることも拒んできた。じつのところ、この屋敷に客が滞在したのは、ヴァチカン美術館の紹介でやってきた気むずかしい美術修復師とヴェネツィア生まれの美しい妻が最後で、これは四人の使用人にとって容易に忘れられない経験となった。さて、今回、知人に期間未定で屋敷を貸すことにしたとガスパッリ伯爵に言われて、使用人たちは驚愕した。そう――伯爵は言った――名前は伏せておくが、その知人はおそらく彼自身の客を連れてくるだろう。いや、使用人に面倒をかけるつもりはないと言うだろう。人と関わりを持つのが嫌いな性格で、世話を焼かれるのをいやがっているからだ。

その結果、使用人のうち二人――伝説的なコックのアンナと、気むずかしい家政婦のマルゲリータ――は思いもよらぬ短期間の休暇をとることになり、火曜日の朝早くヴィラ・デイ・フィオリをあとにした。しかしながら、あと二人の使用人は屋敷に残った。馬の飼育場をまかされている、スウェーデン人の血が半分混じった妖精のようなイザベッラと、家畜と作物の世話をしている、アルゼンチンから来たカウボーイのカルロス。もうじき正午になろうというころ、車体になんのしるしもついていない濃い藍色のフィアット・デュカトのバンが車道をガタガタ走ってくるのを、二人は目にした。車に乗っていた二人の男が、盗品を隠そうとする泥棒のようなすばやさで荷物を降ろした。ツアー中のロックミュージシャンが使うような金属製の大きな箱が二個、小規模な軍隊を養うこともできそうな大量の食料、そして妙なことに、プロ仕様のアトリエ用イーゼルと、何も描かれていない大きなカンバス一枚が含まれていた。

まさか――イザベッラは思った。そんなはずはない。あれから何年もたったのに。

バンはほどなく走り去り、屋敷には張りつめた静けさが戻った。その静けさは、午後三時四十二分、マセラティのエンジンのすさまじい轟音によって破られた。次の瞬間、もうもうたる土埃を巻きあげて、車が馬の飼育場の前を通り過ぎた。それでも、イザベッラは車に乗った人物の姿をちらっととらえることができた。いちばん目立つ特徴は、右のこめかみのところにある――灰の汚れがついたような――白髪だった。

偶然の一致よ――イザベッラは自分に言い聞かせた。同じ人だなんてありえない。

二列に並んだカサマツのあいだを抜けてマセラティが屋敷のほうへ猛スピードで走り去ると、エンジン音が鈍いうなりに変わっていった。車は古びた中庭を囲む塀の外で止まり、こめかみに白髪のある男性が降りてきた。中ぐらいの背丈――高まる恐れのなかで、イザベッラはそれを見てとった。サイクリストのようにほっそりしている。

男性はリアシートから一泊用のカバンをとると、運転席の人物に二言三言、別れの言葉をかけた。それから肩にカバンをかけ――兵士みたいだとイザベッラは思った――車道を横切り、中庭のゲートへ向かった。昔と同じく前かがみになった肩。昔と同じくかすかに外股。

「大変だわ」マセラティが矢のように目の前を走りすぎるあいだに、イザベッラはつぶやいた。やっぱり、そうだったのね。

修復師がヴィラ・デイ・フィオリに戻ってきた。

翌朝、男性はおなじみの日課を始めた。敷地内をかなりのペースで歩きまわった。プールで力強く泳いだ。トレリスのある庭の日陰に腰を下ろして、バロック期のフランドル派の画家、アンソニー・ファン・ダイクに関する本のページをめくった。カルロスとイザベッラが遠くから彼を見守っていた。雰囲気がずいぶん明るくなっていることに二人は気がついた。別人になったのだとカルロスが断言したが、イザベッラの意見はさらに先へ行った。別人になったんじゃないわ。新しく生まれ変わったのよ。

しかしながら、仕事の進め方は以前と同じく規律正しかった。イーゼルを前にした水曜日の仕事は簡素なランチのあとで始まり、深夜まで続いた。以前の彼は仕事をしながら音楽を聴いていた。ところが、今回は出来の悪いラジオドラマに魅了されているようだ。携帯電話の上にうっかりすわって発信してしまったときの呼出音のような不明瞭な響き。ドラマの主役はワルだが魅力的なオリヴァーというロンドンの美術商と、しっかり者のアシスタントのコーディリア。少なくともそれだけはイザベッラにも理解できた。あとは、車の音、トイレの水音、片方の声しか聞こえない電話のやりとり、バーの騒々しい笑い声が脈絡もなく混ざりあっていた。

木曜日の午前中に放送された回はオリヴァーとコーディリアの会話がメインで、日程を決めるという些細な事柄をめぐるやりとりだった——マグダレーナ・ナバロという女性が画廊を訪ねてくるらしい。番組が終わると、修復師は敷地内を罰ゲームのように歩きまわるために出かけていった。そして、イザベッラはガスパッリ伯爵の厳格な指示に背いて、無人になった屋敷へ出かけていった。キッチンから入りこみ、大広間へ行くと、修復師がまたしてもここをアトリエに変えていた。

カンバスがイーゼルに立てかけられ、塗ったばかりの油絵具が光を放っていた。若い女性の頭から膝までの肖像、金色の絹に白いレースの縁飾りがついたドレスをまとっている。イザベッラは馬に人生を捧げる以前、美術史を学んだこともあったので、ファン・ダイクの画風だと気がついた。女性の顔はまだ完成していない。描きあがっているのは髪だけだ。黒に近い髪。煤を材料にした黒い絵具——イザベッラは思った——それに鉛白のみごとな輝きを添え、少量のラピスラズリと朱を加える。

顔料とオイル類が近くのテーブルに並んでいた。イザベッラは手を触れるような迂闊なまねはしなかった。彼が何かこっそり仕掛けをして、誰かが忍びこめばわかるようにしてあるのだ。ウィンザー&ニュートン・シリーズ7というクロテンの毛の絵筆がパレットにのっていた。絵と同じく、これも湿っていた。その横にスリープ状態のノートパソコン。ボーズのスピーカーに接続されている。オリヴァーとコーディリアのセリフがよく聞こえるようにするためね――イザベッラは思った。

描きかけの絵にもう一度目を向けた。わずかな時間で驚くほどの進み具合だ。でも、なぜ絵を修復するのではなく、描いてるの？ それに、絵のモデルはどこ？ モデルは必要ないというのが答えだ。かつて、目に大怪我(おおけが)を負ったあとの彼の手から生まれたみごとな絵を、イザベッラは思いだした――メアリ・カサットのスタイルで描かれた《海辺の子供》。彼はあの絵を、記憶だけを頼りにわずかな時間でいっきに描きあげた。

「ここまでの感想は？」静かに尋ねる声がした。

イザベッラはハッとふりむき、片手で心臓を押さえた。悲鳴だけはどうにか上げずにすんだ。

彼が一歩前に出た。「ここで何をしている？」

「ガスパッリ伯爵さまがあなたのお世話をお命じになったので」

「それならなぜ、わたしがいないとわかっているときに入ってきた？」彼は顔料とオイル類をじっと見た。「何もさわっていないだろうな？」

「もちろんです。何を描いておられるのかと気になっただけです」

「それだけか？　または、何年もたってからなぜ戻ってきたのかということも気になったのではないかな？」

「それもあります」イザベッラは認めた。

彼がさらに一歩前に出た。「わたしが誰なのか、知っているかね？」

「ついさっきまで、ときどきヴァチカンの仕事をなさる美術修復師だと思っていました」

「だが、いまはもう思っていない？」

「ええ」しばらくしてから、イザベッラは言った。「思っていません」

二人のあいだに沈黙が広がった。

「失礼します」イザベッラはドアのほうへ行こうとした。

「待て」彼が呼び止めた。

イザベッラは立ち止まり、ゆっくり彼のほうを向いた。緑色の目の鮮やかさが不気味だった。「はい、シニョール・アロン？」

「絵の感想をまだ聞かせてもらっていない」

「すばらしいです。でも、この人は誰なんでしょう？」

「わたしにもまだわからない」

「いつわかるんです？」

「もうじきだといいが」彼はパレットと絵筆を手にとり、ノートパソコンを開いた。

「題名は？」

「《見知らぬ女性の肖像》」

「絵のことじゃありません。オリヴァーとコーディリアの番組です」

彼が不意に顔を上げた。

「すごい音量でしたもの。あれなら遠くの田園地帯まで届きますよ」

「きみの邪魔にならなかったのならいいが」

「いえ、ぜんぜん」イザベッラはそう言って、出ていこうとした。

「きみの電話」いきなり彼が言った。

イザベッラは足を止めた。「電話がどうかしました？」

「置いていってもらいたい。それから、きみのノートパソコンと車のキーを持ってきてほしい。カルロスにも彼のデバイスをすべてここに持ってくるよう伝えてくれ。追って連絡するまで、電話もメールも控えてほしい。それと、この敷地から出ないように」

イザベッラは電話の電源を切り、蓋が開いている彼のノートパソコンの横に置いた。そっと屋敷を出ていくときに、ワルっぽいオリヴァーがニッキーという名の誰かに向かって、あんたの顧客がヴェロネーゼを手に入れたのなら付け値を三千万ポンドに上げる必要がある、と言っているのが聞こえてきた。ニッキーがオリヴァーを盗っ人と罵り、それから、今夜一杯やる時間はあるかと尋ねた。オリヴァーは無理だと答えた。

〝女の名前は？〟
〝マグダレーナ・ナバロ〟
〝スペイン人？〟
〝あいにくそうだ〟
〝見た目はどんな？〟
〝ペネロペ・クルスにちょっと似た感じだが、もっと美人だ〟

44

〈ディンブルビー・ファイン・アーツ〉

最初に彼女を見つけたのは、ジャーミン通りのイタリア料理店〈フランコ〉のテーブル席にいたサラ・バンクロフトだった――背が高くほっそりした女性、髪は漆黒に近く、服装は短めのスカートとぴったりフィットのトップス。女性が角を曲がってベリー通りに入ったとたん、長々と続いた上級スタッフミーティングを終えて〈クリスティーズ〉から出てきたサイモン・メンデンホールがそちらに目を奪われた。サイモンはあくまでもサイモンなので、足を止めて女性のうしろ姿に見とれ、彼女が〈ディンブルビー・ファイン・アーツ〉へ直行するのを見て肝をつぶした。サイモン自身は〈ウィルトンズ〉へ直行し、そこにいた全員――サイモンと熱々の仲だと噂されている現代アートの美術商も含めて――に、オリヴァーの女好きはまだまだ衰えていないと報告した。

八時ぴったりに、漆黒の髪の女性が画廊のベルを押した。オリヴァーはベルがもう一度押されるまで待ってから、イームズチェアから腰を上げ、ドアの錠をはずしに行った。画廊の敷居をまたいだ彼女はオリヴァーの頬に色っぽく唇をつけた。二人が一週間にわたって猫とネズミごっこを続けるあいだ、ディナーの誘いと思わせぶりなセックスの誘惑をオリヴァーは避けて通ってきた。いまから数分のあいだに状況がどう変わるかは、天のみぞ知るというところだ。

オリヴァーはドアを閉めて厳重にロックした。「飲みものはいかがかな？」

「喜んで」

「ウィスキー？　それとも、ウィスキー？」

「ウィスキーは大歓迎よ」

オリヴァーは彼女を連れて薄明かりのなかを彼のオフィスまで行き、二個のタンブラーにスコッチをたっぷり注いだ。

「青ラベルね」

「特別な機会のためにとってある」

「二人で何をお祝いするの？」

「パオロ・ヴェロネーゼの《水浴するスザンナ》がもうじき記録破りの値で売れる」

「付け値はどれぐらい？」

「今夜までのところ、三千万のオファーが二件来ている」

「美術館から？」

「一件は美術館」オリヴァーは答えた。「もう一件は個人のコレクター」

「両方とも落胆することになりそうな予感がするわ」

「美術館のほうはこれが最終価格だ。コレクターのほうはパンデミックのあいだに大儲けして、うなるほど金を持っている」

「わたしのクライアントもそうよ。こちらからの連絡を待ちかねてるところなの」

「だったら、きみのクライアントをこれ以上待たせないほうがよさそうだ」

二人は飲みものを手にして画廊の奥の展示室へ移った。薄暗いなかに、絵の場面がかすかに見てとれた。布に覆われた一対の展示用イーゼルに大きな絵が立てかけてあった。

オリヴァーが調光スイッチに手を伸ばした。スザンナと二人の長老の姿が薄闇のなかに浮かびあがった瞬間、女性は片手を口にあて、スペイン語で何やらつぶやいた。

「英語にすると？」オリヴァーは尋ねた。

「信じられない」彼女はゆっくりと絵に近づいた。そこに描かれた三人を驚かせまいとするかのように。「あなたが美術界全体をひざまずかせたのも当然ね、ミスター・ディンブルビー。絶頂期にあった画家が描いた大傑作だわ」

「それはたしか、わたしがプレスリリースで絵を説明するのに使った言葉だが」

「あら、そうなの？」彼女はハンドバッグに手を入れた。

「写真はご遠慮願いたい」

彼女は小型の紫外線トーチをとりだした。「しばらく照明を消してもらえない？」

オリヴァーは調光スイッチにふたたび手を伸ばし、室内をもとどおりに暗くした。女性は青紫の光線を絵の表面に走らせた。

「絵具の剝落がかなり広範囲にわたってるわね」

「剝落は」オリヴァーは答えた。「四百五十年も昔のヴェネツィア派の絵画なら、当然のことだ」

「修復は誰に依頼したの？」

「わたしが入手したときのままにしてある」

「まあ、喜ばしいこと」女性はそう言って紫外線トーチを消した。

オリヴァーはほんの一瞬、室内を闇のなかに沈めておき、それから徐々に照明を明るくした。女性はすでに長方形のＬＥＤライトつきルーペを手にしていた。それを使ってスザンナの首と肩の露出した肌を調べ、次に、彼女が乳房に押しつけている朱色のローブを調べた。

「筆遣いがはっきり見えるわね。ローブだけじゃなくて、肌の部分にも」

「ヴェロネーゼはキャリアを重ねるにつれて、独特の筆遣いを見せるようになっていった」オリヴァーは説明した。「この作品には初期の画風からの変化が投影されている」

彼女はルーペをハンドバッグに戻し、絵から一歩離れた。一分が過ぎた。さらにもう一分。

オリヴァーは控えめに咳払い(せきばら)をした。

「聞こえたわ」

「急き(せ)立てるつもりはないんだが、夜ももう遅いし」

「来歴を見せてもらう時間はあって?」

オリヴァーは女性を連れて彼のオフィスに戻った。鍵をかけてあるファイル用の引出しから来歴のコピーをとりだし、デスクに置いた。女性は当然ながら、疑わしげな表情でそれに目を通した。

「ヨーロッパの古いコレクション?」

「きわめて古い」オリヴァーは答えた。「また、きわめて個人的なものだ」

女性は来歴のコピーをデスクの向こうへ押しやった。「以前の持ち主の身元をぜひとも教えていただきたいわ、ミスター・ディンブルビー」

「そちらのクライアントと同じく、以前の持ち主も匿名を希望している」

「あなたはその男性とじかに連絡をとってるの?」

「女性だ」オリヴァーは言った。「そして、いまの質問への答えはノーだ。わたしはその女性の代理人と交渉している」

「弁護士? 美術商?」

「申しわけないが、わたしの口から代理人の名前を明かすことも、代理人がコレクションとどう関わっているのかを説明することもできない。競争相手に対してはなおさらだ」オリヴァーは声をひそめた。「たとえあなたのように魅力的な競争相手でも」

彼女は色っぽく唇を尖らせた。「心変わりしてもらうために、わたしにできることはほんとに何もないのかしら」

「残念ながら、なさそうだ」

彼女はため息をついた。「じゃ、あなたのヴェロネーゼに、そうね、三千五百万ポンド払うと言ったら？」

「わたしの答えは変わらないだろう」

彼女は人差し指の先で来歴のコピーを軽く叩いた。「買手として名乗りを上げたほかの人たちは、一連の所有者の系譜があやふやなことを気にしてないの？」

「まるっきり」

「そんなわけないでしょ」

「絵がどこから来たものかは問題ではない。作品そのものが自らの価値を語っている」

「たしかに、わたしにも語ってくれたわ。しかも、かなり饒舌(じょうぜつ)に」

「で、なんと言った？」

彼女はデスク越しに身を乗りだし、オリヴァーの目をまっすぐ見つめた。「パオロ・ヴエロネーゼが描いたものではないと言ったわ」

「たわごとだ」

「そうかしら、ミスター・ディンブルビー」

「わたしはこの四日間、世界最高と評されている複数の美術館からやってきた巨匠絵画のトップクラスの専門家たちに、あの絵を見せてきた。真贋に疑問を呈した者は一人もいなかった」

「だって、あなたが〝いわゆる〟ヴェロネーゼの再発見を発表した数日後にベルリンの〈コンラッド・ハスラー画廊〉を訪れた男性のことを、専門家たちは誰一人知らないんですもの。その男性はヘル・ハスラーにいわゆるヴェロネーゼの写真を見せた。いわゆるティツィアーノと、いわゆるティントレットの写真と一緒に並べて。写真はその三点を描いた贋作者のアトリエで撮影されたものだった」

「ありえない」

「残念ながら、ありうるのよ」

「絵は本物だと保証してくれた」

「シニョール・リナルディが？」

「聞いたこともない名前だ」オリヴァーは断言した。本当のことだった。

「男性が〈ハスラー画廊〉を訪れたときにそう名乗ったのよ。ジョヴァンニ・リナルディって」

「その男のことなら別の名前で知っている」

「あら、どんな名前？」

オリヴァーは返事をしなかった。

「その男にだまされたのよ、ミスター・ディンブルビー。いえ、たぶん、あなたがだまされたいと単純に思ったのね。どちらにしても、いまのあなたはとても危うい立場に立たされている。でも、心配しないで。ここだけの小さな秘密にしてあげる」彼女は言葉を切った。「もちろん、ささやかな料金とひきかえに」

「どの程度のささやかさだね？」

「ヴェロネーゼの最終販売価格の半分」

オリヴァーは彼にしては珍しくまっとうな道を選んだ。「きみからそんな話を聞かされた以上、絵を売るわけにはいかん」

「いまになって絵をひっこめたりしたら、ティツィアーノとティントレットの代金として受けとった何百万ポンドものお金を返金するしかなくなるわよ。そして、次に……」

「わたしは破産する」

彼女はレーンズバラ・ホテルの名前が入ったメモ用紙をオリヴァーに渡した。「明日の朝いちばんに、この口座に千五百万ポンドふりこんでちょうだい。銀行の閉店時刻までに入金が確認できなかったら、わたしから『ニューヨーク・タイムズ』のあの記者に電話をして、あなたのいわゆるヴェロネーゼに関する真実を話すことにするわ」

「安っぽい脅迫だな」

「そして、ミスター・ディンブルビー、あなたは自分が美術業界に詳しいと思ってらっしゃるようだけど、それほどでもなさそうね」

オリヴァーは口座番号に視線を落とした。「金はヴェロネーゼが売れたあとでふりこませてもらう。ついでに言っておくと、あれは本物のヴェロネーゼだ。贋作ではない」

「すぐに払っていただきたいわ」

「無理だ」

「だったら、保証金が必要ね」

「いくらぐらい？」

「お金じゃないわ、ミスター・ディンブルビー。名前」

オリヴァーは躊躇し、それから言った。「アレッサンドロ・カルヴィ」

「で、シニョール・カルヴィはどこにお住まいなの？」

「フィレンツェ」

「あなたの携帯からシニョール・カルヴィに電話してちょうだい。ちょっと話がしたいから」

オリヴァーが彼女をベリー通りへ送って出たとき、時刻は八時半になっていた。彼女が別れの挨拶の手を差しだした。オリヴァーが握手を拒否すると、彼の耳に口を近づけて、約束どおり送金しなかった場合に彼が被ることになる美術商としての屈辱について警告した。

「レーンズバラでの夕食は？」ジャーミン通りのほうへ向かう彼女に、オリヴァーは尋ねた。

「また今度ね」彼女は肩越しに言うと、そのまま歩き去った。

画廊に入ったオリヴァーは自分のオフィスに戻った。オレンジの花とジャスミンの残り香が漂っていた。デスクには飲みかけのジョニー・ウォーカーの青ラベルのグラスが二個、パオロ・ヴェロネーゼの贋作の来歴を示す偽造書類、そして、レーンズバラ・ホテルのメモ用紙一枚。オリヴァーは来歴をファイル用の引出しにもどした。メモ用紙は電話で写真に撮った。

しばらくすると電話が鳴った。「ブラボー！」電話の向こうの声が言った。「わたしだったら、そこまでうまくはできなかっただろう」

45

フィレンツェ

翌日の午後二時、フェラーリ将軍がヴィラ・デイ・フィオリにやってきた。カラビニエリの特殊介入部隊の隊員四名と技師二名も同行していた。隊員たちが邸内と敷地の現場調査をおこなういっぽうで、技師たちはダイニングルームを作戦本部に作り変えた。将軍はビジネススーツと開襟シャツという装いで、ガブリエルのいる大広間に腰を落ち着け、絵を描く彼を見守った。

「きみの女が正午少し前にフィレンツェに到着した」

「なぜそんなに短時間で来られたんだ?」

「チャーターしたダッソーファルコンでロンドン・シティ空港を飛び立った。フォー・シーズンズ・ホテルがこっちの空港に迎えの車を出した。現在、彼女はホテルにいる」

「何をしている?」

「ホテルのなかだと、われわれの監視能力には限界がある。しかし、少し観光でもしようかと彼女が考えたときのために、目を離さないつもりでいる。また、午後九時にはもちろん、レプッブリカ広場に監視チームを二組配置する」

「彼女に気づかれたら一巻の終わりだぞ」

「きみは意外に思うかもしれんが、わが友、カラビニエリだってこういう作戦を一度か二度はやったことがある。きみの助けを借りずにな」将軍はさらに続けた。「女が絵を購入した瞬間、われわれは無数の美術品詐欺ならびに共謀容疑を根拠として彼女を逮捕することができる。あとはイタリアの女子刑務所で長期刑に服してもらう。ロンドンのレーンズバラを定宿にしている人物にとって、心地よい未来とは言えんだろうな」

「刑務所へ送りこむことには、わたしは反対だ」ガブリエルは言った。「取調室のテーブルの向かいにすわらせて、知っていることを洗いざらい吐かせたい」

「わたしも同じ思いだ。だが、イタリアの法律のもとでは、女が弁護士を要求した場合、こちらで用意しなきゃならん。わたしがそれを無視すれば、女の発言が法廷で証拠として認められることはいっさいなくなる」

「美術修復師が取調べに同席することについて、イタリアの法律はどう言っている?」

「驚くほどのことではないが、その問題に関しては、イタリアの法律は沈黙している。しかしながら、修復師の同席を彼女が承知するなら、許容されるかもしれん」

ガブリエルはカンバスからあとずさり、自分の仕事ぶりを値踏みした。「たぶん、この肖像画が彼女の考えに影響を与えるだろう」

「わたしならそんなことはあてにしない。はっきり言わせてもらうと、きみが肖像画を見せる前に、彼女に手錠をかけたほうがいいかもしれん」

「頼むからやめてくれ」絵筆に絵具をたっぷりつけながら、ガブリエルは言った。「せっかくのサプライズを台無しにしたくない」


彼女は午後の時間をプールで過ごし、夕方の六時になると、シャワーを浴びて着替えをするために上階のスイートルームに戻った。入念に服選びをした。淡いブルーのストレッチジーンズ。ルーズフィットの白いブラウス。スエードのモカシン。トスカーナの太陽のおかげで肌がつやつやなので、化粧の必要はほとんどない。漆黒の髪はシニョンに結い、わずかな後れ毛をうなじに垂らした。魅力的だけど、まじめな感じ——鏡に映った姿をそう評価した。今夜は色香を封印。ロンドンの美術商を相手にしたときと違って、悪ふざけは通用しそうにない。レプッブリカ広場でいまから会う相手は、誘惑することも、こちらの思いどおりに動かすこともできないだろう。男がベルリンの〈ハスラー画廊〉を訪ねたときのビデオ映像を見た。若くて、ハンサムで、アスリートのような体格。危険な男だと思った。プロだ。

一階に下りた彼女はロビーを横切り、ホテルの目立たない玄関を通ってピンティ通りに出た。日中の人混みは市内から消え、暑さも消えていた。〈カフェ・ミケランジェロ〉に寄ってコーヒーを飲んでから、涼しくなった夕暮れの街を徒歩でレプッブリカ広場へ向かった。広場でもっとも目立つ建築物は西側にそびえる凱旋門。指示されたとおり、きっかり九時に門のところに着いた。一分後、ピアッジオのスクーターが彼女の横で止まった。乗っているのは見覚えのある男だった。

若くて、ハンサムで、アスリートのような体格。

男は無言でサドルの後方へ移動した。マグダレーナはスクーターにまたがり、行き先を尋ねた。

「トッリジャーニ通り。場所は――」

「場所ぐらい知ってるわ」彼女はそう言うと、狭い通りで非の打ちどころのないUターンをやってのけた。川のほうへ向かってスピードを上げるあいだに、男のたくましい両手が彼女の腰のくびれを、ヒップを、股間を、腿の内側を、乳房をなでまわした。彼の手つきに性的なものはいっさいなかった。武器を隠していないか調べているだけだった。

プロね――彼女は思った。幸いなことに、わたしもプロ。

ヴィラ・デイ・フィオリに電話があったのは午後九時三分だった。レプッブリカ広場に配置されたカラビニエリの監視チームの一人からだった。女は指示されたとおりに待ち合わせ場所にやってきた。目下、ロセッティと一緒にアパートメントへ向かっている。フェラーリ将軍はその情報を、いまもイーゼルの前にいるガブリエルに伝えた。ガブリエルは絵筆の絵具を丹念に拭きとると、次の幕を見守るために急ごしらえの作戦本部へ移動した。オリヴァー・ディンブルビーのショーは大成功だった。次はアレッサンドロ・カルヴィがスポットライトを浴びる番だ。ひとつでもミスをすれば——ガブリエルは思った——一巻の終わりだ。

46

トッリジャーニ通り

その建物は代赭色で、三階の端から端までバルコニーの手すりが延びていた。ロセッティの部屋は四階だった。暗い玄関ホールで女の手から〈エルメス〉のバーキンをとりあげ、キッチンのカウンターに中身を空けた。紫外線トーチ、プロ仕様のLEDライトつきルーペ、サムスンの使い捨ての携帯電話が出てきた。電源は切ってあった。SIMカードは抜いてあった。

ロセッティは彼女のパスポートを開いた。「マグダレーナ・ナバロというのは本名か？」

「あなたの名前は本当にアレッサンドロ・カルヴィなの？」

ロセッティは彼女の〈カルティエ〉の財布を開き、クレジットカードとスペインの運転免許証を調べた。すべてマグダレーナ・ナバロ名義だった。現金は約三千ユーロと手つかずの百ポンド。財布のファスナーつきポケットからレシートが何枚か出てきた。すべてロンドン滞在中のものだ。それを別にすれば、珍しいことに、財布にもバッグにも細かい品はいっさい入っていなかった。

ロセッティは彼女の所持品をバッグに戻し、ひとつだけカウンターに残しておいた。それは《ダナエと黄金の雨》――ガブリエル・アロン作――の写真だった。「どこでこれを?」と尋ねた。

「しばらく前にたまたまベルリンへ出かけて、古い友達とランチをしたの。友達がおもしろい話をしてくれたわ。先日彼の画廊にやってきた人物のことで。その人物はその写真の絵をわたしの友達に売りつけようとしたそうよ。ロンドンで大きな話題になった二点の絵と同じ古いコレクションから出たものだと言って。その二点も一緒に写ってる写真をわたしの友達に見せたんですって。絵が三点。写真が一枚。わたしの友達はどう考えても妙だと思ったみたい」

「写真を撮ったのはわたしが使っている修復師だ」

「わたしの経験から言うと、美術修復師というのは贋作作りの腕も最高だわ。そう思わないか?」

「警官が口にしそうな質問だな」

「わたしは警官じゃないわ、シニョール・カルヴィ。買手と売手のあいだをとりもち、そのおこぼれで生計を立ててる美術ブローカーなの」

「豪華なおこぼれのようだな。わたしが聞いた噂によると」

ロセッティは広々としたリビングへ彼女を案内した。背の高い開き窓が三つ、夜の大気に向かって開け放たれていて、そこからフィレンツェの数々の丸屋根と鐘楼を見渡すことができる。しかしながら、女性の目は壁にかかった何点もの絵だけを見ていた。

「みごとな審美眼をお持ちね」

「このアパートメントは商談の場でもあるので」

彼女はエトルリア文明を伝える精緻なテラコッタのアンフォラを指さした。「古代の遺物も扱ってらっしゃるのね」

「主にそれで商売している。中国の富豪たちはギリシャとエトルリアの陶器に目がない」

彼女はアンフォラの曲線を指でなぞった。「うっとりするような品だわ。でも、ひとつお訊きしていいかしら、シニョール・カルヴィ。あなたがディンブルビー氏に売ったあの三点の絵と同じように、これも偽造なの？　それとも、ただの盗掘品？」

「わたしがディンブルビーに売った絵は、イタリアの巨匠絵画の専門家のなかでも超一流の人々にロンドンで鑑定してもらったものだ。誰の作かについて疑問を持った者は一人もいなかった」

「あなたの贋作者がいまの世に生きている世界最高の巨匠だからでしょ」

「〝いまの世に生きている〟巨匠などというものは存在しない」

「あら、存在するわ。わたしには断言できる。だって、現に、そのうち一人と仕事をしてるんですもの。その人も専門家をだますことができる腕前よ。でも、あなたの贋作者のほうがはるかに天才だわ。あのヴェロネーゼは最高傑作ね。見た瞬間、気を失いそうだった」

「きみはたしかブローカーだという話だったが」

「ええ、ブローカーよ。ただ、扱う絵がたまたま贋作というだけで」

「つまり、きみは贋作組織の表看板（フロントマン）？　そう言っているのか？」

「あなただってフロントマンでしょ、シニョール・カルヴィ。それから、ひと目でおわかりだと思うけど、わたしは女（ウーマン）よ」

「フィレンツェに来た理由は？」

「あなたと贋作者に提案したいことがあるから」

「どのようなことを？」

「ジェンティレスキを見せてちょうだい。そしたら、すべて説明する」

ロセッティはとなりの部屋へ彼女を連れていき、照明をつけた。彼女は無言で絵を見つめた。衝撃のあまり口が利けなくなってしまったかのように。

「ルーペと紫外線トーチを持ってこようか？」しばらくしてから、ロセッティは尋ねた。

「必要ないわ。この絵は……」

「光り輝いてる?」

「炎のようよ」彼女はつぶやいた。「でも、きわめて危険でもある」

「そうかな?」

「オリヴァー・ディンブルビーもやり方が無謀だったわね。いわゆる古いヨーロッパのコレクションから三点もの絵を市場に出すなんて。一部では早くも、贋作じゃないかって噂が出てるわ。しかも、あなたが〈ハスラー画廊〉であんな行動をとったせいで、ミスがさらに大きくなった。あなたたちの企みが破綻するのは時間の問題よ。そして、破綻すれば、巻き添えを食う者が出てくる」

「きみのことか?」

　彼女はうなずいた。

「美術館レベルの巨匠作品のマーケットは小さいのよ、シニョール・カルヴィ。名画の数も、その名画に何百万ドルも喜んで払おうというコレクターや美術館の数もそれほど多くない。巨匠作品の贋作を専門とする大規模なふたつの組織が競いあったとすると、両方とも生き残るのは無理。かならず、どちらか一方がつぶれてしまう。そして、残ったほうも共倒れになる」

「では、どうすればいい?」

「わたしはあなたとパートナーの人に実績のある流通ネットワークを提供したいと思って

るの。今後何年にもわたって安定した収入が保証されるわ」

「きみのネットワークは必要ない」

「ベルリンでのあなたの行動を見たかぎりでは必要ね。この絵には、扱い方を間違えなければ三千万ユーロの価値がある。それなのに、あなたはわずか二百万でヘル・ハスラーに売り渡そうとした」

「では、きみに売買を一任したら？」

「目先の利益より長期にわたる安全を優先して売却してあげる」

「わたしの取り分がいくらになるのか、聞いていないが」

「五百万。でも、支払う前にぜひ、あなたの贋作者にその人のアトリエで会わせてちょうだい」

「一千万」ロセッティは反撃に出た。「それと、贋作者に会わせる前に、わたしの口座に代金をふりこんでもらいたい」

「いつ会わせてくれるの？」

ロセッティはパテックフィリップの腕時計をじっと見た。「真夜中を少し過ぎたころかな。もちろん、きみがその〈カルティエ〉の財布に三千ユーロ以上の金を隠しているのなら」

「取引銀行はどこ、シニョール・カルヴィ？」

「モンテ・デイ・パスキ・ディ・シエナ銀行」

「口座番号と店番号を教えて」

「きみの電話を持ってこよう」

　マグダレーナは記憶を頼りに電話番号を打ちこんだ。一回目にかけたときは応答がなかったので、メッセージを残さずに切った。二回目も同じ結果になった。しかし、三回目でようやく、めざす相手が出た。

　彼女は電話の相手に流暢な英語で話をした。社交的な挨拶はおたがいにいっさい抜きで、世界最古の歴史を持つ銀行の口座に一千万ユーロをただちに送金する手筈（てはず）が整えられただけだった。電話を切った数分後に確認メールが届いた。彼女は送信者の名前を親指で隠して、ロセッテイにメールを見せた。次に、電話を持っていちばん近い窓まで行き、アルノ川の黒い流れに電話を投げこんだ。

「いまからどこへ行くの？」

「ウンブリア州南部の小さな町」

「まさか、スクーターじゃないわよね？」

　建物の外にマセラティが止めてあった。ロセッティは市内ではおとなしい走りだったが、高速道路（アウトストラーダ）に入ったとたん、思いきり飛ばしはじめた。オルヴィエートに到着したところでようやく、車のブルートゥースに接続してスピーカーモードにした電話で贋作者に連絡をとり、重要な用件があるのでいまから会いに行くと告げた。贋作者はプライバシーの侵害に不満を表明した。今夜のうちに新しい絵を仕上げるつもりでいたという。

「明日の朝まで待てないのか？」

「残念ながら無理だ。それに、いいニュースがある」

「ニュースといえば、『タイムズ』を読んだか？　オリヴァー・ディンブルビーがヴェロネーゼを個人コレクターに売ったと発表したぞ。三千五百万で。とりあえず、そう書いてあった」

その言葉と共に電話は切れた。

「いまの相手の声、うれしそうじゃなかったわね」

「無理もない」

「委託販売じゃなかったの？」

「直接取引だ」

「ディンブルビーはあの絵にいくら払ってくれたの？」

「三百万」

「ところで、新しい絵というのは？」

「ファン・ダイク」

みこんだ。

「サプライズを台無しにしたくない」ロセッティはそう言うと、アクセルをめいっぱい踏

「ほんと？　主題は？」

もうじき午前零時になろうというころ、狂ったように吠える犬の声で、イザベッラは心地よい夢から起こされた。いつもだったら、犯人は周囲の森に棲むイノシシの一頭だ。しかし、今宵の騒ぎの原因は、月の光に照らされた牧草地を横切る二人の男性だった。この日の午後にやってきた客――全員男性――のなかに、この二人も含まれていた。〝客〟というのは、本当は客ではなく警官隊だろうとイザベッラは見ている。二人がコンパクトなサブマシンガンで武装して、月の光を頼りに牧草地を歩きまわっている事実に対して、ほかにどんな説明がつけられるだろう？

犬たちがようやく静かになったので、イザベッラはベッドに戻ったが、午前零時三十七分にまたしても叩き起こされた。今度の犯人はいまいましいマセラティのスポーツカーだった。週の初めに修復師をヴィラ・デイ・フィオリまで送ってきたときの車だ、とイザベッラは思った。車は寝室の窓の外を猛スピードで通り過ぎ、木立に縁どられた車道を屋敷へ向かって走っていった。月の光に照らされた前庭に人影がふたつ現れた。片方はアスリートのような体格の男性。たぶんこの男も警官だろう。もう一方は背の高い漆黒の髪の女

性だった。

先に屋敷に入ったのは女性のほうで、一歩遅れて男性が続いた。数秒後に金切り声が上がった。背筋が寒くなるような苦悶(くもん)の声。傷を負った獣の叫びに似ている。あの絵と何か関係があるに違いない。《見知らぬ女性の肖像》……たぶん、わたしの思い違いだったのね──耳をふさぎながらイザベッラは思った。シニョール・アロンは結局、別人にはなっていなかったのかもしれない。

第三部

下絵（ペンティメント）

47

ヴィラ・デイ・フィオリ

彼女が抵抗もせずに降参するようなことはなかったが、それはロセッティたちも予期していた。彼が真っ先に彼女を押さえこもうとして、たちまち獰猛な反撃にあったので、ガブリエルは絵を守ろうとするのをあきらめて、新たに友人となったこの男を助けに行くしかなくなった。数秒後、特殊介入部隊の隊員のうち二名がそこに加わった。銃を構え、フランスのドタバタ喜劇の登場人物みたいに飛びこんできた。次に技師たちも乱闘に参加したので、ガブリエルは賢明なことにもう少し安全な場所へ退却し、乱闘の最終段階を見守ることにした。彼女に手錠をかけたのは、片方の鼻孔から血を流しているロセッティだった。手錠がかけられた瞬間のカチッという金属音が、ガブリエルの耳に最高に心地よく響いた。

そこでようやく、フェラーリ将軍が悠然と舞台に登場した。被疑者が負傷していないことを徹底的に確認したのちに、彼女にとって不利な証拠を列挙していった。モンテ・デイ・パスキ・ディ・シエナ銀行への一千万ユーロの送金や、国際的贋作組織の中心人物であることを被疑者自身が認めた映像——ビデオに保存——もそこに含まれていた。目下、支払われた金の出所をカラビニエリが突き止めようとしている。また、アルノ川の底に沈んだサムスンの使い捨ての携帯電話から発信された番号のうち、最後の三つが誰のものかを調べる作業も進んでいる。どちらもむずかしいことではないだろう、と将軍は言った。

将軍の話は続いた——だが、そうした情報を抜きにしても証拠は充分にあるので、イタリアの法律に従えば、被疑者を治安判事にひきわたしてただちに裁判へ持っていくことができる。美術品詐欺の現行犯で逮捕され、金融犯罪にも加担していることからすると、裁判の結果は火を見るよりも明らかだ。イタリアの女子刑務所のひとつで長期刑に服することになる。遺憾ながら、これらの刑務所は西ヨーロッパで最悪のレベルとされている。

「刑期を勤めあげたあと、あなたの身柄はフランスにひきわたされ、ヴァレリー・ベランガール、ジョルジュ・フルーリ、ブルーノ・ジルベール殺害への関与により間違いなく起訴される。スペインの検察のほうでもきっと、あなたを起訴する材料を何か考えだすはずだ。ひとつだけ言っておくと——あなたがふたたび自由の身になるころには、年老いた年金生活者になっていることだろう。もちろん、わたしがいまから投げる命綱をあなたがつかむなら、そのかぎりではないが」

将軍が示した取引条件によると、カラビニエリに協力するなら、今宵フィレンツェでくりひろげられた囮捜査のもととなった罪状に対して被疑者が懲役刑を申し渡されることはない。かわりに、贋作組織のほかのメンバーの氏名と、市場に現在出まわっている贋作の完全な一覧表と、当然ながら、贋作者自身の正体を、被疑者からカラビニエリに伝えなくてはならない。被疑者がごまかしや欺瞞に走った場合は取引中止。彼女の身柄はただちに刑務所へ移される。免責特権が差しだされることは二度とない。

彼女が身の潔白を主張するものと人々は予想していたが、そういうことはいっさいなかった。弁護士を要求することも、協力合意の文言を書面にするようフェラーリ将軍に求めることもなかった。かわりにガブリエルを見て、ひとつだけ質問をした。

「どうやってわたしを見つけだしたの、ミスター・アロン？」

「絵を四点描いた」ガブリエルは答えた。「すると、きみがわたしの腕に飛びこんできた」

そこでふたたび乱闘になった。負傷したのはルカ・ロセッティ大尉だけだった。

マグダレーナはまず、彼女の身元が本物かどうかについて人々の心に残っていた疑念を払拭した。ええ――みんなの前で断言した――わたしの名前は間違いなくマグダレーナ・ナバロ。そして、ええ、生まれも育ちもアンダルシア地方の都市セビーリャよ。父はスペインの巨匠の絵画とアンティーク家具を扱う美術商だった。父の画廊はビルヘン・デ・ロス・レイエス広場の近くにあり、ほんの少し歩いた先にドニャ・マリア・ホテルの玄関があった。セビーリャに住む超富裕層が利用するホテル。高貴な生まれと先祖代々の財産に恵まれた人々。ナバロ一族はそういう選ばれた階級のメンバーではなかったけど、お金の苦労を知らない人々が送る暮らしを、画廊を通じて垣間見ることができたわ。

画廊はまた、美術——とくにスペイン美術——に対する愛をマグダレーナの心に育んでくれた。彼女はディエゴ・ベラスケスとフランシスコ・デ・ゴヤを崇拝していたが、彼女の心を奪ったのはピカソだった。子供のころにピカソの絵をまねて描き、十二歳で《読書する二人の少女》をほぼ完璧に模写した。それからほどなく、セビーリャにある私立の美術学校で本格的に絵を学びはじめ、中等教育課程を終えてからバルセロナ芸術アカデミーに入学した。同級生たちが啞然としたことに、在学中に最初の絵が売れた。バルセロナのカルチャー雑誌の仕事をしている有名なライターが、マグダレーナ・ナバロはいつの日かスペインでもっとも有名な女性画家になるだろうと予言した。

「二〇〇四年にアカデミーを卒業したとき、ふたつの有名画廊から、わたしの作品を展示したいという申し出があったわ。ひとつはバルセロナ、もうひとつはマドリード。言うまでもないけど、わたしが両方とも断ったら、向こうはひどく驚いてたわ」

彼女がすわらされているのは背もたれのまっすぐな椅子で、応接セットが置かれたリビングの一角にこの椅子が置いてあった。両足は床のテラコッタのタイルにぴったりつき、両手は背中にまわされて手錠をかけられていた。フェラーリ将軍は彼女の真向かいにすわっていて、ロセッティが横に立ち、彼の肩のところに、三脚にのせたビデオカメラがセットしてあった。ガブリエルは《見知らぬ女性の肖像》の左下についた一五×二三センチのL字形の裂け目をじっと見ていた。

「なぜそんなことをしたんだ？」と尋ねた。

「世間を知らない二十一歳の女が自分の作品を見せびらかすチャンスを蹴ったこと？　スペインでもっとも有名な女性画家になることには、まったく興味がなかったから」

「きみほどの才能を持つ者にとってスペインは狭すぎたのか？」

「あのときはそう思ったの」

「次はどこへ行ったんだ？」

二〇〇五年の秋にニューヨークに着き、ロウワー・マンハッタンのアルファベット・シティと呼ばれる地区で、Cアヴェニューに面したワンルーム・アパートメントに腰を落ち着けた。ほどなく、描きあげたばかりの絵が部屋のなかにあふれるようになったが、売れた絵はひとつもなかった。スペインから持ってきた現金はたちまち底を突いた。父親が必死に仕送りをしてくれたが、けっして充分ではなかった。

　ニューヨークで暮らしはじめた一年後には、お金がなくて画材も買えず、アパートメントからも追いだされそうになっていた。マリー・ヒルの〈エル・ポテ・エスパニョール〉でウェイトレスのアルバイトを見つけ、イースト・ハウストン通りの〈カッツ・デリカテッセン〉でも働きはじめた。やがて週に六十時間も働くようになり、疲労困憊で絵を描くどころではなくなった。

落胆のあまり深酒をするようになり、おまけに、コカイン好きな自分に気がついた。売人――スペイン系のハンサムなドミニカ人で、名前はエクトル・マルティネス――と男女の関係になり、しばらくすると、彼の組織のために運び屋をやるようになった。常連客の多くはウォール街のトレーダーたちで、デリバティブ商品やモーゲージ証券を売却して巨万の富を得ている連中だった。だが、三年後、この複雑な運用手段がグローバル経済を崩壊の瀬戸際へ追いやることになる。

「それから、もちろん、ロックミュージシャン、脚本家、ブロードウェイのプロデューサー、画家、彫刻家、画廊オーナーなんかもいたわ。おかしな意見に聞こえるかもしれないけど、ニューヨークでコカインの売人になるのって、かなりのキャリアアップなのよ。客は大物ばかり。そして、誰もがわたしの名前を知っていた」

ドラッグ商売で稼いだ金のおかげで、マグダレーナはウェイトレスのアルバイトをやめ、ふたたび絵を描くことができるようになった。週に千ドルをコカインに注ぎこんでいるチェルシーの美術商に作品のひとつを進呈した。美術商は絵を手元に置くかわりに、画廊の顧客に五万ドルで売った。代金の半分をマグダレーナにくれたが、買手の名前はどうしても教えようとしなかった。

「その美術商は理由を言ったかい？」ガブリエルは尋ねた。

「顧客が匿名を強く希望しているからだって。でも、自分だけが蚊帳の外に置かれるんじゃないかという心配もあったみたい」

「なぜそんな心配をしたんだろう？」

「わたしが美術商の娘だったからよ。美術品商売の裏をよく知ってるもの」

チェルシーの美術商はマグダレーナの絵をさらに二点買いとり、前回と同じ匿名希望の顧客にすぐさま売却した。そのあとでマグダレーナに教えた。匿名希望の顧客というのが裕福な投資家で、彼女の絵を高く評価し、パトロンになりたがっていることを。

「ただし、わたしがコカインの売人をやめるならという条件つきで」

「きみのことだから、条件に応じたのだろう」

「ポケベルを西二十五丁目の下水に捨てて、売人の仕事とはきっぱり縁を切ったわ」

そして——マグダレーナの話は続いた——彼女の新たなパトロンは取引のさいの約束を守り、二〇〇八年の夏には、以前と同じチェルシーの画廊を通じてさらに四点の絵を購入してくれた。この売買でマグダレーナも十万ドルを超える額を稼いだ。ところが、十二月中旬の凍えそうな朝、パトロンの秘書と名乗る女性からの電話に起こされた。

「その夜、わたしがディナーに出かけられるかどうかを、女性は問い合わせてきた。大丈夫だと答えると、リムジンを四時にわたしのアパートメントに差し向けるっていうの」

「なぜそんな早い時刻に？」

「匿名のパトロンはわたしを〈ル・シルク〉へ連れていくつもりだった。あのレストランにふさわしい装いをさせたかったのね」

約束どおりにリムジンがやってきて、マグダレーナを高級デパート〈バーグドルフ・グッドマン〉に送り届けた。店内に入ると、クラリッサという店員がパーソナル・ショッパーとして彼女に付き添い、二万ドル相当の服と宝石類を選んでくれた。〈カルティエ〉のゴールドの腕時計もそのひとつだった。クラリッサは次に、髪のカットとブローのためにマグダレーナを店内の高級美容室へ案内した。

〈ル・シルク〉はそこから二、三ブロック先のパレス・ホテルのなかにある。マグダレーナが八時に到着すると、すぐさま、有名なダイニングルームの中央のテーブルへ案内された。彼女が心のなかでイメージしていたパトロンは、パーク・アヴェニューの高級住宅に住んでいて、年齢より若々しく見える、ブレザーを着た七十代の男性だった。ところが、彼女を待っていた男性は、長身で、髪は金色、せいぜい四十五歳ぐらいにしか見えなかった。立ちあがってマグダレーナに片手を差しだし、いまようやく自己紹介をした。

フィリップ・サマセットだ——彼は言った。

48

ヴィラ・デイ・フィオリ

正直に言うと、マグダレーナ・ナバロの口からまさかその名前が出ようとは、ガブリエルは夢にも思っていなかった。だが、尋問にかけては経験を積んでいるため、疑いの表情は見せなかったし、信じられないという顔もしなかった。かわりにフェラーリ将軍とルカ・ロセッティのほうを見たが、二人はこの名前にまったく心当たりがない様子だったので、フィリップ・サマセットの経歴をざっと話しておくことにした。かつてはリーマン・ブラザーズの債券トレーダー。〈マスターピース・アート・ベンチャーズ〉の設立者にして最高経営責任者。アート専門のヘッジファンドで、年率二十五パーセントのリターンを投資家に保証している。この話にはまだ裏がありそうだと将軍が勘ぐっているのは明らかだった。それでも、ガブリエルが被疑者の尋問を再開することは黙認してくれた。ガブリエルはまず、かつてマンハッタンでもっとも有名だったレストランの一夜について語るよう、マグダレーナに求めた。

「料理が最悪だった。インテリアも！」彼女は美しい黒い目で天井を仰いだ。

「ディナーの相手はどうだった？」

「礼儀正しくてビジネスライクな会話に終始してたわ。あの夜はロマンティックな要素なんて何もなかった」

「高価なドレスと〈カルティエ〉の腕時計はなんのためだ？」

「わたしの人生を一変させようとする彼のパワーを誇示する手段ね。パフォーマンス・アートみたいな一夜だった」

「すごい男だと思ったかい？」

「正直に言うと、まったく逆。フィッツジェラルドの小説の主人公ジェイ・ギャツビーと、映画の『ウォール街』に出てくるバド・フォックスを足して二で割ったような感じだった。大物ではないくせに、大物ぶろうとしていた」

「フィリップの考える大物とは？」

「巨万の富を持つすばらしく洗練された男性。メディチ家のような美術界のパトロン」

「だが、フィリップが裕福だったことはたしかだ」

「本人が言ってるほどじゃなかったわ。それに、美術のびの字も知らない男だった。フィリップが美術界にひきよせられたのは、そこにお金があったからよ」

「やつがきみにひきよせられた理由は？」

「わたしが若くて、美人で、才能にあふれてて、エキゾティックな名前を持ってて、スペイン人の血が流れてるから。フィリップはわたしを十億ドルの価値を持つグローバルなブランドにしてみせると言った。想像もつかないほど裕福にすると約束した」

「実現した?」

「わたしを裕福にするという部分だけ」

フィリップはマグダレーナが絵を描き終えるとすぐさま購入し、〈マスターピース・アート・ベンチャーズ〉の彼女の口座に代金をふりこんでくれた。口座の残高はほどなく二百万ドルを超えた。彼女はアルファベット・シティのワンルーム・アパートメントを出て、西十一丁目にある褐色砂岩の建物に移った。フィリップが所有する建物だが、家賃なしで住まわせてくれた。しばしば訪ねてきた。

「きみの最新の絵を見るために?」

「いいえ」彼女は答えた。「わたしに会うために」

「愛人関係にあったのか?」

「二人のあいだで起きたことは、愛とはほとんど関係なかったわ、ミスター・アロン。〈ル・シルク〉のディナーにちょっと似た感じ」

「最悪ってこと?」

「礼儀正しくてビジネスライク」

フィリップはときたま、ブロードウェイの舞台や画廊のオープニング・パーティに彼女を連れていった。しかし、たいてい、褐色砂岩の建物に彼女を隠しておき、彼女はそこで絵を描いて日々を過ごしていた。ルンペルシュティルツヒェンの物語に出てくる、藁を紡いで黄金に変えようとする娘のようだ。大々的な個展を開いて、彼女をニューヨークで最高にホットなアーティストにしてやろう、とフィリップは約束した。しかし、約束の個展がいつまでたっても実現しないため、彼女はだまされたと言って彼を非難した。

「向こうはどう反応した？」

「ヘルズ・キッチンのロフトへわたしを連れていった。九番街から少し脇へ入ったところ」

「ロフトには何があった？」

「絵がたくさん」

「そのなかに本物はあった？」

「いいえ。一枚もなかったわ」

しかしながら、どの絵も息を呑むほど美しく、みごとな出来で、計り知れない才能と技巧を備えた贋作者の手から生まれたものだった。現存する絵の紛いものを作るのではない。かわりに、巨匠と呼ばれる画家のスタイルを巧みに模倣して、新たに発見された作品として通用しそうな絵を描きあげる。カンバス、木枠、額縁はすべて、時代と画派に合致したものを使う。絵具もまた然り。つまり、科学的な鑑定を受けても贋作だと見抜かれる危険はないわけだ。

「フィリップはその夜、贋作者の名前を教えてくれたかい？」

「無理に決まってるでしょ。一度も教えてもらってないわ」

「われわれがきみの言葉を信じるなどと、本気で思ってるわけではなかろうな？」

「どうしてフィリップが贋作者の名前をわたしに教えなきゃいけないの？　それに、贋作者の名前なんて、フィリップがわたしにやらせようとしたこととは無関係よ」

「何をやらせようとしたんだ？」

「絵の販売よ、もちろん」

「しかし、なぜきみが？」

「あら、どうしてだめなの？　わたしは専門知識を持つ美術史家だし、かつてはドラッグの売人をやってて、十グラムのコカインを持ってどこかの部屋に入り、現金を持って出てくることができたのよ。そのうえ、セビーリャの美術商の娘でもあった」

「ヨーロッパの市場に入りこむには完璧だ」

「それに、試験走行として贋作を数点売ってみる場合も、ヨーロッパは完璧なところだし」マグダレーナはつけくわえた。

「しかし、フィリップ・サマセットのように大成功を収めた実業家が、なぜまた美術品詐欺に手を染めたりするんだ？」

「あなたの口から説明してよ、ミスター・アロン」

「その実業家が結局のところ、さほど大きな成功を収めていなかったからだ」

マグダレーナは同意のしるしにうなずいた。「〈マスターピース・アート・ベンチャーズ〉は最初から失敗だったの。絵の値段が高騰を続けてた時期でさえ、フィリップは取引の基本原則がどうしても理解できない人だった。利益が出ていることを投資家たちに示すためには、何か手堅い賭けに出る必要があった」

「で、きみもその策略に同意したわけか？」

「最初は断ったわ」

「何がきっかけで心変わりを？」

「〈マスターピース・アート・ベンチャーズ〉のわたしの口座に、さらに二百万ドルがふりこまれたから」

マグダレーナは一カ月後にセビーリャに帰省し、ニューヨークから送られてきた六点の絵画を受けとった。輸送記録には、〝巨匠風の作品。価値はきわめて低い。すべて後世の模倣者によるもの〟と記入されていた。しかし、父親の画廊で絵を売りに出したマグダレーナが、画家の名前に〝……派の〟とか〝……の工房の〟という言葉を添えたため、絵の価値が急騰した。二、三週間もしないうちに、六点の絵はすべて、父の画廊を贔屓にしているセビーリャの富裕層に買いあげられた。マグダレーナは利益の一割を父親に渡し、残りはリヒテンシュタインの銀行口座経由で〈マスターピース・アート・ベンチャーズ〉へ送金した。

「いくらぐらい？」

「百五十万」マグダレーナは肩をすくめた。「はした金よ」

最初の試験走行が終わると、ニューヨークから一定のペースで絵画が送られてくるようになった。画廊で売るべき絵が膨大な数になってきたので、マグダレーナ自身もマドリードを本拠にして絵画取引を始めた。絵のひとつ——聖書に題材をとったもので、ヴェネツィア派の画家アンドレア・チェレスティ作とされるもの——を、巨匠専門の美術商としてスペインでもっとも重きをなしている人物に売り、美術商はそれをアメリカ中西部の美術館に売却した。

「いまもその美術館に展示されてるわ」

しかし、フィリップはほどなく気がついた——マグダレーナが〈マスターピース・アート・ベンチャーズ〉に絵を売却するという形にしたほうがはるかに簡単であることに。大幅に高騰した価格での取引となるが、じっさいの金のやりとりはない。フィリップは次に、いくつものダミー会社を使って個人的な売買をでっちあげ、〈マスターピース〉のポートフォリオから絵を削除したり、復活させたりするようになった。表向きの所有者が変わるたびに、絵の価格は上がっていった。

「二〇一〇年の終わりごろには、〈マスターピース・アート・ベンチャーズ〉は四億ドル以上の価値を持つ絵画を手中に収めたと公言するようになっていた。でも、絵の大半はなんの価値もない贋作で、架空の売買によって価格を人為的に吊りあげたものだった」

ところが――彼女の話は続いた――フィリップはその程度の策略では満足しなかった。〈マスターピース〉のポートフォリオの価値を爆発的に高め、投資家たちのためにもっと稼がなくてはと思っていた。その目標を達成するには、さらに多くの絵を市場に出す必要があった。それまでは、扱う絵を主として中クラスのものに限定していたが、フィリップはギャンブルの賭け金を上げることを考えた。美術界の中心地にある一流の画廊を手に入れようとした。そうした画廊をマグダレーナがパリで見つけだした。ラ・ボエシ通りで。

「〈ジョルジュ・フルーリ画廊〉か」

マグダレーナはうなずいた。

「ムッシュー・フルーリがきみとの取引に興味を示すことを、どうして予測できたんだ?」

「フルーリは前にうちの父の画廊で絵を買ったことがあったけど、都合のいいことに支払いを忘れてしまったの。美術界の低い基準に照らしてみても、ムッシュー・フルーリは悪辣な蛆虫(うじむし)だったわ」

「どうやってフルーリを口説き落としたんだ?」

「単刀直入に」

「贋作を売ることに、フルーリは気が咎めなかったのだろうか?」

「まるっきり。でも、わたしたちの絵を彼の画廊で扱うことを承知する前に、そのうち一点を科学的鑑定にかけてほしいと強く言ってきた」

「フルーリに何を渡した?」

「フランス・ハルスの肖像画。ムッシュー・フルーリがそれをどうしたか知ってる?」

「ルーブルの未来の館長に見せた。すると、ルーブルの未来の館長はリサーチ&修復ナショナル・センターに絵を預け、センターではそれを真作と断定した。そして、いまではフランス・ハルスの贋作がルーブルの常設展示品のひとつになっている。ジェンティレスキ、クラナッハ、見たこともないほど甘美なファン・デル・ウェイデンと共に」

「フィリップが予想していた展開ではなかった。でも、みごとな成果でしょ」

「〈フルーリ画廊〉経由で贋作を何点ぐらい売りさばいたんだ?」

「二百点から三百点というところかしら」

「フルーリへの支払いはどのように?」

「最初のうちは委託販売という形にしたの」

「そのあとは?」

「二〇一四年にフィリップが匿名のダミー会社を使って画廊を買いとった。ムッシュー・フルーリは事実上、〈マスターピース・アート・ベンチャーズ〉に雇われていたわけね」

「ベルリンの〈ハスラー画廊〉がきみたちの支配下に入ったのはいつのことだ?」

「その翌年」

「ブリュッセルにもきみたちの流通拠点があると聞いているが」

「コンコルド通りの〈ジル・レイモン画廊〉」

「抜けている点が何かあるかな?」

「香港、東京、ドバイ。そして、そのすべてが〈マスターピース・アート・ベンチャーズ〉の金庫に流れこむ」

「美術界史上最大の詐欺事件だな」ガブリエルは言った。「そして、フィリップがロンドンの〈イシャーウッド・ファイン・アーツ〉から《見知らぬ女性の肖像》を購入しなければ、詐欺はおそらく永遠に続いていただろう」

「あなたのお友達のサラ・バンクロフトが悪いのよ。彼女が絵の売買のことを『アートニュース』の記者に自慢したりしなければ、フランス人のマダムは何も気づかなかったでしょう」

　そういう事情から、午前二時半ごろ、マグダレーナたちはマダム・ヴァレリー・ベランガールのことに話を移したのだった。

49

ヴィラ・デイ・フィオリ

ヴァレリー・ベランガールの名前を初めて聞いたとき、マグダレーナはニューヨークのピエール・ホテルでいつものスイートルームにいた。三月中旬の寒い雨の午後だった。となりにブスッとした顔で横たわるフィリップがいた。彼女が愛の行為を中断して電話に出たのが気に入らないのだ。電話はパリの〈ジョルジュ・フルーリ画廊〉からだった。

「ニューヨークへはなんの用で?」ガブリエルは尋ねた。

「少なくとも月に一回は出かけてるわ。パソコンメールや暗号化した携帯メールには書けないことを相談するために」

「きみとフィリップは、最後はいつもベッドのなかなのか?」

「わたしたちの関係って、その点だけは一度も変わってないわね。あなたのお友達のサラ・バンクロフトに彼が一時的にのぼせあがってたときだって、わたしと寝てたわ」

「きみたち二人のことをフィリップの妻は知っているのか?」

「リンジーはまったく気づいてないわ。すべてにおいてそうなの」

フェラーリ将軍の了解を得て、ロセッティがすでに彼女の手錠をはずしていた。左脚を下にして組んだ彼女の右脚の上で、ほっそりした両手が重なっている。部屋の端をゆっくり歩くガブリエルを、彼女の黒い目が追っていた。

「三月中旬のその日の午後、ムッシュー・フルーリは神経をピリピリさせてただろうな」

ガブリエルは言った。

「パニック状態だったわ。ジャック・メナールというフランス人の警官がいきなり画廊にやってきて、《見知らぬ女性の肖像》のことをフルーリに尋ねたんですって。トランプで作った家が崩れてしまうんじゃないかとフルーリは怯えてた」

「なぜフィリップではなく、きみに連絡してきたんだ？」

「わたしが販売と流通を担当してるから。フィリップは複数の画廊を所有してるけど、美術商たちとは距離を置いてるの。もちろん、問題が起きたときは別よ」

「例えば、ヴァレリー・ベランガールとか？」

「ええ」

「フィリップはどう対処した？」

「電話をかけたわ」

「誰に？」

「彼の問題を解決してくれる人物に」

「その男に名前はあるのか？」

「あるとしても、わたしは知らない」

「アメリカ人か？」

「知らないわよ」

「どんなことなら知っている？」

「その男が元情報部員で、熟練したプロのネットワークを持っていて、それを自在に使えるということを。連中はマダム・ベランガールの携帯電話とノートパソコンをハッキングし、サン＝タンドレ＝デュ＝ボワにある彼女の屋敷に忍びこんだ。卓上カレンダーにメモされた予定を見つけたのはそのときだった。それから、もちろん、絵も見つけたわ」

「《見知らぬ女性の肖像》、油彩・画布、一一五×九二センチ。バロック期のフランドル出身の画家アンソニー・ファン・ダイクの模倣者の作とされている」

「フルーリがとりかえしのつかないミスをしたのよ。本当だったら、その絵のオリジナルを以前に売ったことをわたしに話すべきだったのに。じつをいうと、ずっと昔のことだから、記憶から消えてしまってたのね」

「贋作者はどうやって絵を描いたんだろう？」

「古い展覧会のカタログで見つけた写真をもとにしたみたい。ファン・ダイクの画風を模倣した名もなき画家の二流の作品。贋作者の腕のほうが上だったわ。そしたら、ほらね、行方知れずだったファン・ダイクが何世紀も身を隠していたあとで、いきなり登場したってわけ」

「絵が見つかったのはパリの画廊。三十四年前にヴァレリー・ベランガールの夫がオリジナルを買ったのと同じところだ」

「ありえない筋書きではないけど、どう考えても怪しいわよね。フランスの美術犯罪ユニットが捜査を開始すれば……」

「きみたちは逮捕されていただろう。そして、フィリップ・サマセットの贋作&詐欺帝国は華々しく崩壊することになっただろう」

「美術界全体にも悲惨な影響が出たでしょうね。富が失われ、無数の人の評判が地に堕ちてしまう。ダメージを抑えるために緊急手段をとらなくてはならなかった」

「マダム・ベランガールを排除する。そして、彼女がジュリアン・イシャーウッドと仕事仲間のサラ・バンクロフトに何か話していなかったかどうかを探りだす」

「わたしはベランガールって女の死とは無関係よ。すべてを手配したのはフィリップだったんだから」

「がらがらに空いた道路での自損事故」ガブリエルは言葉を切った。「問題は解決」

「というか、そう思われた。でも、彼女の死から一週間もしないうちに、あなたとサラ・

バンクロフトがロング・アイランドにあるフィリップの屋敷にやってきた」

「《見知らぬ女性の肖像》はすでに売却したと彼が言っていた。また、再度鑑定したもらった結果、ファン・ダイクの真作に間違いないと判定された、とも言っていた」

「どちらも嘘っぱちよ」

「しかし、そもそも彼はなぜ自分が描かせた贋作を購入したんだ？」

「理由はさっきあなたに説明したでしょ」

「もう一度説明してくれ」

「最初に言っておくと、〈マスターピース・アート・ベンチャーズ〉は《見知らぬ女性の肖像》に六百五十万ポンドを払ったわけじゃないわ」

「なぜなら、〈イシャーウッド・ファイン・アーツ〉が何も知らずに、〈マスターピース・アート・ベンチャーズ〉から三百万ユーロで購入したから」

「正解」

「だが、フィリップは価値のない絵に大金を注ぎこんできた」

「でも、それはほかの人のお金ですもの。それに、フィリップのような男からすれば絵には莫大な価値があるのよ。銀行融資を受けるときの担保にできるし、そのあとは、美術品に投資をする別の人間に、買ったときよりはるかに高い値段で売りつけることができる」

「また、最初の売買を〈イシャーウッド・ファイン・アーツ〉経由にしているから」ガブリエルはつけくわえた。「あの絵が贋作であることを見破られたとしても、フィリップは自分の関与をまことしやかに否定できる。贋作をフィリップに売りつけたのはサラだからね。しかも、絵の作者はアンソニー・ファン・ダイクであり、後世の模倣者ではないと結論したのが、オランダとフランドルの巨匠絵画のエキスパートとして尊敬されているジュリアンだったのだから」

「ジュリアン・イシャーウッドの祝福のおかげで、絵の価値がぐんと上がったわ」

「絵はいまどこに？」

「〈チェルシー・ファイン・アーツ倉庫〉」

「そこもたぶん、フィリップの所有物だな」

「フィリップは贋作組織のインフラ全体を支配下に置いていて、〈チェルシー〉もそこに含まれてるの。それから、あなたとサラにすべて破壊されるんじゃないかと恐れてた」

「で、フィリップはどうしたんだ？」

「別の電話をかけた」

「誰に？」

「わたしに」

マグダレーナはフィリップ・サマセットと〈マスターピース・アート・ベンチャーズ〉

のために働いた報酬のごく一部を使って、マドリード市内で、サラマンカ地区のカステジョ通りにある贅沢なアパートメントを購入した。友人たちの輪には、芸術家、作家、ミュージシャン、ファッション・デザイナーなどがいるが、みんな、マグダレーナの本当の仕事のことは何も知らない。スペインの若者の大半と同じく、マグダレーナたちも十時ごろ夕食をとり、それからナイトクラブへ出かける。そのため、月曜の午後一時にフィリップから電話が入り、〈フルーリ画廊〉の混乱を収拾するよう指示されたときには、マグダレーナはまだ寝ていた。

「フィリップはどんな収拾を考えてたんだ？」

「画廊に展示してある贋作をすべて処分し、必要なら、あなたとバイオリニストが《遠くに風車が見える川の風景》に支払った百万ユーロを返金する」

「贋作だというわたしの意見が正しかったわけだな？」

マグダレーナはうなずいた。「あなた、エイデン・ガラハーに絵を預けて科学的鑑定を依頼したと、フィリップに言ったそうね。エイデンなら贋作だと見抜くだろうって、フィリップは覚悟してたわ」

「エイデンは業界の最高峰だからな」

「彼の言葉は決定的よ」

「で、画廊が爆破されたと聞いたときは？」

「またしてもフィリップに裏切られたことを知ったわ」マグダレーナはいったん言葉を切った。「そして、彼が致命的なミスをしたことも」

それからの三週間、マグダレーナはマドリードのアパートメントに閉じこもったままだった。パリからのニュースを執拗に追いつづけ、爪をぎりぎりのところまで嚙みちぎり、ピカソ風の自画像を描き、浴びるほど酒を飲んだ。スーツケースを玄関ホールに置いておいた。そのひとつに現金で百万ユーロ入れてあった。

「どこへ行くつもりだったんだ？」

「マラケシュ」

「きみの悪事の尻拭いをお父さんに押しつけて？」

「父は悪いことなんかしてないわ」

「スペインの警察も同じ見方をするとは思えないな。だが、話を続けてくれ」

マグダレーナは贋作組織に残された画廊に連絡をとって、贋作の売買を全面的に停止するよう指示し、電話とメールを使ったフィリップへの連絡は最小限に抑えた。ところが、四月末に彼からニューヨークに呼びだされ、売買を再開するように言われた。

「大手投資家の一人が四千五百万ドルの償還を求めてきたの。バランスシートに大きな打撃をこうむる金額だわ。〈マスターピース〉は大至急キャッシュリザーブを補充する必要に迫られた」

そういうわけで、市場に次々と贋作が流れこみ、ケイマン諸島にあるフィリップの複数の口座に金が流れこんだ。六月に入ると、〈フルーリ画廊〉爆破事件はトップニュースから姿を消し、美術界の目はロンドンへ向きはじめた。〈ディンブルビー・ファイン・アーツ〉が新たに見つかったヴェロネーゼ作《水浴するスザンナ》を展示する準備にとりかかったのだ。しばらく前にティントレットとティツィアーノを世に送りだしたのと同じ、正体不明のヨーロッパのコレクションから出たものとされている。しかし、マグダレーナは美術界のほかの者たちが知らないことを知っていた。三点とも贋作だということを。

「贋作者の代理人がベルリンの〈ハスラー画廊〉で派手に騒いだからな」

マグダレーナはロセッティを見た。「あなたの代理人がジェンティレスキをヘル・ハスラーに売ろうとする前から、わたしは三点の絵に疑いを持ってたわ」

「理由は?」

「帰属という罠を目にすれば、わたしはピンと来るのよ、ミスター・アロン。あなたは抜きんでて賢明でも独創的でもなかった。それでも、わたしは美術界の反応に驚きはしなかった。それがわたしたちの成功の秘訣ですもの」

「というと?」

「コレクターと、いわゆる専門家および鑑定家のだまされやすさ。美術界というのは、失われた傑作の数々が再発見されるのを待っていて必死に信じたがる世界でしょ。フィリップとわたしはその夢を叶えてあげてるの」マグダレーナは無理に微笑を浮かべた。

「あなたと同じようにね、ミスター・アロン。あなたのヴェロネーゼを見て、わたしは息が止まりそうだった。でも、ジェンティレスキを見たときは、この絵のためなら死んでもいいと思った」

「どうしても手に入れたかった？」

「いいえ」マグダレーナは答えた。「あなたを手に入れたかった」

「美術館レベルの巨匠作品のマーケットは小さいから？　大規模なふたつの贋作組織が競い合ったとすると、両方とも生き残るのは無理だから？」

「それから、フィリップが使ってる贋作者だけでは、わたしの流通ネットワークの需要を満たすに足る絵が供給できないから。そして、フィリップの贋作者も才能豊かではあるけど、あなたの足元にも及ばないから」

「だったら、きみの誘いに応じるとしよう」

「どんな誘い？」

「〈マスターピース・アート・ベンチャーズ〉のチームにわたしも加わることにする」ガブリエルはビデオカメラのスイッチをオフにした。「散歩に出ないか、マグダレーナ？　きみがフィリップに電話して吉報を伝える前に、最終的な合意を必要とする事柄がひとつかふたつある」

50

ヴィラ・デイ・フィオリ

二人はゆるやかに傾斜する車道を下っていった。カサマツの枝が頭上で天蓋をなしていた。東の丘陵地帯が夜明けの光に染まりはじめているが、空では星々が明るくきらめいている。空気は冷たく、静止していて、風ひとつない。オレンジの花とジャスミンの香り、そして、マグダレーナがルカ・ロセッティからせしめた煙草の匂いがしていた。

「あれだけの絵の腕をどこで身につけたの？」

「母の胎内で」

「お母さま、画家だったの？」

「わたしの祖父も。マックス・ベックマンに師事していた」

「お名前は？」

「ヴィクトル・フランケル」

「わたしもおじいさまの作品を知ってるわ。でも、優秀な遺伝子だけでは、あなたのような才能は説明しきれない。うっかりしてたら、あなたのことをティツィアーノの工房の徒弟だったと思ったでしょうね」

「わたしがヴェネツィアで修業したのは事実だが、ウンベルト・コンティという有名な修復師のところだった」

「そして、シニョール・コンティの弟子のなかできっと最優秀だったのね」

「コツを心得てるんだと思う」

「絵を修復するコツ?」

「絵だけではない。人間の修復も。きみがその手間に値する人かどうか、わたしはいま、判断しようとしているところだ」ガブリエルは彼女を横目でちらっと見た。「残念ながら、修復は無理な気がする」

「自業自得ね」

「そうとは言いきれない。フィリップはきみに目をつけて勧誘した。きみを訓練した。きみの弱さを餌食にした。罠にはめた。そういうテクニックなら、わたしも知っている。わたし自身、一度か二度使ったことがある」

「いまもそうでしょ?」

「少しだけ」ガブリエルは認めた。

マグダレーナは向きを変え、細いひと筋の煙を吐きだした。「じゃ、フィリップの用意した罠にわたしが自分から進んで飛びこんだと言ったら?」

「金がほしかったから?」

「セックスのためでなかったことはたしかね」

「手にした金額は?」

「わたしのアパートメントのスーツケースに入れてある百万ユーロ以外に?」マグダレーナは空を見上げた。「四百万か五百万ほど、ヨーロッパのあちこちに預けてあるけど、財産の大半は〈マスターピース・アート・ベンチャーズ〉に投資中よ」

「現在の額は?」

「五千五百ぐらいかしら」

「そのあとに万がつくわけだね?」

「もっともらってもいいはずだわ。わたしなしでは〈マスターピース・アート・ベンチャーズ〉はやっていけなかったんだから」

「履歴書に堂々と書ける経歴とは言いがたいな、マグダレーナ」

「何十億ドルもの価値を持つグローバルな贋作組織を自分の力で構築したと言える人間が、いったいどれだけいるというの?」

「もしくは、その組織を崩壊させた人間が」ガブリエルは静かに言った。

マグダレーナは眉をひそめた。「どうやってわたしを見つけだしたの、ミスター・アロン？　今度は本当のことを言って」

「きみがリュシアン・マルシャンを仲間にひきこもうとしたおかげで、きみたちの作戦の進め方を見せてもらう貴重な機会が得られた」

マグダレーナが煙草を最後にもう一度吸ってから長い人差し指をさっとふると、煙草の燃えさしは弧を描いて暗がりへ消えていった。「ところで、フランソワーズはいまどうしてるの？　いまもルシヨンに住んでるの？　それとも、サン＝バルテルミー島にあるリュシアンのヴィラを終の棲家にしたのかしら」

「なぜリュシアンを雇おうとした？」

「フィリップが〈マスターピース〉の在庫の幅を広げて、印象派と戦後の作品も含めようとしたからよ。彼と組んでる贋作者にはその分野の才能がなかったから、才能のある者を誰か見つけるよう、フィリップがわたしに頼んできたの。リュシアンに好条件で話を持ちかけたら、向こうは承諾した」

「百万ユーロの現金と一緒に」

マグダレーナは返事をしなかった。

「リュシアンが殺された理由はそれか？　わずか百万ユーロのせいで？」

「わたしは販売と流通担当よ、ミスター・アロン。問題に対処するのはフィリップの役目」

「なぜリュシアンが問題だったんだ？」

「どうしてもわたしから説明しなきゃだめ？」

「リュシアンとフランソワーズが金を受けとっておきながら契約を反故（ほご）にしたあと、フィリップは、この二人がきみと〈マスターピース・アート・ベンチャーズ〉にとって危険な存在になるのではないかと危惧した」

マグダレーナはうなずいた。「フィリップに殺されずにすんで、フランソワーズも運がよかったわ。贋作作りを指揮していた本物の頭脳は彼女だったのよ。リュシアンは絵筆、トゥサンはレジだった。でも、フランソワーズが二人をくっつける接着剤だった」マグダレーナは歩調をゆるめて、聖母マリアに捧げられた小さな礼拝堂の前で立ち止まった。敷地内に点在する礼拝堂のひとつだ。「ねえ、ここはいったいどこなの？」

「この館はかつて修道院だった。現在の所有者はヴァチカンにきわめて近い人物だ」

「あなたもそうでしょ。そういう噂よ」マグダレーナは十字を切り、ふたたび歩きだした。

「きみは神を信じているのか？」

「同じスペイン人の九十パーセントと同じく、わたしもミサにはもう出てないし、告解室に最後に入ったのは二十年以上も前のことよ。でも、ええ、ミスター・アロン、わたしはいまも神を信じているわ」

「罪の赦（ゆる）しも信じているのか？」

「あなたがわたしにアベマリアの祈りを何回唱えさせようとするかによるわね」

「フィリップ・サマセットをひきずりおろすのに力を貸してくれれば、きみの罪は赦される」

「すべての罪が？」

「数年前、わたしはサントロペで現代アートの画廊をやっている女に出会った。その画廊は彼女のパトロンの麻薬帝国が資金洗浄をおこなうための隠れ蓑にされていた。わたしに助けられて、彼女はきれいに足を洗うことができた。いまはロンドンで美術商として成功している」

「どういうわけか、わたしの未来に画廊が待っているとは思えないんだけど」マグダレーナは言った。「でも、あなたは何を考えてたの？」

「来週、ニューヨークでフィリップと最終的な打ち合わせをしてもらいたい」

「〈マスターピース・アート・ベンチャーズ〉に新しく加わるメンバーの件で？」

「そのとおり」

「あなたのジェンティレスキを見たくて、フィリップはうずうずしてるでしょうね」

「だから、きみはその絵を翌日配達便で〈チェルシー・ファイン・アーツ倉庫〉へ送ることになる」

「輸送費はあなたの代理人に負担してもらいたいわ」

「申しわけないが、それは落札価格に含まれていなかったと思う」

「一千万ユーロといっても、以前ほどの価値はなさそうだしね。でも、イタリアの税関をどうやって通り抜けるつもり？」

「その点はちゃんと考えてある」ガブリエルは彼女に携帯電話を渡した。「この通話は品質向上のために録音されている。もしきみがフィリップに何かメッセージを伝えようとすれば、わたしはきみをフェラーリ将軍にひきわたし、別れの手をふることにする」

マグダレーナは番号をタップして電話を耳元へ持っていった。「もしもし、リンジー？マグダレーナよ。こんな非常識な時間に電話してごめんなさい。でも、緊急事態なの。フィリップを長くひきとめるようなことはしないって約束する」

51

ヴィラ・デイ・フィオリ

ロセッティがマグダレーナを車に乗せてフィレンツェにひきかえし、彼女はフォー・シーズンズに置いてあった荷物をまとめて、莫大な額の宿泊代を支払った。正午にはヴィラ・デイ・フィオリに戻り、いまはサングラスにドキッとするような白い水着姿になって、よく冷えたオルヴィエート・ワインのグラスを手にし、プールサイドの寝椅子に横たわっていた。トレリスに植物をからみつかせた庭園の木陰から、フェラーリ将軍がそちらへ非難の目を向けた。

「あの女の滞在をより快適にするために、ホテル・カラビニエリのスタッフにできることがまだ何かあるかね？」と、ガブリエルに尋ねた。

「わたしにどうしろというんだ？　ニューヨークへ発つまでのあいだ、部屋に閉じこめておけばいいのか？」

「ここには地下牢（ちかろう）があるはずだ。建てられたのが十一世紀だからな」

「きっと、ガスパッリ伯爵がワインセラーに改造してしまっただろう」

フェラーリはため息をついただけで、何も言わなかった。

「おたくの美術班というのは、梯子（はしご）の段をのぼるために泥棒や故買屋と取引したことがこれまで一度もなかったのかい？」

「しょっちゅうやってるとも。しかも、泥棒や故買屋がわれわれに流す情報はごく一部だ」将軍は言葉を切った。「プールサイドで気持ちよさそうに寝そべってるあの美貌の生きものと同じように。あの女はきみが思ってる以上にしたたかだぞ。そして、きわめて危険だ」

「わたしはかつて情報部員だったんだ、チェーザレ。協力者をどう扱うかは心得ている」

「あの女は協力者ではない、わが友。犯罪者で、詐欺師で、何百万ドルもの金を世界のあちこちに隠し、プライベート・ジェットを自由に使える身分だ」

「とりあえず、タトゥーだけは入れていない」ガブリエルは言った。

「唯一のまともな点だな。だが、くれぐれも言っておくが、あの女を信用してはならん」

「おとなしくさせておくための材料がこっちには充分にある。録画された告白も含めて」

「ああ、そうだったな。将来を嘱望されていた画家が、人を巧みに操る悪党のフィリップ・サマセットの手で犯罪人生に誘いこまれたという悲劇的な話。話半分に聞いておくべきだということに、きみが気づいているといいのだが」

「どの半分だ？」

「わからん。だが、あの女が贋作者の名前を知らんなどとはどうにも信じがたい」

「フィリップが彼女に隠している可能性も大いにある」

「もしかしたらな。だが、彼女のほうがヘルズ・キッチンのロフトへフィリップを連れていき、贋作者である彼女は目下、ワイン片手にウンブリアの太陽を浴びて横たわっている、という可能性も大いにあるぞ」

「彼女は巨匠絵画を描く訓練を積んでいない」

「本人はそう言っている。だが、わたしがきみだったら、もう一度調べるだろう」

「ランチがすんだら、彼女を日焼けオイルのなかに沈めて熱してやるとしよう」

「かわりに、わたしがローマへ連れていくというのはどうだ？　ＦＢＩからアメリカ大使館へ派遣されている司法担当官に、彼女の口から悲劇的な話をさせてやろう。マグダレーナのような貴重な獲物を連れていけば、ワシントンでのわたしの立場がぐっとよくなる。それに、いまはもうアメリカの問題だ。アメリカの連中に対処させればいい」

「で、ＦＢＩの司法担当官が何をするかわかるか？」ガブリエルは尋ねた。「ＦＢＩの本部にいる上司に電話をかける。すると上司はＦＢＩ副長官に電話をかけ、副長官は長官に電話をかけ、長官はペンシルヴェニア・アヴェニューを渡って司法省へ行く。司法省はこの件をニューヨーク南部担当の連邦検事に預け、連邦検事は証拠集めに何カ月もかけたのちにようやくフィリップを逮捕して、やつのファンドを業務停止に追いこむ」

「正義の車輪はゆっくりまわるものだ」

「だから、わたしがじかにフィリップの件に対処したいんだ。わたしの手で決着をつけるころには、〈マスターピース・アート・ベンチャーズ〉は煙のくすぶる廃墟（はいきょ）となっているだろう。ＦＢＩはただちに逮捕をおこない、資産を押収する以外に選択肢がなくなる」

「既成事実（フエ・アコンプリ）？」

ガブリエルは微笑した。「フランス語で言うと、やはりすてきな響きだ」


フェラーリ将軍とカラビニエリの隊員たちは、その日の午後二時にヴィラ・デイ・フィオリを去った。アメーリア警察から来た警官隊が門の前で監視を続けていたが、それを別にすれば、屋敷に残ったのはガブリエルとマグダレーナの二人だけだった。マグダレーナは夕方まで眠りつづけ、夕食は自分が用意すると言ってタパスとポテトオムレツをこしらえた。二人はテラスに出て、夕暮れの涼しい戸外で食事をとった。マグダレーナ個人の携帯電話が二人のあいだに置かれ、メッセージの受信や、音量をゼロにした電話の着信でときおり光っていた。相手は主としてマドリードにいる友人たちだ。

「きみの人生に男はいないのか？」ガブリエルは尋ねた。

「フィリップだけよ。残念ながら」

「あの男を愛してるのか？」

「とんでもない」

「本心なのか？」

「どうして訊くの？」

「来週、ニューヨークで彼ときみを二人きりにしようと思ってるんでね。だから、わたしとの協定を守る気があるのか、それとも、彼と逃げるつもりなのかを知っておきたい」

「ご心配なく、ミスター・アロン。フィリップを破滅させるのに必要なものを、わたしがひとつ残らず手に入れてくるわ」

ガブリエルはマグダレーナに、どこでフィリップと会う予定かと尋ねた。

「彼しだいよ。東五十三丁目にある〈マスターピース〉のオフィスで会うこともたまにあるけど、たいてい、東七十四丁目のタウンハウスのほうね。フィリップは投資や購入の可能性のある相手とそこで会うことにしてるの」

「売買はどんなふうに進めるんだ？」

「フィリップはクライアントとじかに取引するのが好きな人なの。よけいな詮索や手数料が省けるから。でも、クライアントが仲介者を置くよう主張するときは、ほかの美術商かオークション・ハウスを通じて取引することもあるわ」

「ファンドのスタッフは何人ぐらい？」

「絵画の専門家として若い女性が三人。それから、ケニー・ヴォーン。ケニーはリーマン・ブラザーズでフィリップと一緒に働いてたの。彼の悪事に深く関わってるわ」

「女性たちはどうなんだ？」

「太陽はフィリップと共に昇って沈むと思いこんでるし、わたしのことは、ヨーロッパで彼にかわって絵の売買を担当するブローカーだと思ってる」

「フェラーリ将軍はきみが贋作者だと確信してるぞ」

「わたしが？」マグダレーナは笑った。「ピカソなら描けるかもね。でも、巨匠はだめ。あなたのような才能はないわ」

ガブリエルは夜遅くまで読書をし、翌朝起きたとき、マグダレーナがまだベッドのなかだと知って胸をなでおろした。コーヒーマシンに〈イリー〉の豆とミネラルウォーターの〈サン・ベネデット〉をセットしてから、パソコンにインストールしてあるプロテウスにフィリップのスマートフォンの番号を打ちこむと、数分もしないうちに彼のデバイスがガブリエルの支配下に置かれた。サイズ変更可能な地図にデバイスの現在位置と高度が表示された。卵の形をした半島の東側。海抜三・六メートル。

フィリップのデータを自分のノートパソコンにダウンロードしたあと、午前中の残りは史上最悪の詐欺師の一人がデジタル世界に残した残骸を調べてまわった。マグダレーナがようやく起きてきたのは十二時半になってからだった。ふらふらとキッチンに入り、しばらくすると、ミルクたっぷりのコーヒーのカップを持って出てきた。まばたきもせず、無言でコーヒーを飲んだ。

「朝型人間じゃないのかい？」ガブリエルは訊いた。

「朝型人間の逆よ。ナイト・ストーカー」

「ナイト・ストーカーくん、少し仕事をしてくれるかな？」

「どうしてもと言うのなら」マグダレーナはそう言うと、コーヒーを持ってプールのほうへ行った。

ガブリエルはノートパソコンを手に、彼女を追って外に出た。「お父さんの画廊を通じて売った最初の六点は？」

「千年も前の話だわ」マグダレーナはぼやいた。

「話してくれないと、イタリアの刑務所で同じ年数だけ服役することになるぞ」

マグダレーナは絵の一点一点について、画家名、作品名、サイズを述べた。買手の名前と売却価格も添えた。次に、最初の一年間にマドリードで彼女が売買を仲介した百点以上の絵について詳細を述べていった。絵の大半は、元の所有者である〈マスターピース・アート・ベンチャーズ〉に売却する。次にフィリップが見せかけだけの売買を何度かおこなって絵の価格を吊り上げてから、何も知らない買手に売りつけて利鞘（りざや）を稼ぐ。フィリップはまた、絵を担保にして銀行から巨額の融資を受け、その金で本物の絵を購入したり、投資家に充分な配当を払ったりしてきた。

「融資がすべての鍵なの。資金の借り入れができなければ、フィリップとケニー・ヴォーンはファンドを動かしていけなくなる」

「すると、フィリップは贋作を売るだけでなく、銀行を相手に詐欺までやっているわけか？」

「毎日のように」

「彼の取引銀行はどこだ？」

「主として、ＪＰモルガン・チェース。エリス・グレイがフィリップの担当よ。でも、バンク・オブ・アメリカとも取引があるわ」

「やつの負債額は？」

「フィリップ自身も答えを知らないんじゃないかしら」

「誰なら知っている？」

「ケニー・ヴォーン」

二人が次にチェックしたのは、マグダレーナがネット空間ではなく現実世界で拡大していったビジネスだった。パリの〈ジョルジュ・フルーリ画廊〉との提携に始まって、〈マスターピース・アート・ベンチャーズ〉が最近になって、香港、東京、ドバイで画廊を取得した件に至るまで。フィリップが美術市場に送りこんだ贋作絵画の合計数は五百点以上になり、名目上の価値は十七億ドルを超えている——絵の数が多すぎるため、さすがのマグダレーナも正確に思いだすことができなかった。ただ、かなりの割合の絵が〈マスターピース〉の不透明なポートフォリオを通過したことだけは確信できた。

「フィリップは現在、何点ぐらい所有している？」

「わたしにはわからないわ。自分が所有している真作の数すら秘密にしてる人なんだから、ましてや贋作の数なんて……。最高に価値のある絵はみんな、マンハッタンとロング・アイランドの家に置いてあるわ。残りは東九十一丁目の倉庫のほうよ。あの倉庫はフィリップの取引帳簿のようなものなの」

「きみは倉庫に入れるのか？」

「フィリップの許可がないと無理。でも、倉庫に現在保管されてる品のリストに目を通してもらえば、あなたが知る必要のあることはすべてわかるはずよ」

ガブリエルはランチをとりながら、マグダレーナのプロトンメールのアカウントにログインして、暗号化された数年分のメールを彼自身のアドレスに転送した。次にマグダレーナの個人的な財政状況を〈マスターピース〉の彼女の口座まで含めてチェックした。現在の残高は五千六百二十四万五千五百三十九ドルだった。

「金をひきあげようなどとは夢にも思わないでもらいたい」ガブリエルは彼女に警告した。

「わたしの次の償還日は九月よ。ひきあげたくてもできないわ」

「きみの場合はフィリップも例外扱いしてくれるはずだ」

「いいえ、償還に関してはとても厳格な人なの。ケニーと二人で空を飛んで太陽に近づきすぎてるから、ひと握りの大手投資家が同時期に資金をひきあげるようなことになったら、手持ちの絵を何点か売るか、もしくは、新たな融資を申しこむしかなくなってしまう」

「絵を担保にして？」

「絵が頼りの融資」マグダレーナはふたたび言った。「それがすべての鍵なの」

ガブリエルはマグダレーナの預金取引明細書をダウンロードして、次に、《ダナエと黄金の雨》の追跡情報をチェックした。絵は目下、大西洋を西へ向かっている。今夜はケネディ国際空港の航空貨物センターに預けられ、最終目的地の〈チェルシー・ファイン・アーツ倉庫〉には月曜日の正午までに到着する予定。

ローマからニューヨークへ飛ぶ便を調べたところ、数通りの選択肢が見つかった。「JFK午前十時着のデルタはどうかな？」ガブリエルは尋ねた。

「それだと正午の数時間前に起きなきゃ」

「機内で睡眠をとればいい」

「わたしは飛行機のなかでは眠れないの」マグダレーナはノートパソコンに手を伸ばした。

「あなたのチケット代もわたしが払っていい？」

「フィリップが怪しむかもしれない」

「じゃ、せめてマイレージをプレゼントさせて」

「どっさりたまっている」

「どれぐらい？」

「地球と月を往復できる」

「わたしのほうが多いわ」マグダレーナは二人のチケットを予約した。「あとはホテルね。ピエールでいい？」

「サラはフォー・シーズンズのほうが好みだ」

「彼女は同行しないと言ってちょうだい」

「わたしがいないときにきみを監視する者が必要だ」

マグダレーナはピエール・ホテルのいつものスイートを予約し、子供っぽいふくれっ面でプールサイドの寝椅子に戻った。ガブリエルは思った――彼女の傷が自業自得なのは明らかだ。とはいえ、けっして修復不可能ではない。かつて殺しを請け負っていたクリストファー・ケラーのような人間が救済されたのなら、マグダレーナだってかならず救済される。

さしあたり、彼女は終焉(しゅうえん)に向かうための手段に過ぎない。いまのガブリエルに必要なのは、彼女の数奇な物語を、〈マスターピース・アート・ベンチャーズ〉を瓦礫(がれき)の山にする武器に変えてくれる記者だった。金融と美術の世界に通じている記者。できれば、過去に〈マスターピース〉を調査したことがある記者。

この条件にあてはまる候補者は一人しかいない。運のいいことに、彼女の携帯番号がフィリップ・サマセットの連絡先に入っていた。ガブリエルはその番号をタップして自己紹介をした。そこで彼が名乗ったのは仕事用の偽名ではなく、適当に選んだ偽名でもなく、本名だった。

「ええ、いいわ」相手の女性はそう言うと、電話を切った。

52

ロトン・ロウ

その日の午後、ガブリエルが次に電話をした相手はサラ・バンクロフトだった。サラはハイドパークのロトン・ロウにいて、ヒップまわりについた五キロ分のぜい肉を落とそうとしていた。イタリアからのニュースは衝撃的で、ショックのあまり、もう一度言ってほしいとガブリエルに頼んだほどだった。二度目も最初に劣らず愕然とさせられた。サラが遺産の一部を投資しているアート専門のヘッジファンド〈マスターピース・アート・ベンチャーズ〉が、贋作の売買と担保化に支えられた十二億ドル規模の詐欺組織だったというのだ。さらに、フィリップはサラとつきあっていた時期にも、きらめく漆黒の髪をした長身のマグダレーナ・ナバロと寝ていたらしい。その理由だけで、サラはニューヨークへ飛んで彼を破滅させるチャンスに飛びつこうと決めた。たとえピエール・ホテルに泊まることになろうとも。

「マーロウ氏も連れていきましょうか？　こういう状況のときはけっこう便利な人よ」

「わたしもそう思う。しかし、彼には別の仕事を頼むつもりだ」

「危険なことじゃないといいけど」

「あいにく、そうなりそうだ」

サラは翌日の朝早くニューヨークへ向かい、正午にJFKに到着した。〈ハーツ〉の代理店でニッサン・パスファインダーが待っていた。空港に併設された無料の駐車場で一時間つぶしてから、二時十五分にターミナル1へ向かった。ほどなくガブリエルがやってきた。女性と一緒で、サラがその姿を最後に見たのは、彼女がジャーミン通りの歩道を歩き去ったときだった。

いまもあのときと同じく、短めのスカートとぴっちりした白のトップスだった。ガブリエルは二人のカバンを後部の収納スペースに放りこむと、リアシートに身をすべらせた。マグダレーナがオレンジの花とジャスミンの香りを漂わせて助手席に乗った。長い脚を組んで微笑した。サラはニッサンのギアをドライブに入れ、マンハッタンをめざして走りはじめた。

ピエール・ホテルは東六十一丁目と五番街の角にある。マグダレーナが豪華絢爛（ごうかけんらん）たるロビーに一人で入っていくと、ホテルの支配人に帰還した王族のごとく迎えられた。彼女がいつも泊まるスイートルームは二十階にあり、セントラル・パークの眺望がすばらしい。

ガブリエルとサラは廊下の向かいのとなりあった部屋を割りあてられた。マグダレーナと同じく、二人も偽名でチェックインして、外からの電話はいっさいつながないようフロントの女性に指示した。

二十階に上がった三人はマグダレーナのスイートのリビングに集まった。ホテルから進呈されたテタンジェのシャンパンの栓をマグダレーナが抜くあいだに、ガブリエルは彼のノートパソコンをホテルのWi-Fiネットワークにつなぎ、プロテウスにログインした。フィリップは市内に戻るのをやめてノース・ヘイヴンに残ることに決めたようだ。マイクから流れてくる音をガブリエルが大きくすると、キーボードのカタカタいう音が聞こえてきた。カメラから送られてくる映像は真っ黒な長方形だった。

ガブリエルはマグダレーナに彼女の電話を渡した。「到着したことをフィリップに知らせて、一刻も早く会いたいと言うんだ。それから、覚えておいてほしいのは――」

「品質向上のために通話が録音されてるってことね」

ガブリエルはノートパソコンを寝室へ持っていき、どっしりしたドアを閉めた。マグダレーナが電話をかけると、すぐにフィリップが出た。「明日の午後一時でどうだ?」と訊いてきた。「ランチをしよう」

「リンジーも一緒?」

「あいにく、リンジーは今週ずっと島のほうだ」

「よかったわね」

「車を迎えにやる」フィリップが言い、電話が切れた。

ガブリエルはキーを打つ音に一分か二分耳を傾け、それからリビングに戻った。「さて、ジェンティレスキだ」とマグダレーナに言った。

倉庫の電話番号は彼女の連絡先に入っていた。マグダレーナが画面をタップし、電話を耳に持っていった。

「もしもし、アンソニーね。マグダレーナ・ナバロよ。フィレンツェから送った絵は予定通り届いたかしら?……よかった。明日の朝、ミスター・サマセットの家へ運んでちょうだい……ええ、タウンハウスのほうよ。お願い。画廊のイーゼルにのせておいてね。それと、かならず正午までに届けてほしいの」

マグダレーナは通話を終了させ、ガブリエルに電話を渡した。

「きみの財布とパスポートも」

マグダレーナは〈エルメス〉のバーキンのバッグからそれらを出してガブリエルに渡した。

「用事があるので出かけてくる。つまり、きみとサラにとっては、おたがいをよく知るチャンスになる。だが、心配しなくていい」廊下へ出ていきながら、ガブリエルは言った。

「そう長くはかからないから」

サラは彼が出ていくとドアにチェーンをかけ、リビングに戻った。マグダレーナがグラスにシャンパンを注ぎ足していた。ついにサラは尋ねた。「フィリップがわたしとつきあってたあいだも、あなたとずっと寝てたってほんとなの？」

「わたしがニューヨークに来たときだけ」

「まあ、よかった」

「知りたいのなら言ってあげるけど」マグダレーナは言った。「彼はあなたを利用してただけよ」

「なんのために？」

「ＭｏＭＡのリッチな後援者たちに紹介してほしかったから」

「それなのに、わたしったら彼のファンドに二百万ドル投資してしまった」

「現在の残高は？」

「四百五十万。あなたは？」

「五千六百二十万」

サラはこわばった唇で微笑した。「ベッドのお相手としては、あなたのほうが上だったようね」

53

リテラリー・ウォーク

二〇一七年の春、『ヴァニティ・フェア』誌に〝グレート・サマセット〟と題した、徹底的な調査に基づく人物紹介記事が掲載された。その人物がペンシルヴェニア州北東部の労働者の町から身を起こして、ウォール街と美術界の頂点にのぼりつめるまでの経緯を記したものだった。彼の私生活の隅々に至るまで、綿密な調査を免れたものはひとつもなかった。子供時代の家庭の不安定さ、若いころのスポーツ界での活躍、リーマン・ブラザーズでの短いながらも華々しかったキャリア、泥沼の離婚騒ぎ、極端な秘密主義。こうした情報の提供者はかつての友人としか書かれていないが、彼には暗黒の一面があったと言っている。昔の同僚はさらに辛辣で、フィリップのことをサイコパスで、危険なナルシシストだと評している。二人とも口をそろえて、彼は何か隠していると言っている。

記事を書いたのはイーヴリン・ブキャナン。受賞歴のある記者で、『ヴァニティ・フェア』に掲載された彼女の記事がハリウッド映画二本とネットフリックスのミニシリーズで映像化されたこともある。彼女は目下、セントラル・パークのリテラリー・ウォークに置かれたベンチにすわっていた。羽根ペンを手にしたロバート・バーンズの像が彼女の右肩のほうにそびえ、インスピレーションを求めて空に目を向けていた。歩道の向かい側にはスケッチをしに来た画家がいて、テーマが見つかるのを待っていた。

イーヴリン・ブキャナンも待っていた。ただし、彼女が待っているのは絵のテーマではなく、情報提供者だった。前日、その男性からいきなり電話があった。どこからかけているかは言おうとしなかった。いや——男性は彼女に断言した——いたずらではない。わたしはいま名乗ったとおりの人間だ。極秘の用件でニューヨークへ出かけるので、ぜひ会ってもらいたい。わたしから連絡があったことは誰にも言わないでほしい。失望させることはけっしてないと約束しよう。

「でも、国家の安全はわたしの守備範囲じゃないんだけど」イーヴリンは言い返した。

「わたしが議論したい事柄は金融界と美術市場に関連したものです」

「もう少し具体的に言ってくれない？」

「グレート・サマセット」男性はそう言って電話を切った。

それは興味深い手がかりだった。男性が何者かを考えると、なおさら興味をそそられた。男性はこの春、ノース・ヘイヴンにあるフィリップのけばけばしい屋敷で開かれた出版関係のパーティに顔を出している。というか、これはアイナ・ガーテンからの情報で、小柄な金髪の美女を連れていたという。同じパーティに出ていたイーヴリンには冗談としか思えなかったが、いまはそれもありかもと認めざるをえなくなっていた。ガブリエル・アロンのような男性がフィリップ・サマセットみたいな蛆虫に興味を持つなんて、いったいどういうこと？

時刻をたしかめた。五時一分前。世界でもっとも有名な引退したスパイが姿を見せると約束した時刻まであと一分。観光客や、スパンデックスを身につけたジョギングの連中や、未来の大立者を乗せたベビーカーを押すアッパー・イーストサイドのナニーたちで、散歩道は混みあっていた。しかし、ガブリエル・アロンらしき姿はどこにもなかった。可能性がありそうなのは一人だけ。中肉中背の男性で、ウォルター・スコットの像の土台についている説明文をじっと見ていた。

五時きっかりにその男性が散歩道を渡ってイーヴリンのベンチに腰を下ろした。「あっちへ行って」イーヴリンは声をひそめて言った。「もうじき夫が戻ってくるわ。怒りを抑えることができない人なの」

「一人で来るようはっきり指示したつもりでしたが」

イーヴリンはギクッとしてそちらを見た。次に冷静さをとりもどし、まっすぐ前方を見つめた。「金髪の人は誰だったの？」

「えっ？」

「あなたがカール・バーンスタインの出版パーティに連れてきた女性」

「以前、MoMAに勤務していた女性です。いまはロンドンで画廊を経営しています。わたしは問題を抱えた彼女の力になっていました」

「どんな問題？」

「グレート・サマセット」

「わたしの記事を読んだようね」

「何度も」

「どうして？」

「想像はつくと思いますが、行間を読む能力は諜報部員に不可欠のスキルです。その情報は正確なのか、それとも、敵がわたしを欺こうとしているのか？　わたしの下で働く工作員は成果を誇張しているのか、それとも、慎重になりすぎているのか？　わが情報源は何か理由があって、重要な情報を報告から省いたのか？」

「それで、フィリップに関するわたしの記事を読み終えたときはどうだった？」

「フィリップに関して、この記者は読者に知らせた以上のことを知っている──そんな思いが消せませんでした」

「はるかに多くのことをね」イーヴリンは認めた。

「なぜそれを記事に含めなかったんです？」

「あなたから答えて、ミスター・アロン。よりにもよって、なぜフィリップ・サマセットなの？」

「〈マスターピース・アート・ベンチャーズ〉は詐欺組織だ。それを暴く記事をあなたに書いてもらいたい」

「何を提供してくれるの？」

「内部告発者を」

「その組織で働いてる人物？」

「かなり近い」

「どういう意味？」

「内部告発者を保護し、わたしの関与を隠すために、こちらからかなり厳格な基本原則を課すつもりだという意味です」

「じゃ、その基本原則に従うことをわたしが拒否した場合は？」

「従ってくれる者をほかに見つけます。そして、〈マスターピース〉が墜落炎上したとき、あなたとあなたの雑誌は挽回を図るのに必死になるでしょう」

「だったら、あなたと内部告発者の言葉に耳を傾けることにするわ」イーヴリンは言葉を切った。「ただし、わたしの携帯番号をどこで入手したかを教えてくれれば」

「フィリップの連絡先に入っていました」

イーヴリン・ブキャナンは微笑した。「愚かな質問だったわね」

54

セントラル・パーク

「その女性をどこで見つけたの？」

「先週末、女性はイタリアでカラビニエリの囮捜査にひっかかり、贋作のジェンティレスキを購入した容疑で逮捕されました。わたしはその捜査のコンサルタントをしていました」

「コンサルタント？」イーヴリンは疑わしげに訊いた。

「わたしがカラビニエリのためにジェンティレスキを描いたということも考えられます」

「ガブリエル・アロンが描いた贋作？　一分ごとに話がおもしろくなっていくわね」

二人はセントラル・パークの散歩道をゆったりしたペースで歩いていた。イーヴリンのメモ用紙は、いまのところ、シャネルのバッグに安全にしまってある。小柄な女性で、年齢は五十ぐらい、濃い色の髪に、ひどく大きな鼈甲（べっこう）縁の眼鏡。剃刀のごとく鋭利な文章や、辛辣なウィットや、冷酷な闘争心と同じく、この眼鏡も彼女のトレードマークだった。

「絵はいまどこにあるの？」イーヴリンが訊いた。

「東九十二丁目の倉庫」

「〈チェルシー・ファイン・アーツ倉庫〉？」

「そう、そこです」

「わたし、フィリップがあの会社を買収したときのことを覚えてるわ。正直に言うと、当時はわけがわからなかった。フィリップ・サマセットのような大立者が、どうして〈チェルシー〉みたいな三流どころの美術品保管会社を手に入れようとするのかって」

「誰にも質問されることなく贋作を運搬・保管できる場所が、大立者には必要だったからです。やつはすでに何百点という贋作を美術市場に送りこみ、そのうち四点はルーブル美術館に納まっています。しかし、この詐欺事件におけるいちばんの旨みは――」

「フィリップが贋作を担保にして銀行から巨額の融資を受けてることでしょ」

「どうしてわかったんです？」

「知識に基づいた推測よ」イーヴリンは微笑した。「わたしの夫が〈ミレニアム・マネージメント〉で働いてることを、あなたに話したかしら。世界最大のヘッジファンドのひとつよ。その前はニューヨーク南部担当の連邦検事局の検事だった。わたしがフィリップの紹介記事を書いていたとき、夫はそれをじっくり読んで――」

「名前はトム・ブキャナン？」

「話の続きを聞く気はある？　ない？」

「拝聴しましょう」

「〈マスターピース〉の年間のリターンを分析して、トムはひどく感心していた。いえ、羨ましがっていた」

「〈ミレニアム〉より〈マスターピース〉のほうが大きな利益を上げていたから？」

「圧倒的に。夫は何事もゆるがせにできない性格なので、少し探りを入れはじめたの」

「それで？」

「次のように確信するに至った――フィリップは銀行融資と新規投資家の投資金を昔からの投資家への配当支払いにあてている、と。手短に言えば、夫はフィリップ・サマセットのことを、大々的な金融詐欺で逮捕されたバーニー・マドフの美術界版だと確信しているの」

「投資詐欺をやってるということ？」

「正解」

「それを立証するに足る証拠は集まったんですか？」

「編集長を納得させるには至らなかった。でも、わたしが嗅ぎまわってたことを、フィリップは間違いなく知ってたわ」

「どうやって？」

「レナード・シルクという男を雇って、自分の身辺に警戒の目を光らせてるから。シルクは元CIA。退職したあと、このニューヨークで個人経営の警備会社を始めたの。わたしがフィリップの記事を書くために取材を進めていたとき、シルクから電話があって、不正行為をほのめかすようなことが記事に出たら訴訟を起こすって脅されたわ。それから、わたしが公園をゆっくり散歩するのが好きなことを知ってるどこかの男から、メッセージが届いたこともあった。気をつけろという警告だった。ニューヨーク・シティで一人歩きをする女は災難にあうぞって」

「なんと陰険な」

「レナード・シルクは遠まわしな言い方で時間を無駄にする男じゃないから。遠まわしな表現はフィリップの得意分野よ。わたしがインタビューしたときなんか、信じられないほど魅力的だった。あなたの内部告発者が彼のもとで働くのを承知したのも不思議じゃないわね」

「いや、じつをいうと、彼女は最初からフィリップの本性を見抜いていました」

「その人、彼とはもともとどういう関係だったの？」

「ドラッグです。彼女はニューヨークで自分の絵が一枚も売れなかった時期に、コカインの密売で生計を立てていた。客の多くはウォール街にいるようなタイプだった」

「フィリップもリーマン・ブラザーズにいたころから山ほど吸ってたわ。解雇された理由のひとつがそれだった。ウォール街の基準からしても、彼の場合は許容範囲を超えていた」

「あなたの記事にはリーマンを円満退職したと書いてありましたが」

「表向きはそうだけど、じつは違うの。建物から強引に追いだされたのも同然で、復活厳禁という命令が出まわったそうよ。どこにも雇ってもらえなかったため、〈サマセット・アセット・マネージメント〉というヘッジファンドをスタートさせた。そして、そのヘッジファンドがだめになると、新たなことを思いついた」

「美術界にひきよせられたわけですね。金がうなっているから」

　イーヴリンはうなずいた。「フィリップは画廊のオープニングや美術館の資金集めパーティに顔を出すようになった。いつも美女を同伴し、名刺をポケットに詰めこんで。その点は脱帽するしかないわね。アート専門のヘッジファンドというのは興味をそそるアイディアだもの。一流の美術品は普通株やそのほかのいかなる資産クラスより速いペースで値上がりしている。本当なら失敗なんかするわけないのに」

「ところが、うまくいかなかった。そこで贋作絵画を大量に扱うようになったのです」

　二人はセントラル・パークの東南端にあるグランド・アーミー・プラザまで来ていた。

「内部告発者の名前をまだ教えてもらってないわ」イーヴリンが言った。

「マグダレーナ・ナバロ」

「その人、いまどこに？」

ガブリエルはピエール・ホテルのほうへちらっと目を向けた。「ニューヨークに来たときの彼女の定宿です。〈マスターピース・アート・ベンチャーズ〉に五千六百万ドル投資している。すべて、フィリップのために贋作を売って得た金です」

「彼女がそう言ってるわけね。でも、元ドラッグ密売人の言葉だけを根拠にして、フィリップ・サマセットのことを史上最大の美術詐欺師だと非難するわけにはいかないわ。贋作であることを承知のうえで彼が売買をおこなったことを示す証拠が必要よ」

「フィリップの口からじかにそれを聞くことができたら？」

「録音したものがあるの？」

「話し合いはまだ実現していません」

「いつ実現するの？」

「明日の午後一時」

「話のテーマは？」

「わたし」

二人は渋滞している車のあいだを縫って五番街を渡ると、ピエール・ホテルの回転ドアを通り抜け、冷蔵庫のようにひんやりしたロビーに入った。上の階まで行って、ガブリエルがマグダレーナのスイートのドアをそっとノックした。サラが彼の身元を確認してからドアをあけた。

「捕虜はどうしてる?」ガブリエルは尋ねた。

「捕虜なら寝室でお休み中よ」サラはイーヴリンに握手の手を差しだし、それからガブリエルのほうを向いた。「始める前に基本原則を確認しておく必要があるんじゃない?」

「きみの名前とロンドンにある評判の高い画廊の名前を記事には出さないことを、ミズ・ブキャナンが承知してくれた。きみのことは美術界のインサイダーと書くだけにするそうだ」ガブリエルはイーヴリンにちらっと目を向けた。「それでいいですね、ミズ・ブキャナン?」

「じゃ、あなたのことはどう書けばいいの?」

「記事のテーマはわたしではない。フィリップ・サマセットと〈マスターピース・アート・ベンチャーズ〉です。わたしが提供する情報はそれを補強するものに過ぎません。わたしの言葉をじかに引用するのはやめてください。また、このインタビューをどこでおこなったかも伏せておいてもらいたい」

「〝場所は秘す〟とでも書いておく?」

「言葉はお好きなように、ミズ・ブキャナン。わたしはライターじゃないから」

「贋作を描いているイタリアの捜査機関のコンサルタントに過ぎないのね?」

「そのとおり」

「では、そろそろ捕虜に会わせてちょうだい」

ガブリエルが寝室のドアをノックすると、しばらくしてマグダレーナが出てきた。

「あらら」イーヴリン・ブキャナンが言った。「一分ごとに話がおもしろくなっていくわね」

55

ピエール・ホテル

　みんなで一度、最初から話をおさらいした。次に、二度目のおさらいに移った。重要な事実と年月日を確認するためだった。マグダレーナがセビーリャで送った子供時代。バルセロナで正式に絵の勉強をしたこと。ニューヨークでコカインの密売に関わった日々。〈ル・シルク〉でのフィリップ・サマセットとの出会い。史上もっとも大きな利益を上げた精巧な美術＆金融詐欺を計画し、実行するにあたって、マグダレーナが果たした役割。ウンブリア州で尋問を受けて彼女が白状したことと、『ヴァニティ・フェア』のイーヴリン・ブキャナンに彼女が語ったことのあいだに、矛盾する点はまったくなかった。どちらかといえば――ガブリエルは思った――ピエール・ホテル版のほうがさらに魅惑的だった。語り手自身もそうだった。国際人で、洗練されていて、もっとも重要なこととして、信頼できる人間という雰囲気を醸しだしていた。質問が個人的な事柄に移ったときでさえ、彼女が冷静さを失うことはただの一度もなかった。

「あなたほどの才能を持つ人がなぜドラッグの密売人になったの？」

「最初はお金が必要だったから。でも、そのうち、密売の仕事を楽しんでる自分に気がついたわ」

「商売上手だった？」

「とても」

「ドラッグを売るのと贋作を売るのって、似たところがあるのかしら」

「想像以上にね。一部の人にとって、美術品はドラッグのようなものよ。手に入れずにはいられない。フィリップとわたしはその依存症を満たしてあげているだけ」

マグダレーナの話には大きな穴があいていた――すなわち、彼女がイタリアの捜査機関に拘束されるに至るまでの具体的な状況説明が抜けていた。イーヴリンがガブリエルに詳しい話を求めたが、ガブリエルは最初の供述を頑として変えようとしなかった。マグダレーナはフィレンツェでジェンティレスキの贋作を買ったために逮捕された。絵は現在、東九十一丁目の美術品保管倉庫に置かれている。朝になったら、東七十四丁目にあるフィリップ・サマセットのタウンハウス内の画廊へ運ばれる。そして、午後一時にはその絵が会話の中心となり、〈マスターピース・アート・ベンチャーズ〉の詐欺行為を明るみに出すのに必要な証拠をイーヴリンが残らず手に入れる。

「マグダレーナに盗聴器をつけてもらうの？」

「彼女の電話が送信機がわりになります。フィリップの電話も盗聴できます」

「フィリップが同意したとは思えないけど」

「やつの同意は求めていません」

九時、一同はひと休みして夕食をとることにした。サラがバーから人数分のマティーニを届けさせるいっぽうで、マグダレーナはホテルの有名レストラン〈ペリーヌ〉にルームサービスを頼んだ。ガブリエルの提案で、イーヴリンが夫を食事に誘った。ウェイターたちがキャスターつきのテーブルをスイートに運んできたとき、夫が到着した。夫のトム・ブキャナンは物腰柔らかで、博学で、イースト・エッグの海辺で贅沢な生活を送りつつ白人の権力の衰退に苛立っていた名門のポロ選手、つまり『華麗なるギャツビー』に登場するトム・ブキャナンとは正反対のタイプだった。

イーヴリンは夫に秘密厳守を誓わせてから、この日の午後に飛びこんできた驚愕すべき話を詳しく語って聞かせた。トム・ブキャナンは彼の怒りをシーザーサラダにぶつけた。

「いかにもフィリップ・サマセットが企みそうなことだ。とはいえ、その才覚には感心するしかない。美術界の弱点を見つけだし、巧みにその弱点を突いたのだから」

「弱点というのは？」ガブリエルは尋ねた。

「美術市場にはなんの規制もない。価格は気まぐれだし、品質管理はないに等しく、ほとんどの絵は極秘という条件下で持ち主が変わる。どれをとっても、詐欺を働くのに申し分のない環境だ。もちろん、フィリップはそれを極限まで利用したわけです」

「なぜ誰も気づかなかったのでしょう？」

「モーゲージ証券と債務担保証券がグローバル経済を崩壊させようとしたことに誰も気づかなかったのと同じ理由からです」

「誰もが大儲けしているから？」

トムはうなずいた。「しかも、フィリップのところの投資家連中だけではない。取引銀行の連中もそうだ。イーヴリンの記事が出たら、誰もが莫大な損失を被ることになる。それでもやはり、わたしはきみのやり方に賛成する。ＦＢＩが行動を起こすのを待っていても埒が明かない。そこでひとつ頼みがある。有罪の決め手となる証拠書類をひとつかふたつ、妻に渡してもらえないだろうか」

「〈マスターピース〉の社内メモですか？　史上最大の美術詐欺を計画・実行するにあたって、フィリップがその詳細を記したとでもいうのですか？」

「これは一本とられたな、ミスター・アロン。では、東九十一丁目の倉庫に保管されている書類などはどうだろう？」

「フィリップの現在の在庫リストですか？」

「そのとおり。フィリップが贋作を帳簿に記載していることをマグダレーナが百パーセント断言できるなら、そのリストが破壊的な威力となる」

「あの倉庫に保管されている絵画すべてのリストをひそかに入手するよう、元連邦検事がわたしに勧めているわけですか？」

「そんなことは夢にも思っていない。だが、入手できたら、ぜひともわが妻に渡してもらいたい」

ガブリエルは微笑した。「ほかに何かアドバイスは、検事どの」

「わたしがきみだったら、フィリップの財政状態に少し圧力を加えることを考えるだろう」

「大手投資家の一部に償還請求を勧めるとか？」

「きみのほうですでに計画を立てているような感じだね」

「ロンドンにニコラス・ラヴグローヴという男がいます。世界でもっとも人気の高いアート・アドバイザーの一人です。彼のクライアントの何人かがフィリップのファンドに投資しています」

「ヘッジファンドの経営者というのは、投資家が金をひきあげたらひどく怪しむものだ。故に、極秘で進める必要がある」

「ご心配なく」サラが言った。「美術商というのは、口が堅くなければなんの価値もありませんから」

56

〈ワトソン画廊〉

〈マスターピース・アート・ベンチャーズ〉の崩壊は、ロンドン時間で翌日の午前十時四十五分――ニューヨーク時間では午前五時四十五分――に、クリストファー・ケラーがキング通りの〈オリヴィア・ワトソン画廊〉を訪ねたときから始まった。ウィンドーの小さな掲示板に〝アポイントのない方はご遠慮願います〟と書いてあった。ケラーはアポイントをとっていなかった。奇襲攻撃のほうが成功の確率が高いと読んだのだ。呼鈴を押し、その音にビクッとしながら応答を待った。

「あらあら」官能的な女性のささやき声がした。「猫ちゃんがドアの前に何を置いていったのかしら。ひょっとして、わたしの仲良しのミスター・バンクロフト?」

「マーロウだ、覚えてるね? ドアをあけてくれ」

「悪いけど、いまは手が離せないの」

「その手を自由にして、おれを通してくれ」

「あなたに懇願されるのって大好きよ、ダーリン。ちょっと待ってね。いまいましい錠をはずすボタンに手が届かなくて」

さらに数秒が過ぎてからようやく、デッドボルトがカチッと音を立て、ケラーの手に押されてドアが開いた。なかに入ると、画廊の展示室に置かれた光沢のある黒いライティング・テーブルのところにオリヴィアがいた。自分が美しく見えるように計算し、目につかないカメラに向かってポーズをとっているかのようだった。いつものように、顎がやや左を向いている。カメラマンも広告主も昔から彼女の顔の右側を好んでいたからだ。ケラーの好みはどちらでもなかった。どの方向から見ても、オリヴィアは芸術作品だ。

彼女が立ちあがり、テーブルの向こう側からやってくると、足首を交差させ、片手を腰にあてた。着ているのは流行のデザインのジャケットと、おそろいのスリムなパンツ。色も生地の軽やかさも夏にふさわしい。

「〈マークス＆スペンサー〉かい？」ケラーは訊いた。

「アルマーニがわたしのために仕立ててくれたささやかなプレゼントよ」オリヴィアは顎をわずかに上げ、すっと通った鼻筋の上からケラーを見つめた。「なぜまた、うちの画廊があるこの界隈に？」

「共通の友人が頼みごとをしたいそうなんだ」

「誰のこと？」

「きみの悲惨な過去をきれいにして、このセント・ジェームズで立派な画廊をオープンできるように尽力してくれた人物」ケラーは言葉を切った。「画廊はきみの愛人のドラッグマネーを使って買いこんだ絵であふれている」

「わたしの記憶だと、その共通の友人はあなたにも同じようなことをしてくれたでしょ」オリヴィアは腕組みをした。「あなたの愛らしいアメリカ人の奥さんは、あなたがかつて何で生計を立ててたかご存じなの？」

「わが愛らしいアメリカ人の妻のことをきみが気にする必要はない」

「奥さんが以前ＣＩＡの仕事をしてたって本当？」

「どこでそんなことを聞いた？」

「近所のゴシップ。わたしがサイモン・メンデンホールと熱々のセックスを楽しんでるなんていう最低のゴシップも流れてるわ」

「ポップスターと交際中だと思ってたが」

「コリンは俳優よ。目下、ウェスト・エンドで最高にホットな舞台の主役をやってるわ」

「二人とも真剣なのか？」

「すごく」

「だったらなぜ、ろくでもないサイモンと浮気なんかするんだ？」

「あなたの奥さんが広めた噂よ」オリヴィアはしらっとして言った。

「信じる気になれないな」

「おまけにあなたの奥さんときたら、〈ウィルトンズ〉でわたしを見かけるたびに、小声で〝クソ女〟って言うのよね」

ケラーは思わず苦笑した。

「笑ってもらえて何よりだわ」オリヴィアは彼の装いを綿密に点検した。「最近、あなたの服選びは誰がやってるの？」

「ディッキー」

「よかった」

「きみがそう言っていたと伝えておくよ」

「それよりむしろ、あなたの愛らしいアメリカ人の奥さんに、やめるよう伝えてほしいわ」オリヴィアはゆっくりと首を横にふった。「正直なところ、あなたの奥さんがどうしてあんな下品な言葉を使うのか、わたしには理解できない」

「軽い嫉妬。それだけのことさ」

「嫉妬する権利があるとしたら、それはわたしのほうよ。だって、あなたを手に入れたのはサラだもの」

「まあまあ、オリヴィア。心にもないことを。おれは単に、きみがこのロンドンで足場を築くまでのあいだ翼を休めるための、くつろげる場所に過ぎなかった。いまのきみはポップスターとつきあってるし、きみの画廊は大繁盛だ」

「すべてわたしたちの共通の友人のおかげなの?」

ケラーは何も答えなかった。

「その人、たしかリタイアしたと思ってたけど」オリヴィアは言った。

「個人的なことなんだ。フィリップ・サマセットという男の件で」

「あのフィリップ・サマセット?」

「友達?」

「二年前、〈クリスティーズ〉がニューヨークで開いた〝大戦後とコンテンポラリーのオークションの夕べ〟のときに、わたし、あの夫妻のとなりにすわったの。妻はモデルか何かやってて、大金持ちの彼を射止めたのよね。名前はローラ。いえ、リンダ?」

「リンジー」

「あ、それそれ。すごく若くて、呆れるほどの馬鹿女。フィリップはかなりのやり手って感じだった。彼のファンドに投資する気はないかって訊かれたわ。わたしが出入りできるような世界じゃないって答えておいた」

「賢明な判断だ」

「何か問題でもあるの?」

「フィリップはきみの昔の愛人に少々似ている。表面はピカピカだが、内側は汚れている。

さらに、フィリップの財政状態がいささか不安定だという噂がニューヨークに流れている」

「ただの噂でしょ?」

「たまたま真実だ。われらが共通の友人からきみに頼みごとがある——世界でもっともリッチなコレクターの何人かを顧客にしているロンドンの有名なアート・アドバイザーの耳に、きみの口からその噂をささやいてほしいそうだ」

「どうやって?」

「心地よいビジネスライクなランチの席で、さりげなくささやく」

「いつ?」

「今日」

オリヴィアは腕時計にちらっと目を向けた。

「でも、もうじき十一時よ。ニッキーはすでに誰かとランチの約束をしてるに決まってる」

「おれの勘だと、その約束はキャンセルするだろう」

オリヴィアは彼女の携帯電話に手を伸ばした。「条件をひとつ呑んでくれれば、やってあげてもいいわよ」

「彼女に言っておく」ケラーは言った。

「ありがとう」オリヴィアは番号をタップして、電話を耳に持っていった。「もしもし、ニッキーね。オリヴィア・ワトソンよ。突然の誘いなのは百も承知なんだけど、今日のランチの時間、空いてないかしら……一時に〈ウルズリー〉？　じゃ、あとでね、ニッキー」

57

〈ウルズリー〉

そして、メイフェアの高級レストランのひとつで贅沢なランチをとりながら口にされた、さりげなさを装った言葉で、それは始まった。ランチタイムのカトラリーの音がひどくうるさいため、ニッキーは前菜のカニサラダ越しに身を乗りだして、もう一度言ってくれとオリヴィアに頼んだ。オリヴィアは秘密めいたひそひそ声で話をくりかえし、「この警告に関してわたしの名前は出さないで」とつけくわえた。時刻は一時半だった。というか、ジュリアン・イシャーウッドがそう言ったのだが、近くのテーブル席で健啖家ぶりを発揮していたときに、ニッキーの顔が蒼白になるのに気づいたのだった。ジュリアンの食事相手のずんぐりした男性は何も目にしていなかった。〈ウルズリー〉のホールスタッフに加わったばかりのテッサという若い子を口説こうとしていたからだ。

　ニッキーは情報源の名前を明かすようオリヴィアに迫った。拒否されると、「ちょっと失礼」と彼女に断って、すぐさまスターリング・ダンバーの電話番号をタップした。ダンバーはマンハッタンで不動産開発会社を経営している富豪で、つねにニッキーのアドバイスに従って絵画を大量に買いこんでいる。〈マスターピース・アート・ベンチャーズ〉にとっては最初の大手投資者の一人だった。

「わたしの現在の残高を知っているかね？」ダンバーは馬鹿にしたように言った。

「わたしより大幅に多いことはたしかですね」

「一億五千万ドル。最初の投資額が五倍になった。ファンドは岩のように堅固だとフィリップが保証してくれている。じつは、もう一億投資しようかと思ってるところだ」

保守的な実業家のマックス・ヴァン・イーガンは〈マスターピース〉に二億五千万ドルを投資していた。金をひきあげる気はないとニッキーに言った。サイモン・レヴィンソン――小売業の〈レヴィンソンズ〉のオーナー――も同じく現状維持の意向だった。しかし、エインズリー・キャボットという、絵を選ぶ目は非凡だが資産は八桁レベルにとどまっているコレクターはニッキーのアドバイスに従った。アメリカの東部標準時で午前九時十五分に、フィリップに電話をかけた。東三十四丁目のヘリポートでフィリップが自家用シコルスキーから降りようとしているときだった。

「いくらです？」ローターの騒音に負けまいとして、フィリップはどなった。

「全額」

「いったん投資金をひきあげたら、二度と戻せませんよ。わかってるんですか、エインズリー？」

「脅しをかけるのはやめて、わたしの金を送ってくれ」

午前九時二十四分、フィリップが運転手つきのベンツで三番街を走っていたとき、バフィー・ローウェルから電話が入った。その八分後、東七十二丁目に出てのろのろと市内を横断する車に乗っていたフィリップをリヴィングストン・フォードがつかまえた。リヴィングストンがファンドに投資している額は五千万ドル、それをひきあげると言った。

「後悔しますよ」フィリップは警告した。

「三番目の妻にも同じことを言われたが、以来、わたしは最高に幸せに暮らしている」

「部分的な償還にとどめておくよう、考えてほしいですね」

「金庫に充分な現金が残っていないと言いたいのかね？」

「シティバンクの口座にはいまのところ、それだけの金額が入っていません。ご要望にお応えするため、絵を数点処分しなくてはなりません」

「だったら、フィリップ、処分にとりかかってくれたまえ」

こんなふうにして、さりげなさを装った言葉——四十五分前にロンドンで贅沢なランチをとりながら口にされたもの——が〈マスターピース・アート・ベンチャーズ〉に一億ドルの大きな穴をあけることになった。しかしながら、フィリップのほうは、そんなやりとりがあったとは夢にも思わなかった。必死に情報を求めて、二種類のネット検索を大至急やってみた。ひとつは彼自身の名前で。もうひとつはファンドの名前で。どちらの検索からも、大手投資家のうち三人が急にファンドから逃げだした理由を説明するものは見つからなかった。SNSを調べても、ダメージになりそうな情報は出てこなかった。午前九時四十二分、ついにテレグラムのアイコンをタップした。これは通信内容が暗号化されるクラウドベースのメッセージアプリで、フィリップはシークレット・チャット・スレッドを開いた。

〝わたしは出血多量で死にかけている〟と打ちこんだ。〝原因を見つけてくれ〟

フィリップ・サマセットが二〇一四年に東七十四丁目のタウンハウスを購入した当時、三千万ドルは巨額の金だと思われていた。贋作数点を担保に、取引銀行のJPモルガン・チェースから融資を受けた。魔法の杖をひとふりして、無価値なカンバスの列を黄金に変える手段のひとつだった。さらに何点かの贋作がタウンハウスの壁を飾った。それはすべて、投資してくれそうな相手を感心させ、桁外れの富と洗練というオーラをフィリップがまとうためのものだった。ファンドに投資する者たちは美術界のエリートを自認している。分別よりも富に恵まれた連中だ。フィリップは詐欺師で、彼自身もよくできた贋作だが、投資家が馬鹿者ぞろいのおかげで、巧妙な企みを続けていくことができた。それにマグダレーナのおかげでもある、とフィリップは不意に思った。彼女がいなければ、けっして成功しなかっただろう。

タウンハウスの一階ロビーに入ると、警備主任のタイラー・ブリッグズに迎えられた。タイラーはイラク戦争に従軍した元兵士だ。ジムで鍛えあげた身体をダーツスーツに包んでいる。

「島からのフライトはどうでしたか、ミスター・サマセット？」

「ヘリポートからここまでのドライブに比べれば楽だった」

またしてもフィリップの電話が鳴っていた。二千万ドルを投資しているスクーター・イーストマンからだった。

「今日搬送予定の品はありますか？」タイラーが尋ねた。

「倉庫からもうじき絵が一点届く」

「クライアントは？」

「今日は誰も来ない。だが、一時ごろにミズ・ナバロが立ち寄る予定だ。彼女が来たら、わたしの仕事部屋に通してくれ」

フィリップはスクーター・イーストマンの電話を留守電サービスにまわして階段をのぼった。二階の踊り場で、家事をまかせているペルー人のグスタボ・ラミレスと妻のソレダが待っていた。フィリップは電話に目を向けたまま、夫婦の挨拶にうわの空で答えた。電話してきたのはロザモンド・ピアースだった。由緒正しき名門の生まれ。〈マスターピース・アート・ベンチャーズ〉への投資額は一千万ドル。

「今日は家でランチをとることにする。ミズ・ナバロも一緒だ。シーフードのコブサラダを頼む。一時半ぐらいに」

「承知しました、ミスター・サマセット」ラミレス夫婦が声をそろえて答えた。

上階の仕事部屋に入った彼は留守電メッセージに耳を傾けた。スクーター・イーストマンも、ロザモンド・ピアースも、ファンドと手を切りたがっていた。この三十分でフィリップは投資金を一億三千五百万ドルも失ったことになる。これだけ大規模な償還に応じたら、倫理規定を厳守して経営してきたヘッジファンドですら危機に陥るだろう。〈マスターピース・アート・ベンチャーズ〉のようなファンドにとっては命とりだ。

フィリップはこの知らせを十時の定例ビデオ会議のときに、ファンドの投資部門の責任者であるケニー・ヴォーンに伝えた。

「たちの悪い冗談なのか？」

「だといいんだが」

「一億三千五百万となるとかなりの痛手だぞ、フィリップ」

「痛みを感じはじめるまでにどれぐらいかかる？」

「リヴィングストン・フォード、スクーター・イーストマン、ロザモンド・ピアース――この三人は全員、今月償還期日を迎える」

「三人で八千万？」

「八千五百万に近い」

「手元にある現金の額は？」

「五千万ぐらいかな。たぶん」

「ポロックを売るとしよう」

「ポロックを担保にしてＪＰモルガンから六千五百万の融資を受けてるんだぞ。売却は選択肢に入らない」

「どれだけあればこの危機を切り抜けられる？」

「八千五百万あると助かる」

「無茶(むちゃ)言うな」

「四千万、なんとか都合できないか？」

フィリップは窓辺へ行き、そろいの青い作業着姿の男二人が〈チェルシー・ファイン・アーツ倉庫〉の配送トラックの荷台から大きな長方形の木箱を下ろす様子を見守った。

「わかった、ケニー。たぶん、なんとかなると思う」

58

ピエール・ホテル

イーヴリン・ブキャナンが十二時半にピエール・ホテルに到着した。上の階にあるマグダレーナのスイートに入り、編集部に記事の概要を伝えたところゴーサインが出たことを、ガブリエルに報告した。脱稿後ただちに『ヴァニティ・フェア』のウェブ版で記事を公開し、次号の雑誌にも掲載することになった。宣伝部ではSNSを使った一大キャンペーンを企画中だった。『ニューヨーク・タイムズ』『ウォール・ストリート・ジャーナル』、ロイター通信、ブルームバーグ・ニュース、CNBC（アメリカのニュース専門局）のほうへは、金融界に広範囲の影響が出そうな大ニュースをもうじき発表すると伝えてある。

「つまり、うちのサイトで公開したら、数分もしないうちに爆発的に広まるということね。フィリップがダメージを抑えこむのはもう無理だわ。何がぶつかってきたのかわからないうちに、フィリップは死んでしまう」

「急げばどれぐらいで公開できます？」

「今日、期待どおりの進展があれば、夜までには用意できるわ」

「フィリップのいまの状況からすると、それまで生き延びるのも無理かもしれない」

「償還額は？」

「一億三千五百万。まだまだ増えるだろう」

「フィリップは動転してるでしょうね」

「自分の目で見てみるといい」

ガブリエルはフィリップとケニー・ヴォーンのビデオ会議の録画を再生した。

〝手元にある現金の額は？〟

〝五千万ぐらいかな。たぶん〟

〝ポロックを売るとしよう〟

〝ポロックを担保にしてＪＰモルガンから六千五百万の融資を受けてるんだぞ。売却は選択肢に入らない〟

ガブリエルは録画を一時停止にした。

「どんなにすごい証拠を手に入れたか、あなた、わかってる？」イーヴリンが訊いた。

「ますます話がおもしろくなっていく」

ガブリエルは〝再生〟をクリックした。

〝どれだけあればこの危機を切り抜けられる？〟

〝八千五百万あると助かる〟

〝無茶言うな〟

〝四千万、なんとか都合できないか?〟

〝わかった、ケニー。たぶん、なんとかなると思う〟

ガブリエルは〝停止〟をクリックした。

「どこで工面するつもりかしら」

「よくわからん。だが、タイミングからすると、わたしが描いたジェンティレスキを使うつもりじゃないかな」

「フィリップがそこまでやれば——」

「銀行を相手に詐欺を働いていたという動かぬ証拠が、われわれの手に入る」

ちょうどそのとき寝室のドアが開いて、マグダレーナが出てきた。白いストレッチパンツにゆったりしたブラウスを合わせ、スティレットヒールのパンプスをはいていた。

ガブリエルは彼女の電話を手渡した。「つねに身につけててくれ。それから、何をするのも自由だが——」

「パスポートなしでどこへ行けというの、ミスター・アロン? スタテン島?」

マグダレーナは電話をバッグに放りこんで出ていった。彼女がいなくなったあとも蠱惑(こわく)的(てき)な香りが部屋に漂っていた。

「彼女、ブラをつけない人なの？」イーヴリンが訊いた。

「荷物に入れてくるのを忘れたらしい」

ガブリエルはプロテウスのアプリに映しだされる映像を、フィリップのデバイスからマグダレーナのデバイスのほうへ切り替えた。次に、レンタカーのニッサンSUV車に乗って下で待機しているサラに電話をかけた。

「ご心配なく」サラは言った。「ぜったい見失ったりしないから」

二分後、サラはマグダレーナがピエール・ホテルの東六十一丁目に面したドアから出てきて、そこで待っていたフィリップのメルセデスSクラスリムジンのリアシートにすべりこむのを見守った。運転手は三回続けて左折すると、マディソン・アヴェニューをアップタウンへ向かって走りだした。サラはそのすぐうしろについた——車の尾行の基本テクニックに反するが、仕方がなかった。ひどい渋滞で車が数珠つなぎになっているうえ、マグダレーナのバッグに入っている携帯電話以外にサラが頼りにできるものは何ひとつないのだから。東六十六丁目まで来ると渋滞が多少ましになり、メルセデスはアクセルを踏みこんだ。サラは車を見失うまいとして、二箇所で赤信号を無視して突っ走らなくてはならなかったが、東七十五丁目では停止する以外に選択肢がなかった。信号がようやく青になったときには、メルセデスの姿はどこにもなかった。さらに二回左折すると、東七十四丁目にあるフィリップのタウンハウスの玄関前に出た。

メルセデスの姿はない。

マグダレーナの姿もない。

そのブロックの端まで車を走らせたところ、歩道沿いに駐車スペースが見つかった。急いで電話をとりだし、ピエール・ホテルのガブリエルにかけた。「お願いだから、マグダレーナはあの家にいると言って」

「いま階段をのぼってるところだ」

サラは電話を切って微笑した。楽しめるうちに楽しんでね、と思った。

マグダレーナは四階にあるフィリップの仕事部屋へ直行するよう、警備員のタイラー・ブリッグズに言われた。しかし、展示室に寄り道をした。ジェンティレスキが展示用イーゼルに置かれていた。携帯電話でその写真を撮った。次に、広いアングルで二回撮影。こうすれば、絵が現在どこにあるかが疑問の余地なくわかるはず——以前『ヴァニティ・フェア』に掲載された、おもねることなき記事のなかで、この展示室が詳しく紹介されていた。記事を描いた女性はいまこの瞬間、ピエール・ホテルでマグダレーナのスイートルームに腰を落ち着けている。

突然、展示室のドアのところからタイラーがこちらを見つめているのに気づいた。防犯カメラのひとつに映った姿を見られたに違いない。マグダレーナはドラッグの密売で身につけた冷静な態度で応じた。

「大傑作だと思わない？」

「あなたがそう言うのなら、ミズ・ナバロ」

「美術には興味がないの、タイラー？」

「正直なところ、あまり詳しくなくてね」

「これ、ミスター・サマセットはもう見てる？」

「ミスター・サマセットに訊いてもらうしかありません。あなたがどこへ行ったのかと、たぶん心配してるでしょう」

マグダレーナは四階へ向かった。フィリップの仕事部屋のドアがあいていた。彼がデスクの前にすわって電話を耳にあて、てのひらを額に押しつけていた。

「とんでもないミスをしたものだな」とわめいて電話を切った。

冷たい静寂が部屋に広がった。

「誰がとんでもないミスをしたの？」マグダレーナは尋ねた。

「ウォレン・リッジフィールド。うちの投資家の人だ。運の悪いことに、同じミスをした者がさらに何人かいる」

「わたしで何か力になれることはない？」

フィリップは彼女の手をとり、笑みを浮かべた。

59

アッパー・イーストサイド

フィリップのタウンハウスのシャワールームは、マグダレーナがかつて暮らしていたアルファベット・シティのアパートメントのキッチンの二倍の広さがあった。大理石とガラスでできた水の世界のワンダーランド。すべてを手に入れた男のためのシャワールーム。ずらりと並んだブラッシュドクロームのハンドルのどれにどんな機能があるのか、マグダレーナには覚えきれない。ひとつをまわしたとたん、四方八方から強烈な水しぶきが飛んできた。大あわてで別のハンドルをまわすと、熱帯の穏やかな滝のような湯に愛撫(あいぶ)された。

フィリップが使っている男性的な香りの石鹸(せっけん)で身体を洗い、フィリップのイニシャル入りのタオルで身体を拭き、そのあと、金めっきのフレームつきのフィリップの鏡で自分の裸身をじっくり眺めた。魅力的な姿には見えず、ぜひとも修復が必要だと思った。ドラッグ密売人の肖像画ね――マグダレーナは思った。泥棒の肖像。

《見知らぬ女性の肖像》……。

主寝室に戻ったが、フィリップの姿はなく、彼がシーツに残したしみがあるだけだった。彼の行為はレイプすれすれの感じで、行為のあいだじゅう、彼の携帯電話から着信音やメールの受信音が聞こえていた。マグダレーナの電話はエルメスのバッグにしまってあり、バッグはフィリップがさっきひきちぎった彼女の服と一緒にベッドの裾にころがっている。ガブリエルたちに聞かれているのがわかっていたので、彼の蹂躙に無言で耐えた。しかしながら、貪欲な愛人のほうは大声を上げていた。

服を着たマグダレーナはバッグを拾いあげ、フィリップを捜しに行った。彼がいたのは階下の展示室で、ジェンティレスキの贋作の前に立っていた。キュレーターのように博学そうな表情を浮かべていた。疑うことを知らない投資家の前では、いつもこういう顔をする。フィリップ・サマセット、芸術の保護者。マグダレーナから見れば、いつまでたっても、あの夜〈ル・シルク〉で初めて会ったときと同じく、教養のない俗物のままだ。ジェイ・ギャツビーの要素が少し入ったバド・フォックス。贋作ね——マグダレーナは思った。しかも、贋作であることは一目瞭然。

「出来はどうだ？」ようやく彼が尋ねた。

「ゲティにあるのより上ね」

「値段は？」

「ほかの条件がすべて同じなら……三千万」

「これを売るしかない」

「お勧めできないわ、フィリップ」

「なぜ？」

「この絵の出所が、ロンドンのオリヴァー・ディンブルビーが売った何点かの絵と同じだからよ。いわゆる〝ヨーロッパの古いコレクション〟からまたしても絵が見つかったとなれば、怪しまれるに決まっている。この絵には、完璧に新たな来歴と、ほとぼりを冷ますための充分な時間が必要だわ。それから、帰属についても一段階か二段階下げたほうがいいと思う」

「〝ジェンティレスキ作〟というのをやめるのか？」

「〝ジェンティレスキの一派〟とするか。もしくは、さらに下げて〝模倣者〟にするか」

「それだと百万で売れればいいほうだ」

「わたしがフィレンツェで買ったのは絵じゃないのよ、フィリップ。史上最高の腕を持つ贋作者を買ってきたの。その贋作者がこれから何年ものあいだ儲けさせてくれるわ。ジェンティレスキは倉庫にしまって、じっと我慢してちょうだい」

　フィリップは彼の電話を見つめた。「残念ながら、いまは我慢という美徳を発揮する余裕がない」

「今度は誰から？」

「ハリエット・グラント」

「何がどうなってるの？」

「さっぱりわからん」

　ＣＮＢＣのニュースが背後で低く流れるなか、二人はシーフードのコブサラダをキッチンのテーブルで食べた。マグダレーナはサラダに合わせてサンセールを飲んだが、フィリップはベッドでの奮闘で喉がカラカラなのか、アイスティーをがぶ飲みしていた。肘のところに、電話が表向きに置いてある。音量はゼロにしてあるが、メッセージが入るたびに光っている。

「そいつの名前を教えてもらってないぞ」フィリップは言った。

「悪いけど、それは無理」

「なぜだ？」

「平等ってことかしら。あなたにはあなたの贋作者がいる。そして、わたしも自分の贋作者を手に入れた」

「だが、きみが贋作者を手に入れるのに使った一千万ドルはわたしの金だぞ」

「わたしがいなかったら、あなたはお金儲けなんてできなかったはずよ、フィリップ。それに、わたしは大変な手間をかけてその贋作者を捜しだしたのよ。わたし一人のものにさせてもらうわ」

　フィリップはフォークを置き、無表情に彼女を見つめた。

「デルヴェッキオ」ため息混じりにマグダレーナは言った。「マリオ・デルヴェッキオ」

「経歴は？」

「よくあるパターンよ。画家として大成できなかったものだから、パレットと絵筆で美術界に復讐しようとしている。ウンブリア州南部の辺鄙な村に住んでいる。すばらしく教養があって、画家として修業を積んでいる。それに、とってもハンサムだってことも言っておかなきゃ。わたし、その村に滞在中、彼と深い仲になったのよ。あなたと違って、女の喜ばせ方を知ってる人なの」

「わたしがきみのためにできることが、ほかに何かあるかね？」

「サンセールをもう少しもらいたいわ」

　フィリップはセニョーラ・ラミレスに合図をした。「きみの恋人が描きあげた絵はほかにもあるのか？」

「いまのところ、わたしはどれも市場に出す気になれないの。名画のほうはしばらく中断して、中程度の作品に集中するよう、彼に頼んでおいたわ。それなら目立たないように売買できるから」

「そいつのパートナーはどうするつもりだ？　アレッサンドロ・カルヴィとかいうやつ」

「わたし、マリオと寝るようになったから、彼を説得してシニョール・カルヴィと手を切らせることはできると思う」

「冗談なんだろ?」

「あなたしかいないことはわかってるでしょ、フィリップ」マグダレーナは〝馬鹿ね〟と言いたげに彼の手の甲を軽く叩いた。「正直に言うと、シニョール・カルヴィのことより、わたしが名前を知らされていない贋作者のことのほうが心配だわ」

「そいつの心配はわたしにまかせてくれ」

「巨匠絵画のお仲間ができたと知ったら、その贋作者はどう思う?」

マグダレーナはワイングラスを唇に持っていった。「前にそのセリフを聞いたのはどこだったかしら」

フィリップは新たな表情を浮かべた――彼女を気遣う友人兼セックス・パートナーの表情。博学なる美術界の教養人を気どったときのフィリップ以上に嘘っぽい。「いったい何を考えてるんだ?」

「あなたのこと以外にって意味?」マグダレーナはウィットに富んだ返事を返して低く笑った。「自分の将来がちょっと心配になってね。それだけのことなの」

「きみの将来は保証されている」

「ほんとにそう？」

「最近、自分の口座の残高をチェックしたことはあるか？　明日リタイアしても、地中海のイビサ島のビーチに寝そべって、一生安楽に暮らしていけるぞ」

「で、わたしがもしそうしたら？」

フィリップは返事をしなかった。またしても彼の電話を凝視していた。

「今度は誰？」

「ニッキー・ラヴグローヴ」電話を留守電サービスにまわした。「やつのクライアントの何人かがわたしのファンドから投資金をひきあげようとしている」

「わたしのお金もそのファンドに預けてあるのよ。全財産を」

「きみの金は安全だ」

「あなた、以前にも約束したわね。わたしをスペインのダミアン・ハーストにするって。でも、それはわずかな現金をわたしのポケットに入れるための、あなたの狡猾（こうかつ）な策略に過ぎなかった」

「わたしの記憶だと、現金の額はわずかではなかったぞ」

「どこにあるの？」唐突にマグダレーナは訊いた。

「絵？」

うなずいた。

「倉庫に入れてある」

「全部返してほしいんだけど」

「だめだ」

「どうして?」

「わたしに所有権があるからだ。それから、きみもわたしの所有物だ、マグダレーナ。けっしてそれを忘れるな」

彼の電話が光を放った。

「また投資家じゃないわよね?」

「違う。リンジーだ」

マグダレーナは笑みを浮かべた。「よろしく言って」

妻と短時間だけ話をし、ビジネス・パートナー兼愛人に別れを告げたあと、フィリップ・サマセットは仕事部屋に戻り、JPモルガン・チェースでアート専門の融資を担当しているエリス・グレイに電話をかけた。エリスとは週末にサグ・ハーバーでばったり顔を合わせていたので、余分な挨拶は省略した。現金が少々必要だと言った。〈マスターピース・アート・ベンチャーズ〉との取引で何百万ドルもの利益を上げてきたエリスは、フィリップが希望する金額と、担保にする予定の絵の詳細を尋ねただけだった。

「金額は四千万」

「で、絵は？」

フィリップは答えた。

「本物のジェンティレスキか？」エリスが訊いた。

「今回新たに発見されたものだ。一年か二年ほど隠しておいて、それから市場に出そうと思っている」

「帰属は？」

「疑問の余地なし」

「では、来歴は？」

「いささか弱い」

「どこで購入した？」

「スペイン人の美術商から。いま言えるのはそれだけだ」

アート専門の融資を担当して生計を立てているエリス・グレイは、美術界の不透明さをよく知っている。とはいうものの、相手がたとえフィリップ・サマセットのような信用のおける大事な顧客であっても、来歴が曖昧な絵にＪＰモルガン・チェースの金を四千万ドルも注ぎこむ気にはなれなかった。

「徹底的な科学的鑑定を受けてもらわないと融資はできない」エリスはつけくわえた。

「ウェストポートのエイデン・ガラハーのところへ送ってほしい。エイデンが〝清浄〟と言ってくれれば、わたしのほうで融資手続きを進める」

フィリップは電話を切った。次にケニー・ヴォーンとビデオ通話をして、早急に現金を用意するのは無理なようだと伝えた。

「償還を先延ばしにする方法を考える必要がありそうだ」

「そりゃだめだ。なんとかして切り抜けないと」

「ろうそくでも灯して祈ることにするか」

フィリップはケニーとの電話を切り、またもやかかってきた電話に出た。

アレグラ・ヒューズからだった。

アレグラもファンドと手を切ろうとしていた。

60

ピエール・ホテル

ガブリエルはこの日の朝早く、ユヴァル・ガーションに頼みごとをした。そう、図々しい頼みだし、違法であることはわかっていた。正式にそんなことを頼める立場にはなく、これで最後だと言いきることもできなかった。不倫をしていた英国の首相とか、ローマ教皇とか、ロンドンの美術商たちとか、とにかく問題を抱えた人々は真っ先にガブリエルを頼ることにしているようだ。人に頼まれて事件の調査を始めた彼は、よくあることだが、そのせいで命を狙われた。もちろん、それはユヴァル・ガーションも知っている。それどころか、ユヴァルがタイミングよく割りこんでくれなければ、ガブリエルはたぶん殺されていただろう。

ユヴァルはガブリエルに頼まれた仕事を若い新人にまかせた。なんの問題もないことだった。この分野では、古顔より若い新人のほうが優秀なことが多い。今回の新人は本当の意味での芸術家だった。東部標準時で十時十五分に第一歩を踏みだし、二時半にはもう、その場所を自分の支配下に置いていた――その場所というのはマンハッタンを拠点とする企業で、名前は〈チェルシー・ファイン・アーツ倉庫〉。

新人は指示されたとおり、まずデータベースへ直行した。保険関係の記録、税金関係の書類、個人ファイル、一年分の入荷と出荷をまとめた輸送記録、ヨーク街に近い東九十一丁目の空調システム完備の安全な倉庫に保管されている絵画のマスターリスト。合計七百八十九点の絵画があった。一点ずつに、題名、画家名、木枠、寸法、完成年月日、推定価格、現在の所有者、倉庫内の正確な保管場所（階と棚番号）の説明がついていた。

そのうち六百十五点は〈マスターピース・アート・ベンチャーズ〉の所有となっていた。〈チェルシー・ファイン・アーツ倉庫〉を所有しているのも〈マスターピース〉だ。残りの作品はダミー会社の管理下にあり、この種の会社はどこも、全世界の資産隠しを企む連中や泥棒政治家どもが大好きな大文字三つの略語を社名にしている。いちばん新しく届いた絵はオラツィオ・ジェンティレスキの作とされる《ダナエと黄金の雨》。表示価格は三千万ドルで、じっさいの価値より三千万ドルほど高い。保険はまだかけられていない。

倉庫にはまた、かつて前途を嘱望されたマグダレーナ・ナバロという名のスペイン人画家の作品十六点も保管されていた。マグダレーナはこの日の午後三時十五分——〈マスターピース・アート・ベンチャーズ〉の設立者にしてCEOのフィリップ・サマセットの有罪を立証するために彼とランチをとったあと、ピエール・ホテルに戻った。上階のスイートに入ると、自分の電話をすぐさまガブリエルに渡した。ガブリエルは七百八十九点の絵画のリストを彼女に渡し、みんなで作業にとりかかった。

ひどく憂鬱ではあるが予想されたリズムで、一同は作業を進めた。マグダレーナがリストを目で追い、間違いなく贋作と断定できる絵が見つかると、大声でみんなを呼ぶ。次に、丹念にメモをとるサラとイーヴリン・ブキャナンを前にして、マグダレーナはその絵が〈マスターピース・アート・ベンチャーズ〉の在庫目録に加わった年月日と状況を述べる。絵の大半は、マグダレーナの流通ネットワーク内でおこなわれた架空の売買を通じて購入されたものだ。つまり、じっさいの金の受け渡しはなかったわけだ。しかし、数点の作品については、その真贋に疑問が生じた場合に〝自分は何も知らなかった〟とフィリップがもっともらしく言い訳できるよう、売買のさいに有名な美術商をあいだに入れていた。

目録から消えた作品のなかで注目すべきは、サー・アンソニー・ファン・ダイクの《見知らぬ女性の肖像》、油彩・画布、一一五×九二センチで、〈マスターピース〉が最近〈イシャーウッド・ファイン・アーツ〉から購入したものだった。輸送記録によると、四月中旬にニューヨークの〈サザビーズ〉へ運ばれている。

「パリで起きた爆破事件の一週間後だ」ガブリエルは指摘した。

「きっとフィリップが売りに出したのね」マグダレーナが答えた。「つまり、何も知らないどこかのコレクターが価値のない絵を自慢そうに所有してるってことだわ」

「明日の朝、〈サザビーズ〉のほうに話しておく」

「内密にね」サラが注意した。

「いや」イーヴリンのほうをちらっと見て、ガブリエルは言った。「それは選択肢に入らないような気がする」

午後五時までに、一同はリストの上から下までの丹念な調査を二回終えていた。最終的に出た数字は、二百二十七点の贋作という驚くべきもので、評価額は三億ドルを超えていた。すなわち、〈マスターピース〉の資産額とされるものの二十五パーセントを占めている。ガブリエルとマグダレーナがニューヨークで手に入れたその他の証拠——フィリップ・サマセットが贋作を担保にしてJPモルガン・チェースから融資を受けようとした件の録音データも含まれる——をそこに加えれば、〈マスターピース・アート・ベンチャーズ〉が史上最悪の詐欺師の一人に牛耳られている犯罪組織であることを、議論の余地なく立証できる。

リスト調べが終わったところで、イーヴリンはフルトン通りにある『ヴァニティ・フェア』の本社の編集部に電話を入れ、午後九時までにかならず完成原稿を送ると告げた。それから彼女のノートパソコンの前にすわって原稿を打ちはじめた。

「いずれかの時点で」イーヴリンはガブリエルに言った。「わたしからフィリップにコメントを求めなきゃいけないわね」

幸い、フィリップに連絡をとる方法はわかっていた。プロテウスによれば、彼の電話は現在、五番街と東七十四丁目の角の海抜四十メートルの地点にあるという。不在着信が六件、新たなボイスメッセージが三件、未読の携帯メールが二十二件入っていた。カメラは天井を凝視していた。マイクはなんの音も拾っていなかった。クソ電話、その場でじっとしてるだけか——ガブリエルは思った。デジタルパルスを発するペーパーウェイトみたいなものだ。

61

サットン・プレース

レナード・シルクは人間の暗黒面に精通していた。クライアントは彼に警備を依頼できるだけの財力がある者ばかりで、ありとあらゆる種類の詐欺師、策略家、ペテン師、窃盗犯、横領犯、インサイダー取引をおこなう者、女たらし、性倒錯者といった悪党どもの展示場だった。シルクがこういう連中を批判することはけっしてない。彼自身も罪悪に無縁ではないからだ。脛に傷持つ身としては、他人の批判などしないほうがいい。

シルクが道を踏みはずしたのは一九八〇年代後半、チリの首都ボゴタのＣＩＡ支局にいたときだった。離婚したばかりで、ふところ具合が苦しかったため、コカインを扱うメデジン・カルテルのおいしい提携話に飛びついた。麻薬取締局や、カルテルに潜入しようとするコロンビアの官憲当局に関する貴重な情報を、麻薬王たちに流すようになった。その謝礼として、麻薬王たちはシルクに金をくれた——現金で二千万ドル。シルクが宣誓のうえで守るはずだった国にカルテルがコカインを売って儲けた金だ。

シルクは不正に得た金と彼の人生のどちらも失うことなく、カルテルとの関係をどうにか断ち切り、九・一一のテロ攻撃のわずか数日前にCIAを退職した。金の一部を使ってサットン・プレースに豪華なアパートメントを購入した。そして、二〇〇二年の冬、かつての同僚たちがテロリズムに対するグローバルな戦いに突入するあいだに、シルクは警備コンサルタント兼私立調査員としてビジネスを立ちあげた。悪趣味な言葉遊びをやって、個人経営の自分の会社に〈インテグリティ・セキュリティ・ソリューションズ〉という名をつけた。イニシャルをつなげるとISS。テロ組織のISIS（イスラム国）を連想させる名前だ。

クライアントたちを相手に通常のコンサルタント業務もおこなっているが、収入の大半は不正な手段で得たものだった。例えば、企業を標的にしたスパイ活動、ハッキング、脅迫、妨害行為、〝クライアントの評判を守るため〟と彼が婉曲的に表現するサービスなどで。問題を解決する手腕によって、いや、そもそも問題が起きないようにする手腕によって、シルクはよく知られている。彼はまた、最後の手段として、〝問題〟が致命的な交通事故や麻薬の過剰摂取という災難に遭遇したり、手がかりひとつ残さずに消えてしまったりするように画策することもできる。そのための人間を正式に雇っているわけではない。かわりに、フリーな立場のプロを必要に応じて使うことにしている。最近もふたつの作戦がフランスでくりひろげられ、シルクはそれに深く関わった。どちらも同じクライアントから依頼されたものだった。

その日の午前九時四十二分、そのクライアントからシルクのもとに、アート専門の彼のヘッジファンドの投資家たちが何百万ドルにものぼる償還を求めてきているので、原因を調べてほしい、との依頼があった。金銭や恫喝(どうかつ)で情報提供者に仕立て上げた連中に何度か電話をかけただけで、有望そうな線が見つかった。電話で報告するのは控えたい事柄だったので、お抱え運転手を呼んでアップタウンへ向かった。東七十四丁目にあるクライアントの住まいに到着したシルクは、作業員二人が木箱入りの絵を配送トラックの荷台に積みこんでいるのを目にした。開いた玄関ドアのところで、タイラー・ブリッグズという名の警備員がその奮闘を見守っていた。

「ボスはどこだ?」シルクは尋ねた。

「上の階の仕事部屋です」

「一人か?」

「いまは一人です。さっきまで人が来てました」

「興味の持てそうな相手か?」

ブリッグズはシルクをタウンハウスのセキュリティ制御室へ案内した。美術品でいっぱいのこの住まいはおびただしい数の高解像度カメラによって守られている。目下、その一台がシルクのクライアントを映しだしていた。クライアントはデスクの前にすわり、電話を耳にあてている。体調が悪そうだ。

　ブリッグズはパソコンの前にすわり、無言でキーをいくつか叩いた。次の瞬間、背の高い黒髪の女性がビデオ画面のひとつに現れた。展示室で絵の前に立っていた。ジェンティレスキだ――シルクは思った。みごとな絵だが、贋作と見てほぼ間違いない。

「女が絵を写真に撮っているのはなぜだ？」

「理由は訊きませんでした」

「女はこのあとどこへ行った？」

　警備員は録画を再生した。

　画面が静止した。

「もう充分だ」しばらくしてから、シルクは言った。「ミスター・サマセットの仕事部屋へ行って、わたしが庭で待っているとこっそり伝えてほしい」

　警備員は立ちあがり、ドアのほうへ行こうとした。

「もうひとつ頼みたい、タイラー」

「はい、ミスター・シルク？」

「電話は部屋に置いていくよう、ミスター・サマセットに伝えてくれ」

シルクは廊下を通ってタウンハウスの奥へ向かった——ワインセラー、映画上映室、ヨガスタジオを通り過ぎ——そして、塀に囲まれた庭に出た。真夏の葉を茂らせた大樹が日陰を作り、北側と東側には古いアパートメントの建物がそびえている。塵ひとつ落ちていない石のテラスに、装飾用のガーデン・ファニチャーがわびしそうに置かれている。イタリア風の噴水のしぶきが五番街を走る午後の車の騒音を消している。

五分たったころ、フィリップ・サマセットがようやく姿を見せた。その装いはいつものように、海の男のイメージだ。二人は柳細工の低めの椅子に腰かけた。シルクは調査で判明したことを前置きも社交辞令も抜きで報告した。彼は多忙だし、フィリップ・サマセットは深刻なトラブルを抱えている。

「どれほどひどいことになりそうだ？」

「こちらで雇った連中は、内容に関してはまだ何も突き止められずにいる」

「わたしがきみに金を払っているのは、まさにそういう情報をつかむためじゃないのかね、レナード？」

「あの雑誌の広報部が市内のあらゆるビジネス関係のニュースデスクにコンタクトをとっている。よほど大きなネタをつかんでいなければ、そこまでやるはずがない」

「致命的か？」

「下手をすれば」

「で、間違いなくわたしに関する記事だというのか？」

シルクはうなずいた。

「ＦＢＩが関わっているのか？」

「こちらの情報源の話だと、そうではないようだ」

「では、ネタはどこから出ている？　それに、投資家の何人かがよりによって今日という日にファンドから逃げだしたのはなぜなんだ？」

「あんたのダメージになりそうな記事がもうじき出ることになってて、その噂が美術界を駆けめぐっているとも考えられる。だが、もっと納得できる説明をするなら、固い決意と才覚を備えた敵が組織的に攻撃しているのかもしれん」

「敵として誰が考えられる？」

「一人しかいない」

シルクはその名前を口にしなかった。必要がないからだ。ガブリエル・アロンのような男を標的にすることにはもともと反対だったが、フィリップに一千万ドルの報酬を持ちかけられて折れたのだった。シルクは〈グルプ〉という名でしか知られていないフランスのある組織に、その報酬のなかからかなりの金を渡した。ヴァレリー・ベランガールの件を扱ったのも同じ組織だった。シルクはまた、アロンの旅行計画に関する詳細な情報を〈グルプ〉に伝えておいた——とくに、彼がパリのラ・ボエシ通りにある画廊を訪ねることを。

それなのに、あのイスラエル人と友人のサラ・バンクロフトは死なずに画廊から脱出した。

「アロンのことはもう心配いらないと、きみが保証したじゃないか」フィリップは言った。「ミズ・ナバロが今日の午後早くにやってきたときの映像を見せてもらったところ、どうもその逆のようだ」

フィリップは顔をしかめた。「タイラー・ブリッグズはきみに雇われているのか？　それとも、わたしかね？」

シルクはその質問を無視した。「展示室に飾ってある絵を何回か写真に撮っていた。クローズアップにしたり、ワイドショットにしたり。わたしの印象では、絵が置かれた場所をはっきりさせようとしている様子だった」

フィリップは顔を曇らせたが、無言だった。

「寝室でことを終えたあと、二人でビジネスの話をしたのか？」

「詳細に」フィリップは答えた。

「あんたの電話はそばにあったかね？」

「ああ、もちろん」

「彼女の電話はどこにあった？」

「ハンドバッグのなかだと思うが」

「たぶん、その電話があんたの言葉をひとつ残らず録音していただろう。あんたの電話も盗聴されてると思っといたほうがいい」

　フィリップは低く悪態をついた。

「質問するのが怖くなってきた」

「ケニー・ヴォーンと遠慮のない電話を二回。それから、融資を頼もうと思ってJPモルガン・チェースのエリス・グレイにも電話した」

「融資を頼むことにしたのは、ミズ・ナバロがたまたまあんたの家に来て絵の写真を撮ったのと同じ日に、最大の投資家の何人かがファンドを抜けようとしたからだな」

　フィリップはよろよろと立ちあがった。

「すわって」シルクは冷静に言った。「あの女のそばへはぜったい行くな」

「きみはわたしに雇われた身だぞ、レナード」

「わたしはそういうことをFBIに知られたくない。ついでに言っておくと、ガブリエル・アロンにも。だから、わたしの言うとおりにしてもらおう」

　フィリップはどうにか笑みを浮かべた。「それは脅しか？」

「脅しをかけるのは素人だけだ。そして、わたしは素人ではない」

　フィリップは椅子に腰を下ろした。

「女はどこに泊まってる？」シルクが尋ねた。

「ピエールのいつものスイート」

「様子を探るとしよう。そのあいだに、あんたは上へ行って荷物を詰めてくれ」

「どこへ行けというんだ？」

「あとで決めよう」

「わたしがいま出国したら――」

「残された投資家たちは救命ボートに殺到し、あんたのファンドは数時間以内に崩壊する。ひとつ質問しよう。そうなったとき、あんたはニューヨークにいたいかね？　それとも、リンジーと一緒にビーチで寝そべってるほうがいいかね？」

フィリップは何も答えなかった。

「手元に現金はいくらある？」シルクが訊いた。

「そんなに持っていない」

「だったら、いまここで〈インテグリティ・セキュリティ・ソリューションズ〉の料金を清算してもらおうか」シルクは電話を渡した。「請求額は千五百万ドルだ」

「高すぎると思わないか？」

「値段の交渉なんかしてる場合ではないぞ、フィリップ。あんたをメトロポリタン矯正センターの独房から守れるのはわたしだけだ」

フィリップはケニー・ヴォーンに電話をして、ナッソーにあるオセアニック信託銀行のシルクの口座に千五百万ドルを送金するよう指示した。「わかっている、ケニー。とにかく、必要なことだけやってくれ」

　フィリップは通話を終了させ、電話を返そうとした。

「持ってけ」シルクは言った。「あんたの電話はチャージャーにつないだままデスクに置いていき、ロング・アイランドの家へ行くんだ。わたしから連絡があるまで動かないでほしい」

62

ピエール・ホテル

フィリップ・サマセットのタウンハウスから十三ブロック先のピエール・ホテルへ向かう車のなかから、レナード・シルクは大急ぎでいくつか電話をかけた。まず、ロング・アイランドのマッカーサー空港で営業している〈エグゼクティブ・ジェットサービス〉に。次は、ニカラグアの反政府組織コントラに銃を、複数の麻薬カルテルにコカインを流している男性に。最後に、CIAで一緒だったマーティン・ロスという古い友人にかけた。マーティンはサイバーと監視のスペシャリストの斡旋業をしていて、場合によっては用心棒や銃の名手も調達してくれる。彼が個人的にやっている警備会社はグリーンポイントの倉庫にある。シルクはそこの常連客だ。

「いつ必要だ?」マーティンが訊いた。

「二十分前」

「ミッドタウンはひどい渋滞だ。それに、こっちも予定がぎっしりでね」

「そこをなんとか」彼の乗ったエスカレードがピエール・ホテルの五番街に面したエントランスで止まるあいだに、シルクは言った。「うちのクライアントが感謝するだろう。もちろん、わたしも」

ロビーに入ると、〈ツー・E・バー&ラウンジ〉の案内係の女性がシルクに挨拶の言葉をかけ、隅のテーブルへ案内した。すぐさまシングル・モルトのグラスが運ばれてきて、それからほどなくレイ・ベネットがやってきた。ニューヨーク市警をリタイアした元刑事で、現在はピエール・ホテルの警備主任をしている。ホテル内の出来事でベネットに気づかれずにすむものはひとつもない。だからこそ、シルクは月々多額の金を彼の手に握らせている。

ベネット一人にかぎったことではなかった。市内のあらゆる高級ホテルにベネットのような人物がいて、すべての者がシルクに次々と汚れた情報を提供してくる。報道関係者の私生活に関する情報がもっとも貴重だ。かつて、シルクの上得意の一人に関する暴露記事が、『ニューヨーク』誌に出そうになり、握りつぶす方法をベネットがシルクに教えてくれたことがあった。シルクは謝礼として二万五千ドルを支払った。おかげで、ベネットは妻に離婚の慰謝料を払ったあとの穴を埋め、子供が通う聖ロザリオ校の学費を払うことができた。

ホテルの就業規則によってベネットが客の席にすわることは禁じられているため、立ったままの彼にシルクが用件を依頼した。「二十階のスイートに宿泊中の女性がいる。わたしの重要なクライアントの知り合いだ。クライアントは彼女の身が危険かもしれないと心配している」

「女性の名前は？」

「ミランダ・アルバレスという名でチェックインしている。本名は――」

「マグダレーナ・ナバロですね。常連客です」

「何かふだんと違う点はないか？」

「わたしの間違いでなければ、到着以来、ホテルの外に出たのは一回だけです」

「一人で何をしている？」

「ゆうべ、ディナー・パーティを開きました」

「ほう？　誰がやってきた？」

「廊下の向かいの部屋に宿泊中の友人たち。同じときにチェックインしています。偽名で。ミズ・ナバロと同じように」

「友人たちの本名を知りたい」

「その熱意のほどは？」

「一万ドル」

「二万」

「わかった」シルクは言った。

レイ・ベネットは自分のオフィスに戻り、ドアを閉めてパソコンの前にすわった。警備主任を務める彼には、宿泊客がいくらプライバシーを要求しようと、個人情報に無制限にアクセスする権限がある。しばらくしてからレナード・シルクに電話をかけ、名前を読みあげた。

「サラ・バンクロフトとガブリエル・アロン」

ベネットのｉＰｈｏｎｅがピッと鳴ってメールの着信を知らせた。

「いま送った写真を見てくれ」シルクは言った。

ベネットは画像を拡大した。

「顔に見覚えは？」

「『ヴァニティ・フェア』のあの記者です」

「彼女がミズ・ナバロのスイートに入ったことはあるか？」

「いま、そこにいると思います」

「ありがとう、レイ。小切手を郵送する」

電話が切れた。

ベネットはパソコン画面に出ているふたつの名前を見た。片方に見覚えがあった。ガブリエル・アロン……たしか、前に見たことがある。だが、どこで？

グーグルが答えを教えてくれた。

「クソッ」低くつぶやいた。


ホテルを出たレナード・シルクはエスカレードのリアシートに乗りこみ、フィリップに渡しておいた使い捨ての携帯電話にかけた。

「彼女と話したか？」フィリップが訊いた。

「できなかった。目下、あの女はかなり忙しい」

「何をしてるんだ？」

「〈マスターピース・アート・ベンチャーズ〉に関して知ってることをすべて、イーヴリン・ブキャナンに伝えている最中だ。ガブリエル・アロンとあんたの友達のサラ・バンクロフトも一緒にいる。もうおしまいだ、フィリップ。あんたのチャーター機が十時十五分にマッカーサーを離陸する。遅れるなよ」

「かわりにガルフストリームを使ったほうがいいと思うが」

「この作戦の目的は、なんの痕跡も残さずにあんたとリンジーを出国させることにある。マイアミに到着したら、車がキー・ウェストまで送ってくれる。太陽がのぼるころには、ユカタン半島への道の途中まで行っているだろう」

「きみはどうするんだ、レナード?」

「セビーリャから来たお友達に、あんたがわたしの名前を告げているかどうかによる」

「心配いらん。あの女がきみを何かに巻きこむのは無理だ」

電話の向こうからシルクの耳にクラクションの音が立て続けに届いた。「どうしてまだヘリに乗ってないんだ?」

「二番街が渋滞中だ」

「あんたが向かおうとしてるとこでは、渋滞の心配をする必要はない」

シルクは電話を切ると、ホテルの高層階を見上げた。〝あの女がきみを何かに巻きこむのは無理だ〟……そうかもしれない。しかし、シルクにはそれに賭けるつもりはなかった。

レイ・ベネットに電話をした。

「もうひとつ頼みがあるんだが。きみにその気があるなら」

「聞かせてもらいましょう」

シルクは説明した。

「金額は?」ベネットが訊いた。

「五万」

「ガブリエル・アロンみたいな男を相手にして? 冗談はやめてくださいよ、レナード」

「七万五千でどうだ?」

「十万」

「わかった」シルクは言った。

63

ノース・ヘイヴン

ノース・ヘイヴンにあるだだっ広い無人の屋敷に一人残されたリンジー・サマセットは、あぐらをかいたシンプルなポーズで床にすわり、両手は膝に軽くのせていた。目の前にある床から天井までの窓の外には、ペコニック湾の銅色の海が広がっている。ふだんなら、この雄大な景色が心を満たしてくれるが、いまはだめだった。心の平安を、寂静（シャンティ）を見つけることができなかった。

マットのそばの床に彼女の電話が置いてあった。サイレントモードにしてあるので、光を放ったのが着信の知らせだった。知らない番号だったので〝拒否〟をタップした。すぐまたかかってきた。もう一度拒否した。そのあとさらに二回続けて邪魔者を撃退したあとでついに、プリプリしながら電話を耳元へ持っていった。

「なんのご用？」

「妻と話をしようと思ったんだが」

「ごめんなさい、フィリップ。知らない番号だったから。誰の電話を使ってるの？」

「そっちに着いてから説明する」

「今夜は市内に泊まると思ってた」

「予定変更だ。六時四十五分にイースト・ハンプトンに着陸する」

「まあ、うれしい。ディナーを予約しておく？」

「今夜は混雑した場所には耐えられそうもない。家に帰る途中で何か買っていこう」

「〈ルールー〉でいい？」

「いいとも」

「何かリクエストは？」

「まかせる」

「何かあったの、フィリップ？　沈んだ声だけど」

「朝から忙しくてね。それだけさ」

リンジーは電話を切って立ちあがると、〈ナイキ〉のシューズをはき、〈ルルレモン〉のハーフジップのフードつきジャケットをはおった。それから一階に下り、広いリビングに入った。ロスコー、ポロック、ウォーホル、バスキア、リキテンスタイン、ディーベンコーン……五億ドル近い価値を持つ絵画の数々。すべて〈マスターピース・アート・ベンチャーズ〉が所有している。リンジーには仕事関係の話をしないようフィリップが気をつけているので、ファンドの業務内容に関して彼女が知っているのは基本的なことだけだ。フィリップは絵画を抜けめのない方法で購入し、売却によって大きな利益を得ている。利益の一部を自分のふところに入れ、残りを投資家たちに分配する。どの銀行も彼に融資をしようと躍起になっている。なにしろ、返済を怠ったことは一度もないし、所有する絵画を担保にするからだ。融資によってさらに多くの絵画を購入し、それが投資家たちにさらに多くの利益をもたらす。わずか三年で投資金の評価額が倍になるのを、大部分の投資家が目にしてきた。金をひきあげる者はこれまでほとんどいなかった。〈マスターピース〉との取引はすばらしく甘美だった。

リンジーはバスキアを見つめた。フィリップが〈クリスティーズ〉のオークションでこれを七千五百万ドルで落札した夜、彼女は彼のとなりにいた。じつはそれが初めてのデートだった。オークションのあとで、フィリップはファンドのスタッフと一緒に落札を祝うため、彼女を連れてロックフェラー・センターの〈レインボー・ルーム〉にある〈バー・シックスティファイブ〉へ出かけた。スタッフといっても少人数だった――趣味のいい靴をはき、髪をポニーテールにした、アイビーリーグの大学出身の若い女性が三人。かつてリーマン・ブラザーズでフィリップと一緒に働いていたケニー・ヴォーンという男性。また、背の高いスペイン人の美女もいた。名前はマグダレーナ・ナバロ。フィリップは彼女のことを、〈マスターピース〉のためにヨーロッパで市場調査と売買仲介を担当している女性だと説明した。

「あの人と寝てるの？」あのとき、フィリップのタウンハウスへ向かう車のなかで、リンジーは尋ねた。

「マグダレーナと？　もう寝ていない」

フィリップからプロポーズされたときも、リンジーは同じ質問をした——そして、万が一離婚となったら彼女に一千万ドルが支払われることを保証する婚姻前夫婦財産合意書への署名を、彼から強く迫られたときにも。二回とも彼は否定したが、リンジーは信じなかった。さらに厄介なのは、夫とマグダレーナがいまだに男女の仲のままであることをリンジーが確信している点だった。セックスで結ばれていることが二人のあらゆるしぐさと表情に露骨に出ている。リンジーだって気づかないわけがない。それに、周囲が思っているほど馬鹿でもない。

〝そっちに着いてから説明する〟

不協和音の感覚がよみがえった。二人の結婚のせいなのか、フィリップのビジネスのせいなのか、リンジーにはわからなかった。でも、何かがおかしい、調子が狂っている。それだけは間違いない。

外に出たリンジーは白いレンジローバーの運転席に乗りこみ、車道に車を進めた。スタッフ用のコテージのそばを通ると、警備員がおざなりに手をふって門をあけてくれた。左折してアクターズ・コロニー・ロードに出てから、サグ・ハーバーの〈ルールー・キッチン&バー〉に電話をした。応答した案内係の女性に名前を呼んで挨拶し、料理を注文した。イカのフライ、タコのグリル、ビッブレタスのサラダ二人前、オヒョウのグリル、牛ハラミのステーキ。フィリップのクレジットカードが店に登録されているので、支払い方法は省略だった。合計金額すら省略された。

「七時十五分でよろしいでしょうか、ミセス・サマセット？　今夜はちょっと混んでおりまして」

「七時にしてちょうだい」

リンジーはルート一一四を南下して半島の端まで行き、サグ・ハーバーのダウンタウンに入った。ここから六キロほど南へ行ったダニエルズ・ホール・ロードのそばに空港がある。かつてはイースト・ハンプトンの町が所有・管理していたが、いまでは完全な民間空港になり、ノース・ヘイヴンに住むサマセット夫妻のような人々にサービスを提供している。リンジーがエントランスを通り抜けたとき、フィリップのシコルスキーが夕暮れの澄みきった空から降下してきた。警備員の許可を得てリンジーが滑走路へ車を進めることができたおかげで、フィリップは駐車場まで歩くという屈辱を味わわずにすんだ。

彼がレンジローバーの助手席に腰を落ち着けるあいだに、グラウンド・スタッフが〈リモワ〉のアルミニウム製の大型スーツケース二個を車の後部に積みこんだ。どちらもひどく重そうだ。

「ダンベル？」フィリップの頬にキスをしながら、リンジーは訊いた。

「片方は現金で二百万ドル入ってる。もう一方には五百グラムの金塊がぎっしり詰めこんである」

「どうして？」

「わたしがきみの思ってるような男ではないからだ。そして、目下、窮地に立たされてるからだ」

64

ピエール・ホテル

〈イシャーウッド・ファイン・アーツ〉の日々の経営をひきつぐ少し前に、サラ・バンクロフトはロシアの情報部員による残忍な尋問に耐えたことがあった。尋問のあいだに致死性の放射性毒物をのまされそうになった。イーヴリン・ブキャナンの原稿執筆を見守るのも、それとほとんど変わらない拷問だった。助言できるときにはサラも口をはさんだが、あとはたいてい頭を低くして、集中砲火を浴びないようにしていた。砲火の大部分はガブリエルに向けられたものだった。いや――ガブリエルは何度も言った――記事にわたしの名前が出るのを見たいとは思わない。基本原則は基本原則。土壇場での変更は認めない。

「だったら」イーヴリンは言った。「あと二、三、マグダレーナに質問したいことがあるんだけど」

「何について?」

「オリヴァー・ディンブルビー」

「何者だ？」

「あなたのジェンティレスキのことでマグダレーナとフィリップが議論していたとき、彼女がその名前を口にしたの」

「マグダレーナが？　わたしはそのとき、聴いていなかった」

「それから、新たに発見された絵はすべて贋作だとほのめかしてたわよ」

「なぜなら、贋作だからだ」

「誰が描いたの？」

「誰だと思う？」

「理由は？」

「マグダレーナをおびきだすため」

「じっさいに絵を買った人はいるの？」

「とんでもない。道義に反することだ」

「お願いだから、残りの部分を聞かせて」

「目の前の仕事を片づけるんだ、イーヴリン。きみの第一稿が九時に届くのを担当編集者が待ちかねてるぞ」

六時半、サラはもう耐えられなくなった。立ちあがり、階下へ行ってまともなベルヴェデーレウォッカ・マティーニを飲んでくると宣言した。マグダレーナがサラと一緒に行く許可を求めた。

「許可は却下」

「わたしが逃げるつもりなら、今日の午後フィリップと一緒だったときに逃げたはずだわ。それに、わたしたちは取引したのよ、ミスター・アロン」

なるほど、一理ある。「一杯だけだぞ。それから、電話もパスポートもなし」

「二杯」サラが言い返した。次にマグダレーナのほうを向いた。「五分後にエレベーターの前で会いましょう」

「十分後のほうがいいわ」

サラは身支度をするため自分の部屋へ向かった。マグダレーナも同じようにしたので、ガブリエルはイーヴリンと二人だけで残された。

「あと二、三質問させて」

「わかった」ガブリエルはうわの空で答えた。それから、フィリップ・サマセットの電話からの情報をチェックした。彼のデバイスは三時間以上静止したままだ。不在着信が十四件、新しいボイスメッセージが八件、未読の携帯メールが三十七件。

　映像なし。

　音声なし。

　フィリップの姿もなし。

あとで考えてみると、すべてケラーの責任だというのがほぼ全員の一致した意見だった。サラがホテルの自分の部屋に入ろうとしたとき、彼がロンドンから電話してきて、彼女がしわだらけの服を脱いでもう少しきちんとしたものに着替えようとするあいだ話を続けた。おかげで髪を整えて化粧直しをするのにサラは予想より手間どってしまい、エレベーターホールまで行ったときは約束の時刻を二分過ぎていた。エレベーターの前で安堵の息をついた。スペインからやってきた新たな友達も遅刻のようだ。

ところが、さらに三分たってもマグダレーナが姿を見せないため、サラは心配になってきた。エレベーターのボタンを押すとライトはついたものの、エレベーターが来ないので、不吉な予感がさらに強まった。大あわてで館内電話の受話器をとってホテルの交換手に窮状を訴えると、もうじきロビー階に下りられるからとなだめられた。

ようやくエレベーターがやってきた。六つほどの階で停止して、苛立っている泊まり客たちを乗せながら、やっとのことでロビー階に到着した。サラはバーへ飛んでいったが、マグダレーナはどこにもいなかった。「背の高い黒髪の女性を見かけなかった？　四十歳ぐらいのすごい美人なんだけど」と、ウェイターに訊いてみた。あいにく見かけていないというのがウェイターの返事だった。

サラは最後にガブリエルの番号にかけた。「お願いだから、マグダレーナはまだ上の階であなたと一緒にいると言って」

「十五分前に出ていったぞ」

悪態をつくサラのわめき声がピエール・ホテルの豪華なロビーに響きわたった。マグダレーナから目を離してしまった。そして、いま、彼女は姿を消した。

65

ミッドタウン

エレベーターを降りたときに声をかけてきた男性に、マグダレーナは見覚えがあった。ピエール・ホテルに泊まるたびにこの男性を目にしている。アイルランド系の顔立ちで、都会っぽくないしゃべり方をする大男。以前のマグダレーナなら、こういう男は避けていただろう。見るからに警官という感じ。もちろん、すでにリタイアしている。それでも警官は警官だ。

しかしながら、この日の夕方は、名前も知らない元警官がマグダレーナの守護者になってくれた。自信たっぷりの落ち着いた声で、誰か訪ねてくることになっているのかと低く尋ねた。マグダレーナがいいえと答えると、元警官は、今日の午後の早い時間に彼女のスイートの外を二人の男がうろついていたことを教えてくれた。二人は現在、ロビーのバーで炭酸水を飲んでいるという。連邦の法執行機関の捜査官たちだろうというのが、じっくり考えて彼が出した結論だった。

「ＦＢＩ？」

「おそらくそうでしょう。ほかにも二人、外で張りこんでいるようです」

「ここから逃がしてくれる？」

「お客さまが何をなさったかによりますが」

「信用してはならない相手を信じてしまったの」

「わたしも一度か二度、そういう経験があります」男性は彼女を上から下まで眺めた。

「スイートから何かとってこなくてもいいですか？」

「部屋には戻れないわ」

「なぜです？」

「わたしが信用した男が部屋にいるから」

それを聞いた男性は彼女の腕をとってドアをひとつ通り抜けた。ドアの向こうは小さなオフィスの並ぶ廊下で、その先に荷物の搬入口があった。東六十一丁目の歩道のそばでエスカレードがアイドリングしていた。

「ほかのお客さまを待っているところですが、よろしければ、あれにお乗りください」

「料金が払えないわ」

「運転手はわたしの知り合いです。こちらで立て替えておきます」

アイルランド系の顔をした大柄な元警官はマグダレーナをエスコートして歩道を横切り、

運転席側のうしろのドアをあけた。リアシートにグレイのスーツを着た陰気な感じの男がすわっていた。元警官がマグダレーナを車に押しこみ、乱暴にドアを閉めた。エスカレードはガタンと揺れて走りだし、左折して五番街に出た。

グレイのスーツを着た陰気な感じの男は、ドアを必死にあけようとするマグダレーナを無表情に見守った。ついにあきらめた彼女は男と向きあった。「誰なの？」

「フィリップの問題を解決する男だ。そして、ミズ・ナバロ、問題というのはあんただ」

運転席の男は消火栓のような首とツンツンした短めの髪をしていた。東五十九丁目とパーク街の角で、マグダレーナはドアのロックをはずすよう丁寧に彼に頼んだ。返事がなかったので、グレイのスーツを着た陰気な感じの男に頼むと、口を閉じていろと言われた。頭に来て、男の目をえぐりだそうとした。右手首をつかまれ、骨折する寸前までねじりあげられた時点で、マグダレーナは攻撃をあきらめた。

「もうやめるか？」

「ええ」

男は痛みを加えた。「本当か？」

「約束する」

男は圧迫をゆるめた。ただし、ほんの少し。「なぜニューヨークに来た？」

「逮捕されたから」

「どこで？」

「イタリア」

「アロンはどう関わってる？」

「イタリアの警察に協力してたみたい」

「あんたはたぶん、取引しただろうな？」

「誰だってそうじゃない？」

「どんな条件で？」

「フィリップを破滅させるのにわたしが力を貸せば、懲役刑を申し渡されることはないって約束してくれたわ」

「で、その嘘っぱちにひっかかったわけか？」

「誓ってくれたのよ」

「アロンはあんたを利用したんだ、ミズ・ナバロ。あんたが必要なくなれば、すぐさまＦＢＩにひきわたすつもりに違いない」

マグダレーナは男につかまれた手首をふりほどき、シートの端へ身を寄せた。車は東五十九丁目と三番街の交差点をのろのろと進んでいるところだった。スモークガラスの窓の外に交通整理の警官がいて、片腕を上げていた。警官の注意をひくことができれば、この危地から抜けだせるかもしれない。でも、それと同時に捜査の手が伸びてきて、こちらがいずれ投獄されることは避けられない。だったら、運を天にまかせて、フィリップの問題を解決する男に賭けたほうがいい。

「アロンはどの程度知っている？」

「何もかも」

「では、記者は？」

「充分すぎるぐらい」

「記事はいつ出る予定だ？」

「今夜遅く。〈マスターピース〉は朝までに黒焦げでしょうね」

「わたしの名前も記事に出るのか？」

「答えようがないわ。あなたの名前も知らないのに」

「フィリップがあんたの耳にささやいたことはないのか。あれのときに……」

「知らないわよ、この変態」

いきなり殴打が飛んできた。手の甲で、電光石火のスピードで。マグダレーナの口に血の味が広がった。

「見上げた騎士道精神ね。身を守るすべを持たない女を痛めつける男ほど魅力的なものはないわ」

男が次の質問をする暇もないうちに電話が鳴りだした。男は電話を耳にあて、無言で聴き入った。最後に言った。「礼を言う、マーティン。アロンのほうに動きがあったら知らせてくれ」それから電話をコートのポケットに戻してマグダレーナを見た。「イーヴリン・ブキャナンのパソコンがもうじき正常に機能しなくなるらしい」

「記事はもう止められないわよ」

「たぶんな。だが、ＦＢＩが逮捕状をとる前にあんたとフィリップがこの国から逃げだすまでの時間稼ぎになる」

「フィリップとどこかへ行く気なんてないわ」

「いやなら、アディロンダック山地に浅い墓穴を掘るしかない」

マグダレーナは黙りこんだ。

「賢明な選択だ、ミズ・ナバロ」

66

サグ・ハーバー

リンジーはサグ・ハーバーのダウンタウンに寄って〈ルールー〉に頼んでおいた料理をとってきてほしいと言いはった。フィリップはそんなことをしている場合ではないと思った。睡眠薬を大量にのんで自殺する前にウェディングドレスを着るようなものだ。しかし、いま〈ルールー〉のしゃれたバーカウンターの端に立って注文の品を待つあいだ、一人きりの時間ができたことに、フィリップはホッとしていた。

店内の喧騒は心地よく、真夏にふさわしいにぎやかさだった。いまの状況はともかくとして、どうにか一日を乗り切った。金が用意できた。何人かの偉い相手と握手をし、二人の重要人物と親しく話をし、最近〈マスターピース・アート・ベンチャーズ〉から四百五十万ドルで絵を購入してくれた有名コレクターのひそかな会釈に応えた。コレクターはあと数時間で、その絵が間違いなく贋作であることを知る。カモにされた当惑を隠そうとして、フィリップ・サマセットがペテン師であることは前々からわかっていた、と親しい友人やビジネス仲間に言うことだろう。コレクターに被害が弁償されることはおそらくないだろう。〈マスターピース・アート・ベンチャーズ〉が使える資産にはかぎりがあるし、弁償を求める者が長蛇の列を作るはずだから。だが、有能なるサマセット氏が官憲当局に協力することはできない。なにしろ、居所がわからない。サグ・ハーバーのメインストリートにある〈ルールー・キッチン&バー〉で彼を見かけたことを覚えている者はまずいないだろう。

誰かの手が自分の肘にかけられるのを感じてふりむくと、エドガー・マローンのテリア犬に似た目がすぐ前にあった。エドガーは祖父の遺産で裕福に暮らしていて、そのうちかなりの額を愚かにも〈マスターピース・アート・ベンチャーズ〉に投資している。

「今日、何人かの投資家に逃げられたそうだな」エドガーは言った。

「うちのファンドに投資したおかげで大儲けした連中ばかりだ」

「心配したほうがいいかね？」

「わたしが心配しているように見えるか、エドガー？」

「見えない。まあ、それはそれとして、わたしも投資金の一部をひきあげたいんだが」

「ひと晩よく考えるんだな。決心がついたら、明日の朝電話してくれ」

レストランの案内係の女性が、注文の品を用意するのに時間がかかりそうなので、お詫びにグラスワインを進呈させてほしいと言った。大切な客だし、イースト・エンドの社交界の名士だからだ──少なくとも、あと二、三時間は。グラスワインは辞退したが、使い捨ての携帯電話の着信は受けた。

「そっちのヘリをいますぐマンハッタンに戻してくれ」レナード・シルクが言った。

「なぜだ？」

「あんたの旅行仲間の最後の一人を拾うために」

「わたしの知っている人間か？」

「クルーに電話しろ。ヘリをマンハッタンに戻すんだ」

五分後、フィリップは袋をいくつか持ってレストランのドアから夕方の暖かな戸外に出た。レンジローバーのリアシートに料理を置き、助手席に乗りこんだ。リンジーはバックミラーをろくに見もせずにバックで駐車スペースを出た。タイヤがキキーッと音を立て、クラクションが鳴り響いた。フィリップはこれがいつの日か、自分の失踪をめぐる伝説の一部になるだろうと思った──サグ・ハーバーのメインストリートで衝突事故を起こしかけたことが。ハンドルを握っていたのがリンジーだったという事実をめぐって、人々は好き勝手な憶測をすることだろう。

リンジーが急いでギアをドライブに入れ、レンジローバーは勢いよく走りだした。「どういうことなのか説明してよ」リンジーは強く言った。

「いまは時間がない。それに、おまえにはたぶん理解できんだろう」

「頭が悪いから？」

　フィリップが妻のほうへ手を伸ばしたが、リンジーはその手を避けた。危険なほどスピードを出していた。

「説明して！」金切り声を上げた。

「そもそも、利益を上げていることを投資家たちに示すために余分の現金が必要で、贋作はその金を調達するための手段だったんだ。ところが、月日がたつにつれて、贋作の売買がわたしのビジネスの柱になっていった。やめたりすれば、ファンドが崩壊していただろう」

「あなたのファンドというのが虚飾のマルチ商法に過ぎなかったから？」

「違う、リンジー。本格的なマルチ商法だった。しかも、大きな利益になった」

　そして――フィリップは思った――ヴァレリー・ベランガールというフランス人の女さえいなければ、永遠に続けていけただろう。彼女が《見知らぬ女性の肖像》の件でジュリアン・イシャーウッドに手紙を出した。そして、イシャーウッドはこともあろうに偉大なるガブリエル・アロンに調査を依頼した。ＦＢＩが相手なら勝てたかもしれないが、アロンはそれよりはるかに強大な敵だ――天才的な美術修復師で、おまけに、引退した諜報部員でもある。勝てる見込みがどれだけある？　やつを生きたままニューヨークから出してしまったのが間違いだった。

リンジーはメインストリートの端の一時停止標識を無視し、カーブを切ってルート一一四に出た。サグ・ハーバーとノース・ヘイヴンをつなぐ二車線の狭い橋を猛スピードで渡るあいだ、フィリップはアームレストを握りしめていた。

「スピードを落とさないとまずいぞ」

「あなた、飛行機を待たせてるんでしょ」

「おまえもだ」フィリップはアームレストを必死につかんでいた手をゆるめた。「マッカーサー空港を十時十五分に離陸する」

「行き先は?」

「マイアミ」

「わたし、あなたみたいに利口じゃないかもしれないけど、マイアミがアメリカの一部だってことは知ってるつもりよ」

「まずマイアミに寄るだけさ」

「そのあとは?」

「海を見渡せるエクアドルの美しい家だ」

「あなたとか、TVドラマの『ビリオンズ』に出てくるボビー・アクセルロッドとか、そういうリッチな犯罪者は、逮捕を免れるためにスイスへ逃げるんだと思ってた」

「ドラマのなかだけの話だ、リンジー。われわれには新しい身分と莫大な金がある。誰にも見つかる心配はない」

　リンジーは苦々しい笑い声を上げた。「あなたと逃げるなんてまっぴらよ、フィリップ」

「あとに残ったらどうなるかわかってるのか？　ファンドが崩壊したとたん、ＦＢＩがあちこちの屋敷と絵を差し押さえ、銀行口座をすべて凍結するんだぞ。おまえは社会から追放される。おまえの人生は破滅だ。夫が犯罪者だとは知らなかったと言っても、誰も信じてはくれん」

「あなたを警察に突きだせば、信じてくれると思うけど」

　ファンドはリンジーの携帯電話をバッテリーチャージャーからはずし、自分のコートのポケットに入れた。

「もちろん、あなた一人ですべてやったわけじゃないわよね」

「数字を動かしてたのはケニー・ヴォーンだ」

「マグダレーナは？」

「売買と流通の担当だった」

「いまどこにいるの？」

「三十四丁目のヘリポートへ向かってるところだ」

　リンジーはアクセルを思いきり踏みこんだ。

「スピードを落とさないと」フィリップは言った。「誰かを殺すことになるぞ」

「たぶん、あなたを殺すことになるわ」

「わたしが先におまえを殺さなければな、リンジー」

67

ピエール・ホテル

ピエール・ホテルの二十階のスイートを最後に出たときのマグダレーナは、ロンドンのベリー通りの歩道でオリヴァー・ディンブルビーをつかまえた夜と同じく、ダークな色合いのパンツスーツ姿だった。スペインの運転免許証と二十ドル札一枚を持って出たが、電話とパスポートは持たなかった。そして、ハンドバッグも持たなかった。バッグは『コレラの時代の愛』のスペイン語版と一緒に、整えられていないベッドの裾のところにころがっていた。ガブリエルに言わせれば、これこそが彼女の意向を示す鮮明な証拠だった。彼にも女性の友人や知人がたくさんいるが、バッグを持たずに出かける女は一人もいない。それゆえ、マグダレーナが不意に姿を消したのには何かほかの説明がつくはずだ、とガブリエルは確信を持った。フィリップ・サマセットとレナード・シルクが関わっているのはまず間違いない。

何が起きたにせよ、ホテルの防犯カメラが見ていたはずだ。ガブリエルはユヴァル・ガーションに電話して状況を説明し、録画された映像を見てほしいと頼んだ。ユヴァルはかわりにホテルの警備担当者に話をするよう、ガブリエルに勧めた。

「警備担当者が関わっていそうないやな予感がするんだ」

「そう考える根拠は？」

「彼女が姿を消した時間帯に、不可解なことにエレベーターがすべて止まってしまった」

「彼女の外見を言ってくれ」

「長身、黒髪、ダークな色合いのパンツスーツ、ハンドバッグなし」

「あなたがいまいるのは十九階のようだな」

「二十階だ」

「何かわかったら、また連絡する」

ガブリエルは電話を切った。サラが部屋のなかをいらいらと歩きまわっていた。イーヴリン・ブキャナンは殺人を目撃したばかりのような恐怖の表情で、彼女のノートパソコンを凝視していた。

「何かまずいことでも？」ガブリエルは尋ねた。

「わたしの記事がたったいま、画面から消えてしまった」イーヴリンはパソコンのタッチパッドに人差し指をすべらせた。「それから、ドキュメント・フォルダが空っぽになってる。わたしの仕事がすべて消えてる。メモも、マグダレーナのインタビューのテープ起こしも」

ガブリエルは彼のパソコンをホテルのＷｉ－Ｆｉネットワークからあわてて切り離し、イーヴリンにも同じことをするよう指示した。「記事をタイプしなおすのにどれぐらいかかる？」

「単純にタイプしなおせばすむ話じゃないわ。最初から最後までリライトするしかない。五千ワード。記憶だけを頼りに」

「だったら、ただちに始めたほうがいい」ガブリエルは彼の電話をつかみ、サラに目を向けた。「ドアを厳重にロックしろ。わたし以外の誰が来てもあけるんじゃないぞ」

ガブリエルはそれ以上何も言わずに廊下に出て、エレベーターのほうへ向かった。誰も乗っていないエレベーターがすぐさまやってきた。それで一階に下り、五番街に面したエントランスを通ってホテルをあとにした。

外に出ると、太陽はすでにセントラル・パークの木々の向こうに沈んでいたが、夕暮れの街はまだ明るかった。左に曲がり、もう一度左に曲がって東六十丁目に出た。世に名高い〈メトロポリタン・クラブ〉――ニューヨークの金融界のエリートたちが集うプライベートな遊び場――のエントランスの前を通りかかったとき、駐車中のサバーバンに二人の男がすわっているのが見えた。二人ともイヤホンをつけている。運転席の男が最初にガブリエルに気づいた。仲間に何か言うと、仲間は首をまわし、この伝説的人物を同じようにじっと見た。

伝説的人物は角を曲がってマディソン街に出てから、東六十一丁目のほうへ歩いていった。第二のチームがピエール・ホテルの荷物搬入口の向かいに車を止めていた。乗っているのは三人——三人目はハッカーで、ピエール・ホテルのＷｉ－Ｆｉに侵入して、イーヴリンのノートパソコンのドキュメントを奪ったばかりだった。

盗んだものを返すよう、ガブリエルはハッカーに命じたい誘惑に駆られた。だが、かわりに五番街を渡ってセントラル・パークに入った。ベンチにすわって電話が鳴るのを待ちながら、どうしてこんな人生を歩むことになったのかと、これが初めてではないが、考えこんだ。

ガブリエルは知らなかったが、マグダレーナもこのとき、同じことを自分に問いかけていた。彼女がすわっているのは公園のベンチではなく、贅沢なＳＵＶ車のリアシートで、となりには数分前に彼女を脅した男がすわっていた。「あんたのせいで詐欺行為を暴露されたヘッジファンド経営者と一緒に、この国から逃亡してもらおう。いやなら殺すまでだ」と脅された。いまからどこへ向かうのか、マグダレーナは何も知らされていなかったが、パスポートを持たずに出てきた以上、ふつうとは違う手段で旅をすることになりそうだった。まず、ヘリで飛ぶのだろう。なぜなら、ＦＤＲドライブの下で車が止まったからだ。東三十四丁目へリポートの、淡いグレイを帯びた箱形ターミナルビルの近くだ。

マグダレーナは腕時計にちらっと目をやった。カルティエタンク。二〇〇八年の凍えそうな十二月の午後に、老舗デパート〈バーグドルフ・グッドマン〉のパーソナル・ショッパーが彼女のためにで選んでくれた品だ。つまらない浪費ね――不意に思った――こんな贅沢な装飾品を買うなんて。美術さえあればよかったのに――美術と本と音楽があれば。

そして、もちろん家族も。実家の父をフィリップの詐欺にひきずりこんだのは間違いだった。とはいえ、フィリップが起訴されることはまずないだろう。美術犯罪に走った者がそれ相応の処罰を受けたことは一度もない。美術界に犯罪がはびこっている理由のひとつがそれだ。

二台目のSUV車が横で止まり、助手席からタイラー・ブリッグズが降りてきた。どうやら、逃亡の旅の第一段階ではマグダレーナに見張りがつくようだ。ヘリの機内であるまじき行動に出たり、クルーの身を危険にさらしたりしないようにという用心だろう。マグダレーナはマンハッタンを離れる前に最後の反乱に出てやるつもりだった。切れて腫れあがった唇の仕返しをするための最後の挨拶だ。

横にすわった男は彼の電話に視線を落としていた。「あんたのヘリがもうじき着陸する」とマグダレーナに知らせた。

「どこへ連れてく気?」

「イースト・ハンプトン」

「ディナーに間に合えばいいけど」

「最初の立ち寄り先に過ぎん」

「じゃ、そのあとは？」

「あんたのそのスペイン語が使えるどこかの場所だ」

「あなたのスペイン語はどうなの？」

「流暢だ、かなり」

「だったら、いまからわたしが言うことを理解するのに苦労はないわね」

マグダレーナは落ち着き払って、このうえなく露骨で下品なスペイン語の侮辱の言葉を思いだせるかぎり並べ立てた。グレイのスーツを着た陰気な感じの男は笑みを浮かべただけだった。「下品な口を利く女だとフィリップがいつも言っていた」

今回、いきなり殴りかかったのはマグダレーナのほうだった。殴りつけられた男の目尻に小さな切り傷ができた。男は麻のポケットチーフで血を拭きとった。

「ヘリに乗れ、ミズ・ナバロ。さもないと、あんたの未来にあるのは浅い墓穴だ」

「あなたの未来もね、たぶん」

タイラー・ブリッグズがマグダレーナの側のドアをあけ、待機しているシコルスキーまで連れていった。五分後、ヘリはイースト川を越えた。前方に労働者階級の暮らすクイーンズ区が、そして、ナッソー郡とサフォーク郡の郊外が広がっている。細長くて騒々しいあの島――マグダレーナは思った。

カルティエの腕時計で時刻をたしかめた。午後七時五十分。とりあえず、そうだと思うことにした。いまいましい時計で、しょっちゅう狂っている。

68

ピエール・ホテル

ピエール・ホテルの警備主任レイ・ベネットは、ルカ・ロセッティ大尉とほぼ同じ体格だった。身長は百八十センチを優に超え、体重は少なくとも百キロほどある。それだけ体重があっても、五十代半ばという年齢の男の割にはひきしまった体型だ。髪はメタリック・グレイで、きちんと整えてあり、顔は大きくて角張っている。パンチを受けるために作られた顔だ、とガブリエルは思った。その顔の主に、人のいないところで話ができないかと尋ねてみた。レイ・ベネットは話ならロビーでお願いしたいと答えた。

「それはきみの判断ミスだと思うが、ミスター・ベネット」

「なぜでしょう、お客さま」

「わたしが話すことをきみの同僚たちにも聞かれてしまうぞ」

ベネットはすべてを見通す警官の目でガブリエルをじっと見た。「どのようなお話ですか?」

「姿を消した客の件だ」

「お名前は？」

「ここでは言えない」

ベネットはガブリエルを連れてフロントデスクの奥のドアを通り抜け、廊下の先にある彼のオフィスへ行った。ドアはあけたままにしておいた。ガブリエルはそのドアを音のしないように閉め、自分より大柄な男と向きあった。

「彼女はどこだ？」

「誰のことです？」

ガブリエルはベネットの喉頭部に電光石火のパンチを見舞い、続いて、相手の無防備な股間に膝蹴りを食らわせた。対等な立場で戦うための卑怯（ひきょう）な戦法。なにしろ、二人の格闘者を比べれば、ガブリエルのほうが小柄だし、年をとっている。大きなハンディキャップポイントをもらうのは当然のことだ。

「彼女がロビー階に下りたとき、きみがエレベーターの前に立っていた。彼女に何かを告げて安心させ、ホテルの荷物搬入口まで連れていった。外の通りで黒のエスカレードが待っていた。きみは彼女をリアシートに押しこんだ」

ベネットは無言だった。口が利ける状態ではなかった。

「誰がきみにそんなことをさせたのか、わたしにはわかるような気がする。それでもやはり、きみの口からそいつの名前を聞かせてほしい」

「シ、シ、シ、シ、シ……」

「申しわけないが、聞きとれない」

「シ、シ、シ、シ、シ……」

「レナード・シルク？　そう言おうとしてるのか？」

ベネットは激しくうなずいた。

「シルクはいくら払ってくれた？」

「じ、じ、じ、じ……」

「なんだって？」

「じ、じ、じ、じ……」

ガブリエルはベネットが着ているスーツの上着の前身頃を軽く叩いて、彼の電話を見つけだした。ｉＰｈｏｎｅ13プロ。それをベネットの顔の前にかざすと、ロックが解除された。最新履歴のところに、ニューヨークのエリアコードで始まる同じ番号が三回出ている。一回は着信、二回は発信。最後の電話は一時間ほど前で、午後六時四十一分だった。ベネットがかけたものだ。

ガブリエルは番号をレイ・ベネットに見せた。「相手はシルクか？」

ベネットはうなずいた。

ガブリエルは彼のソラリスでその画面を写真に撮った。次に、デスクに置かれた固定電話の受話器をベネットに渡した。「ミズ・バンクロフトの車を五番街側のエントランスにまわすよう、駐車場係に伝えろ。東六十一丁目側ではない。五番街のほうだ」

ベネットは短縮ダイヤルのボタンを押し、受話器に向かって理解不能のうめき声を上げた。

「バンクロフトだ」ガブリエルはゆっくり言った。「きみならできる、レイ」

二十階に上がったガブリエルはレナード・シルクの電話番号をユヴァル・ガーションに転送し、次に自分の荷物を一泊用のカバンに詰めこんだ。となりの部屋で、サラも同じように手早く荷造りを終えた。それから、廊下を急いで横切り、マグダレーナの服と化粧品を彼女の高価な〈ルイヴィトン〉のキャリーケースに押しこんだ。ライティングデスクのところでは、イーヴリン・ブキャナンが周囲の騒ぎに気づいた様子もなく、休みなしにノートパソコンのキーを叩きつづけていた。

午後七時四十分、サラの部屋の電話が鳴った。駐車場係からで、ミズ・バンクロフトの車が指示されたとおり五番街側のエントランスで待っているとの連絡だった。イーヴリン・ブキャナンはノートパソコンを彼女のバッグに押しこむと、ガブリエルとサラのあとからエレベーターに乗りこんだ。下のロビーにレイ・ベネットの姿はなかった。サラはフロントの若い女性に予定より早くチェックアウトすることを告げた。

「何か問題でもありましたでしょうか？」女性が尋ねた。

「予定変更なの」サラは楽々と嘘をつき、領収証を印刷しますという女性の申し出を退けた。

ベルボーイが三人の荷物を預かってニッサン・パスファインダーに積みこんでくれた。イーヴリン・ブキャナンはリアシートに乗りこむなり、ノートパソコンをとりだした。サラは助手席に腰を落ち着けた。運転はガブリエル。五番街と東六十丁目の交差点を猛スピードで走り抜けるさいに、ガブリエルは右を向き、〈メトロポリタン・クラブ〉の外に駐車中のサバーバンに乗っている男性二人から顔を隠した。追ってくる様子はなかった。

「誘拐はピエール・ホテルの無料サービス？」サラが訊いた。「それとも、別料金が発生するの？」

ガブリエルは低く笑った。

「彼女、どこにいると思う？」

「いまにもこの国を離れるのではないかという、いやな予感がする。本人が望もうと望むまいと」

「フィリップと一緒に？」

「ほかに誰がいる？」

「彼女、パスポートを持ってないのよ」

「連中が向かう場所には、パスポートは必要ないのかもしれん」

「フィリップのガルフストリームがニュージャージーのテターボロ空港に置いてあるけど」

「頭のいいやつだから、自家用機を使うようなことはしないだろう。チャーター機で脱出するはずだ。ほかの誰かがフィリップのかわりに予約しておいたやつで」ガブリエルは言葉を切った。「例えばレナード・シルクあたりが」

「ミスター・シルクに電話して、クライアントはどこへ向かう予定ですかって尋ねたほうがいいかもね」

「こちらの接近をミスター・シルクがこころよく受け入れるとは思えない」

「だったら」サラは言った。「FBIに連絡しなきゃ」

「泥沼の事態になりかねん」

「マグダレーナにとって？」

「わたしにとっても」

「でも、逃げられてしまうよりましよ」

「いくらFBIでも、逮捕状なしでフィリップを逮捕することはできない。それに、わたし一人の証言に基づいて逮捕状をとろうとしても無理に決まっている。刑事犯罪がおこなわれたことを示す信頼に足る証拠が必要だ」

「証拠だったら、もうじきFBIに渡せるわ」すさまじい勢いでパソコンのキーを打っているイーヴリン・ブキャナンを、サラは肩越しにちらっと見た。それから顔を戻して、五番街のはるか先へ視線を向けた。「気づいてくれるといいんだけど――ホテルをフォーシーズンズにしてれば、こんな騒ぎにはならなかったってことに」

「いい教訓になった」

「それに、わたし、マティーニを飲み損ねたし」

「フィリップの出国を阻止したあとで、マティーニを奢(おご)るから」

「楽しみにしてる」


意外なことではないが、レナード・シルクが個人的に使っている携帯電話の番号が世界でもっとも有名な引退したスパイに知られてしまったことを、レイ・ベネットはシルクに黙っていようと決めた。その結果、シルクは自分のデバイスを攻撃から守るための手段をとらなかった。攻撃がなされたのは、彼が一番街をアップタウンへ向かっていたときだった――プロテウスと名づけられたイスラエル製のマルウェアによる、クリックなしのひそかな侵入。シルク以前にその被害を被ってきた無数の人々――数えきれないほどの国家の指導者たちも含む――と同じく、シルクも自分のデバイスが攻撃されたことに気づいていなかった。

数分もしないうちに、シルクの電話から、価値ある情報が間欠泉のごとく噴きあげられていた。ユヴァル・ガーションがまず興味を持ったのはGPSの位置情報と通話履歴だった。ガーションはそれをガブリエルに電話連絡する前に、独自の判断でシルクの二台目のデバイスに攻撃をかけた。ニューヨーク時間で八時十五分。ガブリエルはブロードウェイに車を飛ばし、ロウワー・マンハッタンを抜けているところだった。二人はヘブライ語で話をした。英語だと真意がうまく伝わらないかもしれないので。

「シルクは六時四十四分にピエール・ホテルを出た。ついでだが、レイ・ベネットがあたの女をホテルの荷物搬入口から連れだしたのも、まったく同じ時刻だった。偶然ではなさそうだ」

「そのあとどこへ？」

「東三十四丁目のヘリポート。七時五十二分までそこにいた」

「いま、シルクはどこにいる？」

「サットン・プレースの自宅アパートメントに戻った。十四番地だ。ご参考までに。わたしが推測するに、十六階だろう」

「何か興味の持てそうな通話は？」

「〈エグゼクティブ・ジェットサービス〉。マッカーサー空港で営業しているチャーター会社だ。場所はロング・アイランド」

「マッカーサーがどこにあるかぐらい知ってるよ、ユヴァル」

「シルクが何時に電話したかわかるか？」

「きみに教えてもらうしかなさそうだ」

「一回目の発信は今日の午後四時二十三分だった。その二十分ほどあとにもう一度発信している」

「誰かが旅行計画を立ててるという感じだな」

「そのとおり。シルクはその誰かにも二回電話している。二回目は午後七時ごろだ。数分前にやつの電話を調べてみた。データがまったくない。たぶん、使い捨て携帯だろう。しかし、現在位置を突き止めることができた」

「どこにいる？」

「ノース・ヘイヴン半島の東海岸」

「海抜三・五メートルの地点か？」

「どうやって推測した？」

「シルクのほうに少しでも動きがあったら知らせてくれ」

ガブリエルは電話を切り、サラを見た。

「彼、なんて？」

「ヘリをチャーターしたほうがいいと言ってた」

サラは電話をかけた。

『ヴァニティ・フェア』の編集部はワン・ワールド・トレード・センターの二十五階にある。ガブリエルは九・一一メモリアルの近くのウェスト通りでイーヴリン・ブキャナンを降ろし、そのあとバッテリー・パーク・アンダーパスを通ってダウンタウン・マンハッタン・ヘリポートまで行った。従業員用の小さな駐車場の空きスペースにニッサンを押しこみ、係員に現金で五百ドル渡してひと晩だけ車を置かせてほしいと頼んでから、サラを連れてターミナルビルに入った。二人がチャーターしたベル四〇七がL字形の搭乗通路の先で待っていた。ヘリは午後九時十分に離陸して東へ向かい、気温が下がりつつある夕暮れの空に姿を消した。

69

ノース・ヘイヴン

ノース・ヘイヴンのサマセット夫妻はレンジローバーをそれぞれ一台ずつ所有していた。

フィリップの車はフル装備の二〇二二年型で、車体は黒、内装はなめし革の色だった。警備員に手伝わせて、マディソン街の〈リモワ〉で購入したアルミニウム製のスーツケース五個を車体後部の広々とした収納スペースに積みこんだ。そのうち二個には現金が、二個には金塊が入っていた。いちばん大きなスーツケースには、衣類、洗面用品、そして、個人的な思い出の品が少し入っている――時価総額千二百万ドルの高級腕時計のコレクションも含めて。

家に入ると、リンジーがさっきと同じ場所にいた。キッチンのアイランド・カウンターのところにすわり、目の前には、皿にきれいに盛りつけた料理が並んでいる。すでにろうそくが灯り、ワインがグラスに注いであるが、料理は手つかずのままだ。ユリの香りとグリルしたタコの匂いがあたりに漂っていた。フィリップの胃がむかむかした。固定電話のディスプレイ画面をチェックした。彼が短時間だけ外に出ていたあいだ、リンジーは一度も電話をしていなかった。

「おまえの荷物を詰めてやろうか？」フィリップは尋ねた。

リンジーはフィリップがもたらした虚しさの広がりを無言で見つめた。彼が不用意にも暴力的な脅し文句を口走って以来、リンジーはひとことも口を利いていない。先に脅しをかけたのはリンジーだが、売り言葉に買い言葉で応じたフィリップも軽率だった。逃亡する予定の国の名を漏らしてしまったのに劣らず軽率なことだ。

「わたしの居場所を誰にも言うんじゃない。いいな？」

「チャンスがありしだい言うつもりよ」リンジーは夫に偽りの微笑を向けた。「でも、今夜はやめておく。あなたが黙って姿を消すのがいちばんいいんじゃないかしら。そうすれば、わたしは二度とあなたの顔を見ずにすむし、刑務所へ面会に行く必要もなくなるから」

フィリップは自分の仕事部屋に戻ると、電信送金を何回かおこなった。金の最終目的地に至るまでの痕跡を、ゼロとまではいかなくともほぼ消し去るための操作だった。その結果、〈マスターピース・アート・ベンチャーズ〉の口座の金を一セント残らずひきだすことができた。もう何も残っていなかった。残されたのは、不動産、贅沢品の数々、負債、絵画だけだ。〈マスターピース〉が所有する複数の真作には少なくとも総額七億ドルの価値があるが、すべて担保に入っている。たぶん、〈クリスティーズ〉がそれらをオークションにかけるため、特別セールの夕べを開くことだろう。サマセット・コレクション……なかなかいい響きであることは、自分でも認めるしかなかった。

立ちあがって窓辺へ行き、最後にもう一度、彼の王国を眺めた。湾。彼の船。手入れの行き届いた庭園。青いプール。突然、夏のあいだプールを一度も使っていなかったことに気づいた。

デスクの上のマルチライン電話が緑色の光を放った。急いで受話器をとると、階下でリンジーがあわてて電話を切るのが聞こえた。どうやら、彼を密告する考えをまだ捨てていないようだ。回線を切り替えてイースト・ハンプトン空港にかけた。夕方のフライト担当の責任者、マイク・ノックスが電話に出た。

「あなたのヘリが二十分前に到着しています、ミスター・サマセット。乗客のみなさんは機内で待つことにされました」

「ほかに到着予定の機は？」

「ブレード社のコミューター・ヘリ、自家用ジェット二機、ダウンタウンから来る〈ジップ・エイビエーション〉のチャーターヘリ」

「そのチャーターヘリの到着予定時刻は？」

「二十五分ぐらいです」

「わたしのヘリの給油は?」

「そろそろ完了です」

「ありがとう、マイク。いまからそちらへ向かう」

　フィリップは電話を切り、デスクのいちばん下の引出しをあけた。未登録の銃がそこにしまってある。

〝わたしが先におまえを殺さなければな、リンジー……〟

　この銃を使えば無事に出発できる——フィリップは思った。しかし、同時に、永遠の汚名を背負いこむことになる。正直に言うと、彼の心のなかには逃亡に期待する部分があった。マルチ商法を長年続けてきて心身ともに疲弊してしまった。休暇を切実に必要としていた。それに、これからは美しいマグダレーナがそばにいてベッドを温めてくれる。少なくとも、嵐がやんで彼女が無事スペインに戻るまでは。

　いや、無理かもしれない——不意にフィリップは思った。二人で身を隠したまま生涯を終えるのかもしれない。トム・リプリーのような人生を想像した。エロイーズ・プリッソンの役を演じるのはマグダレーナ。年月がたてば、世間が好意的な目を向けてくれるようになるかもしれない——魅力ある謎の人物、悪役ヒーロー。だが、リンジーに弾丸を撃ちこめば、すべて崩れてしまう。アッパー・イーストサイド全体が彼の死に拍手喝采するだろう。

引出しを閉め、パソコンに入っているドキュメントとメールを削除し、ゴミ箱も空にした。階下に戻ってリンジーの電話を彼女に返した。リンジーの視線がフィリップを素通りした。彼がガラスでできているかのように。「出てって」彼女が言ったのはそれだけだった。

ブレード社のコミューター・ヘリが九時十分過ぎにイースト・ハンプトン空港に到着した。乗客六人――全員マンハッタン勤務――が滑走路に降り立ち、自分の荷物をとってからターミナルのほうへ歩き去った。マグダレーナはシコルスキーの窓から彼らを見ていた。向かいの席にタイラー・ブリッグズがすわっている。脚を広げているので股間が丸見えだ。そこに強烈なパンチを見舞って彼の手から電話を奪いとれる確率はどれぐらいだろう、とマグダレーナは計算した。けっこううまくいくかもしれない。でも、すぐさま残忍な報復を受けることになる。タイラーは元軍人だし、マグダレーナのほうは陰気な感じの人物との小競り合いですでに怪我をしている。ひと晩にこれ以上の騒動なんて、もうたくさん。おとなしく頼んだほうがいい。

「短時間でいいから電話を貸してくれない、タイラー?」

「断る」

「ウェブサイトをチェックしたいだけなの」

「返事はやはりノーだ」

「じゃ、かわりにチェックしてくれない？　『ヴァニティ・フェア』のサイトを」

「雑誌の？」

「聞いてないの？　おたくのボスに関する記事が出る予定なのよ。明日の朝になったら、タウンハウスはテレビ局の取材班と新聞記者に包囲されるでしょうね。どうなることやら。あなたが手持ちのカードをうまく使えば、ちょっとした小遣い稼ぎができるかもよ。でも、お願いだから、あなたのパソコンに保存してある卑猥な動画を売るようなことはしないでね。うちの哀れな母がショックから立ち直れなくなる」

「今日の午後、システムを消去するようミスター・サマセットから指示が出た」

「彼にしては賢明だったわね。さて、お願いよ、タイラー。わたしのかわりにウェブサイトをチェックして。『ヴァニティ・フェア』のサイト。綴りを知らないのなら教えてあげる」

タイラーが返事をする前に電話が鳴りだした。「はい、ミスター・サマセット」しばらくしてから、タイラーは言った。「いえ、ミスター・サマセット。おとなしいものでした……はい、彼女に伝えておきます」

タイラーは通話を終了させると、電話を上着のポケットにすべりこませた。

「彼女に何を伝えるの？」マグダレーナは尋ねた。

タイラーは滑走路を猛スピードでやってくる黒いレンジローバーのほうを指さした。

「出発前に、ミスター・サマセットがあんたと二人だけで話したいそうだ」


フィリップはシコルスキーの尾翼の一メートルほど手前でレンジローバーのブレーキを踏み、うしろのドアをあけた。マグダレーナは収納スペースの荷物の数をかぞえてから助手席に乗りこんだ。フィリップはハンドルを握りしめたまま、まっすぐ前方を見ていた。ロックされていない携帯電話がセンター・コンソールに置いてある。彼がいつも使っているデバイスではない。


ようやくフィリップがマグダレーナのほうを向いた。「その顔、どうしたんだ？」

「あなたのお友達の繊細な神経を逆なでするようなことを、わたしが何か言ってしまったみたい」マグダレーナは言葉を切った。「正式な紹介はされてないけど」

「シルクだ」フィリップは言った。「レナード・シルク」

「どこで見つけたの？」

「〈スミス&ウォレンスキー〉で」

「偶然の出会い？」

「レナードに関するかぎり、そのようなものはない」

「どんな用件で？」

「ハミルトン・フェアチャイルド」

「絵の買手？」

フィリップはうなずいた。

「どの絵？」

「《聖ヒエロニムス》」

「カラヴァッジョの模倣者？」

「パルミジャニーノの一派だ。〈ボナムズ〉の仲介でプライベートな取引をすることになり、ハミルトンに安く売った」

「あの絵、昔から好きだったわ」

「ハミルトンもそうだった。パトリック・マシーセンという美術商に絵を見せるまでは。マシーセンはハミルトンに言った。〝博識なわたしが見たところ、この絵は——どう言えばいいでしょう——後世の模倣者の作品と思われます〟と」

「ハミルトンは返金を求めてきたでしょうね」

「当然だ」

「で、あなたは返金を拒んだわけ？」

「もちろん」

「その後どういう展開になったの？」

「不幸なことに、ハミルトンと妻はメイン州の沖合で起きた単発機の墜落事故で亡くなった」

「それ以外に何人ぐらいいたの？」

「きみの想像よりは少ない。ほとんどの場合、レナードが対処してくれた。淫らな写真や有罪の決め手となる金融情報をぎっしり詰めこんだ封筒を使って。しかも、相手は買手だけじゃない。投資家連中も含まれている。マックス・ヴァン・イーガンがいまも二億五千万を投資したままなのはなぜだと思う？」フィリップは電話を手にとり、ウェブブラウザを更新した。「記事が出るまでにどれぐらいかかる？」

「まだ出てないのが意外だわ。出たときには、〈マスターピース〉は炎上よ」

「きみもわたしと同じく有罪だぞ」

「あら、融資者も投資家もそういう見方をするとは思えないけど」

フィリップは激怒して電話を脇へ投げ捨てた。「なぜあんなことをした？」

「わたしはジェンティレスキを購入した一時間後に逮捕されたの。ガブリエル・アロンとイタリアの当局が仕組んだ巧妙な囮捜査だった。わたしは選択を迫られた。イタリアの刑務所でこれから数年間服役するか、それとも、あなたの首を大皿にのせて差しだすか」

「弁護士を要求して、その口は閉じておくべきだったな」

「あなたはカラビニエリの息のかかった銀行口座に一千万ユーロを送金したのよ。わたしの協力があってもなくても、カラビニエリはいずれ、そのお金をたどってあなたに行き着いたはずだわ」

「償還の件もおそらくアロンのしわざだな。アロンに盗聴されてる電話を使ってわたしが銀行相手に詐欺を働くよう、やつが仕向けたんだ」

「あの絵は倉庫にしまっておくよう、わたしが言ったでしょ。でも、あなたは耳を貸そうとしなかった」

「きみはわたしの首にロープを巻いて、絞首台まで歩かせたんだ」

「仕方がなかったの」

「わたしに拾われたとき、きみはドラッグの売人だった。なのに、これがきみの恩返しというわけか？」

「でも、あのときのドラッグは本物だった。そうでしょ、フィリップ？」マグダレーナは背後へ長いあいだ目をやった。「まさか、あのスーツケースのひとつにリンジーが入ってたりしないでしょうね」

「いまはきみと二人きりだ」

「まあ、ロマンティックねえ。いまからどこへ行くの？」

フィリップは電話に視線を落とした。マグダレーナは〈カルティエ〉の腕時計に。

時刻は九時半だった。

70

ダウンタウン

ワン・ワールド・トレード・センターの二十五階にはニューヨーク・ハーバーを見渡せる会議室があり、そこで宣戦布告がなされた。戦闘員の数は五人、敵対する三つの陣営に分かれていた。二人は編集者、二人は弁護士、一人は正確さと人気の記事を書くことにかけては申し分のない実績を持つ記者。討議中の記事には、ニューヨークの美術界の名士が金融面で不正を働いたという主張が含まれていた。事態が紛糾している原因は、名士に雇われた男がその記事の唯一の下書きを削除してしまったことにあった。おまけに、いまこの瞬間、名士がこの国から脱出しようとしているらしい。

それでもやはり――弁護士たちは主張した――法律面と編集面の規範は守るべきだ。さもないと、フィリップ・サマセットという名の美術界の名士に訴訟の根拠を与えてしまうことになる。投資者たちについても同様だ。

「JPモルガン・チェースとバンク・オブ・アメリカの融資担当者については言うまでも

ない。手短に言えば、何年にもわたって法的騒動をくりひろげる要素がそろっているわけだ」

「わたしに情報を流してくれたのは、フリーの立場で〈マスターピース・アート・ベンチャーズ〉の仕事をしている人間なのよ」

「怪しげな経歴を持つ女じゃないか」

「録音したものもあるわ」

「それをあなたに提供したのはイスラエルの元諜報員で、論争の的となった携帯電話ハッキング用のマルウェアを使っている」

「ニューヨーク州では、関係者のなかの誰か一人でも録音を承諾してれば、違法捜査にはならないはずよ。彼女はフィリップと会った時点で、録音されてることを知ってたのよ」

「しかし、フィリップも、JPモルガン・チェースのエリス・グレイも、録音に同意していない。故に、アート専門の融資に関するかぎり、二人の会話には証拠能力がない」

「倉庫の絵はどうなの？」

「考えないほうがいい」

ここで一時的な休戦が宣言され、作業開始となった。記者は原稿書き、編集者は編集作業、弁護士は法律面のチェック――パラグラフをひとつずつ。文化と時事問題を扱う有名な月刊誌というより、昔の通信社のペースに近い。ただ、デジタル時代の雑誌の発行には緊急性がつきものだ。高級文芸誌の『ニューヨーカー』ですら、購読者に日々のコンテンツを提供せざるをえなくなっている。世界は変化した。しかも、いい方向への変化ばかりではない。フィリップ・サマセットがそれを証明している。

九時半、原稿が完成した。調査結果をすべて含んでいるわけではなかったが、インパクトは絶大だった。午後九時三十二分、『ヴァニティ・フェア』のサイトに記事がアップされ、数分後にはSNSのトレンドになっていた。影響が大きいだけに、おそらく今後もさまざまな推測がなされることだろう。記事には、フィリップ・サマセットのコメントをとろうとしたが連絡がつかなかったと書いてあった。

携帯電話に最初のメールが次々と届いたとき、リンジーはフィリップからだと思って無視した。電話はしばらく静かになったが、やがて第二の攻撃が始まった。あとはもう受信を知らせる音が鳴りっぱなしだった。

リンジーがしぶしぶデバイスに手を伸ばすと、毒を含んだ脅し文句がいくつも目に入った。どれもきわめて親しい友人たちからだった。どのメールにも『ヴァニティ・フェア』の同じ記事が添付されていた。見出しはこうだった。〝ザ・フェイク：フィリップ・サマセットによるマルチ商法の傑作(マスターピース)の内幕〟。リンジーはリンクをクリックした。パラグラフを三つ読んだだけで耐えきれなくなった。

着信履歴を見てみたら、フィリップの使い捨ての携帯電話の番号があったので折り返しかけた。背後で聞こえるシコルスキーのターボシャフト・エンジンの響きからすると、フィリップはイースト・ハンプトン空港からまだ飛び立っていないようだ。

「記事、読んだ？」

「いま読んでるところだ」

「こんなの、一人じゃもう耐えられない」

「何を言ってるんだ？」

「置いてかないで」リンジーはそう言うと、キッチンのカウンターにのっていた鍵束をつかんだ。


チャーターしたベル四〇七がロング・アイランド湾の上を飛んでいたとき、イーヴリン・ブキャナンの記事がガブリエルの電話の画面に現れた。ガブリエルはざっと目を通し、自分の名前もサラの名前も出ていないのを確認して胸をなでおろした。ついでに言うなら、マグダレーナの名前も出ていなかった。マグダレーナが語ったことについては、フリーの立場で〈マスターピース・アート・ベンチャーズ〉の仕事をしている匿名の人物のものとされていた。性別も国籍もなし。少なくともいまのところ、マグダレーナの身は安全だ。しかしながら、フィリップ・サマセットはもうおしまいだ。

ヘリの機内での音声通話は禁じられているので、ガブリエルはユヴァル・ガーションにメールを送り、フィリップの現在位置に関する最新情報を求めた。一分後にユヴァルの返事が届いた。フィリップはいまもイースト・ハンプトン空港の滑走路にいるという。

「どうしてまだ離陸してないの？」ベルのエンジンの轟音に負けずに、サラは尋ねた。

「リンジーが決心を変えたようだ。二分前にフィリップに電話して、自分が行くまで出発しないでほしいと言った」

「そろそろ、あなたがＦＢＩとおしゃべりする時間よ」

「厄介な要素がひとつある」

「ひとつだけ？」

「マグダレーナもそこにいる」

ガブリエルたちを乗せたヘリはロング・アイランド湾の上を飛びつづけ、やがてホートン岬の古い灯台まで行くと、右へ旋回してサウソールドの町とペコニック湾の上空に出た。シェルター島とノース・ヘイヴンを隔てる狭い海峡をフェリーが航行していた。半島の東側の海辺には、無人になったフィリップの屋敷が照明に輝いていた。

「リンジーが大急ぎで出てったみたいね」サラは言った。

ヘリはサグ・ハーバーの上空を過ぎ、イースト・ハンプトン空港へ向かって降下を始めた。真下に白いレンジローバーが見えた。空港めざしてダニエルズ・ホール・ロードを走っている。リンジー・サマセットだ――ガブリエルは思った。ひどく急いでいるようだ。

リンジーは空港に入るすぐ手前の角を慎重に曲がった。両手を重ねてハンドルにかけ、アクセルを途中まで軽く踏んだ。十四歳の少女だったころに父親から教わったとおりのやり方で。滑走路の端のゲートがあいていた。警備員が手をふって通してくれた。シコルスキーの横にマグダレーナが立っていた。フィリップは彼のレンジローバーの開いた後部ドアのところにいた。挨拶がわりに片手を上げた。ヨットのデッキから手をふるような感じで。リンジーはヘッドライトを消し、思いきりアクセルを踏みこんで目を閉じた。

第四部

初公開

71

イースト・ハンプトン

イースト・ハンプトン警察署に緊急通報が入ったのは午後九時五十五分のことだった。勤続二十年のベテランでイースト・エンド育ちのブルース・ローガン巡査部長は、最悪の事態を予想して身構えた。マイク・ノックスが空港から電話してきたのだ。

「ヘリか、飛行機か?」ローガンは尋ねた。

「いや、レンジローバー二台」

「駐車場で軽い衝突?」

「滑走路で死亡事故」

「冗談だろ、マイク」

「だといいんだが」

警察署は空港の南端のウェインスコット・ロードに面しているので、警官隊の第一陣が現場に到着したのは最初の通報からわずか三分後だった。被害者は五十代半ばの白人男性で、滑走路で自分自身の血だまりのなかに倒れ、両脚がほぼ切断されていて、丹念に包装された五百グラムの金塊がまわりにいくつかころがっていた。男性をはねた車を運転していたのは、フィットネスで鍛えている感じの魅力的な三十代の女性だった。レギンス、〈ルルレモン〉のフードつきジャケット、蛍光グリーンの〈ナイキ〉という装い。財布は持っておらず、自分の名前も思いだせない様子だ。マイク・ノックスが当人のかわりに答えた。女性はリンジー・サマセット。脚をほぼ切断された男性はその夫。裕福な投資家か何かで、ノース・ヘイヴンに週末用の豪邸を所有している。

　死亡が正式に宣告され、逮捕手続きがなされ、声明が出された。真夜中のＷＩＮＳラジオからニュースが流れ、翌朝九時には誰も彼もがこの話で持ちきりだった。リンジー・サマセットが悪党の夫を轢き殺したことを知ったとき、不動産王のスターリング・ダンバーはシャワーを浴びている最中だった。小売業のサイモン・レヴィンソンはまだベッドのなかだった。ＪＰモルガン・チェースのエリス・グレイは『ヴァニティ・フェア』の記事を読んだあとで眠れぬ一夜に耐えてから、パーク街を見下ろす彼のオフィスに出た。二時間後、銀行幹部に報告をおこなった――〈マスターピース・アート・ベンチャーズ〉への四億三千六百万ドルの融資が焦げつくことになりそうだ、担保にとった絵画は十中八九贋作と思われる、と。銀行幹部はグレイの辞職願をその場で受理した。

　正午にはすでに、ＦＢＩが捜査の主導権を握っていた。捜査官たちがフィリップの複数の住まいを捜索し、倉庫を立入禁止にし、東五十三丁目の仕事部屋に踏みこんだ。〈マスターピース〉で働いていた美術専門家の女性三人はフェデラル・プラザにあるＦＢＩのニューヨーク支局へ連行され、長時間にわたって事情聴取を受けた。金融面もしくは美術関係の不正行為については、三人ともいっさい知らなかったと供述した。リーマン・ブラザーズ時代からフィリップと組んで仕事をしてきたケニー・ヴォーンは姿を消してしまった。捜査官たちは彼のパソコンと印刷された書類を押収し、逮捕状をとった。

フィリップの犯罪がグローバルな規模だったため、その余波もグローバルだった。ヨーロッパの有名な美術商二人――ブリュッセルのジル・レイモンとベルリンのコンラッド・ハスラー――が逮捕され、在庫品を押収された。香港、東京、ドバイの美術商たちも同じく拘束された。取調べを受けて、精巧な贋作を何年も前から美術市場へ大量に送りこんでいた大規模な流通ネットワークがあり、自分たちもそこに加わっていたことを、全員が認めるに至った。フランスの文化省はしぶしぶながら、贋作のうち四点がルーブル美術館の所蔵品に加えられていたことを認めた。館長が突然辞職した。四点すべてを真作と鑑定した高名なリサーチ＆修復ナショナル・センターのトップも同じく辞職した。

しかし、その天才的贋作者とはいったい何者なのか？　世界屈指の技術を誇る鑑定ラボでさえだまされてしまったのだ。現在、その贋作者の作品の何点ぐらいが美術界の血管のなかを流れているのか？　イーヴリン・ブキャナンが最初の暴露記事の続編を出して、フイリップの倉庫にはおそらく二百点以上の贋作が保管されているだろうと述べた。イーヴリンの記事はまた、疑うことを知らない買手がつかまされた贋作がさらに数百点あるはずだとも述べている。そうした作品の部分的なリストが人気のメッセージボードに匿名で紹介されると、美術界にパニックの嵐が吹き荒れた。何世代にもわたって鑑定家の意見に頼ってきたコレクター、美術商、キュレーター、オークショニアたちは、嵐の残骸の整理を科学者に手伝ってもらうようになった。エイデン・ガラハーの〈エクウス・アナリティクス〉に鑑定依頼が殺到したため、ガラハーは電話をとるのもメールに返信するのもやめてしまった。『ニューヨーク・タイムズ』の美術欄担当の記者が〝今回のスキャンダルにおいては、ガラハー氏がただ一人の勝ち組だ〟と書いた。

負け組は、もちろん、フィリップのファンドに投資していた富裕層の人々だ。何百万ドルもの金融資産がわずか数時間で消えてしまうのを目のあたりにした人々。訴訟を起こしても、反訴されても、悲嘆の声を上げても、ほとんど同情してもらえなかった。とくに冷淡なのが、フィリップのようなファンドのやり方を苦々しく思っていた美術界の純粋主義者たちだった。彼らはこう断言した――偉大な絵画は超富裕層のあいだで取引される証券でもデリバティブでもない。美と文化的意義を体現する品であり、美術館に置くべきものだ、と。もちろん、絵の売買で生計を立てている者たちはそういう感傷的な意見を笑い飛ばした。金持ちがいなければ芸術は存在せず、美術館も存在しない、と述べた。

連邦判事が管財人を選任し、フィリップの資産の精査と収益の分配を担当させることにした。三百四十七人の投資家が償還を求めた。最高額は実業家マックス・ヴァン・イーガンの二億五千四百万ドル。最低額は、ＭｏＭＡの元キュレーターで、いまはロンドンで巨匠絵画専門の画廊を経営しているサラ・バンクロフトの四百五十万ドル。

しかしながら、フィリップの投資家のなかで一人だけ、何も求めない者がいた。マグダレーナ・ナバロ、三十九歳、スペイン国籍、マドリード市内の裕福なサラマンカ地区在住。〈マスターピース・アート・ベンチャーズ〉のオフィスから押収した書類と、捜査に協力したファンドのスタッフ三人からＦＢＩに提出された宣誓供述書によると、ナバロはヨーロッパを拠点にして動いていたフリーランスの女性で、フィリップ・サマセットにかわって絵の売買をおこなっていたという。彼女の口座に最終的に残されていたのは五千六百二十万ドル。放置するには大きすぎる金額だ。

じつを言うと、ＦＢＩはマグダレーナ・ナバロに関して、世間に公表したこと（重要なものは何もなし）以上の事実をつかんでいた。例えば、ジル・レイモンとコンラッド・ハスラーが、彼女のことを自分たちの画廊と〈マスターピース・アート〉をつなぐ人物として認めたのをＦＢＩは知っていた。また、ヘッジファンドが派手に崩壊したとき、彼女がニューヨークにいたことも知っていた。デルタ航空でローマからやってきて、フィリップの死から十二時間もしないうちにロンドン行きの飛行機で去っていった。興味深いことに、どちらのフライトでも、彼女のとなりにはイスラエルの秘密諜報機関の元長官である伝説の人物、ガブリエル・アロンがすわっていた。ヒースローへのフライトのときは、かつてCIAの局員だった美術商のサラ・バンクロフトが、アロンとナバロに同行していた。

ＦＢＩ捜査官たちはまた、三人の短いニューヨーク滞在のあいだ、全員がピエール・ホテルの三十階で別々の部屋に泊まっていたことも突き止めた。そして、おそらくはマグダレーナ・ナバロが『ヴァニティ・フェア』の暴露記事の情報源であろうということも。そして、記事が発表される少し前に、ナバロがスーツケースもハンドバッグも持たずにピエール・ホテルを出て、フィリップ・サマセット所有のシコルスキーでイースト・ハンプトン空港へ飛んだことも。その後、サマセットの凄惨な死で大騒ぎになった数分のあいだに、アロンとバンクロフトがチャーターしたベル四〇七に乗って、ナバロがイースト・ハンプトン空港を離れたことも。パイロットが三人をＪＦＫ空港に送り届け、三人は空港のヒルトンに一泊。そして、翌朝八時には、三人はすでにいなくなっていた。

こうしたすべてを考えあわせて、ＦＢＩはアロンと友好的なおしゃべりをするのが望ましいと判断した。アロンを見つけるのは予想したほど困難ではなかった。ローマへ派遣されているＦＢＩの司法担当官がヴェネツィアの〈ティエポロ美術修復〉に電話したところ、アロンの妻が顔合わせの手配をしてくれた。場所は〈ハリーズ・バー〉——司法担当官は知らなかったが、アロンが今回の事件に関わることになった場所がこのバーだった。アロンはベリーニを飲みながら、旧友――名前は明かせない――の頼みでひそかに調査を始めたことを、ＦＢＩの司法担当官に話した。最後にこう言った――このひそかな調査の過程でマグダレーナ・ナバロに出会い、最終的には、フィリップ・サマセットが贋作を利用してやっていた十二億ドル規模のマルチ商法に出会うことになった。

「彼女はいまどこにいます？」ジョシュ・キャンベルというＦＢＩの男が尋ねた。

「ピレネー山脈のどこかだ。詳しい場所はわたしにもわからない」

「何をしているんです？」

「絵を描いてるだろう、たぶん」

「腕はいいんですか？」

「フィリップにつかまったりしなければ、有名な画家になっていたはずだ」

「われわれは彼女に質問したいと思っています」

「もちろんそうだろう。だが、どうかわたしに免じて、自分の人生を歩もうとしている彼女をそっとしておいてもらいたい」

「ＦＢＩは個人的な好意をばらまくところじゃないんですよ、アロン」

「だったら、わたしから大統領にじかに電話するしかなさそうだ」

「できるわけがない」

「まあ、見てろ」

というわけで、司法担当官のジョシュ・キャンベル特別捜査官は手ぶらでローマに戻ったが、魅惑的な話を手に入れていた。それをまとめて長めの報告書にし、ワシントン支局とニューヨーク支局に同時に送った。アロンの過去の実績を知る者たちは報告書の信憑性に疑いを持った——それも無理からぬことだった。報告書には抜けている点がいくつもあった。例えば、アンソニー・ファン・ダイクのものとされる贋作。あるいは、しばらく前に亡くなったヴァレリー・ベランガールというフランス人女性。あるいは、モーリス・デュランという名のパリのアンティーク・ディーラーにして絵画泥棒の男性。あるいは、スイス出身のバイオリニスト、アンナ・ロルフ。あるいは、悪名高きコルシカ島のマフィアのボス、ドン・アントン・オルサーティ。あるいは、女癖は悪いが愛すべきロンドンの美術商、オリヴァー・ディンブルビー。ヴェネツィア派の名画三点を再発見して記録的な高値で売却したという話をでっちあげ、最近の美術界を騒がせたのがこの男だった。

七月が終わろうとするころ、三点の名画は、それを描いた贋作者のアパートメントに飾られていた。ほかに、モディリアーニの《横たわる裸婦》が二種類、セザンヌ、モネ、ファン・ゴッホの《耳に包帯をした自画像》のみごとな贋作もあった。彼のアトリエのイーゼルには、左下に一五×二三センチのL字形の裂け目が入った絵が置かれていた。贋作者はダメージを修復し、剥落した部分に手を入れてから、セビーリャのビルヘン・デ・ロス・レイエス広場の近くにある小さな画廊へ送った。そして、翌朝早く、姿を消した。

72

アドリア海

ヨットクルーズの最初の五日間は季節風(マエストラーレ)が大活躍だった。この春にコルシカ島を包囲したような冷たく吹き荒れる侵略者ではなく、温和で信頼できる仲間となって、アドリア海を進むバヴァリアC42の背中を押してくれた。海が凪(な)ぎ、広いヨットの船尾を風が吹き抜けるなかで、ガブリエルはアイリーンとラファエルにマリーンライフの喜びを心地よく教えることができた。誰よりも安堵したのはキアラだった。太陽にじりじり焼かれて、うめき、苦悶し、船酔いに苦しみながら六週間を送るしかないと覚悟していたのだ。

海で過ごす日々は自由気ままで、それがクルージングの目的だった。朝はたいてい、キアラと子供たちが下の船室で眠っているあいだに、ガブリエルが早起きして船を出す。正午ぐらいに帆を下ろし、スイム・プラットフォームをセットして、操舵室のテーブルを囲んでゆっくりとランチを楽しむ。夜は海岸通りのレストランへ食事に出かける――今日はイタリア料理、明日はクロアチアかモンテネグロ料理。陸に上がるとき、ガブリエルはかならずベレッタを携行する。キアラが彼を本名で呼ぶことはけっしてない。

アドリア海の南にあるバーリという港に着いた一家は、マリーナに近い快適なブティック・ホテルに一泊して、どっさりたまった汚れものを洗濯し、食料と大量の地元産白ワインを補充した。翌朝遅く、イタリアのかかとの部分をまわったとき、南東方向から塩気を含んだ暖かなシロッコが吹いてきた。ガブリエルはそれを追い風にしてイオニア海を西へ向かい、予定より一日早くシチリア島のメッシーナという港に着いた。マリーナから海岸通りを少し歩いた先に州立美術館がある。展示室10に、カラヴァッジョがシチリア島に滞在した九カ月のあいだに描いたという巨大な絵が二点展示されている。

「本物の死体をモデルにして描いたってほんとなの?」《ラザロの復活》をじっと見ながら、キアラが訊いた。

「たぶん違うと思う」ガブリエルは答えた。「だが、可能性なきにしもあらずかな」

「カラヴァッジョの作品としては、あまりいいほうじゃないと思わない?」

「きみが見ているものの多くは工房の弟子たちが描いたものだ。最後の修復がなされたのは十年ほど前だった。作品の質を見ればきみにもわかるはずだが、そのとき、わたしは修復に参加できなかった」

キアラは非難の目で夫を見た。「贋作者になる前のあなたのほうが好きだった気がする」

「わたしがカラヴァッジョの贋作に挑戦しなかったことを喜んでほしい。きみのことだから、わたしを通りへ放りだしていただろう」

「ひとこと言わせていただくと、オラツィオ・ジェンティレスキと過ごした午後はけっこうすてきだったわ」

「ダナエと過ごしたジェンティレスキの喜びに比べれば、それほどでもないと思うが」

「このクルーズが終わる前に二人きりでランチができれば、ダナエはうっとりするでしょうね」

「われわれの船室は子供たちの船室に近すぎる」

「だったら、かわりに真夜中のおやつはいかが？」キアラは笑みを浮かべてカラヴァッジョのほうへ視線を向けた。「あなたにああいうのが描けると思う？」

「聞かなかったことにしておく」

「じゃ、あなたのライバルはどう？　カラヴァッジョの贋作が描けそうな人？」

「あらゆる派と時代の巨匠絵画を世に送りだし、しかも贋作であることを誰にも気づかせなかったやつだ。そんなやつなら、カラヴァッジョはけっこう簡単なほうだろう」

「どういう人だと思う？」

「けっして疑われることのない人物」

二人の真夜中のおやつは数時間も続く贅沢なご馳走（ちそう）に変わり、翌朝リムパリへ向けて出航したのは十時近くになってからだった。次の寄港先はカラブリアの海岸沿いの小さな入江で、そのあと、ヨットの前部甲板でのおやつタイムも含めて夜通し航海を続けたのちに、アマルフィの海岸に到着した。そこから先は島伝いに――まずカプリ島、それからイスキア島――ナポリ湾を横断し、ティレニア海を渡ってサルデーニャ島まで行った。その北にコルシカ島がある。ガブリエルはサルデーニャ島の西側を北上するコースをとり、新たに勢いづいたマエストラーレの只中に飛びこんでしまった。二日後、空に雲ひとつないひんやりした水曜日の夕方に、ポルトの小さなマリーナにヨットを入れた。埠頭で挨拶がわりに両腕を上げて待っていたのは、サラ・バンクロフトとクリストファー・ケラーだった。

厳重に警備されたドン・アントン・オルサーティの屋敷に一行が到着するころ、太陽はすでに沈んでいた。ドンはコルシカ人らしい簡素な装いで、血縁者を迎えるかのようにアイリーンとラファエルを歓迎した。ガブリエルは「犬みたいな黒い目をしたこの大きなおじさんは、島でいちばんおいしいオリーブオイルを作る人なんだよ」と、子供たちに説明した。独特の洞察力を備えたアイリーンは見るからに疑っている様子だった。

塀に囲まれたドンの庭園には華やかな照明がいくつも吊され、一族郎党がぎっしり集まっていて、ドンの稼業のうち秘密の方面を担当する者も何人か交じっていた。どうやら、長い危険な航海を終えたアロン一家の到着をみんなで祝ってくれるらしい。ケラーのアメリカ人妻のコルシカ島初訪問を祝うためでもあった。コルシカの諺がいくつも飛び交い、淡い色をしたコルシカ産のロゼが大量に消費された。サラはディナーのあいだじゅう、ラファエルをまじまじと見つめ、この子が父親に薄気味悪いほど似ていることに魅了されていた。ガブリエルのほうは自分の妻を見つめていた。こんなに幸せそうな、あるいは、こんなに美しい妻を見るのは初めてだと思った。

食事がすむと、ドンがガブリエルとケラーを手招きして二階の自分の部屋へ連れていった。デスクに置かれていたのは、パリの〈ジョルジュ・フルーリ画廊〉でガブリエルとサラを殺そうとした男の写真だった。

「名前はレミ・デュボワ。そして、あんたの勘があたっておった」オルサーティは言った。「軍隊経験がある。二年ほどアフガニスタンで過激派を相手に戦い、手製爆弾作りに詳しくなった。国に戻ったあと、まっとうな人生を歩めなくなってしまった」ドンはケラーにちらっと目をやった。「誰かさんに似てないかね？」

「レミ・デュボワの話を聞かせる相手はこいつだけにして、おれは除外してもらいたいな」

「デュボワが仕事をしていた組織には〈グルプ〉という呼び名しかついていない。組織に雇われている連中はみな、軍人か情報部員あがりだ。クライアントは大部分が裕福な実業家。組織の者は凄腕（すごうで）ぞろいだ。そして、料金がきわめて高い。うちの連中がアンティーブでデュボワを見つけた。ジュアン・レ・パン海岸近くのしゃれたアパルトマンに住んでいた」

「いまどこにいるのか訊いてもいいですか?」

「たぶん、あんたの船がポルトへ向かう途中で、やつの上を通り過ぎたと思う」

「やつからどれぐらい聞きだすことができました?」

「こと細かに。あんたの暗殺計画は急ぎの仕事だったようだ」

「いつ指示を受けたか、やつは白状しましたか?」

「爆破事件の前の日曜日」

「日曜日の夜?」

「いや、朝だ。大急ぎで爆弾を作らなきゃいけなかったんで、起爆装置にする使い捨て携帯を買いに行く時間がなかった。かわりに、別の仕事のときに手に入れた携帯を使った」

「それがヴァレリー・ベランガールという女性の電話だったんです。デュボワと仲間はボルドーの南で彼女の車を道路から押しだした」

「当人もそう言っておった。それから、リュシアン・マルシャンの殺害にも関わっている」壁に立てかけてあるセザンヌ風の未完成の風景画のほうへ、ドンは首を傾けた。「デュボワが住んでいたアンティーブのアパルトマンに置いてあった」

「弾丸の金は誰が出したんでしょう?」ガブリエルは尋ねた。

「アメリカ人だ。元ＣＩＡ局員だとか。名前は知らんとデュボワは言っておった」

「レナード・シルクという男です。マンハッタンのサットン・プレースに住んでいます」

ガブリエルはいったん言葉を切り、つけくわえた。「十四番地」

「ニューヨークにわしらの友達がおる」オルサーティは写真をシュレッダーにかけた。

「優秀な連中だ」

「いくらぐらいで？」

「わしを侮辱する気か」

「歌をうたうだけでは、金は入ってこない」ガブリエルはドンが気に入っている諺のひとつを引用した。

「そして、露で水槽をいっぱいにすることはできん」ドンは答えた。「だが、子供たちのために貯金しておけ」

「小さな子供たち、小さな悩み。大きな子供たち、大きな悩み」

「だが、今夜は違うぞ、わが友。今夜のわしらに悩みはない」

ガブリエルはケラーを見て微笑した。「いまにわかりますよ」

ガブリエルが一階に下りると、ラファエルとアイリーンがキアラにもたれていた。目がとろんとして、焦点が合っていない。もう少しゆっくりしていくようドン・オルサーティが懇願したが、コルシカの諺を最後に交換したあとで、ひきとめるのをしぶしぶあきらめた。だが、ガブリエルの旅行計画には失望を隠しきれなかった。アロン一家はケラーのヴィラにひと晩泊まり、明日の朝いちばんにヴェネツィアへ向けて出航する予定だった。

「一週間か二週間、泊まっていけばいいのに」

「九月半ばに子供たちの学校が始まるんです。このままだと、家に帰り着くのがぎりぎりになってしまう」

「来年はどこへクルーズに出かける予定だね?」ドンが尋ねた。

「ガラパゴス諸島へ行こうかと」

それを最後に、別れの挨拶を交わし、となりの谷まで車で行くためにみんなでケラーのおんぼろルノーのステーション・ワゴンに乗りこんだ。ガブリエルとキアラはリアシートにすわり、二人のあいだに子供たちを押しこんだ。サラは夫のとなりの助手席にすわった。楽しい一夜だったにもかかわらず、サラは急に緊張してきた。

「マグダレーナから連絡はあった?」迫りくる惨事を恐れる者にありがちなやけに明るい声で、サラは訊いた。

「どこのマグダレーナだ?」ガブリエルが返事をしたそのとき、車のヘッドライトに照らされて、ドン・カサビアンカが所有するオリーブの古木三本のそばの小道の真ん中に、角のある巨大な山羊が立っているのが見えた。

ケラーがブレーキを踏み、車はゆっくりと停止した。

「わたしが煙草を吸ったらすごく迷惑？」サラが訊いた。「吸わずにいられない気分なの」

「同じく」ガブリエルはつぶやいた。

ついさっきまで夢遊病状態だったアイリーンとラファエルが急に目をさまし、次の冒険への期待でわくわくしはじめた。ケラーはハンドルに手をかけてすわったまま、たくましい肩をがっくり落としている。惨めさを絵に描いたような姿だ。

バックミラーのなかで彼の目とガブリエルの目が合った。「できれば、あんたの子供たちには見せたくないんだが」

「馬鹿言わないでくれ。わたしがなんのためにはるばるコルシカまで船を走らせてきたと思う？」

「わたしたち、この二週間、大変な思いをしてきたのよ」サラが説明した。「ゆうべだって……」

「ゆうべ、どうしたの？」アイリーンが探りを入れた。

「言いたくない」

ケラーがかわりに答えた。「山羊のやつ、おれに頭突きを食らわせたんだ。杭打ち機がぶつかってきたような衝撃だった」

「あなた、きっと、哀れな山羊を怒らせたのね」キアラが言った。

「あの山羊からすれば、おれの存在そのものが腹立たしいんだ」

ケラーはクラクションを鳴らし、片手を礼儀正しくふって、脇へどくよう山羊に合図した。反応がなかったので、ブレーキから足を離して車をじりじりと前進させた。山羊は頭を下げると、車のラジエーターグリルに頭突きを食らわせた。

「だから言ったでしょ」サラが言った。「手に負えないって」

「クリストファーのことをそんなふうに言うもんじゃない」ガブリエルは口をはさんだ。

「〝手に負えない〟ってどういう意味？」ラファエルが訊いた。

「矯正不可能。堕落した頑固者。絶望的な放蕩者」

「放蕩者」アイリーンがくりかえし、クスッと笑った。

ケラーがドアをあけると車内灯がついた。サラが蒼白になった。「みんなでホテルにチェックインしたほうがいいかも。いいえ、もっといい方法があるわ。あなたの美しい船で一夜を過ごすことにしましょう」

「そうよ、それがいいわ」次なる頭突きの衝撃で車が揺れたので、キアラも同意した。それからガブリエルを見て静かに言った。「なんとかしてよ、ダーリン」

「手が痛くて死にそうだ」

「あたしがやってみる」アイリーンが言った。

「無理だよ」

「パパの言うことに耳を貸しちゃだめ」キアラは言った。「がんばってらっしゃい」

ガブリエルは彼の側のドアを開き、美しい妻を見た。「この子に何かあったら、きみの責任だぞ」

アイリーンはガブリエルの膝を乗り越えて車から飛びだした。恐れげもなく山羊に近づくと、その赤い顎鬚をなでながら、自分たち一家は明日の朝ヨットでヴェネツィアに帰る予定だから、今夜はぐっすり寝なくてはいけないのだと説明した。山羊は明らかに、胡散臭い話だと思ったようだ。とはいうものの、それ以上争うことなく小道からどいてくれたので、問題は平和に解決した。

アイリーンがリアシートにもぐりこみ、父親の肩に頭をもたせかけるあいだに、車はケラーのヴィラに向かってふたたび走りだした。

「放蕩者」アイリーンはつぶやき、はしゃいだ声で笑った。

73

〈バール・ドガーレ〉

ガブリエルは良識ある判断に逆らって、週明けまでコルシカに滞在することを承知した。しかしながら、日曜の夜はヨットに戻って寝ると言いはり、月曜日の朝キアラと子供たちが目をさましたときには、船はすでにアジャクシオの港を出ていた。マエストラーレが追い風になり、三角形の帆が大きく膨らんだおかげで、火曜日の日没時にはサルデーニャ島の南端に到着し、木曜日の午後遅くにメッシーナに戻った。

その夜、市内の高級レストランのひとつ〈イ・ルッジェーリ〉で食事をしながら、ニューヨークのサフォーク郡の検事が夫の死亡事件に対してリンジー・サマセットを起訴するのをとりやめたというニュースを読み、ガブリエルは胸をなでおろした。住んでいた屋敷を追いだされ、銀行口座を凍結されたリンジーは、今後どうなるかわからない身の上だ。ロング・アイランドの週刊新聞に、モントークにフィットネス・スタジオをオープンしてイースト・エンドに永住するのではないかという推測記事が出ていた。地元の人々の反応がかなり好意的なことからすると、空港で狂気の沙汰としか思えない行動に出たおかげで、リンジーはフィリップの詐欺行為に汚されることなく、スキャンダルから無事に抜けだせたようだ。

三日後の夜、バーリに着いたガブリエルは、ファンドの投資部門の責任者で行方をくらましていたケニー・ヴォーンがニューオーリンズのホテルの部屋で死体となって発見された、死因はドラッグの過剰摂取と思われる、という記事を読んだ。いまだに説明がついていないのは、フィリップが人生最後の数時間のあいだにファンドの手元資金から奪いとった現金の行方だった。また、『ニューヨーク・タイムズ』によると、ヘッジファンド所有の絵画を売却しようとしても、おそらく失望に終わるだろうとのことだった。なぜなら、フィリップが手を触れた絵となると、コレクターも美術館も購入をためらうからだ。メトロポリタン美術館から派遣された専門家チームが東九十一丁目の倉庫を調べ、七百八十九点の絵画のどれが贋作で、どれが真作かについて最終的な判定を下そうとした。意見の一致を見るのは不可能だとわかった。

記事には生前のフィリップが最後に購入した絵、オラツィオ・ジェンティレスキ作とされる《ダナエと黄金の雨》の写真も出ていた。ＦＢＩはこの絵がトスカーナ州の州都フィレンツェからニューヨークへ送られたもので、イタリアの厳格な文化財保護法に違反するのは明らかだと断定した。贋作なのか、本物の失われた傑作なのか、鑑定家たちには判断がつかなかった――〈エクウス・アナリティクス〉のエイデン・ガラハーがやっているような精密な科学的検査をしないことには無理だというのだ。それにもかかわらず、アメリカ側の当局は絵画の即時返還を求めるイタリア側の要望に応じた。

タイミングのいいことに、絵がイタリアに到着したのは、月光のもとでアドリア海北部の航海を終えたガブリエルが、ヴェネツィア・チェルトーザ・マリーナの停泊所にヨットを入れたのと同じ朝だった。四日後、ガブリエルはサン・トーマのヴァポレット乗場で二系統の船に乗りこむキアラを見送ってから、秋学期のスタートに合わせてアイリーンとラファエルをベルナルド・カナル小学校まで送っていった。そのあと何週間ぶりかで一人になり、リアルト市場へ出かける以外になんの予定もなかったので、人気のない通りを抜けて〈バール・ドガーレ〉へ行った。店に入ると、ブルーのクロスをかけたクロム製のテーブルの前にチェーザレ・フェラーリ将軍の姿があった。

ウェイターがカプチーノ二杯と、クリームをたっぷり詰めて粉砂糖をかけたコルネットの籠を運んできた。ガブリエルはカプチーノだけ飲んだが、コルネットには手を出さなかった。「この一カ月半、食べてばかりだったんでね」

「それなのに、一キロだって増えていないように見える」

「うまく隠してるんだ」

「たいていのことと同じようにな」将軍はブルーと金色のカラビニエリの制服姿だった。横の椅子に薄型のポートフォリオ・ケースが立てかけてある。絵を生業（なりわい）とする者がデッサンや小さな絵画を運ぶのに使うものだ。「サマセット事件への関与も、きみはうまく隠しとおしたようだな」

「そうでもない。ＦＢＩの司法担当官にさんざん文句を言われた」

「〈ハリーズ・バー〉でベリーニを飲みながらのやりとりだったと、わたしは理解しているが」

「監視してたのか？」

「われわれがＦＢＩの捜査官どもをエスコートなしでうろつかせるなどと、きみ、まさか思ってないだろうな？」

「もちろん、そうでないよう願いたい」

「キャンベル司法担当官はわたしにも文句たらたらだった」フェラーリは言った。「きみの悪ふざけに美術班もなんらかの形で加担してるはずだと思いこんでいた。わたしがきっぱり否定しておいた」

「《ダナエと黄金の雨》がすぐさま返還されたところを見ると、向こうもあなたの言葉を信じたようだな」

将軍はカプチーノを飲んだ。「きみの水準に照らしてみても、なかなかみごとな展開だろう？」

「絵は現在どこに？」

「パラッツォに置かれたままだ」フェラーリは答えた。パラッツォというのは美術班のローマ本部が置かれている建物のことだ。「しかし、今日のうちにボルゲーゼ美術館へ移されて鑑定を受けることになっている」

「そりゃまずい」

「贋作と判定されるのにどれぐらいかかる？」

「『ニューヨーク・タイムズ』によると、ニューヨークでは検閲を通過したそうだ」

「失礼ながら、ジェンティレスキの作品については、アメリカの連中よりわれわれのほうがよく知っている」

「筆遣いと色彩はジェンティレスキのものだ」ガブリエルは言った。「だが、カンバスがエックス線撮影と赤外線リフレクトグラフィーの検査を受けた瞬間、わたしはおしまいだ」

「まあ、仕方あるまい。あの絵が贋作であることを表沙汰にして破棄せねばならん」将軍は大きなため息をついた。「きみがロンドンの〈ディンブルビー・ファイン・アーツ〉を通して架空の売買をおこなったせいで、史上最高の偉大なる画家三人の全作品にそれぞれ新たな作品が加わってしまったことを、きみにも自覚してほしいものだ」

「いまのところ、オリヴァーが売ったとされている絵のなかに、三人の画家の総作品目録（カタログ・レゾネ）に加わったものは一点もない」

「では、もし加わったら？」

「わたしが警察にすぐ出頭する。だが、それまでは世間から身を隠していようと思う」

「そのあいだ何をするんだ？」

「来月一カ月かけて、わたしの船に落ちているパン屑やその他のさまざまなゴミを掃除するつもりだ」

「そのあとは？」

「絵の修復をする許可をわたしに与えようかと妻が考えている」

「〈ティエポロ美術修復〉のために？」

「わたしの銀行口座の危険な状態を考えると、まずは金になりそうな依頼を個人的に請けたくなってくる」

　将軍は眉をひそめた。「かわりに何か贋作を描けばいいじゃないか」

「贋作者としてのわたしの短い経歴は正式に終わりを告げた」

「せっかくがんばったのに、無駄になってしまったな」

「美術史上最大の贋作組織を壊滅させた」

「だが、肝心の贋作者は見つからないままだ」将軍は指摘した。

「リンジー・サマセットが夫を轢き殺して高級レンジローバーをぐしゃぐしゃにしてなければ、わたしが見つけだせたんだが」

「いずれにしろ、どうにもすっきりしない幕切れだ。そう思わないか？」

「罪ある者たちは処罰された」ガブリエルは言った。

「しかし、贋作者は野放しになったままだ」

「贋作者の正体については、ＦＢＩのほうである程度見当がついてるに違いない」

「キャンベルの若造はさっぱりわからんと言ってたぞ。きみが捜し求める贋作者は自分の足跡をうまく隠したようだ」フェラーリ将軍はポートフォリオ・ケースに手を伸ばし、ガブリエルに渡した。「だが、これが謎を解く助けになるかもしれん」

「なんだい、それは？」

「パリにいるきみの友人、ジャック・メナールからの贈物だ」

ガブリエルはケースを膝にのせ、留め具をはずした。なかに入っていたのは《遠くに風車が見える川の風景》、油彩・画布、三六×五八センチ、オランダの黄金時代の画家、アルベルト・カイプの作とされる絵だ。また、ルーブル美術館のリサーチ＆修復ナショナル・センターが作成した報告書のコピーも入っていた。センターで数週間かけて丹念に科学的分析を進めたものの、作品の真贋に関して決定的な判断を下すことはできなかった、と書かれていた。しかしながら、検査結果のなかでひとつだけ断言できることがあった。

《遠くに風車が見える川の風景》には濃紺のフリースの繊維がただの一本も含まれていなかった。

ガブリエルは報告書のコピーをポートフォリオ・ケースに戻して蓋を閉めた。

「楽しい旅を」笑みを浮かべて、フェラーリ将軍は言った。

74

サラマンカ

ガブリエルがＦＢＩのジョシュ・キャンベル司法担当官におこなった供述と違って、マグダレーナ・ナバロが身を隠しているのはピレネー山脈の人里離れた村ではなかった。マドリードの優美なサラマンカ地区にあるカステジョ通りのアパートメントにひきこもっていた。翌日午後の十二時半、ガブリエルはその建物のインターホンパネルの前に立って然るべきボタンを押し、それからカメラに背を向けた。応答がなかったので、もう一度ボタンを押した。ようやく、スピーカーが息を吹きかえした。

「もう一度やったら」ひどく眠そうな女性の声がした。「下まで行って、あんたを殺すからね」

「頼むからやめてくれ、マグダレーナ」ガブリエルはカメラと向きあった。「わたしだ」

「ええっ！」マグダレーナはドアのロックを解除した。

なかに入ったガブリエルは階段をのぼってマグダレーナの住まいまで行った。ドアをあけて彼女が待っていた。薄く透けるコットンのシャツ一枚だけで、あとはほとんど何も着ていない。漆黒の髪はひどくもつれている。両手は絵具で汚れている。

「邪魔したのでなければいいが」ガブリエルは言った。

「眠りを邪魔されただけ。来るのなら、前もって言ってくれればいいのに」

「きみが国外逃亡を図るんじゃないかと心配だったんでね」ガブリエルは玄関ホールのタイルの床に置かれたおそろいの〈ヴィトン〉のスーツケース二個を見下ろした。「現金が入ってるのはどっちだ？」

マグダレーナはドアに近いほうのスーツケースを指さした。「わたしに残された全財産よ」

「ヨーロッパ各地の銀行口座に隠した四百万か五百万はどこへ消えた？」

「人にあげたわ」

「誰に？」

「主に貧しい人々と移民の人々。それから、お気に入りの環境保護グループに多額の寄付。わたしが出たバルセロナの美術学校にも寄付したわ。もちろん、匿名で」

「きみにはまだ希望がありそうだ」ガブリエルは彼女の装いを非難の目で見た。「だが、そんな格好をしてるんじゃだめかもな」

マグダレーナは笑みを浮かべ、素足で廊下をパタパタ走り去ると、ストレッチ・ジーンズとレアル・マドリードのジャージに着替えて、すぐまた姿を見せた。キッチンでカフェ・コン・レチェを用意した。二人は狭い通りを見下ろすテーブルでそれを飲んだ。この通りには高級アパートメント、ブランドものの服を扱うブティック、トレンディなバーやレストランが並んでいる。マグダレーナにはたしかにこういう場所が似合う、とガブリエルは思った。ここに来るまでの道がまっとうでなかったことが惜しまれる。

「あなたの肌、スペインのサドルレザーの色をしてる。どこへ行ってたの?」

「妻と子供を連れてヨットで世界をまわっていた」

「新しい発見が何かあった?」

「贋作者の正体がわかっただけだ」ガブリエルは絵具の汚れがついている彼女の両手に視線を落とした。「また絵を描いてるんだね」

マグダレーナはうなずいた。「深夜に」

「いいものが描けたかい?」

「もうじき再発見されるはずよ。ラファエル派の作とされる聖母子の絵が。あなたのほうは?」

「わたしは心を入れ替えた」

「誘惑されなかった?」

「何に?」

「贋作をひとつかふたつ描きたいという思いに」マグダレーナは言った。「あなたの代理人を頼まれたら、わたし、喜んでひきうけるわよ。でも、利益を折半するのに同意してくれなきゃだめ」

「わたしの思い違いだったのかもな。結局、きみには希望などないのかもしれない」

マグダレーナは微笑し、コーヒーを飲んだ。「わたしは完璧な人間ではないわ、ミスター・アロン。でも、心を入れ替えたのよ。それから、あなたがまだ疑問に思っているといけないから言っておくけど、贋作者はわたしじゃないわ」

「贋作者はきみだとわたしが思っていたら、きみを拘束するために治安警察隊の一団を連れてきただろう」

「そのうち警察が来るだろうって覚悟してたわ」マグダレーナは電話を手にとり、ブラウザを開いた。「最近、ドイツのニュースを読んだ？　ヘル・ハスラーが目下、連邦検事たちに協力中よ。向こうがわたしの引き渡しを要求してくるのも時間の問題だわ」

「そう遠くない昔に、ケルンの大聖堂へのテロ攻撃をわたしが未然に防いだことがあった。必要となれば、そのときの借りを返してもらうこともできる」

「ベルギーの警察のほうは？」

「ブリュッセルとアントワープはヨーロッパの組織犯罪の中心地だ。わずかな贋作程度のことでベルギーの警察がきみの引き渡しを求めてくるとは思えない」

「ＦＢＩがわたしの関与を知ってるのはたしかよ」

「ついでに、わたしの関与も。少なくともいまのところ、ＦＢＩはわれわれの名前を伏せておくつもりのようだ」ガブリエルは顔を上げ、壁に立てかけてある額縁のない絵を見た。「きみの作品？」

マグダレーナはうなずいた。「フィリップとレナード・シルクがパリであなたを殺そうとしたあとで、わたしが描いた絵よ。詐欺組織の手先の自画像」

「悪くない」

「新しく描いた絵のほうがこれよりずっといいわ。見てもらいたいけど、わたしのアトリエは描きかけの贋作でいっぱいなの」

もちろん、贋作など一点もなかった。まばゆい才能と技巧に恵まれた画家が生みだした荒々しいほど独創的な作品がいくつもあるだけだった。ガブリエルはカンバスからカンバスへと、魅入られたように歩きまわった。

「どう思う？」マグダレーナが尋ねた。

「フィリップ・サマセットの最大の罪は、きみの作品をこの世から奪い去ったことにあると思う」ガブリエルはじっと考えこむ様子で片手を顎にあてた。「問題はわれわれがこの絵をどうするかだ」

「われわれ？」

「きみの代理人を頼まれたら、わたしは喜んでひきうける。ただし、利益の分け前をもらうつもりはない」

「むずかしい取引を持ちかける人ね、ミスター・アロン。でも、わたしの絵をどうやって市場に送りこむつもり？」

「美術界の一大中心地にある一流の画廊でイベントを開く。きみを十億ドルのグローバルなブランドにしてくれるイベントを。そして、イベントの一夜が終わるころには、誰もがきみの名前を知ることになる」

「悪名でないことを願うばかりだわ」マグダレーナは言った。「でも、そのイベントはどこで開くの？」

「ロンドンの〈オリヴィア・ワトソン画廊〉」

マグダレーナの顔が輝いた。「ほんとにやってくれるの？」

「ひとつだけ条件がある」

「贋作者の名前？」

ガブリエルはうなずいた。

「わたしだったのよ、ミスター・アロン。本物と見分けのつかないあの巨匠絵画はすべて、わたしが〈エル・ポテ・エスパニョール〉と〈カッツ・デリカテッセン〉でパートの仕事をする合間に描いたものなの」マグダレーナは彼の首に両腕をまわした。「どうやってお礼をすればいいの?」

「きみの絵をひとつ買わせてほしい」

「転売して儲けたりしないと約束してくれれば」

「するとも」ガブリエルは言った。

75

〈エクウス〉

きっかり四十八時間後——ふたたび大西洋を越えてJFKに着き、コネティカット州スタンフォードのダウンタウンにあるコートヤード・マリオットに短時間だけ滞在したあとで——ガブリエルはレンタカーのアメリカ製セダンの運転席にすべりこみ、ウェストポートのまばゆい日の出に向かって走りだした。〈エクウス・アナリティクス〉に到着したのは七時数分過ぎだった。エイデン・ガラハーの派手なBMW7シリーズはどこにも見あたらなかった。

ガブリエルはポートフォリオ・ケースをアスファルトの地面に置き、ソラリスの携帯電話をとりだして番号を押した。すぐさま、八二〇〇部隊のユヴァル・ガーションの応答があった。「準備オーケイ?」

「それ以外に電話する理由があるか?」

ユヴァルは遠隔操作でドアのロックを解除した。「楽しいひとときを」

ガブリエルは電話をポケットにすべりこませると、ポートフォリオ・ケースを手にとり、なかに入った。

シェードが厳重に下ろしてあるため、ラボは闇に包まれていた。ガブリエルは彼の電話の懐中電灯をオンにして、ブルカーM6ジェットストリームの空間イメージング装置にのせてある絵を照らしてみた。女性の肖像画だった。二十代の終わりか三十代の初めぐらい。白いレースの縁飾りがついた金色の絹のドレスを着ている。カンバスのサイズが一一五×九二センチであることぐらい、どんな馬鹿でもひと目でわかる。ガブリエルは女性の青白い頰を写真に撮った。クラクリュールの状態を見て、うなじに妙なものを感じた。

ポートフォリオ・ケースを検査台に置いてから、階段をのぼって二階へ行った。部屋がひとつだけあった。一階のラボと同じ広さだ。リヴァーサイド・アヴェニューに面した側に輸送用の木箱が二十ほど置かれ、それぞれの箱に絵が収められていて、評判の高いエイデン・ガラハーの鑑定を待っていた。蓋があいているのは一個だけ。現在ブルカーにセットされている絵を輸送するのに使われたものだ。ニューヨークの〈サザビーズ〉の巨匠部門から〈エクウス・アナリティクス〉に送られてきている。

部屋の反対側には、イーゼル、カート、ポータブル式の換気装置が置いてあった。カートの引出しはどれも空っぽで、しみひとつない清潔さだった。イーゼルにも何ものっていない。ガブリエルは顔料が並んだトレイに懐中電灯の光を走らせた。鉛白。チャコールブラック。マダーレーキ。朱色。藍色。緑土。ラピスラズリ。黄土。紅土。

一階に下りて、ポートフォリオ・ケースから川の風景画をとりだし、検査台にのせた。その横に二種類の報告書を置いた。ひとつはルーブルのリサーチ&修復ナショナル・センターから届いたもの。もうひとつは〈エクウス・アナリティクス〉のもの。それから懐中電灯を消して待った。二時間二十分が過ぎたとき、駐車場に車が入ってきた。ひそかに話をつけよう――ガブリエルは思った――そして、二度と蒸し返さないことにしよう。

美術館レベルのアラームシステムが八回ピーッと鋭く音を立て、しばらくするとエイデン・ガラハーがドアからつかつかと入ってきた。カーキ色のズボンにVネックのセーター。照明のスイッチのほうへ手を伸ばし、そこで躊躇した。ラボのなかに誰かの気配を感じたかのように。

ようやく天井の蛍光灯パネルが息を吹きかえした。ガラハーが驚きのあまりハッと息をのみ、あとずさった。「どうやって入りこんだんだ、アロン?」

「ドアがあけっぱなしだった。わたしがたまたま近くに来てて幸いだったな」

ガラハーは彼の携帯電話で数字を押しはじめた。

「わたしならやめておく、エイデン。自分から事態を悪化させるだけだ」

ガラハーは電話を下ろした。「なぜここに？」

「わたしの友人のサラ・バンクロフトに七万五千ドルを返してもらおうと思って」

「なんの金だ？」

ガブリエルは《遠くに風車が見える川の風景》のほうへ視線を落とした。「あなたは絵具の表面にフリースの繊維がついている、贋作であることを示す動かぬ証拠だ、とわれわれに断言した。ところが、もうひとつの鑑定からは、あなたの鑑定ミスだという結論が出ている」

「どこでそのような鑑定を？」

「リサーチ＆修復ナショナル・センター」

ガラハーはガブリエルに薄笑いを向けた。「ルーブルで展示されることになった四点の贋作を誤って真作と判定した、あのラボではないか」

「あのミスは故意にやったものではなかった。あなたのミスのほうは故意だ。そうそう、ついでに言っておくと」ガブリエルはつけくわえた。「クラナッハを見た瞬間、わたしは贋作だと見抜いた」次に、ブルカーにセットされている絵を指し示した。「あのファン・ダイクも贋作であることを見破るのに、空間イメージング装置などわたしにはもちろん必要ない」

「これまで調べた結果に基づいて判断すると、わたしは真作と認めたい」

「あなたとしては当然そうだろう。だが、それではそちらの計算違いになってしまう」

「どういう意味だ？」

「利口に立ちまわりたいなら、自分で描いた贋作をすべて市場からひきあげるべきだ。一点ずつ。あなたは美術界のヒーローになれる。しかも、その過程でさらにリッチになれる。わたしがざっと計算したところ、二階にたまっている絵の鑑定をおこなうだけで、〈エクウス〉の収益は百五十万ドルほど増えることになるだろう」

「サマセットのスキャンダルのおかげで、うちの料金は現在、急ぎの仕事に対して十万ドルになっている。つまり、二階の絵には、新たなビジネスにおいて二百万ドルの価値があるわけだ」

「否定の言葉を聞いていないんだが、エイデン」

「わたしは贋作者ではないという言葉を？　そんなものが必要だとは思わなかった。きみの主張は荒唐無稽だ」

「あなたは腕のいい画家であり、修復師であり、来歴調査と真贋判定のスペシャリストでもある。つまり、美術界に歓迎される作品を選ぶ方法を心得ているし、さらに重要なこととして、どのように構図を考え、仕上げていくかを心得ている。しかし、あなたの企みのなかで最高にすばらしいのは、自分が描いた贋作を自分で鑑定できるという、他に類を見ない立場にあることだ」ガブリエルは《遠くに風車が見える川の風景》を見下ろした。

「この絵を鑑定したときに真作だと言っていれば、あなたとフィリップはいまも美術界に身を置いていたかもしれない」いったん言葉を切った。「そして、わたしがいまここにいることはなかっただろう」

「わたしがあの絵を真作だと言わなかったのは、明らかに贋作だったからだ」

「もちろん、わたしはひと目で見抜いた。だが、絵の目利きを自称する者の大半はそうではない。だから、あなたとフィリップはわたしを殺すしかないと決めた。絵からフリースの繊維が発見された——あなたはわれわれにそう言った。未熟な贋作者が犯しやすいもっとも一般的なミスだからだ。われわれが月曜の午後、週末に大急ぎで予備検査をした場合に見つかりそうなミスでもある。われわれが絵をとりに行ったとき、あなたはジョルジュ・フルーリとの対決はいつにする予定かと訊いた。すると、愚かにもサラが正直に答えてしまった」

「自分がどれほど突拍子もない話をしているか、わかっているのか？」

「肝心の部分にはまだ来ていない」ガブリエルはガラハーに一歩近づいた。「あなたはきわめて小さなクラブのメンバーだ、エイデン。入会できるのは、わたしかわが友の一人を殺そうとし、いまなお地上を歩きまわることのできる幸運な連中に限定されている。だから、わたしがあなただったら、微笑はひっこめるだろう。でないと、わたしが癇癪（かんしゃく）を起こすことになりかねない」

ガラハーは無表情にガブリエルを見つめた。「わたしはきみが思っているような人間ではない、アロン」

「あなたのことはよくわかっている」

「証明してみろ」

「できない。あなたもフィリップもきわめて用心深かった。それに、二階にあるあなたのアトリエを見れば、あなたが自分の犯罪の証拠を消そうとして大変な手間をかけたことがわかる」

ガラハーはフランスから届いた報告書を指さした。「いいかね？」

「もちろん」

ガラハーは報告書を手にとって読みはじめた。しばらくしてから言った。「真贋を判定するところまでは行き着けなかったんだな」彼の声にはプライドが滲(にじ)んでいた。かすかではあるが、紛(まぎ)れもないプライドだ。「黄金時代のオランダの画家を専門とする一流の鑑定家ですら、真作の可能性を排除しきれなかったわけだ」

「だが、あなたもわたしも真作ではないことを知っている。だから、ラボのナイフを貸してもらいたい。頼む」

ガラハーは躊躇した。やがて引出しをあけ、オルファＡＫ－１を検査台に置いた。

「自分でやったらどうだ？」ガブリエルは提案した。

「そっちでやってくれ」

ガブリエルは高級ナイフの黄色い柄を握りしめると、絵を水平に二回切り裂き、修復不能の傷を残した。さらにもう一度切り裂こうとしたとき、ガラハーが彼の手首をつかんだ。ダブリン出身のガラハーの手は震えていた。

「もう充分だ」ガラハーは手の力をゆるめた。「哀れな絵をズタズタにする必要はない」

ガブリエルは絵に三つめの傷をつけたあとで、木枠からカンバスをはぎとった。次に、ナイフを手にしたまま、《見知らぬ女性の肖像》に近づいた。

「さわるな」ガラハーが落ち着いた声で言った。

「なぜだ？」

「その絵は本物のファン・ダイクだ」

「いや、あなたが描いた贋作のひとつだ」

「千五百万ドルを賭ける覚悟はあるのか？」

「フィリップはこの絵でそれだけ儲けたわけか？」

返事がなかったので、ガブリエルはブルカーに置かれた絵をとり、ズタズタに切り裂いた。顔を上げると、破壊された絵をエイデン・ガラハーが見つめていた。怒りで顔が蒼白だった。

「なぜそこまでやる？」

「もっといい質問がある。なぜこれを描いた？　単に金儲けのためか？　それとも、ジュリアン・イシャーウッドやサラ・バンクロフトのような連中を嘲笑(あざわら)ってやるのが楽しかったからか？」ガブリエルはラボのナイフを検査台に置いた。「あの二人に七万五千ドルを返金してもらいたい」

「売買契約書には返金不可と明記してある」

「だったら、妥協案を見つけるとしよう」

「きみが考えていた金額は？」

ガブリエルは微笑した。

金額を決めるのに長くはかからなかった——驚くにはあたらない。交渉の余地がいっさいなかったからだ。ガブリエルが一方的に金額を告げると、エイデン・ガラハーは抗議の言葉をしばらく吐き散らしたあとで小切手を書いた。次にファン・ダイクに対する弁償を要求した。ガブリエルは五ユーロ紙幣二枚を検査台に置くと、小切手を手にして、陽光が降りそそぐコネティカット州の朝の戸外へ出ていった。

車でＪＦＫへ戻るのにゆっくり時間をかけたが、それでも出発予定時刻の四時間前には空港に着いていた。フードコートで適当に食事をし、免税店でキアラと子供たちに土産を買い、それから指定されたゲートまでのんびり歩いた。そこでイタリア製の手縫いのスポーツジャケットのポケットから小切手をとりだした――一千万ドルの小切手。受取人は〈イシャーウッド・ファイン・アーツ〉。

この最終金額の内訳は次のとおり。〈エクウス・アナリティクス〉がよこした虚偽の報告書代七万五千ドル、ファン・ダイクの贋作の代金三百四十万ドル、アルベルト・カイプの贋作の代金百十万ドル、ガブリエル自身が贋作を描くのに使った巨匠時代のカンバス代十万ドル、ファーストクラスの飛行機代や、五つ星ホテルの宿泊代や、オリーブ三粒を添えたベルヴェデーレウォッカ・マティーニといった雑費五十二万五千ドル。そして、もちろん、〈マスターピース・アート・ベンチャーズ〉の崩壊に伴ってサラ・バンクロフトが失った四百五十万ドルも含まれている。

全体として見れば――ガブリエルは思った――なかなか満足できる結末だ。

ヴェネツィアのキアラに電話をして、うれしい知らせを伝えた。

「放蕩者」キアラが言って、はしゃいだ声で笑った。

著者ノート

本書『謀略のカンバス』はエンターテインメント小説。あくまでもそのつもりで読んでいただきたい。作中に登場する氏名、人物、場所、事件はすべて著者の想像の産物であり、小説の材料として使っているに過ぎない。実在の人物（生死を問わず）、企業、事件、場所とのあいだにいかなる類似点があろうと、それはまったくの偶然である。

ヴェネツィアのサン・ポーロ区を訪れた人々が、大運河を見渡せるパラッツォを改装した住まいを捜しても、徒労に終わるだけだろう。作中では、イスラエルの諜報機関での長い激動のキャリアを終えたガブリエル・アロンが、妻と二人の幼い子と一緒にここで暮らしているという設定だが……。〈ティエポロ美術修復〉の社屋を見つけるのも同じく不可能だ。実在の会社ではないのだから。第六章でアロン家のキッチンに流れるアンドレア・ボチェッリの曲は《キアラ》。二〇〇一年のアルバム《トスカーナの空（チエリ・デイ・トスカーナ）》に入っているものだ。二〇〇二年、『告解』（論創社）の第一稿の執筆中に、わたしはこのCDをよく聴いていて、ヴェネツィアのチーフ・ラビ、ヤコブ・ゾッリの美しい娘の名前をこれにしようと決めた。アイリーン・アロンは祖母の名前をもらっている。イスラエル国の建国当時、祖母はこの国でもっとも有名な画家の一人だった。アイリーンの双子の兄は、イタリアの盛期ルネサンスの画家であるウルビーノのラファエッロ・サンツィオ（〝ラファエル〟のほうがよく知られている）にちなんで名づけられた。

ウンブリア州にある架空の屋敷、ヴィラ・ディ・フィオリが初めて登場した作品は *Moscow Rules* で、似たような屋敷に長期滞在していたとき、わたしはこの作品の筋書きを考えだした。屋敷のスタッフが家族とわたしのために行き届いた世話をしてくれたので、そのお礼のつもりで、スタッフのみなさんに脇役ながらも重要なキャラクターとして作中に登場してもらった。申しわけないことに、この続編となる *The Defector* でも、アメーリアの町の商店主何人かが同じ運命をたどっている。

パリのオテル・ドゥ・クリヨンには、指揮者レナード・バーンスタインの名前がついたスイートルームが実在するし、〈シェ・ジャヌー〉がパリで評判のビストロであることは間違いない。ただし、スイス生まれのバイオリニスト、アンナ・ロルフが照明のまばゆい店内でガブリエルにささやきかけることはできなかったはずだ。なぜなら、アンナはわたしの想像の産物だから。また、モーリス・デュラン（パリ八区にあるアンティーク店のオーナー）とジョルジュ・フルーリ（同じく八区にある画廊のオーナー）もわたしの想像の産物だ。フランス国家警察の美術捜査班というのは、正式には文化財産不正取引取締中央部と呼ばれ——フランス語のほうがずっとすてきな響きだが——そこに所属する人々が働いているのは、オルフェーヴル河岸三十六番地にある歴史的建造物のなかではない。

幸いなことに、アート専門の〈マスターピース・アート・ベンチャーズ〉というヘッジファンドは存在しないし、作中の登場人物フィリップ・サマセットの犯罪は完全にわが想像の産物である。実在するオークション・ハウスの名前を使わせてもらったのは、偉大なる画家たちの名前と同じく、それらが美術界の用語の一部になっているからだ。〈クリスティーズ〉や〈サザビーズ〉のようなオークション・ハウスが承知のうえで贋作の売買をやっている、などとほのめかすつもりはまったくなかった。また、JPモルガン・チェースやバンク・オブ・アメリカではアート専門の融資部門が贋作を担保として受け入れている、などという印象を与えるつもりもなかった。ガブリエルがピエール・ホテルに短期間だけ滞在したときの非常識な行動については、ホテルの警備主任に深くお詫びしたい。東六十一丁目にあるこの由緒あるホテルは、ニューヨークで最高級のホテルのひとつで、本書に登場するレイ・ベネットのような者を雇うことはけっしてない。

『謀略のカンバス』のページを飾るロンドンの美術商、美術館のキュレーター、オークショニア、ジャーナリストといった風変わりな面々は完全なでっちあげだし、ときとして不審を招くこともある個人的もしくは仕事上の愚行も、同じくでっちあげだ。

メイソンズ・ヤードの北東の端に魅力的な画廊があるのは事実だが、オーナーはパトリック・マシーセンといって、世界でもっとも成功し、大きな尊敬を集めている巨匠絵画専門の美術商である。信頼のおける審美眼を備えたすばらしい美術史家のパトリックなら、ファン・ダイクの贋作にだまされることはぜったいにないはずだ。たとえ、本書に登場するような最高の技巧を駆使して描かれた贋作であっても。

しかしながら、パトリックの同業者や競争相手の多くに関してはそうも言いきれない。じつのところ、過去二十五年のあいだ、何十億ドルもの金が動く美術界という名のグローバル・ビジネスは一連の派手な贋作スキャンダルに翻弄され、そのスキャンダルのせいで、絵の出自と真贋を判定するさいに主観的な方法が多く用いられることに対して、不穏な疑惑が向けられるようになってきた。どこの贋作組織も似たような陳腐な来歴を適当にでっちあげ、それを罠として使っている――〝これまで世に知られていなかったコレクションから新たに見つかった絵の数々〟など――それなのに、美術を商売とする世界の専門家も鑑定家も驚くほど簡単にだまされてしまう。

ジョン・マイアットというソングライターは偉大な画家たちの絵を模倣する才能に秀でていて、イングランドのスタッフォードシャーのおんぼろ農家に住み、パートで美術教師をしながら男手ひとつで幼い子供二人を育てていた人物だが、あるとき、ジョン・ドルーというずる賢い詐欺師と知り合いになった。二人はコンビを組んで、ロンドン警視庁が〝二十世紀最大の絵画詐欺〟と呼んだ犯罪をおこなった。マイアットが絵を描き、ドルーが来歴をでっちあげて、二百五十点以上の贋作を美術市場に送りこんだ――ドルーが懐に入れた金は二千五百万ポンドを超えている。贋作の多くはロンドンの一流オークション・ハウスを通じて売却されたが、そのなかにはフランスの画家ジャン・デュビュッフェ作とされるものが何点かあり、キング通りの〈クリスティーズ〉で開かれた魅惑的なオークションの夕べで落札されている。そのイベントには、絵を描いた贋作者自身が、自分の装いはやや略式すぎると思いながら顔を出していた。デュビュッフェの全作品の管理にあたっているデュビュッフェ財団はこの数点を真作と断言した。

英仏海峡の向こう側でも、別々の贋作者二人が時を同じくして美術界に大混乱をもたらし、その騒ぎのなかで何百万ドルも儲けている。一人はギィ・リブという天才的な画家で、本物と見紛うばかりの〝シャガール〟や〝ピカソ〟をものの数分で描くことのできる人物だった。フランスの警察と検察によると、リブと悪徳美術商たちが手を組んで千点以上の贋作を美術市場に送りこんだ可能性があり、大部分はそのまま流通しているとのことだ。リブのドイツ版であるヴォルフガング・ベルトラッキも同じく多作で、ときには月に十点もの贋作を描きあげていた。ベルトラッキの妻ヘレネ――本書に登場するフランソワーズ・ヴィオネではない――は〝ジョルジュ・ヴァルミエ〟の贋作を、短時間の鑑定を受けたのちにヨーロッパのオークション・ハウスへ苦もなく売却した。ベルトラッキと妻はわずか数年のあいだに、これまで世に知られていなかった同じコレクションから見つかったという触れ込みで、主なオークション・ハウスのすべてを通じて贋作を売りさばき、とてつもない大金持ちになった。五人のクルーが走らせる八十フィートのクルージングヨットで世界を旅してまわった。二人が所有する不動産には、ドイツの都市フライブルクにある七百万ドルのヴィラや、フランスのワイン生産地ラングドックにある広大なドメーヌ・デ・リヴェットなどが含まれていた。詐欺にあった多数の被害者のなかに、俳優にしてアート・コレクターのスティーヴ・

マーティンがいて、二〇〇四年にパリの〈カゾー＝ベロディエール画廊〉を通じてハインリッヒ・カンペンドンクの贋作を八十六万ドルで購入している。

ニューヨーク最古の商業画廊〈ノードラー商会〉ならヨーロッパ市場に広がったウイルスに抵抗力があっただろう、と世間は思っていたかもしれない。ところが、一九九五年にグラフィラ・ロザレスという無名の女性美術商が厚紙に包んだ〝ロスコー〟を持って商会を訪れたとき、〈ノードラー〉の代表を務めていたアン・フリードマンはなんの疑惑も持たなかった。それから十年のあいだに、ロザレスは四十点近くの抽象表現主義の作品を〈ノードラー商会〉に売りつけ、そのなかには、ジャクソン・ポロック、リー・クラスナー、フランツ・クライン、ロバート・マザーウェル、ウィレム・デ・クーニングが描いたとされる絵も含まれていた。

やがてわかったことだが、グラフィラ・ロザレスは、彼女のスペイン人の交際相手、ホセ・カルロス・ベルガンティーニョス・ディアスとその弟を含む国際的な贋作組織の表看板（フロントマン）となっていた女性だった。贋作者は中国人移民のペイ・シェン・チエンで、絵を描く作業はクイーンズのガレージでやっていた。検察の話によると、ロウワー・マンハッタンの通りで模写を売っていたチエンをベルガンティーニョス・ディアスが見いだし、仲間にひきずりこんだという。チエンには贋作一点につき九千ドルが支払われたが、一味が〈ノードラー〉からせしめた金額に比べれば微々たるものだ。相次ぐ訴訟で身動きのとれなくなった名門画廊は二〇一一年十一月に廃業した。

わが崇拝する抽象表現主義の画家たちへの無礼は重々承知の上で言わせてもらうと、マザーウェルやロスコーの贋作を描くのと、本物と見紛うばかりのルーカス・クラナッハ（父）を描くのとは、まったく別のことだ。だからこそ、二〇一六年三月、南仏の都市エクス＝アン＝プロヴァンスのコーモン芸術センターで開催されて大成功を収めた展覧会の目玉作品《ヴィーナス》を押収するよう、フランスのある女性判事が命じたときには、美術界が大きな衝撃を受けたのだった。その絵はリヒテンシュタイン公国の君主が所有する膨大なコレクションの王冠とも言うべき存在だったが、科学的鑑定がおこなわれて二百十三ページにも及ぶ報告書が作成され、やがて、クラナッハの工房から来たものではないとの結論に到達した。報告書で指摘された数多くの問題点のなかにクラクリュールの状態があり、〝通常の経年変化と一致しない〟と記されていた。リヒテンシュタイン公の代理人はこの鑑定に異議を唱え、絵の即時返還を要求した。わたしがこれを書いている現在、《ヴィーナス》は公国コレクションの公式ウェブサイトで紹介され、ウィーンのリヒテンシュタイン庭園宮殿に展示されている。

しかし、広い美術界を大きな不安に陥れたのは、絵の以前の所有者――コレクターから美術商に転身したフランス人のジュリアーノ・ルフィニ――の正体だった。ルフィニが所有する絵画のなかから、最近になって、これまで知られていなかった数点の作品が見つかり、オランダの黄金時代の画家フランス・ハルスの作とされる《ある男性の肖像》という絵もそこに含まれていた。ルーブル美術館の専門家たちが二〇〇八年に鑑定をおこない、けっしてフランスの地を離れてはならない国宝（アン・トレゾール・ナショナル）だと断言した。ハーグにあるマウリッツハイス美術館の専門家たちも同じように熱狂し、あるシニア・キュレーターなどは〝ハルスの全作品にきわめて重要な絵が加わった〟と述べたほどだった。来歴の乏しさを懸念する者は誰もいない様子だった。絵の真贋は絵が自ら語るものだ、と専門家たちは言った。

理由は明らかにされていないが、ルーブルはこの絵の購入を見合わせることにし、二〇一〇年になってから、ロンドンの美術商とアート専門の投資家が絵を買いとった。購入価格は三百万ドルと言われている。二人はそのわずか一年後に、自分たちが支払った額の三倍以上の価格で、ある有名なアメリカ人コレクターに肖像画を売却した。《ヴィーナス》がフランスで押収されたことを知ったあとで、その有名コレクターが一千万ドルで購入した〝フランス・ハルス〟を賢明にも科学的に鑑定してもらったところ、贋作だとはっきり告げられた。〈サザビーズ〉は有名なアメリカ人コレクターへの返金をすぐさま承知し、ロンドンの美術商とアート専門の投資家に損害賠償を求めた。この時点から訴訟合戦が始まった。

このコレクションからは疑わしい巨匠絵画が二十五点も見つかっている(推定市場価格はおよそ二億五千五百万ドル)。オラツィオ・ジェンティレスキ作とされる《ゴリアテの首を持つダビデ》もそのひとつで、ロンドンのナショナル・ギャラリーに展示されている。名声を誇る美術館で帰属に誤りがある作品や紛いものの作品が展示されるのは、これが初めてではない。二〇一〇年、ナショナル・ギャラリーは展示室を六つ使って〝偽物、間違い、発見〟と題した展覧会を開催し、館内の汚れた洗濯物を風にあてることにした。展示室5の目玉作品は《寓意(ぐうい)》。美術館が一八七四年に購入したもので、初期ルネサンスのフィレンツェの画家サンドロ・ボッティチェッリの作だと思われていたが、じつは後世の模倣者が描いたものだった。もっと最近では、人工知能を進んだ形で活用しているスイスのアートリサーチ会社が、ナショナル・ギャラリーのもっとも貴重な絵画のひとつ《サムソンとデリラ》を鑑定し、十中八九ピーテル・パウル・ルーベンスの作ではないとの判定を下した。

ナショナル・ギャラリーがこの絵を購入したのは一九八〇年のことで、場所はロンドンの〈クリスティーズ〉のオークション・ハウス、落札価格は五百四十万ドルだった。美術作品に支払われた金額としては、当時史上三番目に高いものだった。現在の市場だと、その程度の売買ではニュースにもならないだろう。価格の急騰に伴って絵画も超富裕層の新たな資産クラスになってきたからだ。もしくは、いまは亡きマンハッタンの美術商、ユージーン・ソーの言葉を借りるなら〝豚の脇腹肉か小麦のような商品〟になってきたと言うべきか。A・アルフレッド・トーブマンはショッピングモール開発業者でファストフード分野に投資をおこない、一九八三年に〈サザビーズ〉を買収した人物だが、次のようなシニカルなコメントをしている。「ドガの貴重な絵とよく冷えたルートビアのグラスには共通点がいくつもある。少なくとも、儲けを生む可能性に関しては」と。二〇〇二年四月、ライバル社の〈クリスティーズ〉と手を結んで価格操作をおこない、顧客たちから一億ドル以上をだましとった罪によって、トーブマンは懲役一年の刑を宣告された。

世界でもっとも貴重な美術品の多くが美術館や個人宅ではなく、空調システム完備の暗い保管庫に置かれることが、近年ますます多くなっている。ジュネーヴのフリーポートには百万点以上の絵画が隠されていて、パブロ・ピカソの作品は少なくとも千点ほどあるという噂だ。絵画が単なる投資対象になってきたことに多くのコレクターとキュレーターは頭を悩ませている。しかし、美術品売買を仕事としてそれで儲けている人々は、おそらく違う意見だろう。二〇一六年、ニューヨークの画廊のオーナー、デイヴィッド・ナッシュは『ニューヨーク・タイムズ』の記者に「絵は公共財ではない」と語っている。

ほとんどの場合、絵は極秘という条件のもとで所有者が変わり、監視する者がほとんど、もしくはまったくいない状況で、価格だけが上がっていく。だから、美術界が何百万ドルもの贋作スキャンダルに次々と見舞われるのも無理からぬことと言えよう。裁判所と警察の怠慢によって問題がさらに悪化しているのは疑いのないところだ。驚いたことに、ここで紹介した贋作者と共犯者たちのなかに、悪事が露見したあとで厳しい処罰を受けた者は一人もいない。〈ノードラー商会〉のスキャンダルのときは、表看板として動いたグラフィラ・ロザレスが懲役刑を宣告された。マイアットとヴォルフガング・ベルトラッキは短期間だけ服役したあと、現在は〝本物の贋作〟として自らのオリジナル作品をネット販売し、生計を立てている。ベルトラッキはCBSのニュースショー番組『60ミニッツ』でインタビューを受けたとき、後悔の思いをひとつだけ口にした――杜撰(ずさん)なラベルが貼られたチタンホワイトのチューブ絵具を使ったばかりに、犯行が露見してしまったのだ、と。フランス人贋作者のギィ・リブも同じく、その才能をまっとうな道で活かせるようになった。オーギュスト＝ピエール・ルノワールの晩年を描いた二〇一二年の映画でルノワールの筆遣いをまねているのは、俳優のミシェル・ブーケではなくリブである。また、映画のなかで使われた〝ルノワール〟もリブが描いている――オルセー美術館がこれに協力して、美術館収蔵のルノワールを一般公開されていない数点も含めて、リブが個人的に鑑賞できるようにしてくれた。映画監督のジェームズ・アイヴォリーは、一九九六年の映画『サバイビング・ピカソ』を監督したときに、この悪名高きフランスの贋作者を使えなかったことを残念がった。伝説の監督はこう言っている。「ビジュアルの点で、違う映画になっていただろう」

謝辞

わが妻ジェイミー・ギャンゲルに感謝している。わたしが『謀略のカンバス』（原題：*Portrait of an Unknown Woman*）の複雑なプロットとどんでん返しを考えだすあいだ、こちらの話に忍耐強く耳を傾け、次に、わたしがタイプした第一稿を手際よくチェックしてくれた。妻への感謝の念は計りしれない。愛もまた然り。

投資会社〈スカイブリッジ・キャピタル〉を設立したアンソニー・スカラムーチは、多忙なスケジュールのなかで時間を作って、贋作絵画の売買と担保化を土台にしてアート専門の詐欺を働くヘッジファンドを創作しようとするわたしに力を貸してくれた。ロンドンで画廊を経営するパトリック・マシーセンはわたしの質問のひとつひとつに丁寧に答えてくれた。マックスウェル・L・アンダーソンも同じで、彼は北米の美術館の館長を五回務めた経歴を持っていて、ニューヨークのホイットニー美術館もそのひとつである。彼らに劣らず大きな力になってくれたのが、有名な美術品保存修復師のデイヴィッド・ブルで——喜ぶべきか、悲しむべきか、一部の人々のあいだでは〝リアル・ガブリエル・アロン〟と呼ばれているが——六百ページ近くにも及ぶわたしのタイプ原稿をすべて読んでくれた。それも、イタリア・ルネサンス期の画家ヤコポ・バッサーノの絵の修復を大急ぎで仕上げながらのことだった。

『ヴァニティ・フェア』の伝説のフリーライター、マリー・ブレンナーからは、彼女の仕事とニューヨークの美術界に関して貴重な意見をもらった。また、編集者のデイヴィッド・フレンドは、過去に調査をおこなった強大な権力者たちのからむ事件に関して、ぞっとする話をあれこれ聞かせてくれた。ワン・ワールド・トレード・センターの二十五階に『ヴァニティ・フェア』編集部の会議室があり、そこからニューヨーク・ハーバーが見渡せることを、わたしは自信を持って断言できる。それを除けば、『謀略のカンバス』のクライマックスで描かれている騒然とした場面と、取材で集めた情報を報告・編集・公表するために『ヴァニティ・フェア』がとる方法との類似点はほとんどない。

ロサンゼルス在住のわがスーパー弁護士マイクル・ジェンドラーからは、言うまでもないが、聡明な助言をもらっている。わたしの大切な友人であり、長年の担当編集者であるルイス・トスカーノは、原稿に無数の改善を加えてくれたし、鷹のような目をした担当校閲者のキャシー・クロスビーにもお世話になった。この二人の厳しい検閲を免れたタイプミスがあるとすれば、悪いのはわたしであって、二人に責任はない。

『謀略のカンバス』執筆のために、何百という新聞雑誌の記事を参考にさせてもらった。ここに記しておくには多すぎる数だ。『アートネット』『アートニュース』『アート・ニュースペーパー』『ガーディアン』『ニューヨーク・タイムズ』の記者たちには特別な借りがある。つい最近起きた巨匠絵画の贋作スキャンダルを記事にしてくれたからだ。書籍のほうでは、とりわけ参考にさせてもらったものが五冊ある。

Anthony M. Amore, *The Art of the Con: The Most Notorious Fakes, Frauds, and Forgeries in the Art World*
Laney Salisbury and Aly Sujo, *Provenance: How a Con Man and a Forger Rewrote the History of Modern Art*
Noah Charney, *The Art of Forgery: The Minds, Motives and Methods of Master Forgers*
Thomas Hoving, *False Impressions: The Hunt for Big-Time Art Fakes*
Michael Shnayerson, *Boom : Mad Money, Mega Dealers, and the Rise of Contemporary Art*

わたしたちは家族と友人に恵まれていて、執筆に行き詰まったときは、みんなが愛と笑いでわたしたちの人生を満たしてくれる。次の人々に特別の感謝を捧げたい。ジェフ・ザッカー、フィル・グリフィン、アンドリュー・ラック、ノア・オッペンハイム、エスター・ファインとデイヴィッド・レムニック、エルサ・ウォルシュとボブ・ウッドワード、スーザン・セント・ジェームズとディック・エバーソル、バカラック夫妻（ジェインとバート）、ウィンクラー夫妻（ステイシーとヘンリー）、ピート・ウィリアムズとデイヴィッド・ガードナー、ヴァージニア・モーズリーとトム・ナイズ、バージャー夫妻（シンディとミッチェル）、バス夫妻（ドナとマイクル）、ナンシー・デュバックとマイクル・キジルバッシュ、スザンナ・アーロンとゲイリー・ギンズバーグ、エレーナ・ナックマノフ、ロン・マイヤー、アンディ・ラスナー、ペギー・ヌーナン。また、ハーパーコリンズのチームに心からの感謝を。とくに、ブライアン・マレー、ジョナサン・バーナム、ダグ・ジョーンズ、リーア・ワジーレフスキー、サラ・リード、マーク・ファーガソン、レスリー・コーエン、ジョシュ・マーウェル、ロビン・ビラルデッロ、ミラン・ボジッチ、デイヴィッド・コラル、リーア・カールソン＝スタニシック、キャロリン・ロブソン、シャンタル・レスティーヴォ＝アレッシ、フランク・アルバネーゼ、エイミー・ベイカーに。

最後に、娘のリリーと息子のニコラスはインスピレーションと支えを絶え間なく与えてくれた。ニコラスは現在、ジョージタウン大学の外交政策・国際関係大学院でセキュリティ研究を専攻していて、作家生活二十五作目となる本書を完成させるべく苦闘中の父親とまたしてもひとつ屋根の下で暮らすことを余儀なくされている。ニコラスも、ビジネス・コンサルタントとして大活躍中の双子の妹も、なぜ作家の道を選ぼうとしなかったのか、わたしには謎なのだが……。

訳者紹介　山本やよい

同志社大学文学部英文科卒。主な訳書にシルヴァ『亡者のゲーム』をはじめとするガブリエル・アロン・シリーズや、フィッツジェラルド『ブックショップ』(以上ハーパーコリンズ・ジャパン)、クリスティー『ポケットにライ麦を』、パレツキー『ペインフル・ピアノ』(共に早川書房)がある。

謀略(ぼうりゃく)のカンバス

2023年6月20日発行　第1刷

著　者　ダニエル・シルヴァ

訳　者　山本(やまもと)やよい

発行人　鈴木幸辰

発行所　株式会社ハーパーコリンズ・ジャパン
東京都千代田区大手町1-5-1
03-6269-2883（営業）
0570-008091（読者サービス係）

印刷・製本　中央精版印刷株式会社

ISBN978-4-596-77478-1